ABSICHT

RALPH LEONHARDT

ABSICHT

Der Tod reist mit

Bibliografische Information der Deutschen Nationalbibliothek:
Die Deutsche Nationalbibliothek verzeichnet diese Publikation in
der Deutschen Nationalbibliografie; detaillierte bibliografische Daten
sind im Internet über http://dnb.dnb.de abrufbar.

Umschlaggestaltung: danny.rafaniello@gmail.com

Satz, Herstellung und Verlag: BoD – Books on Demand, Norderstedt

ISBN: 978-3-7494-0366-0

Mailand, 17. August, 14.00 Uhr

Sorese lümmelte in seinem Lieblingssessel, die Füsse auf einer umgestülpten Holzkiste. Träge tastete er nach seinem Glas, und nachdem er einen kräftigen Schluck getrunken hatte, verzog er angewidert das Gesicht. An das Dröhnen startender Flugzeuge und das laute Hupen auf der rege befahrenen Strasse vor dem Haus hatte er sich längst gewöhnt.

Ein Donnerstagnachmittag im August. Ferienzeit, auch für Familie Rosario, die im zweiten Stock über ihm wohnte. Rosarios waren heute abgereist, und glücklicherweise hatten sie ihre zwei pubertierenden Rotznasen, die elfjährige Sonja und den um zwei Jahre älteren Pietro, mitgenommen. Sorese mochte Kinder nicht besonders, was allerdings auf Gegenseitigkeit beruhte. In seinen zu kurzen und abgewetzten Jeans, seinen verwaschenen, viel zu grossen T-Shirts, mit denen er sein kleines Bierbäuchlein und die schmale, unbehaarte Brust zu kaschieren hoffte, sah er tatsächlich nicht aus wie der nette Nachbar von nebenan. Seit er sich seine Brötchen als freischaffender Journalist verdiente und sich mit seinen etwa 190 cm Grösse nicht mehr ständig in eine schlechtsitzende, steife Uniform zwängen musste, hatte er auch aufgehört, sich täglich zu rasieren. Antonia hatte einmal gesagt, sein Bart stelle eigentlich einen gelungenen Kontrast zu seiner immer schütterer werdenden Haarpracht dar. Antonia war es auch, die ihm immer wieder zu verstehen gab, dass er mit seinem Äusseren glatt als Alkoholiker durchgehen würde. Seine bleiche, bisweilen erschreckend blasse Haut trug wohl das ihre dazu bei. Der Fernseher in seiner Wohnung flimmerte geduldig. Ein gelangweilter Nachrichtensprecher berichtete über den Einbruch der Tourismusbranche in Asien, einen Auffahrunfall auf der Autobahn zwischen Parma und Bologna mit den üblichen Toten und Verletzten und dem entsprechenden Rückstau, über einen Finanzskandal einer unbedeutenden Bank in Turin – Sorese hörte schon gar nicht mehr zu. Er machte sich vielmehr Sorgen wegen der anstehenden Miete. Antonia, Besitzerin und zugleich nervtötende Vermieterin seiner renovationsbedürftigen Wohnung – eine Bezeichnung, die diese Bude eigentlich gar nicht verdiente – würde bald wieder auf seiner abgetretenen Fussmatte stehen und erst verschwinden, wenn sie die fälligen Euros kassiert und davongetragen hatte.

Antonia hatte sich für ihr Alter recht gut gehalten, einmal abgesehen von ihrem pastabedingten Übergewicht. Wenn sie Hunger hatte, konnte sie, ohne mit der Wimper zu zucken, drei bis an den Rand gefüllte Teller Pasta mit viel Sauce in sich hineinschaufeln. Der tägliche Kampf gegen die grauen Strähnen im locker gewellten, schulterlangen Haar zermürbte sie jedoch zusehends, und bald würde sie wohl die Segel streichen und sich mit ihrem wahren Alter versöhnen müssen. Ihre Lesebrille, ein herrlich kitschiges Exemplar mit goldfarbenen Bügeln und je zwei bunten Glasdiamanten, verheimlichte sie gegenüber Bekannten und Verwandten zumindest vorläufig noch relativ erfolgreich. »Zum Glück sind die Rosarios ja zurzeit in Griechenland. Oder in Ägypten?«, frohlockte Sorese. Denn wenn er etwas nicht leiden konnte, dann waren es Sonjas und Pietros Angewohnheit, sich hämisch grinsend hinter Antonias fettem Hintern zu verstecken und seine Ausreden zur ausstehenden Miete, ganz im Gegensatz zu Antonia, sichtlich zu geniessen.

Kurz vor Hurghada, 17. August, 17.00 Uhr

In wenigen Minuten würde Flug AGL 102 der ägyptischen Chartergesellschaft Aegypt Aerolink auf dem Hurghada International Airport landen und, wie dreimal pro Woche üblich, eine buntgemischte Schar sonnenhungriger, erwartungsfroher Touristen auf der von der Wüstensonne aufgeheizten Betonpiste vor dem Terminal des Flughafens ausspucken. Elena Kotar, Maître de Cabine, kämpfte sich schon seit geraumer Zeit durch die viel zu eng geratenen Sitzreihen der Touristenklasse; ein geschäftsmässiges Lächeln auf den Lippen, das vertrauenswürdig auf diejenigen Fluggäste wirken sollte, deren Stirn trotz Klimaanlage mit Schweissperlen überzogen war und in deren Händen sich kontinuierlich kleine, kalte Pfützen bildeten. Ihre dunkelbraunen Haare hatte sie zu einem gepflegten Pferdeschwanz zusammengebunden, und das dezent aufgetragene Make-up brachte ihre tiefschwarzen Augen aufregend gut zur Geltung. »Bitte bringen Sie Ihre Rückenlehne in eine aufrechte Position und schnallen Sie sich an.« Schon mindestens vier Mal hatte sie sich mit dieser Ansage an die immer noch erstaunlich aktiven, aber scheinbar schwerhörigen Fluggäste gewandt. »Schade, dass wir gleich nach Kairo weiterfliegen werden«, stichelte Florina im Vorbeigehen, wohl wissend, dass Elena schon seit längerer Zeit ein Verhältnis mit Azmi Salah, dem Sicherheitchef der Flughafenpolizei in Hurghada hatte. Ihr Ehemann, ein angesehener ungarischer Diplomat in Kairo, würde sie wohl in Stücke reissen, sollte er jemals davon erfahren. »Da hast du wohl unseren neuen Einsatzplan verpasst«, erwiderte Elena mit einem breiten Grinsen, »denn sonst wüsstest du, dass die Crew in Hurghada ausnahmsweise ausgetauscht wird. Wir fliegen erst morgen früh weiter.« Florina wischte Elenas Bemerkung mit einem »träum weiter« beiseite und rollte ihre hübschen Augen. Obwohl: Ein paar Stunden Schlaf würden auch ihr gut tun.

Dino Flavio blickte fasziniert durch das kleine, ziemlich zerkratzte Fenster auf die unendliche Weite der Wüste, als Flugkapitän Amman seiner Crew via Bordlautsprecher das übliche »please prepare for landing in ten minutes« durchgab. Als er kurz zur Seite blickte, bemerkte er, dass seine Frau noch immer in ihr behämmertes Kreuzworträtsel vertieft war. Unmerklich schüttelte er den Kopf, denn wenn er etwas nicht verstehen konnte, dann war es das Desinteresse Silvyas an den Landschaften und Gepflogenheiten in den von ihnen bereisten Ländern. Wie schon im letzten Urlaub würde sie sich die meiste Zeit genüsslich in ihrem Liegestuhl am überfüllten Pool räkeln, belanglose Gespräche mit anderen Hotelgästen führen oder weitere Kreuzworträtsel knacken, während er schon frühmorgens am Strand unterwegs sein und die Morgenstimmung in sich aufsaugen würde. »Die besten Jahre unserer Ehe haben wir wohl endgültig hinter uns«, sinnierte Dino nicht ohne Wehmut, »auch wenn wir in unserem Umfeld noch immer als Vorzeigepaar gelten.« Nun waren sie nicht mehr weit vom Ende ihrer Beziehung entfernt, und obwohl er seit einigen Jahren mit immer teureren Geschenken und Ferienreisen dagegen anzukämpfen versuchte, wusste er, dass ihre Ehe im Grunde genommen nur noch auf dem Papier bestand. »Den Schein wahren«, pflegte seine Mutter in solchen Situationen immer zu sagen, und Dino hätte nicht im Traum daran gedacht, dass auch er einmal nicht den Mut dazu haben würde, die Seifenblase ihrer Illusion zerplatzen zu lassen.

Ein leichter Ruck deutete an, dass die Piloten das Fahrgestell ausgefahren hatten. Nun würde es nur noch wenige Augenblicke dauern bis zur Landung in Hurghada. Florina setzte sich auf ihren Sitz, zurrte sich fest und warf einen letzten Kontrollblick in die Kabine. Der ältere Herr auf Sitz 27A giftete sie immer noch an, denn sie hatte ihm auf Geheiss Elenas einen weiteren Drink verweigert. In den Gesichtern der zwei Teenager eine Sitzreihe weiter hinten spiegelte sich die Vorfreude auf den Urlaub. Bestimmt tanzten sie in Gedanken bereits in der Hoteldisco, die laut Prospekt »einzigartig« sein sollte. »Sonne, Sand, Meer, Liebe« – ein Lächeln huschte über Florinas Gesicht. Noch zwei Wochen, und dann würde sie mit ihrem eigenen Freund ein paar herrliche Tage in Tunesien verbringen.

Eine leichte Turbulenz erfasste die Maschine; nicht ungewöhnlich über der Wüste, da hier die Thermik besonders stark ist. Florina dachte an die bevorstehenden Arbeiten: Check der Kabine, nachdem die Passagiere das Flugzeug verlassen hatten. Der zwar kurze, aber mühsame Transfer ins Hotel der Airline. Eine intensive Schlacht am immer fast gleich aussehenden Buffet. Eine schnelle Dusche, fünf Stunden Schlaf, dann schon wieder zurück zum Flughafen und neue Passagiere in Empfang nehmen. Trotzdem war auch sie froh darüber, dass es erst am nächsten Morgen weitergehen würde. Da fiel ihr Blick auf die Tragfläche, und im ersten Moment dachte Florina, es sei die Abendsonne, die sich auf dem Metall spiegelte. Als sie ihren Irrtum bemerkte und sich erschrocken nach Elena umsah, schoss eine grosse Stichflamme aus dem Triebwerk. Auch Elena spürte jetzt das starke Rucken der Maschine, doch da sie nicht wie Florina direkt am Fenster sass, wunderte sie sich noch, was das wohl sein konnte. Vor den vor Schreck weit aufgerissenen Augen Florinas zerbarst die Tragfläche mit einem Knall. Teile des zerfetzten Flügels bohrten sich mit unsäglicher Gewalt in den Rumpf des Flugzeuges. Elena war schon tot, bevor die Maschine unter dem schrillen Aufheulen des verbliebenen Triebwerks auf die Seite kippte. Den erschrockenen Blick der Passagiere, die Gesichter, die durch die Angst zu grässlichen Fratzen wurden und dann, nach einem kurzen Moment gespenstischer Ruhe, in welchem nur das Kreischen der Turbine und das Schlagen des Wüstenwindes an der Aussenhaut der Kabine zu hören waren, die verzweifelten, panikerfüllten Schreie der Fluggäste; das alles nahm Elena nicht mehr wahr. Als Flug AGL 102 etwa zwölf Kilometer vor Hurghada mit der linken Tragfläche auf dem heissen Wüstenboden aufschlug, die Tanks augenblicklich explodierten und sich ein riesiger Feuerball gierig durch den Flugzeugrumpf frass und alles verschlang, was es zu verschlingen gab, als die Maschine dann hunderte Meter weiter von ein paar Felsbrocken buchstäblich auseinander gerissen wurde, waren sie alle tot: 93 Passagiere und acht Besatzungsmitglieder.

Mailand, zwei Tage zuvor, 11.00 Uhr

So, wie er durch den protzig mit einem verschnörkelten »D« gekennzeichneten Eingang des Albergo L'antico Duomo nahe der Piazza Rosario trat, wirkte er wie ein unbedeutender Prokurist einer Bank oder Versicherung: Von durchschnittlichem Körperbau, nicht gross, nicht klein, mit auf die Seite gescheitelten, kurzen, etwas angegrauten Haaren und einem gepflegten Schnurrbart; gewöhnlich eben. Mit seinem weissen Hemd, dem beigen, leicht zerknitterten Sakko, einer unauffälligen Krawatte und einer zeitlosen Brille unterstützte er absichtlich diesen Eindruck. Gleich rechts neben der Tür, hinter einer Blumenkiste mit allerlei Grünzeug, sassen zwei Damen gelangweilt in den bereits etwas abgewetzten roten Ledersesseln der Hotellobby. Sie gingen offensichtlich dem ältesten Gewerbe der Welt nach. »Immer wieder erstaunlich«, dachte er, »wie geschickt es Prostituierte doch anstellen, sich Männern gegenüber unmerklich und doch klar als solche zu erkennen zu geben«. Ob hier in Mailand oder in all den anderen Städten, in denen er auf seinen Geschäftsreisen ausschliesslich in möglichst grossen und gesichtslosen, gut besuchten und dadurch unübersichtlichen Touristenklassehotels zu logieren pflegte: Sie verstanden es ausgezeichnet, ihre körperlichen Reize durch eine um eine Spur zu gewagte Garderobe und etwas zu stark aufgetragene Schminke geschickt zur Schau zu stellen. Gekonnt schlug eine der Damen ihre langen, solariumgebräunten Beine übereinander und liess dadurch den grünen Rock um mehrere Zentimeter nach oben wandern. Während sie mit der rechten Hand mit einer blonden Haarlocke spielte und den neuen Gast dadurch einen kurzen Blick auf ihr schmales, leider nichtssagendes Gesicht erhaschen liess, taxierte sie ihn mit einem geschäftsmässigen Blick und kam wohl zu einem ähnlichen Urteil wie der schon etwas angegraute Portier, der ihn eben zur Rezeption schickte: »Durchschnittlicher Gast, schmale Geldbörse, nichts Besonderes eben«. Als sich Katia hinter der Rezeption vom Telefon löste und dem Neuankömmling zuwandte, hatte Ludmilla ihren Rock schon wieder zurechtgerückt. »Koon. Für mich wurde ein Zimmer reserviert. Vier Nächte.« Er sagte dies nicht unhöflich, aber doch so, dass Katia gar nie auf die Idee gekommen wäre, sich länger als nötig mit ihm zu unterhalten. Routiniert schob sie ihm Anmeldeformular und Kugelschreiber zu, und die Art, wie schnell und geschickt er es ausfüllte, verrieten Koon als Mann, der wohl öfter in Hotels übernachtete als bei sich zuhause. Seine schmalen Finger huschten über die Linien, und seine buschigen Augenbrauen zuckten kein einziges Mal, als er sich als Verkäufer aus Parma eintrug. Kaum hatte er den Zimmerschlüssel entgegengenommen, da war er auch schon mit dem kleinen, gewöhnlichen Koffer in der linken Hand und dem ebenso unauffälligen, braunen Mantel über dem rechten Arm im Aufzug verschwunden. Als nur einen Augenblick später eine kleine Reisegruppe das Hotel betrat, hatten Katia und Ludmilla den unscheinbaren Gast schon wieder vergessen.

Internationaler Flughafen Hurghada, 17. August, 17.05 Uhr

Planmässig hatte der Tower in Hurghada Flug AGL 102 von der Flugüberwachung Luxor übernommen. Azmi Salah stand gerade auf dem Rollfeld und überwachte den Ladevorgang an einer russischen Tupolev. Trotz der blutigen Anschläge von Fundamentalisten in Ägypten und anderen Ländern im Nahen Osten konnten sie eine steigende Zahl an Touristen verzeichnen, die hier zu fast jeder Jahreszeit von Fluggesellschaften aus aller Welt ausgespuckt und über die Strände verteilt wurden.

Salah war vor sieben Jahren zur Flughafenpolizei gestossen und vier Jahre später dank seinem unermüdlichen Einsatz, seinen organisatorischen Fähigkeiten und seinem Ehrgeiz zu deren Chef befördert worden. Schliesslich stand Azmi, sein Vorname, ja auch für »der Entschlossene«. Er führte seine Truppe mit natürlicher Autorität, und deshalb mochten ihn die Männer. Mit seinen 180 cm Grösse, seinem durchtrainierten Körper und den fast grasgrünen, grossen Augen, die in wildem Kontrast zu den pechschwarzen Haaren lebenslustig über seiner markanten Nase funkelten, kam er auch bei Frauen gut an. Sein Aussehen mochte wohl auch der Grund für Elenas Reaktion vor gut acht Monaten gewesen sein. Schon als sie unter der Tür zur Passkontrolle buchstäblich in ihn hineingerannt und statt einer Entschuldigung nur ein schelmisches Lächeln zustande gebracht hatte, fühlte er, dass sie füreinander geschaffen waren. Ein Wort ergab das andere, und schliesslich drückte sie ihm schon nach wenigen Minuten eine Karte mit dem Namen ihres Hotels in die Hand. Azmi wusste damals noch nicht, dass Elena einen Ehemann in Kairo hatte, und er hätte es auch nicht wissen wollen. Elena hatte noch vor zwei Wochen sein Glied fest in ihrer Scham getragen und sich lustvoll auf ihm auf- und nieder bewegt. Kleine Rinnsale feiner, nach anregendem Moschusöl duftende Schweissperlen bildeten sich zwischen ihren festen, wohlgeformten Brüsten und glitten im Mondlicht glitzernd über ihren goldbraunen, fast schon perfekten Körper. Da hatte Azmi, der aus wohlhabender Familie stammte, sich vorgenommen, bei Elenas Vater um ihre Hand anzuhalten. Um 17.05 Uhr kündigten die Lautsprecher die planmässige Ankunft von Flug AGL 102 aus Mailand an, und Azmi verspürte in seiner Vorfreude ein leichtes Beben in der Lendengegend. »Bald werde ich dich endlich wieder in meine Arme schliessen können«, freute er sich, und voller Erwartung marschierte er zielstrebig zu seinem kleinen Büro. Nachdem er die bereits schief in den Angeln hängende Tür aufgestossen und seinen Schreibtisch umrundet hatte, liess er sich in seinen Stuhl fallen und entnahm der Schublade eine kleine Schachtel mit einem goldenen Ring, in dessen Mitte ein kleiner Diamant funkelte.

»Flug AGL 102 meldet Schwierigkeiten«, riss ihn die Stimme Halefs am Funk aus seinen Gedanken, »komm sofort zu uns rüber.«

Als er, leicht ausser Atem, im Tower angekommen war, spiegelte sich auf den Gesichtern vor den Bildschirmen das blanke Entsetzen. »Sie ist weg«, schrie Halef, »sie ist, verdammt nochmal, einfach verschwunden!« »Wer?«, fragte Azmi, der bereits ahnte, dass etwas Schreckliches geschehen sein musste. »Die Maschine aus Mailand! Einfach weg! Verschwunden!« Fassungslos starrte Azmi Halef an. »Nehmt sofort mit Luxor Kontakt auf und erkundigt euch, ob sie AGL 102 noch auf ihren Schirmen haben!« Er fühlte die Panik in sich aufsteigen, sein Mund wurde augenblicklich trocken, die Knie weich. Bereits hatte sich ein feuchter Film auf seiner Stirn gebildet. »Na los, macht schon!«, setzte er nervös nach. »Luxor Tower von Hurghada Control: Bitte melden! Over.« »Hier Luxor. Over.« »Habt ihr Flug AGL 102 noch auf euren Schirmen? Over!« Das gleichförmige Rauschen aus dem Äther dehnte sich zu einer kaum auszuhaltenden Ewigkeit, und nur einige kurze, pfeifende Signale, die von den eigenen Computern herrührten, durchbrachen die Stille. »Hurghada control von Luxor Tower. Negativ. Flug AGL 102 wurde, Moment, exakt um 16.54 Uhr an euch übergeben. Over.« »Verstanden Luxor Tower. Please stand by …« Die Zeit schien für einen Moment still zu stehen. Halefs »Scheisse!« war kaum zu vernehmen, und erst jetzt wurde Azmi bewusst, dass sich im Turm eine bleierne Stille ausgebreitet hatte. »Und jetzt?« Seine Stimme kratzte, und er fühlte sich plötzlich so schwach, dass er sich mit beiden Händen an einer Tischkante aufstützen musste. »AGL 102 antwortet auf keinen unserer Rufe«. Assid, der zweite Mann am Radar, wählte seine Worte mit Bedacht, als er das aussprach, was im Raum schwebte, aber niemand so richtig wahrhaben wollte. »Vielleicht konnten die Piloten sie ja irgendwo landen …«

Als sie mit der Suche nach Flug AGL 102 begonnen hatten und mit ihren Jeeps an diejenige Stelle rasten gerast waren, an der sie den Kontakt zur vermissten Maschine verloren hatten, trug Azmi noch immer einen kleinen Funken Hoffnung in sich. Schon wenige Minuten später hatte das nächste aus Paris eintreffende Flugzeug problemlos auf der zweiten Piste aufgesetzt. Dann traf die erste Meldung ein, und sie hätte schlimmer nicht sein können. Ein militärischer Streckenposten, der die Strasse nach Norden der Angst vor terroristischen Anschlägen wegen überwachte, sprach von einer grösseren und nachfolgend mehreren kleineren Explosionen irgendwo in seiner Nähe. Zwei Mann seien bereits unterwegs, um nachzusehen. Wenige Minuten später wussten alle, dass die Maschine mit der Flugnummer AGL 102 nicht mehr existierte. Azmi fühlte nur noch eine lähmende Leere in sich; es war, als hätte ein einziger kleiner Schalter all seine Gefühle auf einen Schlag ausgelöscht.

Hurghada, 17. August, vier Stunden später

Salah irrte zum wiederholten Male wie in Trance durch die Trümmer dessen, was einmal Flug AGL 102 gewesen war. Immer wieder stellte er sich die Passagiere vor. Kinder und Erwachsene, voller Vorfreude auf das, wofür sie sich das ganze Jahr hindurch abgerackert und worauf sie sich so gefreut hatten. Es gelang ihm nicht, diese Bilder beiseite zu wischen so sehr er sich auch darum bemühte. Azmi mochte Touristen, auch wenn sie sich manchmal ganz und gar nicht gebührend aufführten. Nicht nur brachten sie dringend benötigte Devisen ins Land und bescherten dadurch unzähligen Landsleuten ein wenigstens einigermassen würdevolles Dasein – mit ihnen entstieg immer auch eine geballte Ladung an Lebensfreude den Flugzeugen. Die fröhliche Ausgelassenheit der Ferienhungrigen übertrug sich oft auch auf das Flughafenpersonal und sorgte dafür, dass ihm die Arbeit bisweilen leichter fiel als sie eigentlich war. Ein kleiner, angesengter Teddybär, über den er gestolpert war, riss ihn wieder aus seinen Gedanken. »Schrecklich«, hörte er seinen persönlichen Assistenten Jusuf murmeln. Die normalerweise trockene und nachts so frische Wüstenluft war geschwängert vom Gestank nach Kerosin, verbranntem Kunststoff und glühendem Metall. Noch grässlicher empfand er jedoch den leicht süsslichen Geruch von verbranntem Fleisch. Azmi hatte aufgehört zu zählen, wie oft er sich hatte übergeben müssen. Sein Hals brannte, und seine Kleidung war schon längst verdreckt. Trotzdem gab er sich einen Ruck: »Haben wir endlich die Passagierliste erhalten?«, wollte er per Funk von der Zentrale wissen. Seine Stimme klang deprimiert, und die momentane Leere darin war ihm auch über die zwölf Kilometer Entfernung hinweg anzumerken. »Ist unterwegs«, gab Ali Hammath aus der Zentrale zurück. »Habt noch ein wenig Geduld, bei uns ist der Teufel los,« fuhr er fort. »Weder für die wenigen Angehörigen, die ihre Verwandten am Abend am Flughafen abholen wollten, noch für die schockierten Reiseleiterinnen und Reiseleiter der umliegenden Hotels ist genügend Betreuungspersonal vor Ort. Ich melde mich wieder.« Die Situation im Flughafen mag zwar chaotisch sein, dachte Azmi, aber das hier übersteigt das menschliche Vorstellungsvermögen bei Weitem. Längst war er durch einen Hauptmann einer Sondereinheit aus Kairo, die vor wenigen Stunden hier eingetroffen war, in seiner Befehlsgewalt abgelöst worden, aber noch benötigten sie jede erdenkliche Hilfe vor Ort. Und das war auch gut so. So sehr sich Azmi dagegen sträubte, er musste immer und immer wieder an Elena denken: »Warum nur, verdammt? Warum nur?« Es war Halef, der ihm tröstend, aber bestimmt den Arm um die Schultern legte: »Komm, Azmi, hier gibt's jetzt nichts mehr für uns zu tun. Wir werden in der Zentrale gebraucht.« Wie ein Roboter liess sich Azmi zum Jeep führen, der hinter den gelben Bändern einer eiligst installierten Abschrankung auf sie wartete. Die Fahrt zurück zum Flughafen nahm er kaum wahr. Ab und zu wurde das Fahrzeug von den Steinen auf der Schotterpiste durchgerüttelt, so dass er sich bisweilen an den Haltegriffen festkrallen musste. Noch während sie stumm an den provisorisch unter dem Dach einer grünen Baracke ausgebreiteten, bis zur Unkenntlichkeit verbrannten menschlichen Überresten vorbeirollten und den ersten bereits eingetroffenen Reportern im

Flughafengebäude auswichen, schwor sich Azmi, dass er nicht eher ruhen würde, bis die Ursachen für den Absturz des Flugzeugs restlos geklärt wären. Und als ihm Leutnant Khaled von der Sondereinheit zwei Stunden später endlich die Passagierliste ins Büro brachte und Elena Kotar bei den Besatzungsmitgliedern aufgeführt war, musste er sich wieder übergeben.

Mailand, 18. August, 08.15 Uhr

»Das darf doch einfach nicht wahr sein«, knurrte Sorese. Zuerst hatte er das Klingeln an seiner Wohnungstür, als es ihn endlich aus dem Tiefschlaf gerissen hatte, kaum wahrgenommen, und nach einem schläfrigen Blick auf den Wecker hatte er sich sofort wieder tief in sein Laken gegraben. Wer auch immer sich zu dieser unchristlichen Zeit die Füsse vor seiner Tür plattstehen mochte, es interessierte ihn nicht im Geringsten. Gestern war es wieder einmal spät geworden. Luigi hatte seinen 41. Geburtstag gefeiert, und da Luigi wie er selbst ein überzeugter Junggeselle war, waren Wein und Grappa in Strömen geflossen. Das kleine, gemütliche Restaurant, das zu seiner zweiten Heimat geworden war, seit er an die Via Carina 15 gezogen war, lag gleich um die Ecke. Nach Mitternacht war Petra, Luigis Tochter – die bleibende Erinnerung an ein leidenschaftliches Abenteuer – aufgetaucht. »Ciao, mein Bester«, hatte sie gegurrt, ihm frech einen flüchtigen Kuss auf die Wange gedrückt und ihn dann in einer Wolke aufregenden betörenden Parfums zurückgelassen, um ihrem Vater überschwänglich zum Geburtstag zu gratulieren.

Wie gesagt; es war spät geworden. Und während das Läuten an seiner Wohnungstür nicht aufhören wollte, tastete seine Hand suchend nach Petras warmem, weichem Körper. Als Sorese nicht fündig wurde und er merkte, dass Petra ihn, wie fast immer, schon ganz in der Früh verlassen hatte, sackte seine Laune auf dem Stimmungsbarometer endgültig unter den Gefrierpunkt. »Porca la …!« Schliesslich schälte er sich umständlich aus dem Bett, schlurfte im Halbschlaf zur Wohnungstür und öffnete. Er hatte sich vorgenommen, dem morgendlichen Störenfried den Garaus zu machen. Antonia hätte ihn um ein Haar auf den schmutzig grünen Läufer gewalzt, als sie an ihm vorbei in die Wohnung stürmte. So, wie sie jetzt vor ihm stand – die Haare standen ihr wirr vom Kopf und ihre Wimperntusche war von Tränen aufgelöst und über das ganze Gesicht verteilt – bot sie tatsächlich nicht den Anblick, den man sich frühmorgens wünschte. Sie schluchzte theatralisch in ein viel zu grosses, mit kitschigen Blumen besticktes Taschentuch und stammelte immer wieder »Mamma mia«. Nachdem er sich vom ersten Schreck erholt, Antonia aufs Sofa gepflanzt und sich rasch eine Trainerhose und ein Shirt übergezogen hatte – bei Antonia wusste man nie, welche Reaktionen bei ihr ein nackter Männeroberkörper auslösen würde – griff er zur Whiskyflasche, die er im Büchergestell hinter einem Buch über Venedig versteckt hatte, und goss zwei kleine Gläser voll. Nach dem dritten Glas entspannten sich Antonias Gesichtszüge endlich, und erst jetzt stellte er erschrocken fest, dass sie unter dem rosa Bademantel nur ein mit Rüschen besetztes Nachthemd trug. Eiligst warf er sich sicherheitshalber zusätzlich noch einen alten Pullover über und zurrte die Hose so stark zu, dass es weh tat. »Familie Rosario«, stammelte Antonia endlich, »Gott hab sie selig. Und die niedliche Sonja, und Pietro, dieser wohlerzogene Junge«. »Das muss wohl der Alkohol sein«, dachte Sorese, denn ehe Antonia diese zwei verzogenen Gören mit solch freundlichen Worten bedachte, würde es mitten im Sommer in Neapel schneien. Unmerklich achtete er auf ein Lallen in ihrer Stimme, doch Antonia sprach zwar ungewohnt leise und stockend, war aber bestimmt nicht betrunken. Dafür hatte sie ihre gewaltige Trinkfestigkeit schon zu oft unter Beweis gestellt. »Was ist mit den Rosarios?«, fragte er endlich, und als er sich ebenfalls setzte, achtete er sehr darauf,

Antonia nicht zu nahe zu kommen. »Abgestürzt sind sie! Alle tot! Welch ein Drama! Welch Katastrophe!« Antonia schrie nun fast, und verzweifelt bemühte sie ihre Tränendrüsen, um ihrem Schluchzen noch mehr Nachdruck zu verleihen, und fuchtelte mit ihren kurzen, dicken Armen. »Jetzt steht schon wieder eine Wohnung leer! Wie soll ich die nun wieder loswerden?«, setzte sie dann gleich nach. »Aha!«, dachte Sorese und seufzte. Einen kurzen, schrecklichen Moment lang hatte er mit dem Gedanken gespielt, ihr tröstend den Arm um die Schultern zu legen. »Wo?«, entgegnete er stattdessen. »Hast du es noch nicht gehört? Aber nein, wie könntest du auch! Heute früh haben sie es in den Nachrichten gebracht. Ein Flugzeug ist gestern Abend in Ägypten abgestürzt, in Horaga!« »Horaga? Nie davon gehört …« »Was weiss ich, irgendwo in Afrika, in Ägypten«. Antonia hatte mit ihrem Taschentuch die Wimperntusche mittlerweile im ganzen wabbligen Gesicht verteilt. Jetzt doch ein wenig betroffen murmelte Sorese: »Du meinst bestimmt Hurghada; ist ein Touristenzentrum am Roten Meer. Ursprünglich eine kleine Beduinensiedlung, jetzt Retortenstadt mit Hotels für zehntausende von Pauschaltouristen!« Antonia schien nun endgültig beschlossen zu haben, dass sie genug um die Rosarios getrauert hatte. »Und was mach ich jetzt mit der Wohnung?« warf sie schärfer ein, als sie wohl selber wollte, und sofort presste sie wieder ein paar Tränen aus ihren Augen.

In Sorese erwachte nun das allen Journalisten dieser Erde eigene berufliche Interesse, das jede Katastrophe hervorrief: »Vielleicht lohnenswert«, überlegte er, »eine rührselige Geschichte über eine glückliche Mailänder Familie, die in Ägypten einen herrlichen Urlaub verbringen wollte, aber durch ein fürchterliches Unglück aus dem Leben gerissen wird. Bestimmt lässt sich auch noch irgendeine Billigfluglinie genüsslich zerfleischen. Dazu noch ein Interview mit der Wohnungsvermieterin, welche die Rosarios ja gut gekannt und selbstverständlich nur das Beste zu berichten hat? Wer weiss, vielleicht würde sie mir dafür die nächste Monatsmiete erlassen?« Ein flüchtiger Blick auf Antonia, deren rechte Hand nun schon zum vierten Mal zu seiner Whiskyflasche wanderte, während sie ihren fetten Hintern mit der linken qualvoll aus dem Sofa stemmte, liess ihn aber seinen letzten Gedanken gleich wieder verwerfen. Die Story, so hoffte er, würde sich bestimmt auch ohne Antonias Gesülze vermarkten lassen. Als sich Antonia schliesslich, nun doch in bedenklicher Schräglage, der Tür zuwandte und ihn tatsächlich, als hätte sie seine Gedanken gelesen, an die anstehende Miete nächste Woche erinnerte, hatte er sich bereits dazu entschlossen, seine Kontaktperson bei der Gazzetta anzurufen. Doch zuerst wollte er sich noch einige Stunden aufs Ohr hauen. Obwohl er im Vorbeigehen einen ärgerlichen Blick auf die nun praktisch leere Whiskyflasche warf, war seine Laune schon wieder etwas besser.

Mailand, 19. August, 16.30 Uhr

In gut einer Stunde würde Emilio Tommaso so viel Geld wie noch nie in seinem verpfuschten Leben besitzen. Nach einer mehrjährigen Jugendstrafe, die er in einem schäbigen Gefängnis in Genua wegen eines misslungenen Raubüberfalls auf zwei Geschäftsleute abgesessen hatte, hatte er sich als Automechaniker in der Garage seines Onkels Cesario in La Spezia versucht. Nachdem dieser entdeckt hatte, dass Emilio einen stattlichen Betrag aus der Geschäftskasse hatte mitlaufen lassen, wandte sich auch die restliche Verwandtschaft endgültig von ihm ab. Er verliess La Spezia noch in derselben Nacht in Richtung Frankreich. Im Hafen von Toulouse sprach ihn ein schon etwas älterer Mann an und lud ihn zum Kaffee in einer schäbigen Kneipe ein. Schon zwei Stunden später unterschrieb Emilio bei der Fremdenlegion. Die Grundausbildung in einem Camp in der Nähe von Algier war überaus hart. Weil Emilio sich durch körperliche Härte und mechanisches Geschick auszeichnete, wurde er an die Grenze zu Libyen geschickt. Dort erwies er sich schon nach wenigen Monaten als überaus fähiger und ideenreicher Flugzeug- und Hubschraubermechaniker. Richtige Freunde fand er auch damals keine. Der etwas zu kleingeratene, dafür mit mächtigen, ehrgeizig antrainierten Muskelpaketen bestückte Emilio war schnell durch seine krankhafte Wettleidenschaft aufgefallen. Bald wollte ihm niemand mehr Geld leihen. Nachdem er deshalb etliche Prügeleien provoziert und zwei Kameraden die Nasen zu blutigen Klumpen geschlagen hatte, wollten selbst die abgebrühtesten Soldaten nichts mehr mit ihm zu tun haben. Nach fünf Jahren wurde er aus der Legion entlassen, und der innerhalb der Legion als wortkarg und gefährlich aufbrausend bekannte Einzelgänger fand dank seinen Qualitäten als Mechaniker eine mehr schlecht als recht bezahlte Anstellung am Mailänder Flughafen Linate. Seine Wettleidenschaft hatte ihn auch jetzt noch nicht losgelassen, und so konnte er sich mit dem verbleibenden Rest seines mageren Gehalts gerade noch ein kleines Zimmer in einer schäbigen, lärmigen Überbauung in der Nähe des Flughafens leisten. Nun schien sich das Blatt für Emilio endlich zu wenden.

Vor drei Tagen hatte ihn auf dem Nachhauseweg ein ihm unbekannter, unscheinbar wirkender Mann angesprochen, ihn geködert mit der Aussicht auf viel Geld und ihn in ein kleines, schlecht besuchtes Restaurant eingeladen. Der unauffällig gekleidete Typ, hinter dessen klobiger Hornbrille auf einer etwas krummen Nase ihm einzig die buschigen Augenbrauen aufgefallen waren, hatte sich ihm gegenüber als Stephan ausgegeben und ihm einen Umschlag mit zehntausend Euro zugesteckt. »Das ist nur ein Zehntel dessen, was wir dir für eine kleine Gefälligkeit bezahlen.« Wir wissen, dass du am Flughafen für die Wartung einiger Flugzeuge verantwortlich bist. Könntest du ein Flugzeug so manipulieren, dass es noch während des Fluges in der Luft explodieren würde?« Während er dies fragte, nahm er seine Brille ab und blickte Emilio forschend ins Gesicht. »Kalte, leblose Augen«, dachte Emilio, und obwohl er bei der Legion allerhand erlebt und gesehen hatte, fröstelte er unmerklich. »Wäre so etwas möglich?«, wiederholte Stephan eindringlich, und die Finger seiner linken Hand umklammerten Emilios Unterarm wie ein Schraubstock. Noch während die Frage im Raum hing, hatte Emilio schon entschieden, dass es möglich sein würde. »Bei den meisten Flugzeugen werden die Triebwerke durch einen geschlossenen Wasserkreislauf gekühlt, etwa vergleichbar mit den Kühlsystemen in Autos«, begann er zu erklären. »Sollte sich ein Kühlschlauch lösen und das Flugzeug dadurch genug Wasser verlieren, würden die Düsen schon beim Start überhitzen. Die starke Beanspruchung bei der Landung schliesslich könnte dem Vogel den Rest geben. Allerdings müssten auch die Kontrolllampen im Cockpit ausfallen, da die Piloten sonst gewarnt wären …« Stephans Druck auf Emilios Arm liess nach. »Präg dir das, was ich dir jetzt sage, gut ein und schreib es auf keinen Fall auf. Flug AGL 102, von Mailand nach Hurghada, Start voraussichtlich um 14.20 Uhr, und wenn es klappt, dann wirst du von mir am 19. August um 17 Uhr im Albergo L'antico Duomo beim Bahnhof Milano Centrale das Zehnfache des im Umschlag befindlichen Betrages erhalten. Komm um genau 17 Uhr in die Eingangshalle und warte dort auf eine Nachricht.« Noch bevor Emilio etwas erwidern konnte, bohrten sich Stephans Finger noch einmal in seinen Arm, und zwar so kräftig, dass er die Luft anhalten musste. »Übrigens«, schob Stephan im Plauderton nach, »Versager sind keine mehr am Leben.« Sekunden später war er genau so schnell verschwunden, wie er aufgetaucht war.

Als sich Emilio zügigen Schrittes dem Albergo L'antico Duomo näherte, konnte er die Aufregung und Vorfreude über das ihm bald zustehende kleine Vermögen kaum verbergen. An die Opfer verschwendete er keinen Gedanken. Wie sollte er auch, wo ihm selbst in seinem ganzen Leben nie wirklich echte Zuneigung zuteilgeworden war. In der protzigen Empfangshalle setzte er sich an einen kleinen, runden, etwas abseitsstehenden Tisch. Obwohl er in seinen besten Kleidern steckte, folgten ihm die abfälligen

Blicke der wenigen anwesenden Gäste. Er hatte sie sehr wohl bemerkt. »Snobs«, grinste er in sich hinein und bestellte absichtlich den teuersten Cocktail, den er auf der in rotem Stoff eingefassten Getränkekarte entdeckt hatte. Cornelia nahm Emilios etwas ungehobelt formulierte Bestellung nur zögerlich auf. Bestimmt überlegte sie sich, wie sich ein so ungepflegt wirkender Mann das Geld für diesen Drink, immerhin stolze fünfzehn Euro, leisten konnte. Schliesslich siegte ihr Geschäftssinn, denn schon oft hatte sich ein vermeintlicher Habenichts bei der Bezahlung als grosszügig entpuppt, zumindest was das Trinkgeld anging.

Nur sehr vage würden sich Cornelia und die wenigen Hotelgäste später an den dezent und unscheinbar gekleideten Mann erinnern, der etwa zehn Minuten später das Hotel betrat, sich einen Augenblick lang unauffällig umsah und dann zielstrebig zu Emilio an den Tisch setzte. Mit einem Handzeichen gab er Cornelia zu verstehen, dass er keinen Wunsch habe, und sie wandte sich wieder den anderen Gästen zu. Emilio schlürfte laut an seinem Drink, während er seinen vermeintlichen Wohltäter erwartungsvoll angrinste. Vielleicht – nein, sicher – hatte sich Emilio noch überlegt, ob er nicht einen kleinen zusätzlichen Betrag, sozusagen als Bonus, würde herausschinden können, und genauso sicher erwartete er nun ein Lob für den Erfolg seiner kleinen, aber wirkungsvollen Manipulation. Während Stephan mit der linken Hand in der Tasche seines braunen Jackets nestelte und sicher war, dadurch die Aufmerksamkeit Emilios in diese Richtung zu lenken, stiess er ihm mit der Rechten blitzschnell eine kleine, starke Nadel durch die Hose hindurch in den Oberschenkel. Augenblicklich zuckte Emilio zusammen. Er wollte aufspringen, wollte Stephan seine kräftige Faust ins Gesicht rammen, wollte aufschreien. Doch sein Körper gehorchte ihm schon nicht mehr. Stephans eisiger Blick bohrte sich tief in sein Bewusstsein, und als urplötzlich ein Schmerz, so schrecklich, wie er ihn nie zuvor gespürt hatte, in seiner Brust explodierte und sich seine Muskeln schlagartig verkrampften, drückte ihn Stephan mit nur einem Arm so kräftig in den Sessel hinein, dass das unnatürliche Zucken seiner Gliedmassen zufälligen Beobachtern verborgen bleiben würde. Erst etwa zwanzig Minuten später hallte Cornelias spitzer, erschrockener Schrei durch die edle Empfangshalle des Hotels.

Mailand, 19. August, eine Stunde später

Commissario Giuseppe Monelli von der Mordkommission versuchte so unauffällig und diskret wie nur möglich vorzugehen, doch obwohl sie ohne Sirenen vor dem Albergo L'antico Duomo vorgefahren waren und zivile Kleidung trugen, hatten die neugierigen, aufgeregt plappernden Hotelgäste und Angestellten die Nachricht über den Toten in der Hotelhalle schon längst verbreitet. Die Blitzlichter des Polizeifotografen tauchten den Raum in grelles Licht. Und schon drängelten an der Absperrung Journalisten und Berichterstatter lokaler TV- und Radiostationen – sie waren wie Hyänen in die Lobby eingefallen.

Mailand, 19. August, 19.00 Uhr

Ferienzeit. Ein Grossteil der wohlhabenderen Mailänderinnen und Mailänder tummelte sich an den unzähligen Stränden Italiens und der ganzen Welt, so dass die Verkaufszahlen der Printmedien während der Monate August und September jeweils bedrohlich sanken. Wie auch andere Journalisten beherrschte Sorese die Kunst, eine völlig unwichtige Bagatelle zu einer reisserischen Geschichte mit fetten Schlagzeilen aufbauschen zu können, und dies war endlich wieder eine Gelegenheit dazu. Es war Ludmilla, die Sorese angerufen hatte und dafür selbstverständlich auch ein angemessenes Trinkgeld erhalten würde. Besonders als freischaffender Journalist, der auf lukrative Storys für Revolverblätter angewiesen war, musste man sich ein zuverlässiges Netz an Informanten aufbauen. Bisweilen pflegten Journalisten wie Sorese in den besseren Hotels einer Stadt herumzulungern, immer in der Hoffnung, einen kleinen Skandal oder die heimliche Liebschaft einer prominenten oder auch weniger prominenten Persönlichkeit entdecken und ausschlachten zu können. Etliche Geschäftsleute und Politiker, die vor lauter Vorfreude auf ein lustvolles Schäferstündchen mit einer meist um viele Jahre jüngeren Sekretärin ihre Vorsicht vergassen, hatten so bereits ihren guten Ruf und auf Grund der nachfolgenden, erbitterten Scheidungskriege oder Karriereeinbrüchen auch einen erklecklichen Teil ihrer Habe verloren. So hatte Sorese im Albergo L'antico Duomo auch Ludmilla kennen gelernt. Die Story, die sie ihm damals verkauft hatte, hatte einen involvierten Priester den Job gekostet. Dafür jedoch profitierte sie einen kurzen Augenblick lang von zwar zweifelhafter, dafür umso lukrativerer Publizität. Nachdem sie jedoch in einigen nicht jugendfreien Filmchen ihren niedlichen Po hergehalten und ein paar belanglose Interviews auf viertklassigen Fernsehkanälen gegeben hatte, trat bald wieder Ruhe ein. Ludmilla, die ihr Geld stets mit offenen Händen aus dem Fenster zu werfen pflegte, investierte ihr restliches Vermögen in eine neue, aufreizende Garderobe und trat einem exklusiven Callgirlring bei. Immerhin ein kleiner Fortschritt zu früher. Nebenbei allerdings lungerte sie auf der Suche nach zusätzlicher Kundschaft in den Lobbys verschiedener Hotels herum. Vom Hotelpersonal wurde das jeweils so lange akzeptiert, bis eine Beschwerde einging.

Sorese war bis heute standhaft geblieben: »Schlafe nie mit deinen Informantinnen, denn wenn es vorbei ist, hast du in der Regel nicht nur dein Spielzeug, sondern auch eine Einnahmequelle verloren«, hatte ihm vor Jahren Bruno Tipo, seines Zeichens Chefredaktor bei der Gazzetta, eingebläut.

Sorese steckte Ludmilla im Vorbeigehen geschickt einige Banknoten zu und sie liess diese nicht minder professionell in ihrer gefälschten Krokodillederhandtasche verschwinden, bevor sie schleunigst aus dem Hotel stöckelte. Dann wandte sich Sorese der eiligst angebrachten Abschrankung zu. Der Geschäftsführer hatte hierzu im Keller einige Meter an vornehmen Kordeln ausgegraben. »He, Sorese, auch mal wieder im Land?«, quäkte von der gegenüberliegenden Seite her Monellis Stimme. »Gottlob ist er noch einige Meter weit von mir entfernt,« frohlockte Sorese, als er an dessen feuchte Aussprache dachte. Mit seinen bescheidenen 164 cm Grösse, dem Gewicht von annähernd einem Zentner und seiner spitzen Nase, die wie ein Kirchturm aus seinem breiten Gesicht ragte, wirkte Monelli auf seine Umgebung bisweilen wie ein zu klein geratenes Nashorn. Seine tatsächlich aussergewöhnliche Erscheinung hatte ihm in seiner näheren Umgebung den Spitznamen »Rhino« eingetragen, an den er sich mittlerweile sogar gewöhnt hatte. Rhino watschelte erstaunlich flink auf Sorese zu, und dabei spiegelten sich die verspielten Kronleuchter der Lobby auf seiner Glatze.

Wenn Rhino nicht schon längst mit Anja verheiratet und mit ihr drei Kinder gezeugt hätte, die ihm glücklicherweise nicht glichen, hätte sich ihn wohl niemand an der Seite einer Frau vorstellen können. Doch hinter seinem Äusseren, das der hinterhältigen Feder eines Karikaturisten hätte entsprungen sein können, verbargen sich ein messerscharfer Verstand, eine untrügliche – wenn auch spitzige – Spürnase und ein Einfühlungsvermögen, das seinesgleichen zu suchen hatte. Mit seiner offenen, ehrlichen Art hatte er Sorese damals sehr geholfen, als dieser nach dem schrecklichen Unfalltod seiner Frau Catarina in eine tiefe Lebenskrise gestürzt war. Er war es auch, der Sorese nach seinem Rauswurf bei der Polizei von seinen journalistischen Fähigkeiten überzeugt, ihn mit Bruno Tipo bekannt gemacht und dadurch vor dem tiefen Fall in den Schlund der Sozialhilfe bewahrt hatte. Soreses Depressionen waren damals weit fortgeschritten, und sein Selbstmitleid hatte ihn fast vollständig zerfressen. Der persönliche Kontakt zu Monelli war ein besonderes Privileg, das er sich aus der Vergangenheit hatte hinüberretten können. »War das wieder mal ein Tipp von einer deiner ominösen, mit viel Charme bezirzten Informantinnen oder ausnahmsweise Zufall?«, fragte Rhino. »Zufall«, erwiderte Sorese, der unmerklich grinsen musste, als er feststellte, dass Rhino schon wieder einige Kilos zugelegt hatte. Rhino kannte Soreses Hartnäckigkeit, wenn es darum ging, sich Informationen zu beschaffen. »Mord?« »Sieht eher aus wie der Selbstmord eines Junkies«, antwortete der Commissario, »die Polizeiärztin hat ein ganzes Heer an Einstichen entdeckt, allerdings nicht an den Armen, sondern den Beinen. Hätten wir ihn unter einer Autobahnbrücke, in einer billigen Absteige oder am Bahnhof gefunden, dann sähe ich eigentlich keinen Anlass dazu, zu zweifeln. Aber die Lokalität für einen Selbstmord scheint mir dann doch etwas seltsam gewählt …« – »Das ist bestimmt noch nicht alles.« – »Nun, die junge Dame, die ihn bedient hat, übrigens ein aussergewöhnlich hübsches Kind...« – »Was kein Wunder ist in solch einem Nobelschuppen, hier bezahlen die Gäste auch für das Aussehen des Personals,« warf Sorese ein. »Tja, sie sagt, er habe den teuersten Cocktail bestellt und ganz und gar nicht so auf sie gewirkt, als wolle er seinem Leben ein Ende setzen. Und dann sind da noch ein paar andere Dinge...« Rhino war bekannt dafür, dass er es gerne spannend machte. »Erstens: In den Taschen des Toten haben wir einen Personalausweis gefunden. Emilio Tommaso, Schichtleiter in Linate, Flugzeugwartung. Verantwortungsvoller Job. Und das trotz Vorstrafen. Seltsam, eh? Zweitens: Er war nicht die ganze Zeit über alleine hier. Ein älteres Ehepaar schwört durch alle Böden hindurch, dass unser Toter einige Minuten in Gesellschaft eines unauffälligen Mannes verbracht habe. Beschreibung leider ziemlich vage; Brille, Schnurrbart. Ach ja, und er soll ein braunes Jacket getragen haben. Seltsam, eh? Bei dieser Hitze …« Während er die ersten Ergebnisse seiner Nachforschungen so sachlich wie gewohnt auflistete, knöpfte er die speckigen Ärmel seines Hemds auf und krempelte sie etwas unbeholfen hoch. Die Hitze hier drin war tatsächlich schier unerträglich. »Franco filzt gerade seine Wohnung, oder besser gesagt seine schäbige Absteige in der Nähe des Flughafens.«

Commissario Giuseppe Monelli wusste, dass er Sorese das alles erzählen konnte, ohne dass er Angst haben musste, dieser würde es der nächstbesten Zeitung verkaufen. Zwar würde er seine Story schreiben, und bestimmt würde sie auch reisserisch genug aufgemacht sein. Aber Sorese hatte ein vernünftiges Mass an Anstand und Diskretion aus seiner Zeit als Polizist hinübergerettet. Schon einige Male war es Sorese gewesen, der, vielleicht aus Dankbarkeit für seine Anteilnahme und Hilfe damals, das Netz seiner Informanten hatte spielen lassen und ihm dadurch wichtige Informationen geliefert hatte, die bei der Lösung eines Falles eine massgebliche Rolle spielten. Dafür erhielt Sorese für seine Artikel oft das eine entscheidende Quentchen Vorsprung gegenüber anderen. Und dieser Deal konnte, wenn es nach Monelli ging, noch lange so weiterlaufen.

Rom, 20. August, 15.15 Uhr

Gleich heute Abend würde sich Alicia Dolores von Massimo, ihrem Lieblingscoiffeur, die Haare schneiden lassen. »Was für eine Hitze«, ächzte auch Dario hinter einem Stapel Fernschreiben, die er soeben zu sortieren begonnen hatte. Das Internet hatte sich noch immer nicht vollständig bei ihnen durchgesetzt, und deshalb waren sie nach wie vor auf ihre schon fast antiquiert anmutenden, ratternden Fax-Geräte angewiesen. Seit dem Mittagessen, das Alicia in aller Eile, zum ersten und wohl auch zum letzten Mal, an der neuen, keine zweihundert Meter entfernten Imbissbude zu sich genommen hatte – einen pampigen, nach Karton schmeckenden Hamburger – kroch der Minutenzeiger der übergrossen Wanduhr im Büro der AP Presseagentur an der Via Cremola noch träger als sonst vor sich hin. »Die Uhr hat sich wohl ebenfalls von der Hitze kleinkriegen lassen«, maulte Dario, während er die seines Erachtens wichtigen Meldungen in ein speziell dafür vorgesehenes Fach warf. Alicia hatte beschlossen, sich heute nicht von der schlechten Laune Darios anstecken zu lassen. Gerade, als sie trotzig den einzigen und ebenso vergänglichen Hit einer neuen und wohl bald wieder vergessenen Boygroup anstimmen wollte, ratterte wieder ein Fernschreiber. Sie stand auf und stellte dabei fest, dass ihr luftiges Kleid am Sitzkissen festklebte. Während Dario mit einem breiten und leicht anzüglichen Grinsen hinter seinen Papieren hervorschielte – wohl in der Hoffnung, Alicia stünde bald in Unterhosen da – griff sie nach dem Fetzen Papier, das der Drucker ausgespuckt hatte, und begann zu lesen. Die neue Depesche versetzte zuerst Alicia und Dario, anschliessend die ganze Agentur in helle Aufregung. Die Hitze schien augenblicklich vergessen, und schon wenige Minuten später verbreiteten die Faxgeräte den von Alicia in Windeseile neu aufgesetzten Text an die der Agentur vertraglich angeschlossenen Zeitungen sowie Fernseh- und Radiostationen im ganzen Land.

»*Überraschend ist in Rom vor wenigen Minuten ein anonymes Bekennerschreiben zum Absturz des Ägyptischen Verkehrsflugzeuges vor knapp drei Tagen in Hurghada eingegangen*«, liessen die Nachrichtensprecher mit gewohnt geschäftsmässiger Stimme kurze Zeit danach in Radio und Fernsehen verlauten. »*Tod den ungläubigen und kapitalistischen Touristen, die unser ruhmreiches Land mit Schande beflecken. Tod allen Proletariern der westlichen Welt, die unser Volk überrennen und dabei Kultur und Tradition von uns Kindern Allahs mit ihren unwürdigen Füssen treten. Tod den Passagieren von Flug AGL 102. Für ein neues, freies, und reines Ägypten. InTaka*«.

Das Schreiben wurde von den wissenschaftlichen Mitarbeitern der Polizei vor allem deshalb als echt beurteilt, weil es einige technische Details zum Anschlag enthielt, die nicht von der Presse veröffentlicht worden waren.

Pattaya, Thailand, 21. August

Noch immer waren die Buchungen in seinem Hotel gegenüber den letzten Jahren stark rückläufig. Unwirsch fegte er die neusten Zusammenstellungen aus der Buchhaltungsabteilung beiseite und griff nach dem Glas, das nur noch den lauwarmen Rest eines einstmals exquisiten Whiskeys enthielt. Die zwei Eiswürfel hatten ihren Kampf gegen die thailändische Hitze verloren und sich schon vor einer halben Stunde in Wasser aufgelöst. Die Einrichtung seines Büros war teuer, aber nicht protzig. Praktisch alle wichtigen Unterlagen bewahrte er in einem geschmackvollen Edelholzschrank neben der Tür auf, und wenn er es sich auf dem Ledersessel hinter dem auf Hochglanz polierten Schreibtisch bequem machte, schimmerte die Chinesische See tiefblau zu seinen Füssen. Die Klimaanlage surrte leise, als er sich, nachdem er den letzten Schluck hinuntergeschüttet hatte, nach vorne lehnte und sein Blick auf die aufgeschlagene Seite der Bangkok Post fiel. Die kleine Agenturmeldung im Auslandteil der Zeitung überflog er nun schon zum zweiten Mal. »Flughafenangestellter in Mailänder Hotel ermordet«. Wenige Fakten, viel aufgebauschte Vermutungen. »Typisch!«, dachte er, und trotzdem verengten sich seine braunen Augen hinter der teuren Designerbrille. »Wie eine bekannte italienische Abendzeitung berichtete …«. Nachdenklich las er die bewusst beifällig eingefügte Angabe zur Quelle des Artikels noch einmal durch. Er stellte das leere Glas zurück und fuhr, in Gedanken versunken, über sein volles, leicht angegrautes Haar. Dann griff er zum Telefon. Agnes, die schon seit dem Tod seiner Frau seine verlässlichste Privatsekretärin und ab und zu eine nicht weniger aufregende Bettgefährtin war, lauschte kurz und verband ihn augenblicklich mit der gewünschten Nummer in Mailand.

Mailand, 27. August, 16.00 Uhr

»Ciao Sorese, wie gehts? Gesund und munter? Ach, was für ein herrlicher Nachmittag …«, plapperte Antonia aufgekratzt. Ihre ungewohnt gute Laune kündigte an, was Sorese nicht für möglich gehalten und ihr auch niemals gegönnt hätte: Antonia hatte bereits wieder eine neue Mieterin für die Wohnung der Rosarios gefunden. Da die Wohnung vor wenigen Tagen von einer ganzen Schar von Verwandten geräumt – oder sollte man es eher geplündert nennen? – und leidlich gereinigt worden war, konnte die neue Mieterin auch schon einziehen. Bestimmt war es nur die Nähe zum Arbeitsplatz – was sonst hätte es auch sein können? – die diese Teresa dazu bewogen haben mochte, sich in solch einer Bruchbude einzunisten. Antonias gute Laune hatte wohl auch ihr Gedächtnis in Mitleidenschaft gezogen, denn sonst hätte sie niemals vergessen, seine Miete einzufordern. Dabei hatte er sich schon seit Tagen wie ein kleines Kind auf diesen Moment gefreut. »Selbstverständlich, hier hast du das Geld«, wollte er ihr ohne die üblichen Entschuldigungen und Rechtfertigungen verkünden, »und zudem möchte ich mich mit einem kleinen Bonus von fünfzig Euro erkenntlich zeigen für dein Verständnis und deine Grosszügigkeit der werten Mieterschaft gegenüber, wenn sie mal in finanziellen Schwierigkeiten steckt!« Antonias Kiefer würde bis mindestens zum vierten Doppelkinn nach unten klappen, und während sie noch nach Luft japsen würde, sollte ihr eine Rose, die er extra zu diesem Zweck erstanden hatte, den Rest geben. Schon alleine die Vorstellung von Antonias entgeistertem Blick wäre Genugtuung für all die Nächte, die er sich in letzter Zeit seiner ständigen Geldsorgen wegen mehr schlecht als recht um die Ohren geschlagen hatte. Die Story aus dem Albergo L'antico Duomo hatte sich gut verkaufen lassen, und für die Unverfrorenheit, mit welcher er in seinem Artikel über mögliche Zusammenhänge zur Mafia spekulierte, hatte er ein dickes Lob von Bruno Tipo eingeheimst. Selbstredend, dass er die Geschichte anschliessend auch noch für teures Geld an andere Zeitungen verschachert hatte. Monelli hatte sich schon gemeldet: »Sorese, mein Lieber«, hatte er in den Hörer gequäkt, »einfach toll, dein Geschwafel. Unübertrefflicher Unterhaltungswert. Leider haben wir selbst unsere Ermittlungen noch nicht abgeschlossen und immer noch viele Fragen zum tatsächlichen Sachverhalt. Präfekt Pozzo drängt schon jetzt, den Fall mit dem Vermerk »Tod durch Überdosis an Drogen« abzuschliessen. Das liess er zumindest am Telefon verlauten, aus seinem Urlaub. Ich melde mich, wenn ich etwas Neues habe. Ciao.«

Gerade als Sorese endlich den verfluchten Schlüssel aus seiner Tasche hervorgeklaubt hatte und die Tür aufschliessen wollte, vernahm er eine Etage tiefer das leise Knarren von Treppenstufen. »Das kann unmöglich Antonia sein, das tönt nach deutlich weniger Gewicht«, mutmasste Sorese. Flugs drehte er sich um und bemühte sich, zwischen dem abgegriffenen Holzgeländer hindurch einen Blick nach unten zu erhaschen. Vielleicht war es Schicksal, auf jeden Fall aber Zufall: Gerade in dem Moment, in welchem er sich nach vorne beugte, fiel die angefangene Packung Zigaretten samt Billigfeuerzeug aus seiner Hemdtasche und schlug in der zweiten Etage keine Handbreite neben der neuen Mieterin auf dem schmutzigen Boden auf. »Entschuldigung! Bitte entschuldigen Sie!« Sorese hatte die Entschuldigung so schnell hervorgebracht, dass der erschrockenen Teresa einfach keine Zeit zum Reagieren blieb. Er hatte sie schlicht überrumpelt. Sie war hübsch, keine ausgesprochene Schönheit zwar, aber die Lebensfreude und die Herzlichkeit, die ihre wachen, hellbraunen Augen über der niedlichen Stupsnase ausstrahlten, zogen einen augenblicklich in ihren Bann. Sie reichte Sorese gerade mal bis zum Kinn. Die langen, roten Haare fielen verspielt über die Schultern und umschlossen ein zart geformtes Gesicht. Als sie Sorese bemerkte, hatte dieser schon sein charmantestes Lächeln aufgesetzt und blickte ihr vermeintlich schuldbewusst in die Augen. »Nochmals, entschuldigen Sie bitte, aber das passiert mir immer wieder. Diese kleinen Brusttaschen sind einfach unmöglich.« Und obwohl Sorese bestimmt schon besser ausgesehen hatte, da er sich seit mindestens vier Tagen nicht mehr rasiert hatte und sein etwas schütteres Haar heute besonders ungepflegt wirkte: Teresa schien auf sein Gesülze anzusprechen. Sie schüttelte den Kopf, guckte ihn keck an und erwiderte schelmisch: »Wie wär's mit einer Tasse Kaffee als Entschuldigung?« »Aber sicher, natürlich, sehr gerne«, japste er, während er sich insgeheim dafür verfluchte, dass er die Ordnung in seiner Wohnung in letzter Zeit arg vernachlässigt hatte. »Ich wohne gleich schräg über Ihnen, kommen sie doch nachher einfach zu mir – mein Kaffee ist weltbekannt!« »Aber keine falschen Hoffnungen. Signora Antonia hat mich schon eindringlich vor Ihnen gewarnt«, hörte er sie noch sagen, bevor sie in ihrer neuen Wohnung verschwunden war. »Diese eifersüchtige Barkasse, diese undankbare Matrone! Was mag Antonia Teresa schon alles von mir erzählt haben?«, schimpfte Sorese, wohl nicht ganz ohne Grund, und sah die Felle schon wieder davon schwimmen.

So schnell hatte er seine Wohnung noch nie auf Vordermann gebracht. Er flog buchstäblich durch die wenigen Zimmer, und dass er seinen alten Staubsauger überhaupt noch fand – er entdeckte ihn schliesslich in der Küche hinter dem überquellenden Mülleimer, als er diesen auf den Balkon stellen wollte – und dieser sogar noch funktionierte, wenn auch schnaubend und ächzend, grenzte an ein kleines Wunder. Während er mit einem feuchten Lappen den Staub so schnell wie möglich wegwischte und dabei allerlei Dinge entdeckte, die er schon längst verloren geglaubt hatte, dankte er Gott und der Welt dafür, dass seine Wohnung nicht grösser war. Trotzdem konnte er, als es exakt eine Stunde später an seiner Wohnungstür läutete – und es war bestimmt nicht Antonia, denn sie pflegte ihre Wurstfinger so lange auf den Knopf zu pressen, bis er die verdammte Tür geöffnet hatte – nur noch die Schlafzimmertür zuschlagen und hoffen, Teresa würde nicht seine ganze Wohnung sehen oder gar einen Fuss auf seinen Balkon setzen wollen. Als er zur Tür hastete, war er bereits völlig ausser Atem. Beim Eintreten bemerkte Teresa sarkastisch, dass er sich ruhig auch mehr Zeit hätte nehmen können, um die Wohnung zu putzen. Schliesslich wolle sie keine Schuld an seinem Ableben etwa durch stressbedingtes Herzversagen tragen. Teresa machte es sich bequem auf seinem alten Sofa und liess sich durch seinen starken und vorzüglichen Kaffee verwöhnen. Zuerst blieb er stumm und konnte seine Augen kaum von ihr lösen, aber bald fand er seine Stimme wieder. Die Zeit verging wie im Fluge. Er erfuhr, dass Teresa, die lieber Tessa genannt werden wollte, die einzige Tochter eines wohlhabenden Finanziers aus Turin war. Vor Jahren war dieser, nachdem der Krebs Tessas Mutter getötet hatte, nach Asien ausgewandert. Tessa war nach dem Tod ihrer Mutter bei den Grosseltern aufgewachsen, in einem stattlichen Bürgerhaus an der Via Rosa, mitten in einem vornehmen Turiner Bankenviertel. Die Grosseltern, zwei liebenswerte und einfühlsame Menschen, konnten es sich leisten, ihr Enkelkind an eine renommierte Schule zu schicken, und sie machte ihrer Familie dort alle Ehre. Nach dem Abitur holte ihr Vater sie für ein Jahr nach Asien, um ihr ein Praktikum zu ermöglichen, das Voraussetzung war für den Eintritt in die wohl begehrteste Hotelfachschule der Welt, die Hotelfachschule in Lausanne in der Schweiz, herrlich gelegen hoch über den Ufern des Genfersees. Doch Tessa hatte sich zu einer sehr eigenständigen und darüber hinaus eigenwilligen jungen Frau entwickelt, und als sie sich in Asien auf ihren Spaziergängen das erste Mal in ihrem jungen Leben mit den Schattenseiten der Wohlstandsgesellschaft konfrontiert sah, da merkte sie, dass sie dem Wunsch ihres Vaters, definitiv bei ihm einzusteigen, wohl kaum würde entsprechen können. All diese schleimigen und primitiven Freier, die diese viel zu jungen

Frauen und Mädchen, die sich ihres Elends wegen prostituierten, für wenig Geld ausbeuteten und erniedrigten, konnte sie einfach nicht ertragen. Deren letztes Quäntchen Stolz war längst bitterer Resignation und Hilflosigkeit gewichen und sie konnten ihre Scham nur ertragen, indem sie sich mit möglichst vielen Drogen zudröhnten. Anfangs hatte Tessa noch versucht wegzusehen, doch ihr Schlaf war zusehends unruhiger geworden. Eines frühen Abends war sie mit Poh, einer der vielen Angestellten ihres Vaters, auf der Suche nach einem neuen Sommerkleid durch eine weniger herausgeputzte Seitenstrasse geschlendert. Da ging ein kurzer Regenschauer nieder, so heftig, wie es Tessa noch nie zuvor erlebt hatte. Sofort bildeten sich der löchrigen, mit allerlei Unrat bedeckten Strasse trübe, stinkende Pfützen. Poh grinste, als Tessa eine schuhgrosse Ratte entdeckt und laut aufgeschrien hatte. Tessa war nicht für das wirkliche Asien und dessen riesige, überbevölkerte Vorstädte geboren, welche die noblen Touristenburgen wie Unkraut umrankten und wohl bald überwuchern würden. Die fetten Regentropfen schlugen derart heftig auf dem schiefen Wellblechdach auf, unter dem sie Schutz vor der Nässe gesucht hatten, dass sie das Wimmern kaum bemerkt hatten. »Bitte, etwas zu Essen, bitte!« Tessa wandte sich erschrocken um. »Etwas zu Essen, bitte!« »Komm, lass uns gehen!« Poh sprach leise, flüsterte fast. Tessa zögerte, und selbst als Poh sie schliesslich kräftig am rechten Arm gepackt und wieder hinaus auf die Strasse gezerrt hatte, konnte sie ihren Blick lange nicht von dem kleinen, armseligen Geschöpf lösen, das da am Boden kauerte. Nie würde Tessa das eingefallene Gesicht des kleinen Mädchens vergessen, dessen dunkle, seltsam stumpfe Augen ihnen flehend nachgesehen hatten, bis sie endlich wieder von der aufkommenden Dunkelheit verschlungen worden waren. Bald hatte sich Tessa mit ihrem Vater überworfen, der Widerspruch nicht gewohnt war und kaum Übung darin besass, mit einer zwanzigjährigen, selbstbewussten Frau umzugehen. Schliesslich hatte sie sich mit ihrem Wunsch nach einer journalistischen Ausbildung durchgesetzt und sich vor zwei Jahren in Mailand für das Studium der Publizistik eingeschrieben. Vor wenigen Tagen hatte Bruno Tipo, Chefredakteur der Gazzetta angerufen, der ein guter Bekannter ihres Vaters war. Überraschend hatte er ihr eine Praktikantenstelle bei seiner Zeitung angeboten.

Sorese hatte Tessa auch von seiner Zeit erzählt, als er noch Polizist gewesen war. Seine eigenen Erinnerungen an Turin hatte er dabei bewusst ausgelassen, denn sie schmerzten noch immer. Sein – wie sich später herausstellte – völlig ungerechtfertigter Rausschmiss und die finanziellen Konsequenzen waren das eine gewesen. Noch schlimmer war die Einsamkeit, denn die Polizei ist wie eine Familie, und wer einmal verstossen worden ist, von dem wenden sich alle in Windeseile ab. Er konnte es ihnen nicht mal verdenken, denn wer wollte schon sein Schicksal teilen? Dank Rhino, der ihn mit Bruno Tipo von der Gazzetta bekannt gemacht hatte, welcher ihm in der Folge nicht ganz uneigennützig ab und zu einen Job zukommen liess, hatte er die Füsse wieder einigermassen auf den Boden bekommen und sich schliesslich die kleine Wohnung an der Via Carina leisten können. »Sicher wird ihr Vater für die Wohnungsmiete aufkommen«, vermutete Sorese ein klein wenig neidisch.

Als Tessa sich endlich geschmeidig erhob und ihm im Vorbeigehen zum Abschied überraschend einen flüchtigen Kuss auf die Wange hauchte, fühlte er Lebensgeister in sich erwachen, an deren Existenz er schon lange nicht mehr geglaubt hatte. Und als die Tür hinter Tessa zufiel und lediglich noch ein Hauch ihres süsslichen Parfums in der Luft schwebte, hatte er sich, ohne es selbst zu realisieren, bereits in sie verguckt.

Mailand, 27. August, zwei Stunden später

»Und?« Die dunkle, sonore Stimme Bruno Tipos tönte erwartungsvoll. »Wie du vermutet hast. Wir haben uns bereits bekannt gemacht.« Ein Aufatmen am anderen Ende der Leitung verriet ihr seine Erleichterung. »Bravo, meine Kleine! Bleib dran, aber sei vorsichtig. Nichts überstürzen. Bisweilen riecht er Dinge, noch bevor sie überhaupt geplant wurden.« »Keine Sorge!« In ihrer Stimme erkannte Bruno Ehrgeiz und Durchsetzungsvermögen. »Bleib einfach am Ball«, wiederholte er noch einmal eindringlich. Ein leises Klicken deutete an, dass er den Hörer bereits wieder aufgelegt hatte. Sie wusste zwar nicht genau, warum er sie auf Sorese angesetzt hatte, aber dafür würde er schon seine guten Gründe haben.

Hurghada, 28. August, 08.00 Uhr

»Trittbrettfahrer«, dachte Azmi Salah, als ihm Leutnant Khaled eine Kopie der Abendausgabe der Gazzetta aus Mailand mit dem Bekennerschreiber einer völlig unbekannten ägyptischen Widerstandsgruppe in Italien unter die Nase hielt. Die Untersuchungen der Fachleute von Boeing waren annähernd abgeschlossen, die Flugschreiber ausgewertet. Noch wenige Minuten vor der Landung hatte Flugkapitän Amman dem Tower in Hurghada vorschriftsmässig Höhe und Geschwindigkeit sowie die aktuellen Koordinaten übermittelt, danach hatte er etwas von Schwierigkeiten angetönt, und nur Sekunden später deutete ein kurzes Rauschen im Äther an, dass Amman oder sein Copilot noch versucht hatten, einen weiteren Funkspruch abzusetzen. Danach ein lauter Knall, dann Stille, nur noch Stille. Das Flugzeug musste in der Luft förmlich auseinandergerissen worden sein. Nur gerade zwei Jahre zuvor war es vor der Ostküste der Vereinigten Staaten zu einem ähnlichen Vorfall gekommen.

Damals hatte es sich um eine Boeing 747 gehandelt, die ebenso überraschend wie Flug AGL 102 von den Schirmen der Flugüberwachung verschwunden war – und mit ihr über 250 Passagiere. Nach langwierigen Untersuchungen der amerikanischen Flugsicherheitsbehörde FAA und einer Sondereinheit, zusammengesetzt aus Ingenieuren und Technikern der Flugzeugwerke, konnte aber ein terroristischer Anschlag ausgeschlossen werden. Sollte die Katastrophe in Hurghada auf eine ähnliche Verkettung unglücklicher Umstände zurückzuführen sein? »Trittbrettfahrer«, murmelte Azmi noch einmal, und es hörte sich fast so an, als wolle er sich selbst überzeugen. Halef seufzte und zog an seiner Zigarette. »Könnte sein«, gab er zurück, während er den Rauch kunstvoll nach oben blies. Der Rauch pappte sich förmlich an den milchigen Fenstern fest. Noch einmal liess Azmi seine Augen über die Zeilen gleiten. »Oder doch nicht?« Halefs Stimme drückte das aus, was Azmi während der letzten Nächte kaum Ruhe gelassen hatte. »Sabotage? Doch ein Attentat? Oder wirklich bloss ein Unfall?« »Der Chief möchte, dass Sie nach Mailand fliegen!« Khaled starrte, während er das sagte, unentwegt auf die Asche, die Halef achtlos auf den Boden geschnippt hatte. Azmi blickte überrascht auf: »Tatsächlich?« Zweimal schon hatte er Chief Borka exakt dazu zu überreden versucht, doch er war immer wieder abgeblitzt. Borka war in seinen Augen ein widerlicher Schleimer, eine richtige Windfahne. »Und woher dieser plötzliche Sinneswandel?«, wollte er deshalb von Khaled wissen. Halef hatte seinen Glimmstengel endlich zu Ende gerraucht und trommelte jetzt nervös mit seinen sehnigen Fingern auf den Tisch. »Wird wohl dieser Zeitungsbericht hier sein!«, antwortete Khaled. »Ägyptische Fanatiker in Italien?« »Eben«, meinte Khaled. »Scheisse«, dachte Halef, der wusste, dass seine Schicht erfahrungsgemäss um mindestens drei Stunden täglich länger werden würde, wenn Azmi nicht hier war.

Mailand, 28. August, 21.00 Uhr

Azmi hatte seine Hausaufgaben gemacht. Die grossen Mailänder Tageszeitungen lagen, akribisch genau nach Datum sortiert, auf dem freien Sitz rechts neben ihm. Das Flugzeug war praktisch leer. »Kaum mehr Touristen seit dem Absturz vor zehn Tagen und dem bedrohlichen Bekennerschreiben.« Die Flugbegleiterin, eine dunkelhaarige Schönheit, war praktisch unbemerkt neben ihn getreten. »Soll aber nicht ihr Nachteil sein! Noch Tee?« Azmi nickte erschöpft. Seit er von Borka den Auftrag erhalten hatte, nach Mailand zu reisen, hatte er wieder und wieder die Zeitungen durchstöbert in der Hoffnung, irgendeinen Hinweis, irgendeine noch so kleine, unscheinbare Nachricht zu finden, die im Zusammenhang mit dem Absturz stehen konnte. Auf dem Weg zum Flughafen hatte er sie dann tatsächlich entdeckt. »Geschäftsreise?«, fragte die Flugbegleiterin, während sie mit ihren Fingern in der linken Box geschickt nach einem zweiten Zucker nestelte. Unwillkürlich dachte Azmi an Elena. Sie war genauso aufmerksam und geschickt gewesen. »Geschäftsreise«, gab er derart barsch zurück, dass er über sich selbst erschrak. Die Flight Attendant, gelinde gesagt vor den Kopf gestossen, wandte sich brüsk ab. Sie hatte verstanden. Azmi wartete, bis sie ausser Sichtweite war. Dann schnappte er sich noch einmal die abgegriffene Zeitung, die oben lag und das Datum des 21. August trug. Der Vorfall war dem zuständigen Schreiberling nur gerade einige wenige Zeilen wert gewesen:

»Unbekannter Toter im Albergo L'antico Duomo. Wie die Polizei berichtete, ist gestern am frühen Abend in der Eingangshalle des Albergo L'antico Duomo ein noch unbekannter, ungepflegt wirkender Mann tot aufgefunden worden. Eine Hotelangestellte hatte zunächst angenommen, der Gast sei am Tisch eingeschlafen. Die Todesursache ist zurzeit noch unbekannt; der Tote wies keine sichtbaren Verletzungen auf. Die Polizeiärztin schliesst Herzversagen nicht aus.«

Da er der Kontrollen im Flughafen wegen keine Schere auf sich trug, falzte Azmi ein kleines Rechteck um die Meldung, riss es vorsichtig aus der Zeitung und legte es vor sich auf das, was in Flugzeugen als Tisch bezeichnet wird. Dann griff er nach seiner Tasse Tee und versuchte vorsichtig einen kleinen Schluck zu nehmen. »Mist«, fluchte er verhalten, als eine Turbulenz am Rumpf der Maschine rüttelte und ein paar Tropfen auf seine neue, leider schon wieder etwas zerknitterte dunkle Hose klecksten. Nachdem er die Tasse wieder abgestellt und die Flecken mit einer viel zu dünnen Serviette notdürftig abgewischt hatte, griff er nach der nächsten Zeitung, die er bei sich hatte. Die fetten Buchstaben auf der dritten Seite im zweiten Bund der Gazzetta sprangen ihm einmal mehr förmlich entgegen:

»Tod im Luxushotel. Von Mario Sorese. Mailand, 21. August. Die Dealer der Drogenkartelle scheinen für den Verkauf ihrer Drogen auch vor teuren Hotels nicht Halt zu machen. Vorgestern Abend wurde von einer schockierten Angestellten in der Lobby des renommierten Hotels L'antico Duomo ein Flughafenangestellter tot aufgefunden. Der als Drogenkonsument nicht registrierte Tote scheint an einer Überdosis Heroin gestorben zu sein. Die Polizei hat eine Obduktion angeordnet. Die Verbindungen des Toten zum Flughafen Linate legen die Vermutung nahe, dass es sich um ein weiteres Opfer eines international tätigen Drogenrings handelt …«

Der Absturz von Elenas Flugzeug in Hurghada, und zwei Tage später ein Toter, der am Flughafen Linate in Mailand gearbeitet hatte – am Abflugsort der Unglücksmaschine. Zufall? Azmi riss auch diesen Artikel aus der Zeitung, legte ihn zum anderen und stöberte weiter. Als er endlich erschöpft den Kopf hob, die letzte Zeitung wieder auf den rechten Sitz legte und sich müde die Augen rieb, hatte er zwar noch zwei weitere Kurzmeldungen über den Toten im Albergo L'antico Duomo gefunden, die jedoch keine zusätzlichen Schlüsse zuliessen. Azmi schaute aus dem winzigen Fenster. Es war dunkel geworden, und er hatte den

Sonnenuntergang verpasst. Weit unter ihm erkannte er kleine Ansammlungen von Lichtern, Dörfer oder Städte, an den Ausläufern des Apennins gelegen. Wie ruhig, ja friedlich sah die Welt doch von hier oben aus. Azmi beschloss, sich mit dem Commissario der Mailänder Polizei in Verbindung zu setzen, der für den Todesfall im Albergo L'antico Duomo zuständig war. Zu diesem Zweck trug er schliesslich ein offizielles Rechtshilfegesuch seiner Dienststelle in Kairo bei sich. Und vielleicht, hoffte er, würde er dabei mehr über den Arbeitsbereich des toten Flughafenangestellten in Erfahrung bringen können. Die Idee, dass ein Zusammenhang zwischen dem Absturz von Flug AGL 102 und dem Toten im Albergo L'antico Duomo bestehen könnte, schien auch ihm noch etwas abwegig.

Everglades, Florida, 28. August, 16.15 Uhr

Die Luft trug den Geruch von Sand und Salzwasser auf die weite, offene Terrasse des Hotels. Die elegant geschwungene Glasfassade des »Golden Beach« funkelte in den letzten Sonnenstrahlen des Tages, die sich auf der spiegelglatten Oberfläche des Meeres brachen. Noch zeigten die Thermometer sommerliche 29 Grad Celsius, und die Angestellten, die geschickt Drinks und kleine Snacks zwischen den stilvoll gedeckten Tischen hindurch balancierten, schwitzten literweise Wasser in ihre vornehmen Uniformen.

Suzy strahlte. Nach fünf Jahren war dies ihr erster Urlaub, und sie hatte ihn sich wirklich verdient. Sie beneidete Fay keine Sekunde, als diese einmal mehr aufschreckte und besorgt nach ihrem kleinen Andy suchte. Tatsächlich hatte Andy es wieder einmal geschafft und einen kleinen Augenblick der Unaufmerksamkeit seiner Eltern genutzt, um unter zwei Tischen hindurch zu krabbeln und sich mit Hochgenuss auf eine halbe Waffel zu stürzen, die den Millers anscheinend auf den Boden gefallen war. Andy grinste schelmisch, als Fay sich entschuldigend und verkrampft lächelnd zu den Millers durchkämpfte und ihren Sohn schliesslich etwas unsanft vom Boden hob. Suzy kannte diese Situation nur allzu gut, und sie beglückwünschte sich selbst noch einmal dazu, dass sie Marc überredet und ihre Tochter Joy für die Dauer des Urlaubs bei seinen Eltern untergebracht hatte. Dort würde sie nach Strich und Faden verwöhnt werden, sie brauchten sich also kein Gewissen zu machen. Ihre eigene Mutter hätte weniger Verständnis aufgebracht. »Rabeneltern«, pflegte sie jeweils vorwurfsvoll zu kommentieren, wenn sie erfuhr, dass Eltern ohne ihre Kinder in den Urlaub reisten, und deshalb hat Suzy ihrer Mutter auch nichts davon erzählt. Wie erwartet begann Andy zu kreischen und wild um sich zu schlagen. Anscheinend hatte Fay es geschafft, ihm die Waffel zu entwenden. Marc, ein vielversprechender Junioreinkäufer bei einer mittelgrossen Computerfirma, grinste nun ebenfalls und schien dasselbe zu denken. Genüsslich nippte er an seinem Drink, einem Sunset mit viel Gin, Wodka und frischem Ananassaft. Fay, ihren Mann Bert und Andy hatten sie vor vier Tagen am Strand kennengelernt, und seither trafen sie sich vor dem reichhaltigen Abendessen stets zu einem gemütlichen Drink auf der Terrasse. Das »Golden Beach« war wirklich erste Sahne. Die geräumigen, zum Atlantik hin ausgerichteten Zimmer verfügten über jeden erdenklichen Luxus, sogar über einen zimmereigenen Klosomaten. Suzy würde sich noch lange an Marcs überraschten Aufschrei erinnern, als dieser, während er am ersten Abend seine Notdurft verrichtete, wie üblich mit einigen Knöpfen gespielt und so die lauwarme Hinterndusche ausgelöst hatte. Es war wirklich ein urkomisches Bild gewesen: Marc stand, Shorts und Unterhosen an den Knöcheln, mit tropfendem Hinterteil mitten im Bad und starrte verdattert in die Schüssel. »Fernsehreif«, hatte Suzy gegluckst. Marc pflegte ihr jedes Mal einen vernichtenden Blick zuzuwerfen, wenn sie die Story abends auf der Terrasse oder nach dem Essen an der gemütlichen Bar zum Besten gab.

Die Lobby des »Golden Beach« war riesig. Hinter der Empfangstheke verrichteten vier bis fünf Angestellte gleichzeitig ihren Dienst, und hatten alle Hände voll zu tun. Das Hotel genoss einen ausgezeichneten Ruf. Regelmässig liessen sich Prominente oder solche, die zumindest vorgaben, es zu sein, in einem der ebenso gediegenen wie teuren Hotelrestaurants verwöhnen, und ab und zu tauchten wie zufällig auch Fotografen auf, um ein möglichst unvorteilhaftes Bild zu knipsen. Das »Golden Beach« wurde von allen grösseren Reiseveranstaltern in den Staaten, aber auch in Europa verkauft und galt nun schon seit einigen Jahren als *die* Adresse für einen exklusiven Urlaub an Floridas Sonne.

Mittlerweile hatte sich Andy wieder erfolgreich aus Fays Umklammerung befreit. Einige Tische weiter hatte er einen schon etwas älter wirkenden, adrett gekleideten Herrn ausgemacht, dessen dunkle Augen ihn für einen kurzen Moment förmlich durchbohrt hatten. Der Mann war nicht besonders gross und trug einen modischen Kurzhaarschnitt, und unter seiner Nase thronte ein dunkler, gepflegter Schnurrbart, der Andy an ein Tier erinnerte, das er schon einmal in einem Bilderbuch gesehen hatte. Irgend etwas an seinem Gesichtsausdruck hatte Andy Interesse geweckt, und als der Mann plötzlich aufstand und zielstrebig, aber unauffällig zum Ausgang schlenderte, sah er ihm neugierig nach. Als er dann seine Aufmerksamkeit wieder dem Tisch zuwandte, entdeckte er unter dem Stuhl, auf welchem der Mann soeben noch gesessen hatte, einen kleinen, schwarzen Koffer. Mit der natürlichen Neugier eines knapp Zweijährigen kroch er auf ihn zu. Andy war tot, noch bevor er den Koffer mit seinen kleinen Händen berührt hatte. Die Druckwelle nach der Detonation erfasste augenblicklich Dutzende kleiner Tische. Sie wurden in die Höhe geschleudert und hingen einen Augenblick buchstäblich in der Luft. Dann bohrten sie sich wie Geschosse in die Menschen auf der Terrasse und rasierten ihnen Köpfe und Gliedmassen ab. Die meisten Gäste hatten wohl höchstens den grellen Blitz, vielleicht noch den unglaublich lauten Knall wahrgenommen. Das Bersten der riesigen Glasfassade des Hotels, die hunderttausende Splitter und Steine, die herunterprasselten und alles unter sich begruben, spürten sie schon nicht mehr. Erst viel später durchbrachen Schreie die bleierne Stille, die sich nach der Explosion über das Trümmerfeld des einst so stolzen »Golden Beach« gelegt hatte.

Zur selben Zeit stieg ein Mann zwei Querstrassen entfernt in eines der typischen, den New Yorker Yellow Cabs nachempfundenen Taxis und liess sich auf direktem Weg zum Miami Airport fahren. Der Fahrer, ein Kubaner aus bescheidenen Verhältnissen, der ohne seine Familie in Miami lebte und kaum Freunde hatte, würde sich im Zuge der späteren Ermittlungen lediglich an einen unauffällig gekleideten, äusserst wortkargen Fahrgast erinnern, modische Brille, Schnurrbart – ein Buchhalter oder Vertreter vielleicht – der es nicht sonderlich eilig gehabt und dem Fahrer ein übliches, wenn auch nicht allzu grosses Trinkgeld in die Hand gedrückt hatte. Schon im Flughafen jedoch würde Agent Peter O'Brien vom FBI Field Office Miami Beach einige Tage später dessen Spur wieder verlieren.

Mailand, 28. August, 23.10 Uhr

Wenige Minuten, nachdem sein Flugzeug sanft auf der Piste aufgesetzt und schliesslich am Fingerdock parkiert hatte, passierte Azmi die geschäftige Haupthalle des Flughafen Milano Linate und wandte sich den breiten Flügeltüren zu, deren milchige Gläser bestimmt schon bessere Zeiten gesehen hatten. Selbst zu dieser späten Stunde waren noch viele Menschen unterwegs. Die Hitze des Tages staute sich nach wie vor in den Ecken und Gängen, und in den Geruch nach Kerosin mischten sich die Abgase der wartenden Taxis, deren Fahrer die Motoren der Klimaanlagen wegen auch an ihren Standplätzen im Leerlauf brummen liessen.

Das Zimmer in einer kleinen, günstigen Pension in der Nähe des Flughafens hatte er vorgängig reservieren lassen. Nachdem ihn das Taxi, dessen mürrischer Fahrer wohl über den relativ kurzen Weg und den entsprechend bescheidenen Fahrpreis verärgert war, vor einem unscheinbaren Gebäude abgesetzt hatte, packte Azmi seine kleine Reisetasche und betrat die Pension. Hinter der kleinen Rezeption wandte sich der Nachtportier kurz vom flimmernden Bildschirm ab, musterte den späten Gast einen Augenblick lang und schob ihm dann ein Anmeldeformular zu. Sofort starrte er wieder gebannt zum Fernseher. Ein Reporter stand mit betroffen wirkender Miene vor einer Abschrankung und deutete auf ein zerstörtes Gebäude im Hintergrund: Überall Blaulichter von Polizeiautos und Krankenwagen, sichtlich schockierte Beamte in unterschiedlichen Uniformen hantierten mit Schläuchen, stützten schreiende, verwundete Menschen mit notdürftig angelegten Verbänden oder versuchten, wild gestikulierend, ein wenig Ordnung in das Chaos zu bringen. Das Geschehen weckte auch Azmis Aufmerksamkeit. Obwohl er nicht ganz alles verstehen konnte, fügten sich schliesslich die erschütternden Bilder und einzelne Wortfragmente zusammen, und er registrierte trotz seiner Müdigkeit, dass von einem Terroranschlag in der Nähe von Miami berichtet wurde. Die schrecklichen Aufnahmen vermischten sich augenblicklich mit seinen Erinnerungen an den Absturz von Elena, und ihm wurde übel. Er begann zu schwitzen, schaffte es gerade noch, etwas auf das Formular zu kritzeln, das sich wie eine Unterschrift ausnahm, und griff nach seinem Zimmerschlüssel. Nachdem er sich auf der Toilette übergeben hatte, fiel er in einen unruhigen Schlaf, der wohl ein einziger Alptraum werden würde.

Mailand, 29. August

Um fünf Uhr früh, noch bevor die Sonne ihren leider erfolglosen Kampf gegen die Dunstglocke des Mailänder Sommersmogs aufgenommen hatte, quälten sich die ersten Autokolonnen knatternd und hupend stadteinwärts und weckten Azmi. In Schweiss gebadet stemmte er sich aus dem viel zu weichen, durchgelegenen Bett, stolperte ins Bad und liess minutenlang eiskaltes Wasser über seinen Körper fliessen. Noch immer fühlte er sich wie erschlagen, und erst nach dem zweiten Schwarztee an der Frühstücksbar fand er die Kraft, sein Vorgehen nochmals zu überdenken. Zuerst würde er sich an die Polizei wenden, um zu erfahren, welche Schritte diese bereits unternommen hatten. Ein offizielles Schreiben hatte Chief Borka, sein Vorgesetzter, bereits per Fax an die entsprechende Stelle gesandt, und Azmi hoffte, dass es seine Wirkung nicht verfehlte. Hatte die Polizei schon nach einem Zusammenhang zwischen dem toten Flugzeugmechaniker und dem Unglück in Hurghada geforscht? Was wusste man hier über eine angebliche Terrorgruppe namens »In Taka«? Wo konnten sie in Ägypten mit ihren eigenen Nachforschungen ansetzen? Noch vor seiner Abreise hatte ihn Chief Borka telefonisch wissen lassen, dass diesem Fall in Kairo höchste Priorität zugeordnet worden war. Schliesslich hatte sich die Tourismusindustrie Ägyptens, einer der grössten Wirtschaftszweige des Landes, gerade von den Folgen der innenpolitischen Unruhen zu erholen begonnen, und Kairo war verständlicherweise daran gelegen, einen Gewaltakt möglichst schnell und mit absoluter Sicherheit ausschliessen zu lassen … »Also, Salah, absolute Diskretion bei den Ermittlungen! Ich will von Ihnen hören, dass es sich bei diesem Bekennerschreiben in Italien um eine verdammte Fälschung gehandelt hat!«, hatte sich Borka am Telefon von Azmi verabschiedet.

Drei Stunden später rutschte Azmi in einem kleinen, spartanisch eingerichteten und stickigen Büro der Flughafenpolizei in Linate ungeduldig auf einem Holzstuhl herum und wartete auf

Commissario Giuseppe Monelli von der Mordkommission. Für die wenigen Kilometer von der Pension zum Flughafen hatte sein Taxi annähernd zwanzig quälende Minuten benötigt: Der Stossverkehr in Mailand setzt früh ein. Und bis der diensthabende Offizier schliesslich das Amtshilfegesuch aus Kairo von den Carabinieri erhalten und Azmis Anliegen entgegengenommen hatte, war eine weitere Ewigkeit vergangen.

»Commissario Monelli, Morddezernat! Guten Morgen, Leutnant Salah. Nicht doch, bleiben Sie bitte sitzen. Kaffee? Oder Tee? Dalia! Un cafe e un tè, per favore! Adesso! Sie wurden uns bereits angekündigt, Leutnant. War Ihre Reise angenehm? Wie können wir Ihnen helfen?« Azmi hatte sich unwillkürlich etwas abgewandt und trotzdem einige Spritzer auf seinen Anzug abbekommen, die er nun unauffällig mit dem linken Handrücken wegwischte. Bevor er etwas erwidern konnte, musste er sich ein Lächeln verkneifen. Der kleine, glatzköpfige und übergewichtige Commissario entsprach nun wirklich nicht dem Bild, das man sich von einem leitenden Polizeibeamten zu machen pflegte. Zudem verlieh seine quäkende Stimme dem holprigen Englisch, dessen er sich bediente, eine ganz besondere Note. Azmi waren aber seine wachen, lebhaften Augen nicht entgangen; sie drückten Intelligenz und Scharfsinn aus und nahmen das Umfeld sofort für ihn ein. Er erfuhr von Monelli, der sich seinen Fragen äusserst bereitwillig stellte, dass der tote Flughafenangestellte aus dem Albergo L'antico Duomo Emilio Tommaso hiess und am Flughafen Linate für die Wartung der Flugzeuge einiger Airlines verantwortlich gewesen war. »Ein Spieler, einige Vorstrafen, allerdings in seiner Jugend. Er hat einige Jahre in der Fremdenlegion verbracht, war vor allem in Algerien im Einsatz. Seit vier Jahren in Linate angestellt. Anständiger Lohn, trotzdem ziemlich heruntergekommen. In seiner Absteige, einem kleinen Dreckloch gleich hier um die Ecke, konnten wir keinerlei auffällige Spuren entdecken. Allerdings«, fügte er nach kurzem Zögern noch bei, »haben wir auch nicht in diese Richtung ermittelt. Und Sie glauben tatsächlich, dass da ein Zusammenhang zwischen dem Absturz des Flugzeuges in Hurghada und Tommaso besteht? Wie sollte er das bewerkstelligt haben? Und das Bekennerschreiben dieser »In Taka« – Gruppe? Sie denken da wohl an Trittbrettfahrer?« Azmi, der vergessen hatte, den Tee zum Schutz vor Monellis feuchter Aussprache in Sicherheit zu bringen, und nun wirklich keine Lust mehr dazu verspürte, an seiner Tasse zu nippen, schob diese ein wenig beiseite und liess die Informationen einen Moment lang auf sich wirken. »Das Fachwissen, ein Flugzeug zu sabotieren, könnte er sich in der Legion angeeignet haben, und als verantwortlicher Schichtleiter hatte er bestimmt die Möglichkeit, sich unbeaufsichtigt im Bereich der Flugzeugwartung zu bewegen.« Monelli hatte aufmerksam zugehört: »Tja, durchaus möglich! Aber weshalb sollte er so etwas tun? Geld? Wir haben weder Geld noch Wertsachen bei ihm gefunden, nur ein paar Wettscheine, einmal abgesehen von einem relativ neuen Fernseher, und, mal ehrlich, würden Sie für einen neuen Fernseher ein Flugzeug in die Luft jagen?« »Wohl kaum!« Erschrocken stellte Azmi fest, dass er nun tatsächlich doch noch einen Schluck Tee getrunken hatte, und er verzog unwillkürlich das Gesicht. »Haben Sie seine Buchmacher in die Mangel genommen?« »Wie gesagt«, erwiderte Monelli, »es bestand bisher kein Anlass, in diese Richtung zu ermitteln.« Etwas unbeholfen klaubte er einen Notizblock aus seiner Hosentasche, nestelte in einer kleinen Schublade, bis er einen einigermassen funktionstüchtigen Kugelschreiber gefunden hatte, und machte sich eine kurze Notiz. »Was nicht ist, das kann aber noch werden«, meinte er schliesslich und liess sich schwer atmend auf seinen Stuhl zurückfallen. Die respektvolle Art, mit welcher Dalia dem Commissario ungefragt einen zweiten Kaffee brachte – mit drei Stück Zucker – liess darauf schliessen, dass er schon öfter hier am Flughafen zu tun gehabt hatte. In der Folge fasste Azmi für Monelli den zugegebenermassen dürftigen Stand der Ermittlungen in Hurghada und Kairo zusammen. »Also noch keinerlei Hinweis auf irgend einen Anschlag«, meinte dieser, als Azmi seine Ausführungen beendet hatte. »Da dürfte es schwierig sein, meine Vorgesetzten davon zu überzeugen, in diesem Fall weiter nachzuforschen.«

»Wie ich auf die Mafia gekommen bin?« Sorese steckte wie gewohnt in viel zu kurzen Jeans, trug ein verwaschenes gelbes T-Shirt und einen Viertagebart. Die Gegensätze zwischen ihm und dem gut gekleideten Azmi Salah, der ihm gegenüber an einem kleinen Ecktisch bei Luigi Platz genommen und ein Glas Wasser bestellt hatte, hätten grösser nicht sein können. Gemeinsam waren ihnen nur die dunklen Ringe unter den Augen. Azmi hatte Monelli auf die Zeitungsartikel angesprochen und ihn gefragt, ob er einen Zusammenhang zur Mafia sehe, worauf dieser gegrinst und ihm dann Soreses Anschrift zugesteckt hatte. »Das fragen Sie ihn doch besser gleich selber«, hatte er angefügt. »Wenn Sorese Blut riecht, wer weiss, vielleicht kann er dann seine Beziehungen in diese Richtung ebenfalls spielen lassen … immerhin war er früher mal ein ausgezeichneter Polizist!« Also hatte sich Azmi nach einer freundlichen Verabschiedung erneut in ein Taxi gezwängt und direkt zur Via Carina 15 chauffieren lassen.

Sorese griff nach seinem Chianti. Bei Luigi erhielt er diesen immer ungefragt. Er genehmigte sich einen kräftigen Schluck. Azmi hatte ihm in einem interessanten drolligen Gemisch aus Italienisch und Englisch erzählt, wer er war, was er hier in Mailand tat und dass er seine Adresse von Monelli erhalten hatte. »Die Mafia«, drängelte er nun nochmals. Sorese stellte eine Gegenfrage: »Und was hat Monelli gemeint? Sieht er einen Zusammenhang zwischen dem Absturz in Hurghada und diesem Tommaso?« »Zumindest«, und dessen war sich dieser Azmi sicher, »fand er es nicht ganz so abwegig.« »Rhino legt also seine Köder aus und hofft, dass ich anbeisse«, grinste Sorese in sich hinein, musste sich aber im selben Augenblick eingestehen, dass er das, was Azmi ihm erzählt hatte, ebenfalls nicht so schnell von der Hand weisen konnte. Hatte er etwa schon angebissen? »Nichts!«, gestand er schliesslich. »Ich glaube nicht, dass es irgend etwas mit der Mafia zu tun hat.« Wenn er nun erwartet hatte, dass sein Gegenüber überrascht sein würde, sah er sich getäuscht. »Genau das habe ich auch vermutet, aber ich wollte sicher sein. Und wie hört sich für Sie meine Story an?« »Könnte was dran sein!«, murmelte er. Nachdem er einen weiteren Schluck des herrlichen Chiantis genommen hatte, versprach er Azmi, er werde seine Fühler nach Tommasos Buchmachern ausstrecken und ihn dann informieren. »Wird aber ein R-Gespräch«, erklärte Sorese, »die Kosten für ein Gespräch nach Ägypten würden mich nämlich ruinieren.« Azmi Salah seinerseits würde nach seiner Ankunft in Hurghada am selben Abend alles daran setzen, Chief Borka davon zu überzeugen, den Absturz noch nicht als Unfall abzuschliessen und zu den Akten zu legen, unabhängig davon, was die ermittelnden Flugzeugingenieure am Unglücksort herausfinden oder die zuständige Behörde in Kairo auf Geheiss der Regierung herauszufinden beschliessen würde...

Als sich Sorese drei weitere Gläser Chianti sowie zwei Teller ausgezeichnete Pasta später an Antonias Appartement vorbeigeschlichen und in seiner Wohnung auf das Sofa fallen liess, stach ihm die Schlagzeile der aktuellen Tageszeitung in die Augen: »Terroranschlag im Urlaubsparadies: 42 Tote in Florida!« »Eine wahrhaft ungünstige Zeit für Urlaub«, sinnierte er noch, und schon schlief er ein.

Santo Domingo, 30. August, 23.00 Uhr

Er hatte den Anruf noch am selben Abend erhalten. Nachdem ihn sein Flugzeug zusammen mit etlichen Touristen von Miami aus wohlbehalten zum internationalen Flughafen in Santo Domingo gebracht und er den Zoll mit seinem südafrikanischen

Pass als Patrick Koon passiert hatte, war er in eines der rostigen, bunt bemalten Taxis gestiegen und zum »Imperial« gefahren. Dort bestellte er an der gut besuchten Bar einen Drink und bezahlte ihn sogleich. Anschliessend ging er er unauffällig zur Toilette. Als er eine knappe halbe Stunde später im »Regent« ein Zimmer bezog, trug er sein kurzes Haar pechschwarz und mit viel Pomade streng nach hinten gekämmt. Ohne Schnurrbart wirkte er um einige Jahre jünger, und statt im Anzug steckte sein drahtiger Körper nun in blauen Allerweltsshorts und einem dieser unauffälligen, aber gut geschnittenen weissen Hemden, wie sie unter den Gästen des Regents weit verbreitet waren. Er schätzte den Hauch von Luxus, den der Speisesaal des »Regent« verströmte: elegant geschwungene Kalksteinskulpturen, wenige, aber an der genau richtigen Stelle platzierte auserlesene Pflanzen, in dezenten Farben gehaltenen Kunstdrucke. Das gedämpfte Licht der prächtigen Kronleuchter spiegelte sich in den Kristallgläsern auf den weissen Tischtüchern, und die Aussicht auf das Lichtermeer Santo Domingos war berauschend. Nach einem köstlichen Dinner – im »Regent« war das Restaurant der Casinogäste wegen vierundzwanzig Stunden am Tag geöffnet – zog er sich zurück, und schon wenig später klingelte neben dem Bett das Telefon. »Ja?« »Nach erfolgreicher Erledigung des Auftrags wenden Sie sich bitte unverzüglich den neuen Klienten zu. Konditionen wie gewohnt«. Die Leitung war tot, noch bevor er den Hörer aufgelegt hatte.

Puerto Plata, 31. August, 15.30 Uhr

Der Hilfskoch hiess Miguel Santos, stammte aus einem ärmlichen Ort unweit von Puerto Plata und hatte fünf Kinder zu ernähren. Seine Frau war schon vor Jahren dem Alkohol verfallen, und seine älteste Tochter prostituierte sich von Zeit zu Zeit – eine der wenigen Möglichkeiten, um in der Dominikanischen Republik als ungebildete Frau etwas Geld zu verdienen – im »The Palm Resort«, das auch sein Arbeitgeber war. Die schäbige Hütte der Santos verfügte über zwei kleine, fensterlose, ständig feuchte, übelriechende Räume und ein Loch, das als Toilette herhalten musste. Die Kakerlaken erreichten mittlerweile Daumengrösse, und die Ratten im Dorf schreckten noch nicht einmal davor zurück, Kinder im Schlaf anzuknabbern. Miguels kärglicher Lohn reichte gerade für das Nötigste, und in der Küche hatte man nicht einmal die Möglichkeit, sich zusätzlich ein kleines Trinkgeld zu verdienen. Je schlechter es ihm ging, desto mehr hasste er die Touristen. Fett und träge frassen sie sich Tag für Tag, Woche für Woche, jahrein, jahraus von Buffet zu Buffet, um anschliessend ihre unförmigen Körper in der Sonne zu rösten. Schon am frühen Nachmittag floss der Alkohol in Strömen, und je später der Abend, desto herablassender wurden die Angestellten des Resorts behandelt. Sicher, es gab auch Ausnahmen, doch die verloren sich in der Masse wie ein kleiner Fisch in der Unendlichkeit der Meere. Der unauffällige, aber durchaus sportlich wirkende Mann hatte Miguel in einer heruntergekommenen Spelunke unweit des Hotels angesprochen und ihm ein lauwarmes Bier spendiert. Sein auffälliges Hemd mit dem kitschig blauen Schriftzug am rechten Arm hatte ihn als Angestellten des »The Palm Resort« verraten. Schliesslich hatte der Mann erfahren, dass Miguel als Hilfskoch arbeitete. Immerhin, prahlte dieser nach dem dritten Bier, koche er täglich für über 800 Personen. Zwei weitere Biere später wusste der Ausländer genug über Miguels Situation und seine Abneigung den Touristen gegenüber und beschloss, es zu riskieren. »Miguel«, köderte der Mann in perfektem Spanisch, »würdest du gerne etwas Geld dazu verdienen?« Der Wirt der Spelunke stritt derweil lautstark mit einem fliegenden Händler, der direkt vor seiner Baracke damit begonnen hatte, Cola anzupreisen. »Sì Señor, warum nicht? Aber ich bin ein ehrlicher Mann«, fügte Miguel an. »Miguel, was ich dir jetzt erzähle, muss streng unter uns bleiben, comprende?« Dieser hatte das neue Bier, das vor ihm stand, bereits vergessen. »Ich gehöre einer Behörde an, die neue Medikamente testet.« Miguel verstand nicht, hörte aber weiterhin aufmerksam zu. »Es ist für uns wichtig, dass wir diese Medikamente an möglichst vielen Menschen testen können. Das ist absolut ungefährlich. Zurzeit testen wir ein Medikament, dass die Verdauung fördern soll. Das könnte im schlimmsten Fall zu etwas Durchfall bei den Testpersonen führen.« Miguel verstand immer noch nicht. Der Mann zeigte Miguel ein kleines Fläschchen mit einer bläulichen Flüssigkeit. »Wenn du diese Flüssigkeit heute Abend einigen Speisen am Buffet beifügst, kann ich dir tausend Dollar bezahlen.« Miguel starrte ihn ungläubig an: »Tausend Dollar? Señor, machen Sie Scherze?« »Nein Miguel, keine Scherze!«, erwiderte der Gringo. »Und was passiert mit den Gästen? Ist das wirklich nicht gefährlich?«, hakte Miguel nach, doch der andere erahnte am Tonfall seiner Stimme, dass die Aussicht auf das viele Geld seine Zweifel bereits zerstreut hatte. »Höchstens ein bisschen Durchfall«, versicherte er nochmals. Unwillkürlich musste Miguel grinsen. Die Vorstellung, dass er einigen dieser verfressenen, dekadenten Gringos eine schlaflose Nacht bereiten konnte, begann ihn zu amüsieren. »Tausend Dollar?«, wollte er nochmals wissen. »Zweihundert jetzt, und achthundert, wenn du den Auftrag ausgeführt hast. Heute Abend, hier, gleich nach Arbeitsschluss.« Nachdem Miguel die ersten zweihundert Dollar und die Ampulle mit der Flüssigkeit erhalten und bei allem, was ihm heilig war, geschworen hatte, das kleine Geheimnis für sich zu behalten, war der seltsame Gringo so schnell verschwunden, wie er aufgetaucht war. »Idiot«, dachte Miguel, trank endlich sein Bier aus und schüttelte ungläubig den Kopf, während er zum x-ten Male die Geldscheine in seiner Hosentasche befingerte und sich bereits in blumigen Bildern ausmalte, was er damit alles anstellen konnte. »Idiot! Aber wenn dem Gringo dieser Versuch so wichtig und dieser so geheim ist, kann ich vielleicht ja später noch etwas mehr Geld herausschlagen!« Bestens gelaunt nahm Miguel zwei Stunden später seine Arbeit in der Hotelküche wieder auf.

Mailand, 2. September, Vormittag

Tessas zerzauste rote Mähne deutete darauf hin, dass sie gerade erst aus dem Bett gefallen sein musste. Sie trug weder Schuhe noch Socken, und unter der hübschen Strickjacke lugte nichts als ein zu weites T-Shirt hervor, welches ihr bis zu den Knien reichte. Sie hatte zwei, drei leere Kartonschachteln von einem Sessel auf den Boden gefegt und sich auf dessen Kante gesetzt. Mit beiden Händen krallte sie sich nun an ihrer Morgenzeitung fest, während sie mit dem linken Fuss nervös ans Tischbein klopfte. »Hör dir das an, Sorese!« Sorese verströmte momentan nicht das, was man als gute Laune bezeichnen konnte, obwohl ihn der überraschende Besuch Tessas, wenn auch so früh am Morgen, sichtlich aufzuheitern vermocht hatte. Vor drei Tagen hatte er damit begonnen, diverse Quellen in Mailand anzuzapfen, um herauszufinden, ob der gute Emilio vor seinem gewaltsamen Dahinscheiden die eine oder andere grössere Wette riskiert hatte: Eine mühsame, zeitintensive und teure Angelegenheit. Bruno Tipo würde, sollten Soreses Nachforschungen erfolgreich verlaufen und in einem verkaufsträchtigen Knüller gipfeln, tief in die Taschen der Gazzetta greifen müssen. An einen Misserfolg wollte Sorese indes lieber gar nicht erst denken. Buchmacher waren keine geschwätzigen Menschen, und sie wechselten ihre Standorte so oft, dass selbst Insider bisweilen nur annähernd darüber Bescheid wussten, wo sie herumlungerten. Seit gestern hing er nun schon ungeduldig in seiner Bleibe herum und wartete auf einen entscheidenden Hinweis. Jetzt sass er, noch etwas erschöpft von dieser für ihn ungewohnten Arbeit, auf seiner Couch, und Tessa schien von der Unordnung kaum Notiz zu nehmen.

»Todesdrama unter karibischer Sonne!« Von Herero Burger, Puerto Plata. Wie erst gestern bekannt wurde, starben vor zwei Tagen in einem exklusiven Ferienresort in der Nähe von Puerto Plata sechzehn Gäste, nachdem sie sich am Buffet im Clubrestaurant

verpflegt hatten, an den Folgen einer akuten Lebensmittelvergiftung. Mehr als 200 weitere Personen kämpfen in den umliegenden Krankenhäusern noch immer gegen starke Bauchkrämpfe und blutigen Durchfall an, einige schweben in Lebensgefahr. Wie die Gesundheitsbehörde mitgeteilt hat, war das Hotel, sofort nachdem die ersten Schreckensmeldungen aus den umliegenden Krankenhäusern eintrafen, evakuiert und die Gäste in andere Quartiere verlegt worden. Die Behörden haben ihre Ermittlungen aufgenommen, können aber noch nicht mit Bestimmtheit sagen, woran die vorwiegend amerikanischen und europäischen Touristen erkrankt sind. Laut Auskunft eines Arztes werden Salmonellen vermutet, die sich in einem Currygericht mit Hühnchen befunden haben könnten. Raoul Gomez, Pressesprecher des auswärtigen Amtes, teilte mit, dass die Gesundheitsbehörde ab sofort intensive Kontrollen in den Grossküchen der Ferienzentren durchführen werde. Es bestünden keine weiteren Gefahren für die Feriengäste.«

Es folgten das übliche Interview mit einem namhaften Arzt, der sich über die Gefahren von Lebensmittelvergiftungen in tropischen Ländern ausliess, und ein Kommentar, in dessen Anhang vergleichbare Ereignisse in Italien – mit den entsprechenden Jahreszahlen versehen – aufgelistet worden waren. Das Resort sah auf den Bildern äusserst verlockend aus. Eine Menge Palmen, niedrige, ansprechende und um einen herrlichen Pool angelegte Bungalows, verspielt mit typisch karibisch anmutenden Farben bunt bemalt, und ein traumhaft schöner Sandstrand. Wahrscheinlich hatten sie die Fotos in aller Eile einigen Reiseprospekten entnommen.

Wortlos begann Sorese zwischen Kissen und unzähligen Zeitschriften nach der Fernbedienung zu suchen, und als er sie schliesslich entdeckt hatte, wählte er das Programm von CNN. Hotelwerbung. »Urlaubsreisen werden immer gefährlicher«, seufzte er lakonisch. »Wenn du das Glück hast, nicht bei einem Flugzeugabsturz ums Leben zu kommen und auch nicht zufällig auf einer Terrasse von einer Bombe zerrissen zu werden, dann trifft es dich eben beim Essen.« Doch seine Journalisten-Spürnase hatte bereits Witterung aufgenommen. »Glaubst du, zwischen den Vorfällen in Hurghada, Miami und jetzt der Dominikanischen Republik besteht ein Zusammenhang?« Tessa rollte nur ihre schönen, hellbraunen Augen, die das kleine Stupsnäschen so vorteilhaft zur Geltung brachten, und stellte ihre Zweifel dadurch demonstrativ zur Schau. Ganz so sicher schien sie sich allerdings nicht zu sein, denn sie liess die Zeitung fallen und blickte gebannt auf den Bildschirm.

Puerto Plata, zwei Tage zuvor, 23.00 Uhr

Miguel Santos wartete wie abgesprochen in derselben muffigen Spelunke, in der er mit dem grosszügigen Gringo – seiner Vermutung nach ein Angestellter einer grossen Pharmafirma – am Vormittag einig geworden war. Die bläuliche Flüssigkeit hatte er unauffällig dem Curry und dem Gemüsereis beigemischt und sich darauf gefreut, dadurch möglichst viele Touristen zu »beglücken«. Schon als er seine Schicht um 22 Uhr beendet hatte und eben das Gelände des »The Palm Resorts« verlassen wollte, hatte ihm ein sichtlich belustigter Serviceangestellter zugesteckt, dass einige Gäste plötzlich über Übelkeit geklagt und sichtlich angeschlagen in Richtung Toilette gerannt seien. Ein richtiges Spektakel! Die Aufregung im Speisesaal sei gross, und der stellvertretende Manager sei gerade wutschnaubend in der Küche aufgetaucht und habe sich ein überaus heftiges Wortgefecht mit dem Küchenchef geliefert.

Miguel nippte selbstzufrieden an seinem Bier. Er war so intensiv damit beschäftigt, sich voller Schadenfreude die verwegendsten Bilder vom Zustand der Touristen im Hotel auszumalen, dass er nicht einmal bemerkt hatte, wie sich der Wirt vor einigen Minuten still und leise davongestohlen hatte. Er sass alleine an seinem kleinen, schmutzigen Tisch in dieser gottverlassenen Hütte, und er war der einzige Gast. Nur wenige Sekunden, nachdem er von einem Geräusch aus seinen Fantastereien gerissen worden war und sich eben umsehen wollte, war Miguel schon tot. José hatte ihm das Messer blitzschnell und wortlos zwischen die Rippen gestossen. José wusste nicht einmal, weshalb Miguel sterben musste, und es interessierte ihn auch nicht. Der Unbekannte, der ihn auf der Strasse angesprochen hatte, hatte sich ja schliesslich nicht lumpen lassen. Er packte Miguel unter den Armen, schleppte ihn nach draussen, lud ihn auf einen klapprigen Pickup und fuhr weg.

Mailand, 2. September, mittags

Tessa sass gedankenverloren im Sessel. Der Fernseher lief noch. Voll Zweifel hatten sie sich durch den Altpapierberg in Soreses Küche gekämpft und nach Berichten über Hurghada und Miami gesucht. Noch während sie die Story über das Unglück in der Dominikanischen Republik auf CNN aufmerksam verfolgten, hatte das Telefon geläutet. »Wieviel?« »Sandro?« Sorese hätte sich im selben Atemzug am liebsten auf die Zunge gebissen. »Ma che …, ich habe gefragt, wie viel dir die Information wert ist«. Sandro Predas Stimme klang gereizt, ungeduldig. Im Hintergrund glaubte Sorese verhaltenen Verkehrslärm wahrzunehmen. Gleich nach diesem Gespräch würde Sandro wohl wieder in die kleine Bar an der Piazza del Popolo zurückkehren und Wetten annehmen. »Das Doppelte vom üblichen Honorar, caro mio.« Sorese bemühte sich darum, nicht allzu interessiert zu wirken. »Leg noch hundert drauf, und ich bin dein Mann.« »Ich hoffe, das ist es auch wert,« meinte Sorese. »10'000 Euro, auf Alamo. Vor etwa zwei Wochen. Hat natürlich verloren. Glaubte, es sei ein todsicherer Tip. Naja, sein Pech.« »Cash?«, hakte Sorese nach. »Was glaubst du denn? Sehe ich etwa aus wie eine

Bank, die Kreditkarten oder Schecks in Zahlung nimmt? Wann rückst du die Kohle rüber?« »Morgen, wie üblich.« Nachdenklich legte Sorese auf. »Woher nimmt ein derart abgehalfterter Typ wie Tommaso 10'000 Euro in cash?« »Du siehst Gespenster«, murmelte Tessa, die den Ton des Fernsehers leiser gestellt und dadurch einige Brocken des Gesprächs aufgeschnappt hatte. »Vielleicht«, nuschelte er, nestelte die letzte Zigarette aus seiner Packung, zündete sie an und inhalierte den Rauch. »Trotzdem! Ein Flugzeug stürzt ab. Ein ziemlich verschuldeter und erst noch vorbestrafter Ex-Legionär, der in Linate als Flugzeugmechaniker arbeitet, wird am darauffolgenden Tag in einem Hotel, das ganz und gar nicht seinem Lebensstil entspricht, um die Ecke gebracht. Jetzt erfahre ich, dass er einen Tag zuvor 10'000 Euro auf ein Pferd gesetzt hat. Woher hatte er die Kohle? Wofür hat er sie erhalten?« »Und, Sherlock, wo soll da ein Zusammenhang bestehen zu Florida und der Dominikanischen Republik?« Tessas Worte hatten einen leicht sarkastischen Unterton, doch ihr ernster Gesichtsausdruck passte nicht so recht dazu. »Wenn ich das wüsste, hätte ich jetzt die Story des Jahres gefunden und wäre ein gemachter Mann.« Tessa verliess ihren Sessel und verschwand in der Küche. Kurz darauf wühlten sie beide weiter im Altpapier nach Berichten über die Katastrophen der vergangenen Wochen. Bald hatten sie so ziemlich alle Artikel der meisten namhaften Zeitungen auf dem Wohnzimmerteppich ausgelegt und sortiert. Tessa würde im Archiv der Gazzetta unauffällig nach weiteren Berichten suchen, und sie hatte Sorese versprochen, Bruno gegenüber die Klappe zu halten. »Wenn Bruno merkt, dass ich meine Finger im Spiel habe«, hatte dieser beschwörend auf sie eingeredet, »wird der Gauner sofort seine eigenen Leute auf die Story ansetzen, und wir haben das Nachsehen.« Tessa hatte verständnisvoll genickt. Sie gefiel Sorese immer besser. Sie roch gut, und ihre ausgeprägten Kurven zeichneten sich selbst unter dem viel zu weiten T-Shirt deutlich ab. Und jetzt hatten sie sogar einen Pakt geschlossen.

Am selben Abend erhielt Tessa einen Anruf von ihrem Vater. »Schön, dass ich dich erreiche, mein Kind. Alles klar bei dir in Bella Italia?« Er klang so fröhlich wie schon lange nicht mehr. Sie plauderten eine kleine Ewigkeit miteinander, ein zwar etwas belangloses Dies und Das, doch sie war glücklich darüber, wenigstens seine Stimme zu hören. Sie vermisste ihn mehr, als ihr lieb war. »Wie gefällt es dir bei der Zeitung?« Gleich nachdem sie überraschend ihr Praktikum bei der Gazzetta erhalten hatte, hatte sie das ihrem Vater nicht ohne Stolz erzählt. »Gefällt mir gut, auch wenn ich den Sprung auf die Titelseite noch nicht ganz geschafft habe …« Sie glaubte den Stolz ihres Vaters förmlich spüren zu können. »Ausserdem habe ich bereits eine erste Bekanntschaft geschlossen.« »Na, dann brauche ich mir ja wohl keine allzu grossen Sorgen um meine Tochter zu machen. Und die Italiener sind auch wirklich anständig zu dir?« »Keine Sorge, ich habe gelernt, auf mich aufzupassen. Erzähl mir lieber ein wenig von dir. Wie läuft das Geschäft?« »Gut, meine Kleine, ich bin zufrieden.« So zog sich das Gespräch noch einige Minuten lang hin, und Tessa war anschliessend von den Spekulationen um das grosse Verbrechen – sie kamen ihr nun doch etwas gar wild vor – so weit abgelenkt, dass sie bald einschlief.

Patras, Griechenland, 3. September, 5.15 Uhr früh

Die Sonne über der grossen griechischen Halbinsel war noch nicht aufgegangen. Das Städtchen Patras schlummerte in Erwartung eines weiteren heissen und hektischen Spätsommertags noch friedlich vor sich hin, als im verhältnismässig grossen Hafen schon reger Betrieb herrschte. Vor wenigen Minuten hatte die »Korfu« festgemacht; ein stattliches Fährschiff, das eine private griechisch-italienische Reederei vor einigen Jahren den Engländern abgekauft hatte und das jetzt regelmässig zwischen

Ancona und Patras verkehrte. Das Hecktor stand weit offen, und die Autos drängten ungeduldig aus dem Bauch der Fähre, um sich bald auf den staubigen Strassen in Richtung der Badeorte zu verlieren. Im kleinen Hafencafé wurden die ersten Ouzos ausgeschenkt und entsprechend laut ging es bereits zu und her. Gegenüber warteten Passagiere auf die Einschiffung, braungebrannt von der griechischen Sonne, erholt, und doch schon wieder ungeduldig. Die Zollkontrollen waren lasch, schliesslich war man auf Touristen angewiesen und wollte sie nicht vergrämen. Der weisse Fiat älteren Jahrgangs mit italienischem Kennzeichen unterschied sich mit seiner notdürftig geputzten Frontscheibe, den staubigen, sandigen Flanken und einigen kleineren Beulen nicht von den anderen Fahrzeugen. Der Fahrer, ein unauffälliger Typ mit braver Frisur und grauem Anzug ab Stange, hatte sich mit den Ellbogen auf dem Lenkrad abgestützt und schien zu dösen. Selbst einer noch so aufmerksamen Beobachterin wäre wohl entgangen, dass er die eintreffenden Fahrzeuge und Passagiere äusserst sorgfältig musterte, die sich in die nun immer länger werdenden Warteschlangen einreihten. Sein Wagen stand ganz vorne, und er würde als einer der ersten im Bauch der riesigen Fähre verschwinden. Auf dem Beifahrersitz lag eine dieser kleinen Reisetaschen, wie sie in unzähligen Warenhäusern in ganz Europa für wenig Geld verramscht werden. Um 07.15 Uhr erschienen einige Matrosen an der Rampe. Sie schwatzten und scherzten miteinander, und nach weiteren zehn Minuten lösten sie endlich die Ketten, die die Einfahrt versperrt hatten, und begannen damit, die Fahrzeuge in die Fähre zu schleusen. Der weisse Fiat kam keine 20 cm hinter dem Bugtor zum Stehen. Nachdem sich der Fahrer vergewissert hatte, dass die Handbremse angezogen und Fenster und Türen geschlossen waren, schlenderte er, die Reisetasche über seine Schulter geschwungen, gemächlich zum Heck des Schiffes zurück und beobachtete noch einen Moment lang, wie ein riesiger Früchtetransporter gekonnt durch die schmale Einfahrt gezirkelt wurde. Dann schritt er, unbemerkt im grossen Durcheinander, die Rampe hinunter und verschwand sogleich im Pulk der Touristen, die auf der Mole warteten.

Während der Schiffsboden unter ihm erzitterte, als die zwei riesigen Dieselmotoren gestartet wurden, beobachtete der kleine Giuseppe einmal mehr fasziniert, wie sich das Hecktor langsam anhob. Die zwei Matrosen auf dem Deck unter ihm verständigten sich durch laute Zurufe, und als sie schliesslich die Daumen in die Höhe reckten, ertönte das Schiffshorn und der Koloss setzte sich in Bewegung. Giuseppe wandte sich um und blickte gespannt zur Brücke hoch. Breitbeinig stand er da, sein Vater, der Kapitän der »Korfu«. Stolz winkte er seinem Sohn zu, und die goldenen Streifen auf der Uniformjacke blitzten in den ersten Sonnenstrahlen.

Zwei Stunden später waren die Decks der »Korfu« praktisch leergefegt. Die meisten der über 600 Passagiere sassen in den Restaurants der Fähre und liessen sich das Mittagessen schmecken, während das griechische Festland rechterhand nur noch schemenhaft zu erkennen war. Die »Korfu« stampfte gemächlich durch das tiefblaue, ruhige Mittelmeer, und der Fahrtwind trug dazu bei, dass die Hitze selbst für die wenigen Matrosen erträglich war, die jetzt noch das Deck schrubben und die Reling putzen mussten. Im Speisesaal surrten die Klimaanlagen. Der Kapitän hatte das Kommando seinem ersten Offizier übertragen und die Brücke verlassen, um gemeinsam mit seiner Frau Carlotta und seinem Sohn zu essen. Seit bald zwanzig Jahren fuhr er nun schon zur See. Begonnen hatte es mit dem Dienst als Matrose bei der italienischen Marine. Nur allzu gut konnte er sich daran erinnern, wie sie auf seiner ersten Fahrt von Genua nach Neapel in einen Gewittersturm geraten waren und er sich dabei fast die Seele aus dem Leib gekotzt hatte. Nie hätte er es damals für möglich gehalten, dass er eines Tages als Kapitän eines grossen Passagierschiffes über die Meere schippern würde. Die »Korfu« konnte bis zu dreihundert Personenwagen laden, und in seiner Position trug er die Verantwortung für Fracht und Passagiere. Nach dem Essen verabschiedete sich Kapitän Biaggi deshalb von seiner Familie, um sich auf seinen Kontrollgang durch das Schiff zu begeben. Daran hatte er sich bereits so gewöhnt wie an das tägliche Zähneputzen. Im Maschinenraum inspizierte er die Dieselaggregate für die Stromversorgung der Fähre und liess sich auf einen kurzen Schwatz mit Claudio, seinem ersten Maschinisten, ein. »Na, was sagen die Wetterfrösche, Capitano?«, fragte Claudio, während er einen schmutzigen Schraubenschlüssel mit einem noch schmutzigeren Lappen abzuwischen versuchte. »Tutto bene,«, antwortete Biaggi, »wird eine ruhige Passage werden.« Im Fahrzeugdeck stiess er mit dem alten Dennis zusammen. »Capitano, sieh dir diese Scheisse an!« Der stets mürrische Dennis würde wohl eines Tages gemeinsam mit einer Fähre verschrottet werden. Er betrachtete die »Korfu« als sein eigenes Schiff, aber angesichts der Tatsache, dass Dennis nun schon bald sein vierzigstes Jahr auf See verbrachte, konnte Biaggi darüber hinwegsehen. »Mal wieder nicht so beladen, wie du es dir vorstellst?« Damit traf der Kapitän ins Schwarze. »Wann lernen diese Idioten endlich, dass sie die Lastwagen besser verteilen müssen? Der Kahn liegt so schräg zur See wie die Titanic kurz vor ihrem Untergang. Könnt ihr das Ruder überhaupt noch halten?« Biaggi musste eingestehen, dass Dennis einmal mehr nicht zu Unrecht zeterte. Auf der rechten Seite registrierte sein geschultes Auge mindestens doppelt so viele Laster wie links, und dieses Ungleichgewicht würde sich im Dieselverbrauch negativ zu Buche schlagen. »Nun, Dennis, ich würde vorschlagen, dass du deine Männer wieder mal so richtig ins Gebet nimmst,« entgegnete der Kapitän. »Warum, du Süsswasserbackfisch, glaubst du wohl, siehst du hier unten im Moment nicht einen einzigen Mann?« »Ich vermute,« schmunzelte Biaggi, »dass sie jetzt wie üblich im Mannschaftsraum hocken, Reglemente und Wegleitungen pauken und sich in ihrer Fantasie hundert schreckliche Tode für dich ausmalen.« »Mich kriegen die niemals klein, diese Bastarde!«, grollte Dennis weiter, und Biaggi glaubte ihn noch schimpfen zu hören, als er das Fahrzeugdeck bereits wieder verlassen hatte.

Auf See, 4. September, 00.45 Uhr

Die Sterne am klaren Nachthimmel funkelten wie die Lichter einer Grosstadt, und das gleichmässige Stampfen der Dieselmotoren hatte die meisten Passagiere in einen ruhigen Schlaf gewiegt. Carlotta Biaggi stand neben ihrem Mann an der Reling, und gemeinsam hielten sie Ausschau nach Sternschnuppen. Der kleine Giuseppe schlief friedlich in seiner Kabine, genau wie die anderen etwa achtzig Kinder an Bord. Nur wenige Nachtschwärmer spazierten noch auf den Decks der Fähre, und einige Verliebte tauschten im fahlen Schein der Nachtbeleuchtung schüchterne Zärtlichkeiten aus. Noch ungefähr sechs Stunden, und die »Korfu« würde Ancona erreichen.

Ancona, 4. September, 07.15 Uhr.

Die schweren Taue der »Korfu« wurden hinuntergeworfen, von flinken Arbeitern aus dem Wasser gefischt und an den Pollern festgezurrt. Ein letztes Mal erzitterte die Fähre, dann erstarb das Stampfen der Motoren. Bedächtig senkte sich das Bugtor, und die Sonne drang in den Schlund der Fähre. Carlotta hatte Giuseppe in den Kindersitz gepackt und wartete nun darauf, dass sich die Fahrzeuge endlich in Bewegung setzen würden und sie das Schiff verlassen konnten. Im älteren, schmutzig weissen Fiat vor ihr hatte noch niemand Platz genommen. Er versperrte die schmale Ausfahrt fast vollständig. Nach zwanzig langen Minuten, Giuseppe hatte schon zu quengeln begonnen und die ersten Passagiere ihre Autos genervt wieder verlassen, tauchten schliesslich zwei Carabinieri auf. Suchend liessen sie ihre Blicke über das Deck schweifen, und als weitere fünf Minuten später noch immer niemand Anstalten machte, in das Auto zu steigen, und sie sich davon vergewissert hatten, dass die Türen abgesperrt waren, zog der grössere, korpulentere der Beiden einen kleinen Hammer und einen Lappen aus seiner Jackentasche und schlug das kleine Fenster auf der Fahrerseite ein. Wenige Minuten später hatten sie die Zündung kurzgeschlossen, und endlich holperte der Fiat aus der Fähre und gab den Weg frei für die anderen Fahrzeuge. Etwa vierzig Minuten später liess ein riesiger Knall die Fenster im Gebäude der Hafenverwaltung bersten und im Umkreis von gut hundert Metern prasselte ein Scherbenregen nieder. Pasquale Maura, seit acht Jahren bei der Polizei, wurde durch die Explosion buchstäblich zerfetzt, und mindestens zwanzig Personen, darunter auch Angestellte der Verwaltung und Schaulustige, mussten mit unterschiedlich schweren Verletzungen in die umliegenden Krankenhäuser gebracht werden. Dort, wo noch Sekunden zuvor ein älterer, weisser Fiat gestanden hatte, klaffte ein Krater von mehr als zwanzig Metern Durchmesser im Asphalt.

Mailand, 4. September, 13.00 Uhr

»Kaum auszudenken, was passiert wäre, wenn die Bombe im Bauch der Fähre detoniert wäre,« lautete der nüchterne Kommentar der Nachrichtensprecherin zu den grässlichen Bildern der Opfer. Die Kamera schwenkte nach links, und Sorese erkannte eine grosse Fähre, wie sie im Sommer dutzendweise zwischen Italien und anderen Mittelmeerländern verkehrten. »Scheisse«, dachte Sorese! »Schwarzer Spätsommer« oder so ähnlich würden die Zeitungen morgen titeln. Zum zweiten Mal waren italienische Bürger betroffen. Wie lange konnte es dauern, bis die einheimische Presse Zusammenhänge vermutete? Allerdings glaubte Sorese zu wissen, dass wohl niemand eine Verbindung herstellen würde zwischen Ancona, Hurghada, Miami und Puerto Plata. Ein natürliches Phänomen: Katastrophen im eigenen Land wurden von den Medien auf jede erdenkliche Weise ausgeschlachtet, während solche in anderen Ländern, noch dazu auf der anderen Seite der Erdkugel, kaum den Sprung auf die Titelseiten und damit ins wirkliche Bewusstsein der Bevölkerung schafften. Ein weiterer Anschlag, der bald von den täglichen Schreckensmeldungen aus aller Welt verdrängt werden würde. Sorese allerdings glaubte nun mit an Sicherheit grenzender Wahrscheinlichkeit zu wissen, dass die Spur, die er bereits aufgenommen hatte, heiss war. Tessa hatte sich noch nicht bei ihm gemeldet, und wenn sie von Ancona erfahren hatte – die Fernschreiber bei der Gazzetta liefen zur Zeit sicher auf Hochtouren – würde sie das Archiv bestimmt dreimal auf den Kopf stellen, um weitere Informationen auszugraben. Derweil beschloss er, sich mit Commissario Monelli in Verbindung zu setzen. »Er hat gerade Signor Pozzo am Telefon,« liess seine persönliche Sekretärin verlauten, »soll er zurückrufen?« »Gerne, ich werde noch ein Weilchen zuhause sein. Allerdings wäre ich dankbar, wenn er sich beeilen würde«. Sorese versuchte seine Ungeduld zu zügeln, was ihm jedoch nicht wirklich gelang. »Sorese, mein Guter,« quäkte es etwa zwanzig Minuten später durch den Draht. »Entschuldige, dass ich dich habe warten lassen, doch der Polizeipräfekt weilt zwar in den Ferien, will aber genauestens informiert sein. Als hätte ich nicht so schon genug zu tun. Was gibt's?« »Können wir uns noch heute bei Luigi treffen? Es ist wichtig!«, fügte Sorese mit Nachdruck an, das Zauberwort für Rhinos Aufmerksamkeit. Eine gute Stunde später – Tessa hatte sich noch immer nicht gemeldet – machte Sorese es sich bei Luigi gemütlich, vor sich die übliche Karaffe Chianti und einen Teller Pasta, den ihm Petra auf die Schnelle zubereitet hatte. Die Pasta war ziemlich versalzen, und insgeheim argwöhnte Sorese, Petra könnte mitbekommen haben, dass sie ernst zu nehmende Konkurrenz erhalten hatte. Gerade als Sorese die letzte Gabel ins Maul geschoben hatte, stampfte Monelli zur Tür hinein, schwenkte seine spitze Nase durchs Lokal und entdeckte Sorese. Nach dem üblichen Wortgeplänkel wurde Sorese ernst. »Sag, Rhino, bist du schon weitergekommen mit unserem dahingeschiedenen Freund im Albergo L'antico Duomo?« »Mein lieber Sorese, hast du mich etwa hierher zitiert, um mir die Würmer mit möglichst wenig Aufwand aus der Nase ziehen zu können? Oder darf ich auch auf eine bescheidene Gegenleistung hoffen?« Monelli schielte auf die abgegriffene Speisekarte und schien tatsächlich etwas verstimmt. »Gut, Rhino, ich zuerst. Unser lieber Tommaso hat am Abend des Absturzes tatsächlich gewettet. 10'000 Euro, auf Sieg!« »Also scheint er wirklich zu Geld gekommen zu sein. Der Polizeileutnant aus Hurghada, der mich letzte Woche besucht hat, kam mit einem Amtshilfegesuch zu uns nach Milano. Guter Mann, denke ich, hellwach. Hat allerdings nur einen vagen Verdacht. Nicht bewiesen.« »Ermittelt er in eine ähnliche Richtung?«, hakte Sorese nach. Monelli nickte fast unmerklich und bediente sich gleichzeitig aus Soreses Wasserglas. »Nur schon weil unser Tommaso viel Geld in der Tasche hatte, ungewöhnlich viel Geld, neige ich langsam aber sicher tatsächlich dazu, es als Möglichkeit in Betracht zu ziehen.« »Rhino, da ist noch was.« Sorese schob den leer geputzten Teller beiseite, um sich bequemer über den Tisch lehnen zu können. »Hast du während der letzten Wochen regelmässig die Zeitungen gelesen oder Nachrichten gehört?« »Du weisst, dass das zu meinem Job gehört,«, erwiderte Monelli, »worauf willst du hinaus?« »Sag mir lieber, was dir aufgefallen ist.« »Spiel kein dämliches Spiel mit mir, Sorese, dafür habe ich wirklich keine Zeit. Zumal unser geschätzter Polizeipräfekt mindestens noch weitere zwei Wochen seinen Urlaub auskostet, während unsereins die ganze Suppe allein auslöffeln muss«. »Kein Spiel, Rhino, nur Taktik. Ich möchte nicht, dass du später behauptest, ich hätte dir alles in den Mund gelegt,« erklärte Sorese. »Na dann … was mir aufgefallen ist? Ein Haufen Kacke eben, hier bei uns in Mailand und draussen in der grossen, weiten Welt. Worauf willst du hinaus?« Sorese schwieg und blickte forschend in Monellis kugelrunde, aber doch irgendwie sympathische Schweinsäuglein. Dieser hielt einen Moment inne, beugte sich dann plötzlich verschwörerisch über den Tisch, senkte seine Stimme beinahe zu einem Flüstern und argwöhnte: »Vielleicht ein weltweites Komplott?« Dann prustete er los und begann schallend zu lachen. Sein Stuhl knackte bedrohlich unter seinem Gewicht, so dass sich Luigi hinter dem Tresen um sein Mobiliar zu sorgen begann. Sorese liess sich nicht beeindrucken, schnappte eine Serviette und wischte sich etwas angewidert Rhinos Spuckresten aus dem Gesicht. »Wieso nicht? Versuch mal nachzudenken, wenn du dich wieder eingekriegt hast. Was haben alle diese Anschläge der letzten Wochen gemeinsam? Denk dabei nicht nur an Hurghada und Ancona, sondern auch an Miami und Puerto Plata …«. »Du meinst das wirklich ernst!«, sagte Rhino erstaunt, nachdem er sich wieder beruhigt hatte. »Hurghada«, sagte er mehr zu sich selbst als zu Sorese, »das waren doch irgendwelche Fanatiker, die gibt's doch dort wie Sand am Meer. Tod den Touristen oder ähnlicher Mist. Und Miami? Wahrscheinlich irgendwelche antikapitalistischen Revolutionäre, Castro lässt grüssen. Puerto Plata? Lebensmittelvergiftung im grossen Stil. Wundert mich nur, dass solche Dinge nicht öfters passieren …«. Sorese linste, noch immer hungrig, wehmütig auf seinen leeren Teller. »Und Ancona?«, fuhr Rhino fort, »eine Autobombe. Vielleicht eine Drogengeschichte, was weiss ich! Auf jeden Fall gibt es noch keine Verdächtige und auch keinerlei Hinweise auf irgendwelche Verrückte, die die Verantwortung dafür übernehmen wollen. Keine politischen Statements, nichts! Andernfalls wäre das bestimmt schon zu Präfekt Pozzo durchgesickert, und als seine rechte Hand hätte ich das mit Sicherheit schon lange erfahren. Und selbst wenn Tommaso seine Hände beim Unglück in Hurghada tatsächlich mit im Spiel gehabt haben sollte, was um Himmels Willen soll das mit einer Lebensmittelvergiftung in der Dominikanischen Republik zu tun haben? Wo soll ich da einen Zusammenhang sehen? Doch, vielleicht den: Der grosse Sorese auf der abenteuerlichen Suche nach einer äusserst lukrativen Story. Porca la miseria!« Rhino leerte das restliche Wasser in seinen Rachen und starrte dann Sorese an, der immer noch keine Miene verzog. »Du meinst es tatsächlich ernst!« »Denk mal nach«, erwiderte Sorese nun etwas eindringlicher: »Überall – mal abgesehen von Ancona, aber da könnte auch was schiefgelaufen sein – zielten die Anschläge auf

Touristen.« »Gab's in der Türkei, in Ägypten und anderen Ländern auch schon«, fiel ihm Rhino ins Wort. »Ja, aber damals wusste man, wer weshalb dahintersteckte. In der Türkei die Kurden, in Ägypten die islamischen Fundamentalisten, und damals wurde erwiesenermassen versucht, die Wirtschaft dieser Länder zu schwächen, um letztlich die Regierungen in Schwierigkeiten zu bringen und politischen Profit zu schlagen. Aber in den USA? Oder in der Dominikanischen Republik? In Italien? Komm schon, Rhino, da ist doch was faul! Natürlich gibt es immer wieder grössere und kleinere Unglücke, aber so gehäuft und in solch einer kurzen Zeit?« Rhino nestelte ein zerknittertes Taschentuch aus seinem Jacket und schnäuzte sich lautstark die Nase. »Und was steckt deiner Meinung nach dahinter?«- »Ich werde der Sache mal ein bisschen nachsteigen, und ich wäre froh, wenn ich dabei auf deine Unterstützung zählen könnte.« – »Ich soll dir also aus der Scheisse helfen, wenn's brenzlig wird. Das erwartest du doch von mir, oder?«, übersetzte Monelli Soreses Worte. »Mein lieber Commissario, ich schlage dir nur einen kleinen Deal vor. Ich forsche ein wenig nach, auf meine Art, und du erfährst als Erster, was ich finde. Du hältst mich dafür auf dem Laufenden, wenn du irgendetwas erfährst, was mein ungutes Gefühl untermauern könnte, und wenn ich deine Unterstützung wirklich dringend benötigen sollte, dann möchte ich mich einfach auf dich verlassen können!« »Okay, Sherlock, einverstanden,« antwortete Rhino nach einer ganzen Weile, obwohl er sich offensichtlich noch immer nicht für Soreses Verdacht erwärmen konnte. Er nestelte ein etwas achtlos zusammengefalztes Stück Papier aus seiner Tasche. »Damit du auch irgendwo mit deinen Nachforschungen beginnen kannst, überreiche ich dir hiermit offiziell ein nettes, kleines Phantombild. Cornelia, die Tommaso den Drink serviert hatte, konnte ihn ziemlich gut beschreiben. So soll der Typ aussehen, der zuletzt mit Tommaso gesehen worden ist.« Sorese blickte auf ein unscheinbares Gesicht mit einer Allerweltsnase und einer ebenso gewöhnlichen wie weit verbreiteten Brille, hinter der zwei ausdruckslose Augen, die ins Leere starrten. Auffällig waren höchstens die ziemlich buschigen Augenbrauen. »Was ist euer Phantomzeichner eigentlich von Beruf?«, frotzelte Sorese, der bestimmt schon tausende von Typen gesehen hatte, denen die Zeichnung ähnelte. »Tja«, erwiderte Rhino, »deshalb sind wir mit diesem Bild bis dato auch nicht wirklich weitergekommen, obwohl ich mein Fussvolk im Hotel und in der ganzen Umgebung damit herumgejagt habe. Vielleicht hast du ja mehr Erfolg?

Sorese verliess Luigi und Petra – sie war tatsächlich eingeschnappt, aber auf bezaubernde Weise – eine gute halbe Stunde und zwei oder drei Grappa später. Als er vor seiner Wohnung stand und in den Hosentaschen nach seinem Schlüssel suchte, merkte er plötzlich, dass die Türe nur angelehnt war. Sollte er vergessen haben, sie abzuschliessen? Er fühlte, wie sich seine Nackenhaare sträubten, ein sicheres Zeichen dafür, dass etwas nicht so war, wie es sein sollte – ein Zeichen, das ihm damals, als er seinen Lebensunterhalt noch als Polizist verdiente, zweimal das Leben gerettet hatte. Sofort war er hellwach. So behutsam und geräuschlos wie möglich schob er die Tür weiter auf und ging dabei in die Hocke. Als die Tür halb offenstand, hielt er inne. Stille. So angestrengt er auch lauschte, kein Geräusch drang aus seiner Wohnung zu ihm in den Flur hinaus. Im Stockwerk über ihm hörte er eine Tür schlagen, unter ihm knarrte eine Diele, und selbst Antonia schien zuhause zu sein, dem überlauten Fernseher nach zu urteilen. Das Hupen der Fahrzeuge auf der Via Carina nahm er nur gedämpft wahr, also waren die Fenster wohl geschlossen. Nach einer kleinen Ewigkeit, in welcher Sorese kaum zu atmen gewagt hatte, vernahm er leise Schritte. Das Wohnzimmer. Ein weiteres Geräusch, Glas auf Glas, und Augenblicke später knarrte sein alter Sessel. Sollte er die Polizei rufen? Und wenn er sich lächerlich machte? Langsam und leise erhob er sich, setzte den linken Fuss sachte auf den abgelatschten Läufer im Flur, dann den rechten, dann wieder den linken, immer darauf bedacht, keinen Lärm zu verursachen. Endlich konnte er einen vorsichtigen Blick ins Wohnzimmer werfen. Tessa grinste ihn an. »Du hast nicht abgesperrt, und da habe ich mir erlaubt, meine Ausbeute aus dem Archiv bei dir auf dem Teppich auszubreiten. Komm her und schau es dir selber an. Übrigens: Schleichst du dich immer so in deine eigene Wohnung?« Sorese wusste im ersten Moment nicht, ob er nun fluchen oder lachen sollte. Mit dem Ärmel wischte er sich ein paar Schweissperlen von der Stirn, und als sich sein Puls wieder normalisiert hatte, fand er auch seine Sprache wieder. »Das nennt man Hausfriedensbruch!«, stotterte er. Als wollte sie es gänzlich auf die Spitze treiben, antwortete Tessa, die wohl Soreses bleiches Gesicht bemerkt hatte: »Du siehst aus, als hättest du ein Gespenst gesehen.« Tessa streckte ihm ein Glas mit seinem eigenen Whisky entgegen und grinste frech. Zwei Drinks später kauerte er mit Tessa über den unzähligen Zeitungsberichten und Agenturmeldungen. Gemeinsam studierten sie die Artikel der unterschiedlichsten Presseagenturen zu Florida, Hurghada und Puerto Plata, durchforsteten die Reportagen verschiedener Illustrierten, verglichen reisserische, manchmal aber auch äusserst sachliche, gut recherchierte Kommentare und Hintergrundberichte und suchten in Bildern nach irgendwelchen Hinweisen, von denen sie selber nicht wussten, wie diese aussehen könnten. Einige Blätter hatten sich wildesten Spekulationen hingegeben, andere mit Hilfe geschichtlicher Daten so etwas Ähnliches wie Ursachenforschung betrieben. »Was suchen wir denn eigentlich?« »Nach irgendwelchen Ungereimtheiten, einer Kleinigkeit, einem Hinweis, der uns bis jetzt entgangen ist. Und nach einem grossen Unbekannten«, erwiderte Sorese. Er reichte Tessa das Phantombild und erzählte ihr von seinem Treffen mit Rhino. Sie runzelte die Stirn, atmete ein und erklärte mit offensichtlich gespielter Zuversicht: »Also, diesen Kerl habe ich doch schon gesehen … warte … ach ja, gerade gestern ist er mir wieder an der Bushaltestelle über den Weg gelaufen. Oder war das vorgestern beim Einkaufen? Wir sollten unverzüglich die Polizei informieren!« Sie mussten beide lachen.

Gegen 20 Uhr hatten sie sich endlich durch das gesamte Material gekämpft, und Soreses Altpapiersammlung würde wohl um mindestens fünf Kilo schwerer sein. Tessa hielt einen kleinen Papierfetzen in ihrer Hand. »Hier steht etwas von einem Bekennerschreiben. Wurde zwei Tage nach dem Anschlag in Florida publiziert. Aber leider kein Wort über den Inhalt.« »Zeig mal her!« Aus der »South Miami News«? Scheint irgendein kleines, lokales Käseblatt zu sein.« »Schau dir mal das kleine Kürzel da unten rechts an«, sagte jetzt Tessa, »aber kannst du mir vorher noch einen Schluck Wasser auftreiben? Ich sitze schon seit längerer Zeit auf dem Trockenen«, fügte sie gespielt vorwurfsvoll an. Sorese ignorierte Tessas Bemerkung. Er hatte das kleingedruckte »AGP« unter dem Artikel nun ebenfalls entdeckt. »Vielleicht ein Kürzel einer Presseagentur?« – »Wenn da wirklich ein Bekennerschreiben vorliegen würde, glaubst du dann nicht, dass es auch von den anderen Zeitungen gebührend ausgeschlachtet worden wäre?« Tessa formulierte diese Worte eher als Vermutung denn als Frage. Sorese nahm sein Glas, führte es zum Mund und stellte es dann wieder zurück auf die Kiste, scheinbar ohne zu bemerken, dass es schon lange leer war: ein Schluck Luft. Er schien nachzudenken. »Vielleicht wurde die Presseagentur aber auch zurückgepfiffen, soll in den Staaten auch schon vorgekommen sein.« Der Jagdinstinkt eines Journalisten. Tessas skeptischer Blick entging ihm nicht. »Was hältst du von Arbeitsteilung?«, fragte er schiesslich. »Ich lege meinen Quellen mal das Phantombild unseres grossen Unbekannten vor, und du versuchst herauszufinden, was es mit dieser Agenturmeldung auf sich hat.« »Einverstanden,« erwiderte Tessa, reckte praktisch gleichzeitig ihre Arme in die Höhe, so dass sich ihre kleinen, festen Brustwarzen unverschämt provokativ unter dem dünnen Hemd abzeichneten, stand abrupt auf verliess eilig die Wohnung. »Ciao, a domani!« Sorese blieb, etwas überrumpelt, alleine zurück.

Mailand, 5. September, 17.00 Uhr

Sorese war schon seit Stunden unterwegs. Bei Informanten handelt es sich in der Regel um Menschen, die mit mindestens einem Bein in der Illegalität stehen. Diese Sorte der menschlichen Spezies hat es sich zu eigen gemacht, sich nicht länger als unbedingt nötig in der Öffentlichkeit zu bewegen. Sorese war gezwungen, alle ihre Stammplätze persönlich abzuklappern: die Kneipen der Gelegenheitsarbeiter, die billigen Pensionen und Absteigen der leichten Mädchen, die ständig wechselnden Standplätze der Buchmacher und kleinen Dealer sowie die oft als Bar oder Antiquitätengeschäft getarnten Lokalitäten der ansässigen Hehler. Ein mühsames und vor allem zeitaufwändiges Unterfangen. Denen, die er finden konnte, zeigte er das Phantombild, bisher allerdings ohne Erfolg.

Um die Wartezeit auf Ludmilla im Albergo L'antico Duomo zu verkürzen, hatte er die Gazzetta aufgeschlagen und sämtliche Berichte über den versuchten Anschlag auf die Fähre – wenn es denn tatsächlich einer war – nochmals gelesen. Auch hier schien die Polizei noch im Dunkeln zu tappen, denn sonst hätte Monelli ihn bestimmt schon informiert, was er zumindest hoffte. Eine halbe Stunde später ahnte er, dass Ludmilla eingetroffen war: Die ältere, elegant gekleidete Dame zwei Tische neben ihm – bestimmt hatte sie schon bessere Zeiten erlebt – hatte einen Blick zur Tür geworfen und sich dann kopfschüttelnd und scheinbar angewidert ihrem grauhaarigen Gegenüber zugewendet. Und schon wurde er eingenebelt von einer Wolke viel zu süssen Parfums, das wohl aphrodisierend wirken sollte. Sie schien mal wieder auf der Pirsch zu sein. »Na, mein kleiner Ex-Carabiniere,« gurrte sie, während sie geschmeidig ins tiefe Polster des Sessels sank, ihre langen, wohlgeformten Beine provokativ übereinanderschlug und dem Grauhaarigen einen schmachtenden Augenaufschlag zuwarf, worauf die Augen seiner Begleiterin mordlustig funkelten, »es sind wohl kaum deine sexuellen Gelüste, die dich an meinen Arbeitsplatz geführt haben.« Ludmilla pflegte ihr Revier stets als Büro zu bezeichnen. Der äusserst gewagt ausgeschnittene, hellgraue Pullover schien ihre gewaltige Oberweite nur mit Mühe in Zaum halten zu können, und Sorese musste unwillkürlich grinsen: »Was, wenn jetzt eine Naht reisst?« Ohne dass Ludmilla es bestellt hatte, hielt sie Minuten später schon ein kleines Glas in der Hand und nippte genüsslich an ihrem roten Martini. Dann suchten ihre Augen die seinen, und einmal mehr fand Sorese, dass sie unter der dick aufgetragenen Farbschicht trotz allem ein hübsches Gesicht hatte. »Erraten, Cara«, antwortete er schliesslich und klaubte die Zeichnung hervor. »Kannst du mit diesem Bild etwas anfangen?«, fragte er. »Kommt mir tatsächlich bekannt vor,« meinte sie, als sie es eine Weile betrachtet hatte, »ist aber sicher kein Kunde gewesen«. Ludmilla verfügte über ein sensationelles Gedächtnis, was Menschen betraf, die sie ihres Jobs wegen näher kennengelernt hatte. »Könnte echt sein, dass ich diesen Typ hier schon mal gesehen habe. Sieht allerdings ziemlich uninteressant aus. Hast du Katia das Bild schon gezeigt?« Sorese schüttelte den Kopf und bohrte gleichzeitig weiter. »Bist du sicher? Kannst du ihn mir besser beschreiben?« »Nein! Ist aber auch ein Scheissbild. So, wie der Typ auf dieser Zeichnung, sehen bestimmt Hunderte aus.« »Was du nicht sagst«, dachte Sorese, »ist mir selber kaum aufgefallen.« Sie tastete wieder nach ihrem Glas und schielte unauffällig an Sorese vorbei zu einem anderen Gast, der sich gerade eben etwas weiter hinten niedergelassen und eine deutsche Tageszeitung aufgeschlagen hatte. »Wie gesagt, frag Katia, mein Lieber«. Ludmilla stand auf, zupfte ihren kurzen Rock zurecht, blies zwei blonde Haarsträhnen aus dem Gesicht und peilte selbstbewusst ihren nächsten Kunden an. »Darf ich mich zu Ihnen setzen?« »Was für ein Scheissjob«, dachte Sorese, erhob sich schliesslich ebenfalls und schritt zur Rezeption. Die junge Frau schätzte er auf Mitte Dreissig, aber sie hatte sich verteufelt gut gehalten. Allerdings hatte er in teuren Hotels noch selten unattraktives Personal angetroffen. Der Schlüssel zum Glück, in diesem Fall zu einem gut bezahlten Job, schien zu einem grossen Teil mit einem attraktiven Äusseren verbunden zu sein. Routiniert checkte sie gerade eine vierköpfige, offensichtlich betuchte Familie ein, dann wandte sie sich Sorese zu. »Kann ich Ihnen irgendwie helfen?« fragte sie zuvorkommend, wenn auch etwas distanziert. Sorese schob die Zeichnung über die Theke und beobachtete aufmerksam ihre Reaktion. Katia Walther, wie er auf ihrem dezent an die Uniformjacke gesteckten Namenszug lesen konnte, zog ihre hübsche Stirn in Falten und schien kurz nachzudenken. Dann sah sie wieder auf. »Sind Sie von der Polizei?«, wollte sie schliesslich wissen. »So ähnlich,« gab Sorese höflich, aber bestimmt zurück, und bemühte sich um ein gewinnendes Auftreten. Katia betrachtete das Bild nochmals eingehender, dann sagte sie: »Ich bin mir nicht ganz sicher. Vor ungefähr zwei Wochen hatten wir einen Gast hier bei uns, einige Nächte lang. Hatte auffällig buschige Augenbrauen, wie der Typ auf diesem Bild hier. Sonst absolut durchschnittlich. Erinnern kann ich mich nur, weil er sehr wortkarg, fast schon unhöflich war. Nino, ein Kollege, wurde von ihm einmal ziemlich zusammengestaucht, als er sich einen kleinen Scherz erlaubt hatte. Darüber regte sich der Gast schrecklich auf. Aber beschwören, dass es tatsächlich der hier war«, sie tippte etwas unsicher auf das Bild, »kann ich beim besten Willen nicht.« »Hätten Sie vielleicht eine Idee, wo ich diesen Nino finden könnte?«, hakte Sorese nach und liess unauffällig einen Geldschein über das Holz wandern, der von Katia ebenso dezent wieder zurückgeschoben wurde. »Nino wird um 22 Uhr die Nachtschicht übernehmen.« Sorese bedankte sich, und Katia wandte sich den nächsten Gästen zu, einem Ehepaar aus Frankreich. Er durchquerte die Lobby und steuerte zu den Fahrstühlen. Über eine Stunde lang streifte er anschliessend durch die vornehm in blauem Plüsch gehaltenen Korridore des Albergo L'antico Duomo, wobei die tiefen, schweren Läufer seine Schritte fast vollständig dämpften. Sporadisch traf er auf hauptsächlich Portugiesisch sprechende Zimmermädchen, in schwarz und weiss gekleidete Etagenkellner und sogar einen Pizzaboten. Immer wieder klaubte er die schon ziemlich zerknitterte Zeichnung des Unbekannten hervor und stellte dieselben Fragen. Niemand schien sich an den unauffälligen Typen zu erinnern, und in Sorese keimte der Verdacht, dass sich dieser, falls er sich tatsächlich hier aufgehalten hatte, absichtlich äusserst unauffällig verhalten haben musste.

Um 22.10 Uhr schlenderte Sorese abermals zur Rezeption. Sein Magen knurrte unüberhörbar und erinnerte ihn daran, dass die nächste Mahlzeit längst überfällig war. Der Typ, der jetzt hinter der Theke sass und sich Mühe gab, so zu tun, als ob er etwas in den Computer tippen würde, gleichzeitig aber immer wieder lüsterne Blicke auf zwei von Ludmillas Arbeitskolleginnen warf, die an der Bar herumlungerten und nach zahlungskräftigen Kunden Ausschau hielten, hatte kleine, verschlagene Augen. »Scheint nach wie vor schwierig zu sein, anständiges Personal für die Nachtschichten zu finden«, vermutete Sorese. »Der Herr, was kann ich für Sie tun?« säuselte der junge Mann mit aufgesetzter Höflichkeit, als Sorese an die Rezeption trat und ihm den Blick in die Halle versperrte. Ein richtiger Schleimer! »Ihre Kollegin Katia meinte, ich könne mich vertrauensvoll an Sie wenden. Sorese legte diskret das Phantombild zusammen mit einem Geldschein auf die Theke. Er würde der Gazzetta all diese »Trinkgelder« grosszügig in Rechnung stellen, sofern sie seine Story abdruckte. Der Angestellte grabschte blitzschnell nach dem Bild und noch schneller nach dem Geld. Sorese beschloss, ihn definitiv nicht zu mögen. Der Typ zuckte für einen kurzen Moment zusammen, als er einen Blick auf die Zeichnung warf, und Sorese wusste, dass er noch mindestens einen weiteren Geldschein würde lockermachen müssen, wollte er eine umfassende Auskunft erhalten. »Hmm, könnte sein, dass ich den Kerl schon mal hier gesehen habe«, meinte der Typ schliesslich noch etwas vage und hielt tatsächlich die Hand hin. »Könnte sein, dass mir eine etwas detailliertere Auskunft nochmals einen Schein wert wäre.« »Warten Sie mal, ja, diese auffälligen Augenbrauen, und dann die etwas krumme Nase, jetzt bin ich mir ziemlich sicher. Ein unangenehmer Zeitgenosse. Hat letzten Monat mal für ein paar Nächte hier übernachtet. Ist mir einmal ziemlich schräg gekommen. Dabei wollte ich nur höflich sein, wie ich das zu allen Gästen hier bin«. Er unterstrich die letzten Worte mit einem schmierigen Lächeln. »Wäre es allenfalls möglich, das noch ein bisschen genauer zu haben?«, gab Sorese zurück und nestelte demonstrativ in seiner Geldbörse nach einem weiteren Geldschein. Der Angestellte wandte sich – in der Hoffnung auf ein weiteres »Trinkgeld« – dem Computer zu, gab einige Befehle ein und meinte schliesslich: »Also, wenn es der Typ ist, den ich meine, und natürlich kann ich das auf Grund dieser ungenauen Zeichnung auf gar keinen Fall beschwören, aber wenn er es war, dann hat er unter dem Namen Patrick Koon vier Nächte hier verbracht, und zwar vom 15. bis zum 19. August. Als Beruf hat er Kaufmann angegeben, Wohnsitz in Turin.« »Danke«, gab Sorese knapp zurück, steckte den letzten Geldschein schnell zurück in seine eigene Brieftasche und wandte sich von der Rezeption ab, ohne sich um die Schimpfwörter des Schleimers zu kümmern. Schliesslich konnte der ja jetzt wieder ungestört die Titten der Nutten in der Hotelhalle begaffen.

Mailand, 5. September, 23.15 Uhr

Die schwüle Spätsommerhitze drückte selbst spät abends noch durch die sperrangelweit offenstehenden Fenster in die Wohnungen hinein und trieb den Menschen unerbittlich Schweissperlen auf die Stirn. Die gesamte Mailänder Bevölkerung wartete sehnlichst auf die zwar angekündigte, aber einmal mehr nicht eingetroffene Abkühlung durch ein paar kräftige Regenschauer. »Für falsche Wettervorhersagen sollte die Todesstrafe eingeführt werden«, brummte Sorese, der es sich mit einem lauwarmen Bier – der Kühlschrank war mal wieder kurz davor, seinen Geist aufzugeben – vor dem Fernseher bequem gemacht hatte. Obwohl er lediglich seine Shorts und ein paar an den Fersen bereits durchgescheuerte, weisse Socken trug, schwitzte er noch immer. Das Bier schmeckte grauenvoll, die Whiskyflasche lag seit Tessas letztem Besuch leer im Altglasberg auf seinem Balkon. Eine kalte Dusche zu dieser fortgeschrittenen Stunde wäre herrlich gewesen, hätte aber zu einer unvermeidlichen Konfrontation mit Antonia geführt, die, würde sie dadurch aus ihrem Schönheitsschlaf geschreckt, Sekunden später keifend vor seiner Wohnungstür gestanden hätte. Als das Telefon klingelte, beschloss er, es zu ignorieren, und nachdem es drei ärgerliche Minuten lang hartnäckig und drängend versucht hatte, auf sich aufmerksam zu machen, schien es endlich zu kapitulieren. Aber nur, um einige Sekunden später von neuem loszuläuten. Kaum gab das Telefon endlich Ruhe, polterte es laut an seiner Wohnungstür. »Verdammt! Verdammt!« Er wusste, dass Antonia auf gar keinen Fall vor der Tür kapitulieren würde. Sorese hatte einen für seine Verhältnisse aussergewöhnlich anstrengenden Tag hinter sich, was sich nicht eben positiv auf seine Laune auswirkte. Er gab es auf, quälte sich frustriert aus seinem Sessel, warf sich ein T-Shirt über und schlurfte in Richtung Tür. »Au! Was für ein …!« Ein Glassplitter hatte sich in seine linke Ferse gebohrt, der Schmerz war kurz und heftig. Er stützte sich an der Wand ab, zog die bereits blutverschmierte Socke aus und pulte die Scherbe mit Daumen und Mittelfinger aus dem Fleisch. Das Poltern an der Tür hörte nicht auf, sondern wurde noch bestimmter. Also humpelte Sorese weiter, drehte den Schlüssel, kehrte der Tür aber, in Erwartung von Antonias Schimpftirade, sofort wieder den Rücken zu und schlurfte ins Wohnzimmer zurück. »Na endlich!«, schimpfte Tessa. Sie schlug die Türe zu – hoffentlich hatte Antonia heute einen ganz besonders tiefen Schlaf – und stürmte hinter Sorese in die Wohnung. »Ich habe mir ja fast die Knöchel wund geklopft! Und hast du denn das Telefon nicht gehört?«, meinte sie vorwurfsvoll. Dann sah sie die Scherben, die den Fussboden bedeckten, und nahm Sorese wahr, der sich wieder in seinen Sessel hatte fallen lassen und seinen Fuss begutachtete. »Oh Gott, was ist denn passiert? Zeig mal her.« Und noch bevor Sorese ein typisch männliches »nicht der Rede wert« von sich geben konnte, hatte sie sich seinen Fuss geschnappt und die Wunde mit ihrem Taschentuch abgetupft. »Das musst du unbedingt desinfizieren, sonst gibt es womöglich noch eine Blutvergiftung«, meinte sie mit dem zwar sorgenvollen, gleichzeitig aber sehr bestimmten Blick einer geübten Krankenschwester. Dann war sie verschwunden, um wenige Minuten später mit einer zerknautschten Tube Merfensalbe und einem Pflaster, mit dem sie den ganzen Fuss dreimal hätte verkleben können, wieder neben ihm sass und seine Wunde versorgte. Als Sorese endlich zu Wort kam, war seine schlechte Laune bereits etwas verflogen. »Was Neues über das Bekennerschreiben aus Florida?«, mutmasste er. »Sì«, gab Tessa zurück. Sie machte es aber spannend, indem sie zuerst wieder aufstand, im Kühlschrank erfolgreich nach einer weiteren Flasche Bier suchte – »igitt, das ist ja lauwarm!« – sich auf den Sessel gegenüber von Sorese plumpsen liess und dann erst mal zwei kräftige Schlucke nahm. »Warm wie Pisse!«, meinte sie und verzog angewidert das Gesicht. Soreses Mundwinkel zuckten unmerklich nach oben. »Was hast du herausgefunden?«, hakte er schliesslich nach. »Du zuerst«, gab Tessa schnippisch zurück und grinste auch. »Der Typ, der mit Tommaso gesehen wurde …« »Der auf dem Phantombild?«, fiel Tessa ihm ins Wort. »Ein schleimiger Nachtportier aus dem Hotel glaubt zumindest, er hätte vom 15. bis zum 19. August dort gepennt«, fuhr Sorese fort, »ich bin mir eigentlich sicher, dass er ihn erkannt hat. Der Typ hatte sich als Patrick Koon eingetragen, was aber mit ziemlich grosser Wahrscheinlichkeit nicht sein richtiger Name gewesen sein dürfte.« »Der grosse Unbekannte also«, seufzte Tessa … »Nun, zumindest scheint die Zeichnung erstaunlicherweise doch genug herzugeben, um sie herumzeigen zu können«, fuhr Sorese fort. »In der Karibik war ich noch nie, und Florida soll auch ziemlich hübsch sein,« sagte Tessa plötzlich. Das erwartungsfrohe Funkeln in ihren hübschen Augen blieben Sorese nicht verborgen. »Bevor du dich weiter in deiner blühenden Fantasie verlierst: Ich dachte eher an Metaxa und Oliven als an die karibische Sonne«, erwiderte Sorese, »aber vielleicht kennst du ja die Grosszügigkeit der Zeitungen noch nicht, wenn es darum geht, Spesen zu bewilligen, wenn der Nutzen unklar ist?« Tessa hatte natürlich ebenfalls bereits vom missglückten Anschlag auf die Fähre von Patras nach Ancona erfahren. Sie hatte dieses Ereignis jedoch noch nicht mit den anderen Vorfällen in Verbindung gebracht. »Und wenn du deine Beziehungen zur Polizei spielen lässt? Die könnten sich ja mal unauffällig in Miami, Puerto Plata oder Patras umhören.« Tessa hatte offensichtlich wieder Fuss gefasst in der Realität. »Nehmen wir mal an, wir graben tatsächlich jemanden aus, der diesen Typen in Patras gesehen hat«, spekulierte Sorese, »dann hätten wir zumindest ein Indiz dafür, dass zwischen Hurghada und Patras ein Zusammenhang besteht.« »Die berühmte Suche nach der Stecknadel im Heuhaufen also«, seufzte Tessa, wobei sie insgeheim hoffte, Sorese auf einer allfälligen Reise begleiten zu dürfen. Aller Vernunft nach müsste es ja schliesslich im Interesse von Chefredaktor Tipo bei der Gazzetta sein, wenn sie, falls sie erfolgreich wären, die Story bei ihm abdrucken liessen. Sollte Tipo bereit sein, für die Auslagen dieser Reise aufzukommen, könnte Sorese dadurch angebunden werden. »Soll ich Tipo mal darauf ansprechen?«, setze sie sogleich mit unschuldiger Miene nach, »vielleicht lässt er sich von dem, was wir bis jetzt haben, überzeugen und übernimmt die Kosten für einen Abstecher nach Griechenland.« »Und was genau ist es, was ihn überzeugen sollte?«. Seine Erfahrungen diesbezüglich stimmten ihn skeptisch. »Tja«, meinte Tessa, während sie ihm schelmisch zuzwinkerte, »ich bin ja schliesslich auch noch da«. Während das lauwarme Bier noch wärmer und ungeniessbarer wurde, was beide aber nicht daran hinderte, eine weitere Flasche in sich hineinzuschütten, erzählte sie ihm von einigen Telefongesprächen, die sie geführt hatte. Von einem sympathischen, glücklicherweise etwas unbedarften Studenten, der gerade sein Praktikum bei der South Miami News absolvierte, hatte sie erfahren, dass die Redaktion kurz nach der Veröffentlichung ihres Artikels über das Attentat einen Anruf eines Bundesanwalts erhalten hatte, der mit einer richterlichen Verfügung drohte, sollte nochmals auch nur ein Hauch einer Andeutung bezüglich des Bekennerschreibens publiziert werden. Seinem Boss, meinte er, sei das Ganze ziemlich sauer aufgestossen, und er habe Himmel und Hölle in Bewegung gesetzt, um schliesslich zu erfahren, dass dies auf Anordnung der Bundesbehörde geschehen war. Darauf habe er den lieben langen Tag über staatliche Zensur und behördliche Willkür gezetert und über einen angeblichen Agenten O'Brien vom FBI Gift und Galle gespuckt. »Bürofurz« sei noch die harmloseste Bezeichnung gewesen. »Hat mich dann einige Mühe gekostet, aber schliesslich gelang es mir, diesen O'Brien telefonisch in Miami zu erreichen«, erklärte Tessa stolz. Als sie ihn angesprochen habe auf den Hinweis bezüglich eines Bekennerschreibens zum Anschlag auf das Hotel in den Everglades habe dieser zunächst laut aufgelacht. »*Ein* Bekennerschreiben? Wir haben einen ganzen Truck voll erhalten.« Abschätzig meinte er, und seine tiefe Stimme triefte jetzt förmlich vor Hohn: »Welches soll es denn sein? Das von den Jungs aus Kuba, die die sofortige Wiederaufnahme der Gespräche zwischen good old Castro und unserer Regierung fordern? Oder lieber das einer Gruppe fundamentalistischer Mormonen, die verlangen, dass wir die Vielweiberei wieder zulassen? Wir hätten da auch noch eine Vereinigung von Vogelfreunden, die androhen, alle Hotels in Amerika in die Luft zu jagen, wenn wir nicht auf der Stelle neue Naturreservate aus der Erde stampfen oder …« »Was ernst zu Nehmendes?« unterbrach Tessa sachlich, aber bestimmt. Verarschen konnte sie sich auch selber! »Habe ihn wohl ziemlich vor den Kopf gestossen«, schilderte Tessa Sorese den weiteren Verlauf des Gesprächs, »aber zumindest hörte er auf zu lachen und wurde nun doch etwas ernster. Trotzdem musste ich all meine Überzeugungskraft aufwenden, um schliesslich zu erfahren, selbstverständlich unter absoluter Geheimhaltung« – Tessa grinste dabei – »dass das FBI dabei ist, diese Schreiben zurück zu verfolgen. Eines nehmen sie besonders ernst, da es das einzige ist, das detaillierte Angaben zum Anschlag enthält, die nur wissen kann, wer wirklich informiert ist. Agent O'Brien vertraute mir an, dass darin eine bisher völlig unbekannte Vereinigung militanter Umweltschützer, die es in den Staaten offensichtlich wie Sand am Meer gibt, gegen irgendwelche Spekulanten wettert, die mit ihren immer grösseren Hotelprojekten die kostbare Natur und dadurch den Lebensraum dort ansässiger, seltener Tierarten zerstört. Sie drohen mit weiteren Anschlägen auf Urlaubszentren, um ihren Forderungen Nachdruck zu verleihen. Allerdings hat das FBI bis jetzt noch keine brauchbaren Hinweise gefunden.« »Verständlich, dass sie nicht wollen, dass das an die Presse gelangt«, brummte Sorese, »würde sich wohl unter Umständen ziemlich negativ auf die ohnehin schon angeschlagene Tourismusbranche dort auswirken. Du weisst ja, wie die Leute sind: Kaum hören sie was von Gefahr, rennen sie sofort ins Reisebüro und buchen um! Als würde bei uns niemand an Verkehrsunfällen, Gewaltverbrechen oder Naturkatastrophen draufgehen. Der Mensch und sein dämliches Rudelverhalten …« »Bevor du jetzt eine philosophische Diskussion vom Zaun brichst«, unterbrach ihn Tessa schnippisch, »wäre ich dir doch dankbar, wenn du dein letztes Quäntchen an Aufmerksamkeit dafür einsetzen könntest, mir noch ein paar Minuten zuzuhören, okay?« »Schon gut, schon gut!« Sorese hob als Zeichen seiner Kapitulation belustigt die Arme, und Tessa funkelte ihn ärgerlich an. »Also«, fuhr sie schliesslich fort, »die Typen vom FBI und der State Police haben natürlich auch die Gäste des »Golden Beach« unter die Lupe genommen, und dabei haben sie einen Taxifahrer ausfindig gemacht, der kurz nach der Explosion einen Fahrgast in der Nähe des Tatorts aufgeladen und zum Flughafen gefahren hat. Dort hat sich die Spur allerdings verloren. Sie haben keine Ahnung, wohin der Typ anschliessend verschwunden ist. Und das, obwohl sie das gesamte Bodenpersonal mit einer Zeichnung abgeklappert haben, die nach den Beschreibungen des Taxifahrers in aller Eile angefertigt wurde. Nichts! Niemand konnte sich an ihn

erinnern.« »Scheisse!«, bemerkte Sorese, der weiter aufmerksam
zugehört hatte. »Hab ich auch gedacht!«, erzählte Tessa weiter.
»Mir kam dann so ein Gedanke, und ich habe O'Brien gebeten,
mir diese Zeichnung zu mailen. Glaub mir, das war ein hartes
Stück Arbeit. Was ihn schliesslich überzeugt hat, war die Tatsache, dass wir ebenfalls ein Phantombild besitzen und ich ihm
versicherte, mich sofort wieder bei ihm zu melden. Natürlich
kam ich nicht darum herum, ihm ein bisschen was von unserem
Unbekannten im Hotel zu erzählen. Und ich musste ihm ver-
sprechen, ihm unser Bild ebenfalls so schnell wie möglich zukommen zu lassen. Nehme an, er möchte es seinem Taxifahrer
zeigen.« »Mach's nicht so spannend und zeig endlich her!« Sorese
war hellwach, was angesichts seines erhöhten Alkoholpegels und
der nach wie vor brütenden Hitze im Wohnzimmer erstaunlich
war, fand Tessa. Sie klaubte ein mehrmals gefaltetes Stück Papier
aus der Hosentasche ihrer Leinenhose, die ihr, wie Sorese nebenbei bemerkte, ausgezeichnet stand. »Könnte tatsächlich unser
Mann sein«, sagte er schliesslich, als er das rudimentär skizzierte
Gesicht eindringlich betrachtet und mehrmals mit ihrem eigenen Phantombild verglichen hatte, »aber meine Hand würde ich
dafür nicht ins Feuer legen.« »So ungefähr habe ich das O'Brien
auch gesagt, als ich ihn dann zurückrief, und er meinte, er wäre
sehr dankbar, wenn ich ihn auf dem Laufenden halten würde.
Zudem wolle er sich selbst mit der zuständigen Behörde hier in
Mailand in Verbindung setzen und bat mich um einen Namen.
Mir ist da spontan nur Monelli eingefallen, von dem du ja auch
das Bild erhalten hast. Ich wette, er hat bereits ein Telefon vom
FBI erhalten.« »Da fühlt er sich bestimmt geehrt«, unterbrach
Sorese etwas verärgert, denn bestimmt würde ihn Monelli dafür
anschnauzen. Er konnte die bornierten Amis nämlich nicht aus-
stehen. Tessa hielt nochmals die beiden Zeichnungen nebeneinander: »Auffällig ist, dass die Augenbrauen auf beiden Zeichnungen recht ausgeprägt dargestellt sind, findest du nicht? Auch die
Frisur könnte hinkommen, aber die Brille auf unserer Zeichnung
wirkt um einiges stärker, fast so, als ob unser Unbekannter kurz-

sichtig wäre …« »Was er mit Bestimmtheit nicht ist«, kommentierte Sorese trocken, und dann fügte er an: »Könnte tatsächlich sein, dass du Recht hast und Tipo anbeisst. Lass uns mal zusammenfassen, was wir bis jetzt haben: Den grossen Unbekannten, der einen Flugzeugmechaniker dafür bezahlt, eine Maschine so zu manipulieren, dass sie abstürzt. Ein relativ ernst zu nehmendes Bekennerschreiben, dessen Inhalt zwar wenig Sinn macht, was man aber von solchen Hitzköpfen auch nicht erwarten kann. Dann haben wir den Anschlag in Florida, und dazu ebenfalls ein Bekennerschreiben, das sich von den anderen wieder dadurch unterscheidet, dass es unveröffentlichte Details enthält. Und dann sind da noch die Geschichte mit der Lebensmittelvergiftung in der Dominikanischen Republik sowie der versuchte Anschlag auf die griechische Fähre …« »Und zu guter Letzt der grosse Unbekannte, der, wenn es wirklich derselbe Mann ist, auf eine mögliche Verbindung zwischen Florida und Hurghada hinweist«, führte Tessa Soreses Zusammenfassung zu Ende. Sie zögerte kurz, um dann das auszusprechen, was Sorese schon vor Kurzem als lediglich vage Vermutung angedeutet hatte: »Erstaunlich, in welch kurzer Zeit sich das alles abgespielt hat. Wahrhaft schlechte Zeiten für die Reisebranche. Da kann mein Daddy von Glück sagen, dass bei ihm in Asien noch nichts Ähnliches passiert ist.« Tessa und Sorese sassen noch eine Weile einfach so da und brüteten vor sich hin, jeder in seinen eigenen Gedanken versunken. »Also«, durchbrach Tessa schliesslich das beidseitige Schweigen, »soll ich Tipo morgen mal auf unsere Story ansprechen und ihm einwenig Honig um den Mund streichen, in der bescheidenen Hoffnung, dass er sein Spesenkonto für uns anknabbert?«

Sorese rang seiner Bierflasche gerade die letzten Tropfen Flüssigkeit ab, stellte sie neben sich auf den Boden und blickte Tessa fest in die Augen: Jagdinstinkt. »Auch wenn das Ganze immer noch auf ziemlich wackligen Beinen steht«, gab er dann überzeugt von sich, »falls da wirklich mehr dahintersteckt und das alles keine unglückliche Zufälle waren, haben wir den nächsten Pulitzer-preis auf sicher.« »Ist das deine Art, eine einfache Frage mit ja zu beantworten?« frotzelte Tessa. »Hm, ich weiss nicht, wahrscheinlich ist es in Griechenland noch unerträglicher als hier«, konterte er und wischte sich mit dem Handrücken nochmals ein paar Schweissperlen von der Stirn. Doch dann schmunzelte er plötzlich, weil er sich Tessas aufregenden Körper, verhüllt nur durch ein hauchdünnes Nachthemd aus Satin bei sich auf der Bettkante vorstellte. Sie fasste sein Schmunzeln nun definitiv als Zusage auf. »Aber warte noch, ob Monelli morgen etwas über einen gewissen Patrick Koon in Erfahrung bringen kann, okay?« Sorese erhob sich und schlurfte in die Küche, um nochmals zwei Flaschen Bier zu holen. Schliesslich würden sie unter Umständen bald eine gemeinsame Reise unternehmen, und er brannte nun darauf, mit seiner neuen und ausserordentlich hübschen Partnerin anzustossen. »Ich rufe dich morgen an«, hörte er sie gerade noch rufen, als er die Flaschen endlich umständlich von den Deckeln befreit hatte, und schon fiel die Tür ins Schloss. »Scheisse«, dachte er nur, liess sich wieder in seinen Sessel fallen und beschloss, wenigstens mit sich selber anzustossen.

Mailand, 6. September, 11.15 Uhr

»Morddezernat, Sie wünschen?«, raunzte eine herrische Stimme durch den Äther. »Commissario Monelli, per favore. Signor Sorese am Apparat.« Er hatte sich angewöhnt, unhöflichen Zeitgenossen mit übertriebener Freundlichkeit zu begegnen. Nicht selten führte dies zu einem äusserst zuträglichen Gesinnungswandel. Allerdings musste er sich ziemlich zusammennehmen, denn sein Schädel dröhnte noch vom gestrigen Abend, als hätten es sich mehrere Bienenschwärme gleichzeitig unter seiner Kopfhaut bequem gemacht. Sorese hätte noch viel länger geschlafen, wäre da nicht die Sonne gewesen, die nach wie vor unerbittlich am Himmel loderte und seine Bude schon um neun Uhr dermassen aufgeheizt hatte, dass er sich vorkam wie in einer Sauna. Bachnass und fürchterlich benommen war er aufgewacht, noch immer in seinem Sessel sitzend. Als er endlich aufgestanden war, hatte er wieder einmal schmerzlich in seinen Gliedern gespürt, dass das Alter auch an ihm nicht spurlos vorüberziehen würde. Und als er zum Fenster geschlurft war, um es aufzustossen, war er schon wieder in eine Scherbe getreten und hatte still in sich hinein geflucht. Was für ein Scheissmorgen!

»Einen Moment bitte,« erwiderte die Person am anderen Ende des Drahtes, tatsächlich schon ein wenig höflicher. Gottlob, dachte Sorese, während er auf Monellis Quieken wartete, berieseln sie einen bei der Polizei nicht mit Hintergrundgedudel, um die Wartezeit zu überbrücken. Er schlürfte bereits seinen dritten Kaffee und sog an der dritten Zigarette. Der Aschenbecher quoll mittlerweile fast über, obwohl er sich am gestrigen Abend Tessa zuliebe stark zurückgehalten hatte. »Ja?« »Rhino, hier Sorese. Kannst du mir einen kleinen Moment deiner kostbaren Zeit opfern?« »Wenn es sich lohnt, jederzeit,« brüllte dieser in den Hörer, »schiess los.« Sorese erzählte in einer Kurzfassung das, was er im L'antico Duomo ausgegraben hatte. Als er den Namen »Patrick Koon« erwähnte, wurde Rhino hellhörig: »Ich lasse das sofort überprüfen und rufe dann zurück, okay?« »Und wie lange dauert das?« »Wenn du mich nicht mit weiteren solchen idiotischen Fragen aufhältst, mich jetzt meine Arbeit machen lässt und ich den Typen am Zentralcomputer kräftig in den Arsch trete, solltest du in spätestens einer dreiviertel Stunde von mir hören«. Rhino fuhr fort, bevor Sorese eine zugegebenermassen nicht ganz salonfähige Erwiderung hatte anbringen können, und ihm blieb nichts anderes übrig, als sie herunterzuschlucken. »Übrigens, mein Lieber, da hat gestern Abend doch tatsächlich so ein Typ vom FBI angerufen …«, er spuckte die drei Buchstaben förmlich aus, »hat über eine gewisse Teresa irgendwie, die bei der Gazzetta arbeitet, von unserem Phantombild gehört und mich darum gebeten, nein, falsch« – Sorese spürte Rhinos Ärger – »er *befahl* mir, alle Informationen, die wir besitzen, über den grossen Teich zu schicken! Was läuft da, mein lieber Sorese, was ich nicht weiss?« Weil er ja von Tessa wusste, dass das auf ihn zukommen würde, hatte er sich eine Kurzversion der Ereignisse des gestrigen Tages bereits zurechtgelegt. Monelli schmollte noch ein wenig, nachdem ihn Sorese knapp unterrichtet und seine Vermutungen angedeutet hatte, aber diese waren nicht so einfach von der Hand zu weisen. Und schliesslich, so freute sich Monelli, kam es den Staat billiger, wenn ein Journalist Polizeiarbeit erledigte, die von einer Zeitung bezahlt wurde, und dieser ihn darüber hinaus sogar noch auf dem Laufenden hielt. Ein äusserst günstiger Mitarbeiter also, und zudem war Sorese seinerzeit bei der Polizei ein Profi gewesen, ein gewiefter Fuchs. Monelli würde sich lediglich beim Präfekten Pozzo, seinem direkten Vorgesetzten, absichern und dann der Dinge harren, die da kommen sollten. Sorese unterbrach die Verbindung und beschloss, zuhause auf Monellis Rückruf zu warten.

Mailand, 6. September, ein paar Stunden später

Durch die geschäftigen Grossraumbüros der Gazzetta an der Via Emilia zog ständig der für Journalisten so lebensnotwendige wie aufpeitschende Geruch nach Sensation. Die recht antiquierten Fernschreiber in der Nachrichtenzentrale ratterten ununterbrochen und spuckten Meldungen aus allen Teilen der Welt aus. Von Zeit zu Zeit betraten Angestellte den Raum, wichtige und unwichtige, überflogen die ausgedruckten Papierstreifen, sortierten sie nach Ressort und Dringlichkeit und verloren sich dann wieder in den Fluren und Büros der Redaktion. Staubige Bildschirme flimmerten in der schon jetzt von der Sonne aufgeheizten Luft, und Tessa bemerkte anhand der leeren Pappbecher auf den chronisch überladenen Schreibtischen, dass der Vormittag schon bald vorüber sein würde.

Bruno Tipo sass bequem zurückgelehnt in seinem in die Jahre gekommenen Ledersessel und sprach ins Telefon, als Tessa wie üblich ohne anzuklopfen sein Büro betrat. Mit einem kurzen, wohlwollenden Nicken deutete er an, dass er sie bemerkt hatte, liess sich jedoch nicht weiter von ihr stören und plauderte weiter. Tessa sah sich um. Tipos Büro hatte bestimmt auch schon bessere Zeiten gesehen. Die Wände, ursprünglich einmal weiss gestrichen, hatten vom vielen Qualm einen gelblichbraunen Stich angenommen. Die Klimaanlage tat lauthals ihr Möglichstes, ohne der stickigen Luft jedoch ernsthaft etwas entgegensetzen zu können. Tessa bemerkte etwas angewidert ein paar dunkle Schweissflecken auf Tipos in dezentem Hellgrün gehaltenen, schon ziemlich zerknautschtem Hemd, dessen Ärmel nach oben gekrempelt waren. Sein dunkelgrünes Jackett hing wie immer ordentlich am Kleiderbügel gleich neben der Glastür, die es Tipo ermöglichte, seine Untergebenen draussen im Grossraumbüro ständig zu beobachten. Seine kanarienvogelgelbe, etwas protzig wirkende Krawatte hing ihm schlaff vom Hals, denn er hatte den Knoten gelockert. »Wie die Faust aufs Auge«, dachte Tessa. Seit bald acht Jahren war Tipo nun schon Chefredaktor der Gazzetta. Die Anzahl Abonnenten dümpelte seit einiger Zeit vor sich hin, auch wenn die Schreckensnachrichten der vergangenen Tage, die natürlich reisserisch aufgemacht und professionell ausgeschlachtet worden waren, die Verkaufszahlen wenigstens kurzfristig wieder etwas ins Lot gebracht hatten. Bruno Tipo hatte sich bei der Gazzetta vom unbedeutenden Praktikanten fleissig nach oben gearbeitet, und darauf war er besonders stolz. Unzählige Male hatte er in seiner Karriere eine besonders gute Nase für verkaufsträchtige Geschichten gehabt. Nach einigen Jahren erfolgreicher Arbeit im Ausland war der Vorstand der Gazzetta auf ihn aufmerksam geworden, und sie hatten ihm zuerst das Ressort Mailand und Umgebung, später den Wirtschaftsteil und schliesslich das gesamte Inland anvertraut, bevor er, nachdem sein Vorgänger der Bestechung überführt worden war, als Chefredaktor eingesetzt wurde. Böse Zungen behaupten, er habe dabei auf tatkräftige Unterstützung aus Politik und Wirtschaft zählen können, denn im Laufe der Zeit hatte es Tipo verstanden, sich unter den Mächtigen in Norditalien gute Freunde zu schaffen. Unter seiner Führung hatte sich die Gazzetta zur zweitstärksten Zeitung Mailands gemausert, und der Erfolg beruhte zur Hauptsache darauf, dass die Zeitung dank ihm noch bunter und vor allem schriller geworden war. Tipo wusste, wofür sich die Masse interessierte, und das servierte er ihr auch. Leider hatten sich in den letzten Jahren neue Produkte auf den Markt gedrängt, Zeitungen, die sich nur über Werbung und Inserate finanzierten und den Pendlern kostenlos abgegeben wurden. Eine ernst zu nehmende Konkurrenz, wie Tipo schon bald einmal schmerzlich zu spüren bekam. Das war neu für ihn, und er hatte bis jetzt noch kein Wundermittel entdeckt, um die Gazzetta langfristig erfolgreich im Rennen zu halten.

»Teresa«, wandte sich Tipo endlich seiner Besucherin zu, »was führt dich denn Schönes zu mir? Hat sich Sorese mal wieder an einer neuen Story festgebissen?« Tessa schnappte sich, ohne von Tipo dazu auch nur im Geringsten aufgefordert worden zu sein, einen Stuhl und setzte sich. Tipo lehnte sich bequem zurück. Als Tessa ihm mit der Professionalität einer angehenden Sensationsreporterin von ihrem noch etwas vagen Verdacht erzählte, begannen seine kleinen, wachen Augen in zunehmender Intensität zu funkeln. Nachdem sie ihre Gedanken zu Ende gebracht hatte, stand er auf, wandte ihr den Rücken zu und schaute einige Minuten lang schweigend aus dem Fenster. Ein untrügliches Zeichen dafür, dass er intensiv nachdachte. »Ziemlich an den Haaren herbeigezogen«, meinte Tipo schliesslich, und während er sich wieder in seinen Stuhl fallen liess, seufzte er leise auf, ganz so, als hätte er eine Entscheidung mit immenser Tragweite zu fällen. Dabei würde es sich lediglich um einen kleinen Griff in die

Spesenkasse der Gazzetta handeln. Tessa war weit davon entfernt zu resignieren. »Bruno«, meinte sie schliesslich eindringlich und beugte sich auf ihrem Stuhl absichtlich etwas nach vorne, um ihn einen flüchtigen Blick auf den Ansatz ihrer kleinen, festen Brüste erhaschen zu lassen, »lass es uns wenigstens versuchen. Immerhin besteht die Möglichkeit, dass unser Unbekannter in Patras jemandem aufgefallen ist, und sollte dies tatsächlich der Fall sein, was haben wir dann zu verlieren?« »Geld zum Beispiel, meine liebe Teresa?« erwiderte er schnippisch, aber noch bevor Tessa darauf antworten konnte, fragte er: »Und Sorese würde die Story exklusiv der Gazzetta verkaufen?« »Das verspreche ich dir, mein Wort darauf!«, liess Tessa feierlich verlauten. »Drei Tage!«, brummte Tipo endlich, »und ich will über jeden verdammten Schritt von euch informiert sein! Haben wir uns verstanden, meine Dame? Ihr nehmt euch ein Auto, und wehe, ihr verjubelt das Geld der Gazzetta für teure Essen und Hotels!« Tessa strahlte wie ein Honigkuchenpferd, bedankte sich aufrichtig, und als sie bereits die Türklinke in der Hand hielt, um Tipos Büro zu verlassen, hörte sie ihn noch sagen: »Und den Schnaps bezahlt Sorese gefälligst aus seiner eigenen Tasche!«

Tipo blieb noch eine ganze Weile lang sitzen, nachdem Teresa sein Büro verlassen hatte. Das Ganze hatte ziemlich abenteuerlich geklungen, aber er kannte Sorese und wusste, dass dieser schon immer eine gute Nase gehabt hatte. Er warf einen kurzen Blick auf seine Uhr, ein Erbstück, das erstaunlicherweise immer noch funktionierte, und rechnete. Schliesslich atmete er tief durch, packte den Hörer eines Telefons und tippte eine ziemlich lange Nummer in die Tastatur. Nach einigen Sekunden vernahm er die ihm bekannte, tiefe und befehlsgewohnte Stimme: »Ja?« »Guten Abend, Signore. Ich hoffe, ich störe nicht? Tipo hier, von der Gazzetta …« Respektvoll. Seine Worte hallten im typischen atmosphärischen Rauschen nach; er konnte förmlich spüren, wie sie sich ihren Weg durch den Äther kämpften. »Signore Tipo, buona sera, oder besser, guten Tag?« Pause. »Wie geht's meiner

Tochter? Es ist doch hoffentlich nichts passiert?« Wieder Pause. »Nein, nein, Signore, machen Sie sich bitte keine Sorgen. Aber Sie haben mich ja ausdrücklich darum gebeten, über ihre Tochter auf dem Laufenden gehalten zu werden. Ich fühle mich Ihnen gegenüber verpflichtet, Ihnen mitzuteilen, dass Ihre Tochter für drei Tage nach Griechenland reisen wird.« Pause. »An der Seite dieses Journalisten, für den Sie ja Ihr Interesse bekundet haben …«, ergänzte Tipo beiläufig. Er wartete einen kleinen Moment lang, bis er den Eindruck hatte, dass seine Worte angekommen waren, und umriss dann kurz den Verdacht, den Teresa ihm gegenüber geäussert hatte. »Und Sie meinen, das hat Hand und Fuss?«, hörte Tipo sein Gegenüber schliesslich nach einer weiteren, noch etwas längeren Pause fragen. Tipo schilderte ein paar Einzelheiten und erwähnte dabei auch das Phantombild des Unbekannten und dass dieser daraufhin von einigen Personen identifiziert worden sei, ziemlich vage zwar, aber eben, zumindest bestand ein Verdachtsmoment. »Signore«, schloss Tipo schliesslich, »ohne Ihnen zu nahe treten zu wollen, weshalb interessieren Sie sich eigentlich für diesen, verzeihen Sie meine Ausdrucksweise, unbedeutenden Journalisten?« Pause, Rauschen. Tipo wischte sich mit der linken Hand zwei kleine Schweissperlen von der Stirn. »Das, mein Lieber, ist nun wirklich nicht von Bedeutung für Sie. Eine alte, harmlose Geschichte, zugegeben, aber ich bin halt ein wenig sentimental. Lassen Sie's gut sein. Aber halten Sie mich bitte weiterhin auf dem Laufenden, ja? Über alle Details! Ich brauche Sie hoffentlich nicht daran zu erinnern, dass Sie mir das schuldig sind …« Eindringlich, sogar etwas unwirsch. »Aber selbstverständlich, Signore, Sie können sich zu hundert Prozent auf mich verlassen, das wissen Sie doch«, beeilte sich Tipo mit seiner Antwort. »Bravo! Ich höre also von Ihnen.« Nachdem sein Gegenüber grusslos aufgelegt hatte, hielt Tipo den Hörer noch eine kleine Weile lang in der Hand. Seine Stirn hatte sich in Falten gelegt, und seine Hände waren noch feuchter geworden. »Scheisse«, dachte sich Tipo, der in diesem Fall gegen sein eigenes Ethos verstiess. Hätte er doch damals den grosszügigen

Kredit für sein Haus einfach abgelehnt. Aber schliesslich war es die einzige Bank gewesen, die ihm die Finanzierung ermöglicht hatte. Eine Hand wäscht schliesslich die andere ...

Pattaya, Thailand, 6. September, 19.00 Uhr

Die Stadt wartete hungrig darauf, dass die etwas kühleren Winde der angebrochenen Nacht die drückend feuchte Hitze, die den gesamten Süden in diesen Regenmonaten erbarmungslos in ihren Klauen hielt, etwas erträglicher werden liessen. Es war bereits dunkel, und in den Nachmittagsstunden hatte sich eine weitere kräftige Gewitterzelle über Pattaya entladen und die veraltete Kanalisation hoffnungslos überfordert. Die Strassen waren einmal mehr mit Schlamm und stinkenden Pfützen überzogen, was jedoch die unzähligen Taxis und Tuktuks nicht davon abhielt, auf der Suche nach zahlungskräftigen Fahrgästen laut knatternd und stinkend den gewohnten Kleinkrieg auszutragen. Giorgio Bianchi sass an seinem Schreibtisch und sorgte sich. Die grossen, getönten Fenster seines Büros filterten den Verkehrslärm so stark, dass man nur noch ein leises, entferntes Rauschen vernahm. Agnes hatte das Hotel, das zurzeit um einiges besser ausgelastet war als auch schon, bereits verlassen und einen kurzen Urlaub angetreten. Giorgio überlegte, wann er sich das letzte Mal ein paar freie Tage gegönnt hatte. Eigentlich hatte er vorgehabt, seiner Tochter im Sommer einen kurzen Besuch abzustatten. Er hätte sie in ein gemütliches Restaurant eingeladen, und sie hätten einen ganzen Abend lang über die oft glücklichen, früheren Zeiten gesprochen. Die gemeinsamen Erinnerungen hätten bestimmt dazu beigetragen, die Differenzen beizulegen, die sie kurz vor ihrer Abreise gehabt hatten. Anschliessend hätte er sie dazu überredet, ihren idiotischen Job an den Nagel zu hängen, zu ihm zurück zu kommen und bei ihm im Hotel einzusteigen, aber vielleicht war es dazu noch ein wenig zu früh. Die Buchungen zogen zwar kontinuierlich an, aber er schrieb noch immer rote Zahlen.

Seine Erinnerungen trugen ihn zurück in die Zeit, in der er sich dazu entschieden hatte, Italien schleunigst zu verlassen und sich hier etwas Neues aufzubauen. »Was, du bringst es tatsächlich fertig, deine Tochter zu verlassen, nachdem diese gerade erst ihre Mutter verloren hat?« Tessas Grossmutter hatte damals ungläubig den Kopf geschüttelt, und die Worte, die sie ihm dann vorwurfsvoll und gehässig entgegen geschleudert hatte, würde er nie vergessen: »Das wird dir deine Tochter nie verzeihen!« Er hatte es trotzdem getan. Er musste einfach fort. Weg von den kleinen Pärken, durch die er jeweils sonntags mit Frau und Kind spaziert und der glücklichste Mensch auf Erden gewesen war, weg von den kleinen Kneipen, in denen er so gerne mit seiner Frau gegessen, Rotwein getrunken und bis spät in die Nacht palavert und gescherzt hatte, weg aus dem grossen, von ihr mit Hingabe eingerichteten Haus, in dem sie sich so oft geliebt hatten. Und weg aus seiner Bank, in der sich all seine Arbeitskollegen mehr aus Anstand als aus wirklichem Mitgefühl andauernd nach seiner Befindlichkeit erkundigten und ihn dadurch an sie erinnerten. Und dann war da noch die Geschichte mit diesem kleinen, an sich unbedeutenden Beamten der Bauaufsichtsbehörde gewesen. Als kleine Privatbank waren sie darauf angewiesen, ihre Rückstellungen einerseits sicher, andererseits aber auch gewinnbringend anzulegen. So hatten sie damit begonnen, Immobilien zu kaufen, diese zu renovieren und weiterzuverkaufen oder zu einem guten Preis zu vermieten. Nun war es aber so, dass man selbst in Italien damit begonnen hatte, historisch bedeutende Gebäude unter Denkmalschutz zu stellen. Das bedeutete natürlich in der Regel, dass man, wollte man ein solches Objekt sanieren, einfach noch höhere Schmiergelder berappen musste. Lukrative Zusatzeinnahmen also einerseits für den Staat, vor allem aber auch für die verantwortlichen Beamten, die fortan immer raffgieriger wurden. Parasiten! Und als Giorgio einmal nicht dazu bereit war, eine seiner Ansicht nach völlig überrissene Gebühr zu bezahlen, hatte sich der entsprechende Beamte mit kleinen Andeutungen an die Presse gewandt. Fortan hatten sich einige schmierige Journalisten, aber auch einige Polizeibeamte an ihre Fersen geheftet, darunter auch ein besonders ehrgeiziger und erst noch völlig unbestechlicher junger Mann. Hartnäckig hatte der in den Grundbüchern der Stadt Turin nach sämtlichen Immobilien der Bank geforscht, war bei den entsprechenden Bauleitern vorstellig geworden und hatte immer mehr pikante Details ausgegraben. Das hatte schliesslich zu einigen Aufsehen erregenden Prozessen geführt, welche die Bank erkleckliche Summen gekostet hatten. Durch den Kauf des Hotels in Pattaya und seine Übersiedlung nach Thailand hatte er es schliesslich geschafft, sein früheres Leben hinter sich zu lassen und neu zu beginnen. »Ein verdammt cleverer Polizeibeamter«, erinnerte er sich, »eigentlich schade, dass er nicht für mich gearbeitet hat«. Es war ihm damals gelungen, einige seiner Beziehungen spielen zu lassen, und das hatte diesen Polizisten den Job gekostet.

Mailand, 6. September, 14.15 Uhr

Endlich klingelte das Telefon. »Ja?«, raunzte Sorese erwartungsvoll. So schnell hatte er einen Anruf in letzter Zeit wohl nie entgegengenommen. »Hat etwas länger gedauert, sorry«, dröhnte Rhinos Stimme durch den Äther. »Aber Anja rief an und meinte, wenn ich mich nicht mal wieder zuhause blicken liesse, würden mich meine eigenen Kinder bald nicht mehr erkennen. Und du weisst ja, wie überzeugend Anja sein kann.« Sorese grinste, denn er wusste, dass Anja Rhino gegenüber tatsächlich mit schlagenden Argumenten aufzutreten wusste: »Liebesentzug?« Rhino wechselte betupft das Thema: »Tja, also, ich habe diesen Patrick Koon mal durch unsere Computer laufen lassen.« »Machs nicht so spannend, Rhino!«, drängte Sorese ungeduldig, während er sich, sein Handy zwischen Kopf und Schulter geklemmt, eine

Zigarette ansteckte. »Immer die Ruhe, mein Lieber«, brummte Rhino, da er das dringende Bedürfnis verspürte, Sorese noch ein wenig zappeln zu lassen, um ihm seine Bemerkung von eben heimzuzahlen. »Weisst du«, fuhr Monelli fort, »das ist nicht ganz so einfach, wie du vielleicht denkst.« »Sì, bis du mit deinen kleinen, ungeschickten Wurstfingern all die vielen Buchstaben eingetippt hast …«, frotzelte Sorese zurück. »Eben, das braucht halt seine Zeit«, antwortete Monelli unbeeindruckt. Offensichtlich hatte er sich doch an Soreses Sprüche gewöhnt. »Ein Schuss in den Ofen«, fuhr er fort, »dein Patrick Koon. Keine Einträge, weder im Telefonregister, noch im Vorstrafenregister, auch nicht auf der Einwohnerkontrolle. Bist du sicher, dass du dich nicht verhört hast?« »Ganz sicher«, antwortete Sorese, »aber wenn es, wie ich vermute, wirklich ein Profi ist, dann erstaunt es mich ehrlich gesagt nicht, dass du ihn nirgendwo gefunden hast.« »Und jetzt?« Monelli wusste genau, dass Sorese nicht so einfach die Waffen strecken würde. Sorese erzählte ihm von der geplanten Reise nach Patras: »Kann sein, dass wir dort jemanden finden, der unseren Unbekannten auf dem Bild erkennt, vielleicht entdecken wir ja auch irgendwo einen gewissen Patrick Koon in einem Gästebuch eines Albergos. Kann sein, dass wir dann vielleicht deine Unterstützung brauchen.« »Halt mich auf dem Laufenden«, schloss Rhino schliesslich, und Sorese wusste, dass er auf dessen Hilfe zählen konnte.

Mailand, 6. September, 19.00 Uhr

Während er ungeduldig auf Tessas Anruf wartete, hatte er mindestens ein halbes Päckchen Zigaretten geraucht, mit einem Auge zwei selten behämmerte Talkshows am Fernsehen mitverfolgt, zu Themen wie »Schwiegertochter gesucht« und »Sex mit meinem Mann ist langweilig«, und drei Flaschen Bier in sich hineingeschüttet. Er dämmerte gerade hilflos vor sich hinschwitzend und tief in seinen Lieblingssessel eingegraben vor sich hin, als Tessa endlich in seine Absteige stürmte. Kaum beeindruckt vom jämmerlichen Bild, das Sorese abgab, rümpfte sie nur kurz ihre hübsche Nase, riss die Balkontür auf, holte ein grosses Glas kaltes Wasser aus der Küche und goss es Sorese über den Kopf. »Verdammt«, fluchte dieser erschrocken, aber Tessa hatte sich bereits gegenüber auf den Stuhl fallen lassen und grinste ihn jetzt unverschämt an. Sie wedelte triumphierend mit der Hand, in der zwei Fährentickets steckten. »Übermorgen fahren wir«, gurrte sie, »und zwar auf Kosten der Gazzetta«. Und bevor Sorese darauf etwas erwidern konnte, meinte sie noch: »Wäre übrigens toll, wenn du bis dann wieder wie ein einigermassen zivilisierter Mensch aussehen würdest.« »Also hat Bruno tatsächlich angebissen. Meine Anerkennung, Verehrteste«, meinte er schliesslich. »Tja, gekonnt ist gekonnt. Und du? Konntest du etwas über diesen Koon in Erfahrung bringen? Oder hast du einfach die Zeit totgeschlagen und gewartet, bis deine überaus fähige und überzeugende Partnerin alles für dich erledigt hat?«, fügte sie schnippisch an. »War Fehlanzeige«, knurrte er nur und ging nicht weiter auf ihre Bemerkung ein, »hätte mich aber auch erstaunt, wenn es anders gewesen wäre.« Tessa zuckte nur mit den Schultern: »Also, dann mach dich mal frisch, Reisepartner, und in etwa einer Stunde treffen wir uns bei Luigi und stossen auf unser Vorhaben an, okay?« Bevor Sorese antworten konnte, war sie schon aufgesprungen und hatte seine Wohnung verlassen, was er ihr eigentlich nicht verübeln konnte. Hoffentlich würde die Gazzetta bei den Spesen sparen müssen, freute er sich insgeheim, denn vielleicht wären sie dann ja gezwungen, in einem gemeinsamen Doppelzimmer zu nächtigen? Dieser Gedanke beflügelte ihn derart, dass er sogar beschloss, sich heute ausnahmsweise mal wieder zu rasieren.

Pattaya, 7. September, 11.45 Uhr

Sie trafen sich zum Lunch. Die Angestellten wieselten flink um den vornehm gedeckten Tisch im Séparée des Hotelrestaurants, darum bemüht, den offensichtlich äusserst einflussreichen, allesamt gesetzteren Herren am Tisch jeden Wunsch von den Augen abzulesen, um sich dann möglichst schnell wieder zurückziehen zu dürfen. Der Saal roch nach Macht, Einfluss und Geld, und das Personal fühlte sich darin nicht wohl. Auf einen Wink des älteren Mannes, der am Tischende Platz genommen hatte, lösten sich die Angestellten unverzüglich in Luft auf und die Herren waren unter sich. Der Mann am Tischende rückte seine vornehme Designerbrille zurecht, und mit den vollen, schon etwas angegrauten, gewellten und streng nach hinten gekämmten Haaren, den dunklen, funkelnden Augen und dem energischen Kinn strahlte er genug natürliche Autorität aus, um die volle Aufmerksamkeit der Anwesenden mit einem unmerklichen Nicken auf sich zu ziehen. Er war es auch, der die Idee gehabt hatte – und die entsprechenden Beziehungen. »Meine Herren«, wandte er sich mit einer für sein imposantes Äusseres erstaunlich sanften Stimme an die Anwesenden, »dürfte ich Sie, bevor wir uns den Nachspeisen zuwenden, wie vereinbart um einen knappen Zwischenbericht bezüglich Ihrer Bilanzen bitten?« Ein für sein Alter noch erstaunlich jugendlich wirkender Hüne meldete sich als erster zu Wort: »Werte Freunde«, seine tiefe, feste Stimme nahm den Raum sofort in ihren Besitz, »ich freue mich, Ihnen mitteilen zu können, dass bei uns in den letzten Tagen die Anfragen deutlich zugenommen haben. Unsere Massnahmen scheinen zu greifen.« Sein Akzent verriet ihn als Deutschen oder Österreicher. Zustimmendes Gemurmel. »Mister Yong?«, gab der Vorsitzende das Wort weiter. »Die Auslastung in unseren Hotels ist um knapp 20% gestiegen, und ein Abschluss mit einer kapitalkräftigen chinesischen Reiseagentur steht kurz vor dem Abschluss.« Respektvoll, zurückhaltend, reglos. »Auch wir sind von den aktuellen Zahlen äusserst angetan«, nahm ein überaus vornehm gekleideter Herr, ebenfalls mit asiatischen Gesichtszügen, den Faden auf. »Doch wir sind der Meinung, es müssten noch ein paar weitere Massnahmen eingeleitet werden, der Nachhaltigkeit wegen.« Das Gemurmel erstarb augenblicklich, und sämtliche Blicke richteten sich auf den Vorsitzenden. Ein dicklicher, etwas nachlässig gekleideter und daher eher unscheinbar wirkender Glatzkopf, dessen narbige Knollennase über einem mächtigen Schnurrbart thronte, begann unruhig auf seinem Stuhl hin und her zu rutschen. »Mister Nochowski?«, sprach ihn der Vorsitzende direkt an. Mister Nochowski näselte: »Ich weiss nicht … bin eigentlich ganz zufrieden, geht aufwärts. 15% mehr Auslastung, was letztlich doch bereits einige Millionen sind … lassen wir es doch gut sein.« Unsicher. Pause. »Ostafrika, und Europa noch, am besten Spanien oder Frankreich, viele Amerikaner. Und vielleicht noch Mexiko? Das sollte dann nachhaltig genug sein«, fuhr der elegant gekleidete Asiate unbeeindruckt fort. Beim Wort »nachhaltig« meinte er, den Anflug eines zustimmenden Nickens wahrzunehmen. »Meine Herren«, meinte deshalb der Vorsitzende, »schreiten wir zur Abstimmung!« Er liess seinen Blick über die Anwesenden schweifen. Die letzte Hand, die sich hob, war die des Dicken. Aber er steckte schon viel zu tief mit drin. »Auf einen nachhaltigen Erfolg«, hob der Vorsitzende sein Glas, und sogleich öffneten sich die Türen und zahlreiche Bedienstete beeilten sich, Kaffee und Gebäck zu servieren. Spätestens der dritte, erlesene Cognac spülte auch die unguten Gefühle des Dicken fort.

Eine knappe Stunde später, als er endlich wieder alleine in seinem grosszügigen Büro sass, griff der Vorsitzende zum Telefon und wählte eine lange Nummer. »Ja?« »Rufen Sie zurück.« Wenige Minuten später klingelte sein privates Handy. Gereizt informierte er sein Gegenüber über die neusten Entwicklungen und befahl ihm, die Probleme augenblicklich aus der Welt zu schaffen.

Mailand, 7. September, 08.30 Uhr

»Was?« Der Angerufene klang gereizt. »1/14, möglichst bald.«
»Ein ziemlich teures Arrangement.« »Lassen Sie das meine Sorge
sein«, erwiderte der Anrufer unwirsch, »und lassen Sie nach Ihrer Party gefälligst anständig aufräumen!« »Welche Party?« kam
es nach einem kleinen Augenblick knapp und etwas überrascht
zurück. »Florida.« »Dort habe ich bereits aufräumen lassen.
Sonst noch was?« Der Anrufer klang nun ebenfalls gereizt. »Es
existiert ein Bild.« »Belanglos, keine Aussagekraft.« Der Anrufer
war keineswegs beruhigt. »Es gibt eine Frau, die Sie identifizieren
könnte, und dann ist da noch ein anderer Klient, ein Ägypter,
der nicht locker lässt. Sie haben die Daten bereits per Mail erhalten«, fuhr er fort. »Ich werde mich darum kümmern«, liess
der Anrufer trocken verlauten. »Was noch?« »Bauen Sie nur keine
Scheisse!«, vergass sich der Anrufer für einen kurzen Moment.
»Sie wissen ganz genau, dass ich keine Scheisse baue, verlassen
Sie sich darauf!«

Hurghada, 9. September, 19.40 Uhr

Azmi Salahs kleine und zweckmässig eingerichtete Wohnung lag
etwas ausserhalb Hurghadas im Süden, nur knapp 15 Autominu-
ten vom Flughafen entfernt, aber doch in der Nähe eines kleinen
Souks, in dem er seine seltenen Einkäufe erledigten konnte. Nicht,
dass Azmi ungerne kochte, aber viel Zeit blieb ihm zwischen seinen Schichten und an den wenigen Freitagen leider nicht dazu.
Vielmehr war er Stammgast in einem kleinen Restaurant, einem
Familienbetrieb um die Ecke. Während er auf seine Dawood
Basha wartete, ein herzhaftes und köstliches Gericht, das aus
kleinen Kofta-Bällchen hergestellt wird, kreisten seine Gedanken
um die laufenden Untersuchungen zum Absturz von AGL 102.
Nun waren schon drei Wochen vergangen, aber der Verlust von

Elena schmerzte noch wie am ersten Tag. Die Fachleute, die das Flugzeugwrack untersuchten, hatten noch keine Hinweise darauf gefunden, dass es sich um einen Terrorakt gehandelt haben könnte. Chief Borka hatte ihn an diesem Vormittag in sein Büro gerufen und ihm mitgeteilt, dass sie noch keine Spuren gefunden hätten. Auch von Monelli aus Italien hatte Azmi nichts mehr gehört, auch wenn er wusste, dass sie einem vagen Verdacht nachgingen. Geduld war nicht seine Stärke, und die Tatsache, dass er zur Zeit wenig dazu beitragen konnte, die ganze Sache zu klären, drückte erst recht auf seine Stimmung. Aus den Zeitungen war der Absturz von AGL 102 bereits fast vollständig verschwunden, nicht zuletzt, weil sich andere, neue Schlagzeilen besser verkaufen liessen. Und davon gab es ja im Moment viele. Eine für den Tourismus in Ägypten positive Entwicklung. Inzwischen hatte er seine übliche Arbeit wieder aufgenommen und bekam das Geschehen nur aus der Ferne mit.

Nesrin, die etwas tapsige und eher korpulente Tochter von Amina, der Besitzerin des Restaurants, brachte seine Bestellung an den Tisch und wünschte Azmi einen guten Appetit. Sie mochte ihn, aber er beachtete sie kaum. Lustlos stocherte er in seinem Teller herum und nahm den einen oder anderen Happen zu sich, bevor er sich nach einem starken Kaffee verabschiedete und sich auf den Weg zu seiner Wohnung machte. Morgen würde er Monelli nochmals anrufen, aber seine Hoffnung, etwas Neues zu erfahren, war klein. In wenigen Stunden begann seine Schicht, also beeilte er sich. Vor dem bereits etwas älteren, kleinen Mietshaus stapelten sich die Abfälle, die Müllabfuhr streikte mal wieder. Allerdings nur in den Vororten, denn die Touristen im Zentrum der Stadt sollten nicht mit örtlichen Querelen behelligt werden. Er nestelte seinen Wohnungsschlüssel aus der Tasche und schob ihn ins Türschloss. Seine Nachbarn waren entweder schon im Bett oder aber unterwegs. Hier wohnten sowieso fast ausschliesslich Männer, die in den nahen Hotelburgen beschäftigt waren und deshalb unregelmässige Arbeitszeiten hatten. Es war still und dunkel im Haus. Vor seiner Wohnungstür blieb er kurz stehen und lauschte. Waren da nicht Schritte, die sich anhörten, als schleiche jemand im Treppenhaus herum? Stille. Er glaubte, seine Wahrnehmung habe ihm einen Streich gespielt und öffnete gerade die Tür, als er einen kräftigen Stoss in den Rücken erhielt und vornüber in seine Wohnung stürzte. Er wollte sich noch mit den Händen auffangen, schaffte es aber nicht. Er hörte die Tür hinter sich zufallen, und noch während er benommen versuchte, wieder auf die Beine zu kommen, legten sich zwei behandschuhte Pranken um seinen Hals und drückten erbarmungslos zu. Obwohl er keine Luft mehr bekam, schlug er wie wild um sich, doch seine Sinne schwanden, und sein letzter Gedanke galt Elena. Er bekam nicht mehr mit, dass er ins Bett gehoben und ausgezogen, dass ihm mit einer Spritze eine Flüssigkeit injiziert und neben seinem Bett eine praktisch leere Dose mit einem starken Schlafmittel auf den Boden gelegt wurde.

Mailand, 9. September, etwa zur selben Zeit

»Si, pronto«, meldete sich Monelli am Telefon und wartete auf eine Antwort, die dann schliesslich etwas verzögert durch den Hörer drang. Er war noch nicht aus seinem Büro gekommen, zuviel Papierkram wollte erledigt oder wenigstens in irgendeinem Ordner abgelegt werden. »Peter O'Brien hier, FBI Miami, Florida,«, vernahm Monelli, und gerade als er sich fragte, warum zum Teufel dieser Ami nach Feierabend bei ihm anrief, fiel ihm die Zeitverschiebung ein. »Si, was kann ich für Sie tun?«. »Ihre Journalistenpraktikantin meinte, Sie wären dankbar, wenn ich mich bei Ihnen melden würde, sollten wir Neuigkeiten zum Bombenanschlag in Miami haben.« »Si, ich erinnere mich,«, erwiderte Monelli, einerseits dankbar dafür, dass er das Kauderwelsch, das sich Amerikanisch nannte, einigermassen verstanden hatte, andererseits, dass er selbst leidlich Englisch sprechen konnte. Wenn auch mit einem starken italienischen Akzent. »Was Neues vom Phantombild?« O'Brien war offensichtlich ein Mann, der gerne mit der Tür ins Haus fiel. Monelli war dankbar, dass er sich nicht auf Smalltalk einlassen musste. »Leider nichts Konkretes.« Monelli überlegte kurz, ob er O'Brien darüber informieren wollte, dass Sorese und Teresa seit zwei Tagen in Griechenland waren und eben dieses Phantombild herumzeigten, aber da er noch nicht von ihnen gehört hatte, beschloss er, es bleiben zu lassen. »Wollte Sie nur wissen lassen, dass der Taxifahrer, der unseren Unbekannten zum Flughafen gebracht hat, untergetaucht ist.« »Was meinen Sie mit untergetaucht?« »Nicht mehr auffindbar. Niemand weiss etwas. Seine Familie macht sich grosse Sorgen, da er sonst sehr verantwortungsbewusst ist und sich immer meldet, wenn es zum Beispiel mal später wird oder so. Und dass gerade dieser eine Fahrer verschwindet, nachdem er einer der wenigen Zeugen ist, der unseren Unbekannten identifizieren könnte, stimmt mich schon ein wenig nachdenklich.« »Sieht fast so aus, als würde da jemand mögliche Spuren verwischen«, fügte Monelli an. »Da stimme ich Ihnen zu. Was mich zum nächsten Gedanken führt. Das einzige ernst zu nehmende Bekennerschreiben stammt ja, wie ich Ihnen schon mitgeteilt hatte, von einer Umweltschutzgruppe, über deren Existenz wir vor der Bombe gar nicht informiert waren. Und, Monelli, sagen Sie selber: Können Sie sich vorstellen, dass eine Gruppe von Umweltaktivisten derart professionell vorgehen könnte? Ich meine, jemanden zu beauftragen, für ein kleines Feuerwerk zu sorgen, ist das eine, aber hinter dieser Person aufzuräumen?« »Klingt tatsächlich eher unwahrscheinlich und eher nach einem mit allen Wassern gewaschenem Profi.« Als Peter O'Brien aufgelegt hatte, beschloss Monelli, der nicht die alleinige Verantwortung für den ganzen Fall auf seinen Schultern tragen wollte, Präfekt Pozzo zu informieren und dadurch mit ins Boot zu holen.

Patras, 10. September, 10.30 Uhr

Seit zwei Tagen zeigten Sorese und Tessa das Phantombild nun schon herum, hatten jedoch bis jetzt lediglich Schulterzucken geerntet und waren zuweilen auch auf offene Ablehnung gestossen. Offenbar waren Journalisten auch in Griechenland nicht sonderlich beliebt. Sie hatten alle erdenklichen Hotels und Pensionen abgeklappert, und das waren nicht wenige. Zudem neigten die Besitzer der kleinen Hotels und Gästehäuser dazu, am Nachmittag eine ausgedehnte Siesta zu tätigen, was dazu führte, dass sie nur vormittags und am Abend unterwegs sein konnten. Natürlich hatten die beiden das Photo auch etlichen Hotelgästen gezeigt, aber da ein Wochenende dazwischen lag, waren viele schon abgereist, und die Neuankömmlinge konnten nichts gesehen haben.

Die Sonne brannte bereits wieder erbarmungslos vom wolkenlosen Himmel, als Sorese und Tessa die Eingangstür zu einem weiteren, ziemlich grossen Hotel aufstiessen und zielstrebig auf die Rezeption zusteuerten. Die Lobby versuchte Luxus auszustrahlen, was aber nicht wirklich gelang. Zu kitschig waren die mit Glasperlen bestückten Kronleuchter an der Decke, zu schräg der Kontrast zu den schwarzen, billigen Ikeasesseln, die um kleine Glastische gruppiert in der Lobby standen. Die wenigen Bilder an den Wänden zeigten schöne Strände, eine bekannte Kirche in Patras und einige historische Ausgrabungsstätten, aber sie muteten an wie Farbkopien aus einem beliebigen Reisekatalog.

Die Dame am Empfang begrüsste sie zuerst freundlich, aber ihr geschäftsmässiges Lächeln wurde merklich dünner, als Sorese anstelle der von ihr erwarteten Dokumente ein Bild auf den Tresen legte. »Haben Sie diese Person schon einmal hier im Hotel gesehen, so etwa vor fünf Tagen?« »Tut mir leid«, meinte sie knapp, »aber wir dürfen keinerlei Auskünfte über unsere Gäste geben. Wer sind Sie überhaupt?« Sorese und Tessa zeigten ihre Presseausweise, und nun lächelte die Dame überhaupt nicht mehr. »Verschwinden Sie, oder ich hole auf der Stelle den Geschäftsführer«, blaffte sie. »Wunderbar«, meinte Sorese, »und während wir warten, würden wir liebend gerne einen Kaffee trinken.« Es dauerte nur wenige Minuten, dann kam, wie Sorese insgeheim gehofft hatte, nicht der bestellte Kaffee, sondern der Geschäftsführer, begleitet von einem kräftig gebauten Typen in Hoteluniform. Sie bauten sich demonstrativ vor Tessa und Sorese auf: »Was wollen Sie hier? Zeigen Sie mir bitte sofort Ihre Ausweise!« Die beiden taten wie ihnen geheissen. »Warten Sie hier und bewegen Sie sich nicht von der Stelle«, befahl er dann. Er hätte das gar nicht so bestimmt zu sagen brauchen, denn um seinem Befehl Nachdruck zu verleihen, stellte sich das uniformierte Muskelpaket so in den Weg, dass sich jegliche Fluchtgedanken sofort in Luft auflösten. Die wenigen Gäste, die zu dieser Zeit noch in der Hotelhalle herumlungerten, da sie erst spät gefrühstückt hatten und noch nicht zum Strand aufgebrochen waren, nahmen ein paar Schritte Abstand, bemüht, ihr Interesse nicht ganz so offensichtlich erscheinen zu lassen. Der Geschäftsführer war hinter der Rezeption verschwunden, und erst nach einer ganzen Weile kam er zurück und reichte Tessa und Sorese die Ausweise. »Ihr Boss hat die Angaben bestätigt«, meinte er, zeigte aber wenig Bereitschaft zur Beantwortung weiterer Fragen. »Wenn Sie Auskünfte über unsere Gäste wünschen, besorgen Sie sich einen richterlichen Beschluss«, meinte er noch, bevor er die beiden in Richtung Ausgang drängte. »Warten Sie«, warf Tessa ein, »es geht uns wirklich nicht darum, einen Skandal zu provozieren, wir suchen lediglich einen Mann, der schon mehrmals in Hotels vor Ort logiert hat und dann jeweils ohne zu bezahlen verschwunden ist.« »Und deswegen kommen Sie extra von Italien zu uns nach Patras«, meinte der Geschäftsführer lakonisch. »Lassen Sie sich hier erst wieder blicken, wenn Sie die Erlaubnis dazu in der Tasche haben«, fügte er an, und Sekunden später schloss sich die Tür hinter ihrem Rücken und sie standen wieder auf der Strasse. »Netter Versuch«, stichelte Sorese. Tessa schmollte. Es war wirklich schwieriger, als sie angenommen hatten. Egal, was für eine Geschichte sie zum Besten gaben, die Leute hier zeigten sich verschlossen und misstrauisch. Dabei hatte ihre kleine Reise so gut begonnen. Drei Tage zuvor waren sie sehr früh am Morgen mit einem gemieteten kleinen Fiat in Richtung Ancona losgefahren. Zu Beginn der Fahrt hatte Sorese, der schon seit Jahren kein eigenes Auto mehr besass, leicht verkrampft auf dem Beifahrersitz Platz genommen, doch schon bald hatte er festgestellt, dass Tessa den Wagen durchaus im Griff hatte. Sorese war noch schläfrig, aber seine Hoffnung auf ein kurzes Nickerchen zerschlug sich schnell, denn in Vorfreude auf das anstehende Abenteuer plapperte sie aufgeregt über Gott und die Welt. Tessa hatte den Wagen über die Gazzetta organisiert, ebenso das Ticket für die Fähre nach Patras und das Hotel. Ein Doppelzimmer, hoffte Sorese, denn sie sah selbst so früh am Morgen zauberhaft aus mit ihren roten, leicht zerzausten Haaren, die im Fahrtwind verspielt um ihr hübsches Gesicht tanzten. »Wie war das eigentlich so als Polizist?«, fragte sie ihn dann, nachdem er schon viel zu viele Details über das tatsächlich zum Teil sehr spezielle Verhalten unzähliger ihrer neuen Arbeitskolleginnen bei der Gazzetta erfahren hatte. »Naja, ein Job wie jeder andere eben, habe dir doch bereits davon erzählt«, erwiderte er ziemlich kurz angebunden und hoffte, Tessa würde nicht weiter nachhaken. Doch sie liess natürlich nicht locker. »Wie kam es denn, dass du die Polizei verlassen musstest?« »Bin eben einigen etwas zu kräftig auf die Füsse getreten.« »Hmm«, warf Tessa ihm einen fragenden Blick zu, »und?« »Nichts und«, aber nach einer längeren Pause schob er nach: »So ist das eben, wenn man seine Pflichten als Polizist in Italien ernst nimmt.« Und dann öffneten sich plötzlich alle Schleusen, und Sorese erzählte und erzählte und erzählte. Als sie in Ancona ankamen, war er noch immer nicht zum Schluss gekommen. Tessa erfuhr von den lukrativen Geschäften der kleinen Turiner Privatbank mit sanierungsbedürftigen Immobilien und von den immensen Schmiergeldern, die in diesem Zusammenhang geflossen waren. Sorese schilderte, wie er sich nach dem Unfalltod seiner damaligen Frau frustriert und wütend in die Arbeit verbissen und auf eigene Faust einige Bauführer und Beamte ermittelt hatte, die schliesslich vor Gericht gegen die Privatbank aussagten. Und dass er wegen seines eigenmächtigen Handelns – zumindest war es ihm gegenüber damals so kommuniziert worden – unehrenhaft aus der Polizei entlassen worden war. Tessa verstand, weshalb Sorese immer noch gekränkt und wütend war, wenn er sich an diese Zeit zurückerinnerte. Sie wusste, dass auch ihr Vater damals in einer kleinen Privatbank in Turin – davon gab es zumindest damals noch unzählige – gearbeitet hatte, und auch er hatte ab und zu Ärger am Hals, aber sie war damals noch jung und pubertierend gewesen und hatte andere Probleme gehabt, weshalb sie sich auch nie so richtig für den Job ihres Vaters interessiert hatte. Und als dann die Krankheit ihrer geliebten Mutter ausgebrochen war, liessen ihre und auch die Trauer ihres Vaters alles andere belanglos erscheinen. »Hey«, wechselte Sorese dann am Hafen das Thema, »hast du uns eigentlich eine Kabine gebucht?« Er wusste, die Überfahrt dauerte knapp 14 Stunden, und sie würden Patras erst am kommenden Morgen erreichen. »Nein, war zu teuer, aber ich habe Schlafsessel reserviert. Die sollen auch bequem sein«, entgegnete Tessa. Sorese liess sich den Frust darüber zwar kaum anmerken, grummelte aber so etwas wie »na, das kann ja heiter werden«.

Die riesige Fähre war mit kräftiger Farbe bemalt, doch wenn man genau hinsah, konnte man darunter stellenweise den Rost sehen, der sich augenscheinlich bereits seit Jahren in den Schiffsrumpf gefressen hatte. Wenig Vertrauen erweckende Kosmetik halt, da das Geld bekanntlich vielerorts rar war und die Reederei keine Ausnahme darzustellen schien. Ächzend, aber für italienische Verhältnisse relativ pünktlich hatte das Schiff den Hafen bereits verlassen, als Tessa und Sorese es sich in ihren durchgelegenen Schlafsesseln so gut wie möglich gemütlich machten. Die Zeit war wie im Fluge vergangen. Sie schmiedeten Pläne und vereinbarten, wie sie vorgehen würden. In Patras und der näheren Umgebung gab es unzählige Unterkünfte, von billigen Absteigen bis hin zu bestimmt überteuerten Luxushotels. Da sie sich nicht darauf einigen konnten, wo sie, wären sie Terroristen und hätten ein Attentat geplant, nächtigen würden in der Hoffnung, nicht aufzufallen, beschlossen sie geografisch vorzugehen. Sie würden mit ihrer Suche in Akteo, nördlich von Patras, beginnen und sich dann weiter gegen Süden durchfragen bis nach Paralia. Nach dem Essen – Sorese hatte in weiser Voraussicht genug Wein und Grappa in sich hineingeschüttet, um die Nacht zu überstehen – hatten sie sich in ihre Schlafsessel gezwängt und versucht, ein wenig zu schlafen. Die Nacht war lustig gewesen, zumindest empfand das Tessa so, bis hin zu zermürbend und grässlich, hätte man Sorese gefragt. Tessa machte sich einen Spass daraus, die quengelnden und schreienden Rotznasen niedlich zu finden, während sich Sorese in schillernden Farben ausmalte, auf welche Art und Weise man sie hätte ruhigstellen können. Der tattrige Greis, der sich – alle paar Minuten, so kam es Sorese vor – lautstark entschuldigend durch die engen Sitzreihen zur Toilette zwängte und sich dabei stets an Soreses Rückenlehne abstützte, veranlasste Tessa dazu, über das Alter zu philosopieren und dass ihnen allen einmal so ergehen würde. »Was für eine tolle Aussicht«, dachte Sorese. Als sie endlich kurz vor Patras waren, lugte die Sonne bereits hinter den Hügeln in der Ferne hervor, und die ersten Strahlen brachen sich im Morgendunst. Wäre Sorese nicht derart gerädert gewesen, hätte es durchaus romantisch anmuten können. So aber hatte er sich qualvoll aus seinem Sessel gekämpft und zwei doppelte Espresso organisiert, nicht ohne vorher noch schnell eine Alka Seltzer einzuwerfen. Das kleine Gasthaus, in dem Tessa zu Soreses weiterem Unmut zwei Einzelzimmer reserviert hatte – winzig und stickig in seinen Augen, hübsch und gemütlich gemäss Tessa – befand sich in der Nähe des Hafens, nur zwei kleine Seitenstrassen von einer riesigen Kirche entfernt. Diese machte stündlich durch überlautes und lange andauerndes Glockengeläute auf sich aufmerksam. »Warum hat dieser Typ nicht diese Kirche in die Luft gejagt«, jammerte Sorese. »So finden wir wenigstens immer schnell zu unserer Unterkunft zurück«, meinte Tessa. Ihr Optimismus, ihr Blick auf das halb volle Glas ging Sorese allmählich ziemlich auf den Wecker.

Wenig später waren sie auf Drängen von Tessa nach Akteo gefahren und hatten mit ihren Befragungen begonnen, die bis jetzt nicht eben von Erfolg gekrönt waren. »Wo machen wir weiter?«, richtete sich Sorese an Tessa, die bereits wieder ihren Stadtplan in den Händen und nach der nächsten Unterkunft Ausschau hielt. »Rechts die Strasse runter, dort sind zwei weitere Hotels«, antwortete sie und marschierte los, Sorese im Schlepptau. Als sie an einem kleinen Kiosk vorbeikamen, entdeckte Sorese im Vorbeigehen eine nur einen Tag alte italienische Tageszeitung, die er kaufte und mitnahm, in der Hoffnung darauf, dass Tessa auch irgendwann einmal eine kleine Pause einlegen würde und er einen Blick in die News werfen konnte. Nicht, dass er sich nicht sowieso täglich auf seinem Laptop schlau machte, aber niemals würde dieser die gute alte Zeitung ersetzen, denn er liebte den Geruch von Druckerschwärze und Papier. Tatsächlich liess Tessa nach zwei weiteren, erfolglosen Hotelbesuchen verlauten, dass sie Hunger habe, und steuerte eine kleine Taverne an. Das Moussaka war ein richtiger Genuss, würzig und mit wenig Gemüse und viel Hackfleisch, und sogar die Pasta war ausnahmsweise nicht verkocht. »Ich denke, das Geld für unsere Reise haben wir ziemlich sicher definitiv in den Sand gesetzt«, meinte Tessa zwischen zwei Bissen, jetzt tatsächlich etwas frustriert. Auf ihrer kleinen, niedlichen Stupsnase prangte ein kleines Bisschen Tomatensauce, was sie noch entzückender aussehen liess, als sie es in Soreses Augen sowieso bereits war. Während der letzten zwei Tage hatte er begonnen, auch wenn er es sich noch nicht so richtig eingestehen wollte, sie immer mehr zu mögen. Ihre spürbare Lebensfreude mit dem offensichtlichen Blick aufs Positive – was natürlich bisweilen auch nerven konnte – und ihre unbekümmerte Offenheit, mit der sie immer wieder kleine Episoden aus ihrem Leben schilderte, gefielen ihm sehr. Und ihr Geschick, all seine kleinen Annährungsversuche, die er während der vergangenen Tage unternommen hatte, auf eine äusserst charmante Art und Weise abzublocken, imponierten ihm und verunsicherten ihn zugleich. Bisweilen liess sie ihn durch kleine Gesten spüren, dass sie ihn ebenfalls mochte: verspielte kleine Körperkontakte, wenn sie zum Beispiel wie selbstverständlich ihre Hand auf die seine legte, wenn er sich mal wieder ärgerte. Wie sie ihn immer wieder anstupfte, wenn sie nebeneinander gingen. Sich kurz an ihn lehnte, sobald sie müde war, oder sich etwas zu lange an ihn schmiegte, wenn sie mal wieder ein Ehepaar spielten, das einen verschollenen Onkel suchte, der ihnen noch Geld schuldete. Doch bevor er jeweils reagieren konnte, waren die kurzen zauberhaften Momente auch schon wieder vorbei, hatte sie sich bereits wieder geschickt entzogen, fast so, als wäre sie über diese flüchtigen Augenblicke der Nähe selbst erschrocken.

Beim Kaffee blätterte sich Sorese durch die Zeitung. »Hier«, informierte er Tessa, »ein Bericht zum Absturz des Flugzeugs in Ägypten«. Er überflog den Artikel und erfuhr, dass die dortige Behörde mit an Sicherheit grenzender Wahrscheinlichkeit von einem technischen Versagen oder einem Pilotenfehler ausging. Bis heute hätten sich keine Hinweise auf irgendeinen Anschlag ergeben. »Na, das dürfte die ägyptische Tourismusbehörde freuen«, meinte Sorese zynisch. »Dann suchen wir also einen Mann, der etwas getan haben soll, das gar nicht stattgefunden hat«, kombinierte Tessa, aber Sorese merkte, dass es ihr gleich ging wie ihm: Da waren bereits zu viele Hinweise im Zusammenhang mit den anderen Anschlägen, als dass sie diesem Artikel Glauben schenken konnten. »Vielleicht kennt Rhino mehr Einzelheiten?«, überlegte sich Sorese, und er beschloss, einen Anruf zu versuchen. Nach nur wenigen Klingeltönen hatte er Monelli am Telefon, um dessen feuchte Aussprache er sich für einmal nicht kümmern musste. »Hi Sorese«, kam Rhino gleich zur Sache, er hasste Smalltalk, »ich gehe mal davon aus, dass ihr erfahren habt, dass man in Hurghada von einem technischen

Versagen als Unglücksursache ausgeht?« »Haben es gerade eben gelesen,« antwortete Sorese, »weisst du mehr darüber?«, hakte er nach und nestelte, den Hörer zwischen Kinn und Schulter geklemmt, etwas umständlich nach einer neuen Zigarette, nicht ohne Tessas vorwurfsvollen Blick aus den Augenwinkeln heraus bemerkt zu haben. »Nein, ich weiss leider auch nicht mehr als das, was in der Zeitung steht, deckt sich ziemlich mit Chief Borkas Informationen, die er mir gestern gegeben hat.« »Du hast mit Kairo telefoniert?«, fragte Sorese interessiert. »Sì, der Boss dort hat mich angerufen und wollte wissen, ob wir etwas Neues über unseren mysteriösen Unbekannten erfahren hätten. Aber da war auch noch etwas anderes, viel Wichtigeres …« »Mach es nicht so spannend«, bohrte Sorese. »Du erinnerst dich doch bestimmt daran, dass mich einige Tage nach dem Unglück der Sicherheitschef der Flughafenpolizei in Hurghada, ein gewisser Leutnant Azmi Salah, in Mailand besucht hat. Und wenn ich richtig informiert bin, hattest du ebenfalls ein kurzes Gespräch mit ihm?« »Ja, ich erinnere mich. Und weiter?« »Nun, Borka hat mich darüber informiert, dass man eben diesen Salah gestern Tagen tot in seiner Wohnung gefunden hat, nachdem er nicht zum Dienst erschienen ist. Ziemlich sicher ein Selbstmord, meinte Borka. Neben seinem Bett fand man eine fast leere Dose mit ziemlich starken Schlaftabletten, und es gab keinerlei Anzeichen für einen Einbruch. Zudem hat Salah beim Unglück seine Freundin verloren, zumindest behauptet das ein Kollege von Salah, denn das war offiziell nicht bekannt. Vielleicht sei er durch die ganze Situation einfach überfordert gewesen.« »Mannaggia!«, rutschte es Sorese heraus und er ignorierte Tessa, die ihre Stirn in Falten gelegt hatte und ihm einen fragenden Blick zuwarf. »Sì, ist aber immer noch nicht alles«, fügte Rhino an, »der Typ vom FBI in Miami, dieser Peter Irgendwas, wollte dem Taxifahrer, der den Unbekannten zum Flughafen gebracht hatte, unser Phantombild zeigen und ihn nochmals dazu befragen. Aber der scheint wie vom Erdboden verschluckt zu sein und konnte bis jetzt nicht ausfindig gemacht werden.« »Da scheint ja jemand ziemlich gut hinter sich aufzuräumen«, sprach Sorese aus, woran Rhino auch schon gedacht hatte. »Und das führt mich zu meinem nächsten Gedanken,« meinte Rhino, »Falls da wirklich ein Zusammenhang besteht, und ich neige dazu, das tatsächlich in Betrachtung zu ziehen, dann seid ihr unter Umständen auch in Gefahr!«

»Du wirkst nachdenklich«, sagte Tessa, nachdem Sorese das Gespräch mit Monelli beendet hatte, »komm schon, raus damit!« Sorese erzählte ihr vom angeblichen Selbstmord von Salah und dem verschwundenen Taxifahrer in Miami, vermied aber tunlichst, ihr mitzuteilen, dass Rhino meinte, sie seien ebenfalls in Gefahr. »Das könnte bedeuten, dass wir ebenfalls in Gefahr sind,« meinte Tessa jedoch prompt. »Nicht den Teufel an die Wand malen«, versuchte Sorese zu beschwichtigen, aber sein Zögern verriet ihn. »Also lass uns sofort weitersuchen, denn ich denke, wir sind diesem Koon immer noch einen Schritt voraus, und ausser Monelli und Tipo weiss ja sowieso niemand, dass wir hier sind«, sagte Tessa bestimmt und orderte sogleich die Rechnung.

Paralia, Griechenland, vier Stunden später

Gegen Abend trafen Tessa und Sorese in Paralia ein, einem kleinen, leidlich verschlafenen Kaff, etwa 10 Kilometer südlich von Patras. Hier gab es nur zwei kleine Pensionen und deshalb auch kaum Touristen. Als sie die Pension Heraklion betraten, erblickten sie einen ziemlich gelangweilt aussehenden und unrasierten Typen, der hinter einer kleinen Theke in einem engen, muffigen Korridor vor einem schon fast antik anmutenden PC lungerte und ab und zu auf die Tastatur klopfte. Es schien ihn überaus viel Anstrengung zu kosten, seinen Blick vom Bildschirm abzuwenden und die Neuankömmlinge zu begrüssen. Da sich ausser den dreien niemand sonst in der Nähe befand, wandte Tessa eine andere Taktik an. »Haben Sie noch ein Zimmer frei?« Als der Typ bejahte, meinte sie, sie würde das Zimmer zuerst gerne sehen. Widerwillig erhob er sich, schälte sich hinter der Theke hervor und führte Tessa zu einem kleinen Aufzug. Dessen Tür öffnete sich ächzend und quietschend und nahm die beiden in sich auf, um dann endlich rumpelnd an Höhe zu gewinnen. Sorese wartete noch einen kleinen Augenblick, dann zwängte er sich hinter den Computer und fand, als er das laufende Spiel weggeklickt hatte, diverse Icons. Nach einigen Versuchen öffnete er ein File mit der Überschrift »Κρατήσεις«, und siehe da, er hatte die aktuellen Buchungen vor sich. Schnell scrollte er nach unten in den Zeitraum um den 2. September herum. Und da hatte er sie endlich vor sich: Eine Buchung auf den Namen Patrick Koon für zwei Nächte, vom 1. bis zum 3. September! Aufgeregt schloss er das File wieder, versetzte den Bildschirm in seinen ursprünglichen Zustand zurück und wartete nervös auf Tessa und ihren Begleiter. Schon nach wenigen Sekunden hielt er es nicht mehr aus und verliess das Hotel, um auf der Strasse gierig den Rauch einer Zigarette zu inhalieren. Er wollte sich schon einen zweiten Glimmstengel anstecken, als er durch die offene Tür das Ächzen des Aufzugs vernahm. Schnell ging er zurück auf seinen Posten an der Theke. »Na, was meinst du zum Zimmer?«, richtete er sich möglichst relaxt auf italienisch an Tessa, man konnte ja nie wissen, was andere verstehen. »Ist okay, aber viel zu klein für uns«, erwiderte diese schnell. Der Angestellte hatte sich bereits wieder hinter der Theke verkrochen, da ihm bereits klar war, dass er das Zimmer nicht würde vermieten können. »Entschuldigen Sie«, richtete sich Sorese nochmals an ihn. »Ich hätte da noch ein weiteres Anliegen. Ihre Pension wurde uns von einem Freund, Patrick Koon, empfohlen, der meinte, dass wir ihn unter Umständen hier treffen könnten. Könnten Sie mir sagen, ob er noch hier wohnt oder ob er bereits wieder abgereist ist?« Widerwillig tippte der Angestellte einige Tasten an und sagte dann, Herr Koon habe das Hotel bereits am 3. September in aller Frühe verlassen. »Wollte wohl eine Fähre nach irgendwohin erwischen, vermute ich, denn weshalb sonst würde er so früh aufstehen? Kann Ihnen aber nicht sagen, wo er genau hinwollte.« »Seltsam«, meinte Sorese. Aus dem Augenwinkel sah er, dass Tessa kreidebleich geworden und mit offenem Mund stocksteif in der Mitte des Flurs stehen geblieben war, »Sind Sie sicher, dass es sich um unseren Freund handelt?« Der Angestellte warf einen desinteressierten Blick auf das Bild, das Sorese ihm unter die Nase hielt, und nickte kurz. Gleichzeitig schien er sich zu fragen, weshalb dieser Typ eine Zeichnung und kein Photo seines Freundes bei sich hatte, aber das Denken strengte ihn zu sehr an, und deshalb liess er es lieber gleich bleiben. »Nicht ganz so aktuell, Ihre Zeichnung« meinte er noch, »Ihr Freund hat sich anstelle eines Schnurrbartes einen Fünftagebart zugelegt, und seine Haare trug er etwas länger als hier gezeichnet, aber ich bin ziemlich sicher, dass er es ist.« Sorese bedankte sich schnell, packte Tessa am Arm, um sie aus ihrer Trance zu wecken, und schleifte sie aus der Pension hinaus auf die Strasse. Sie gingen ein paar Minuten, ohne die Umgebung wahr zu nehmen, und Sorese vergass sogar, sich eine Zigarette anzuzünden, so aufgeregt war er. »Wir haben ihn tatsächlich gefunden«, stammelte Tessa nach einer Weile, »das hätte ich kaum mehr für möglich gehalten!« Aber freuen konnten sie sich beide kaum darüber, denn nur zu schnell war ihnen klar geworden, dass sich ihr furchtbarer Verdacht, dass die Unglücke der letzten Zeit in einem engen Zusammenhang standen, stark verdichtet hatte. »Höchste Zeit, Monelli zu informieren«, meinte Sorese, als sie sich endlich auf eine Hafenmauer gesetzt und er sich wieder daran erinnert hatte, dass er Raucher war, und nun in kräftigen Zügen an seiner Zigarette sog. »Und Tipo«, dachte Tessa bereits weiter, »denn ich kann mir tatsächlich vorstellen, dass er in Anbetracht dessen, was wir ausgegraben haben, nicht abgeneigt sein wird, uns einen Abstecher in die Karibik zu finanzieren.« Sorese dachte kurz nach, aber auch ihm war schnell klar, dass die Beweise gelinde gesagt noch immer recht dürftig waren und sie mehr benötigten, wollten sie ihre Story in der Gazzetta unter die Leute bringen. Sonst würden sich die Gazzetta, also Tipo, der schliesslich verantwortlich war, und dadurch vor allem Sorese, der danach von Tipo als Sündenbock erkoren würde, noch jahrelang mit raffgierigen Anwälten und zermürbenden Prozessen auseinandersetzen müssen. Danach würde er mit an Sicherheit grenzender Wahrscheinlichkeit nie mehr einen Auftrag eines noch so unbedeutenden Käseblattes erhalten. »Lass es uns zuerst mit Tipo versuchen«, schlug Sorese deshalb vor, »und wenn er uns den Trip nach Puerto Plata finanziert, informieren wir Rhino und bitten ihn darum, uns ein Treffen mit diesem FBI-Mann in Miami zu organisieren.« Vielleicht konnten sie dort bereits etwas mehr in Erfahrung bringen. »Teresa hier«, japste sie, als sie Bruno Tipo endlich persönlich am Draht hatte, und ihrer Stimme war anzumerken, dass sie noch immer sehr aufgeregt war. »Wir haben ihn tatsächlich gefunden, diesen Koon, hier in der Nähe von Patras.« Stille. »Bist du noch in der Leitung?« »Und was beweist das jetzt?«, wollte Tipo wissen. »Das ist zumindest ein wichtiger Hinweis auf einen Zusammenhang zwischen dem Flugzeugabsturz in Hurgada, dem Anschlag in Miami und dem versuchten Attentat auf die Fähre hier in Griechenland«, beeilte sie sich zu antworten. »Aber noch nicht Beweis genug für eine Story«, meinte Bruno, ganz der routinierte Zeitungsprofi. Zu oft schon hatte er ausbaden müssen, was es in der Regel nach sich zog, wenn man eine nicht völlig wasserdichte Schlagzeile in der Gazzetta unter die Leute brachte. »Sorese ist ganz deiner Meinung«, beeilte sie sich anzuknüpfen, »er meint aber auch, wir hätten genug in der Hand, was ein paar weitere Recherchen rechtfertigen würde.« Tessa meinte Brunos Hirn förmlich rattern zu hören, wie es das Für und Wider gegeneinander aufwog. Schliesslich raunzte er, wenig begeistert zwar, aber nun doch interessiert: »Und woran habt ihr beiden dabei gedacht?«

Mailand, 10. September, 18.00 Uhr

Commissario Monelli dachte noch immer über den kurzen Anruf nach, den er vor wenigen Augenblicken von Sorese erhalten hatte. Er wusste um die Hartnäckigkeit Soreses, wenn es darum ging, zu recherchieren, und tatsächlich beunruhigte ihn die Tatsache sehr, dass Teresa und Sorese den Unbekannten, der Tommaso aus dem Weg geräumt hatte, in Paralia entdeckt hatten: diesen Mann, der, zumindest deuteten die aktuellen Erkenntnisse darauf hin, seine Finger beim Absturz des Ferienfliegers bei Hurghada im Spiel gehabt haben musste. »Also nochmals alles auf Start und in grösseren Zusammenhängen kombinieren«, murmelte Rhino vor sich hin, während er sich ächzend aus seinem abgesessenen Bürostuhl erhob und in Richtung Kaffeemaschine watschelte. Zuerst musste ein Espresso her, und zwar ein starker, mit drei Stück Zucker. Es war nicht mehr von der Hand zu weisen, auch wenn sich die Fakten noch immer überaus dürftig ausnahmen, dass da ein Zusammenhang bestehen konnte, aber in Gottes Namen: Welcher? Aus was für Gründen sollten ein Flugzeug zum Absturz, ein Hotel in die Luft gejagt, Touristen vergiftet und eine Fähre versenkt werden? Monelli beschloss, nochmals seinen Vorgesetzten anzurufen und ihn über diese neuen Entwicklungen in Kenntnis zu setzen. Vielleicht hatte der ja eine Idee, wie sie weiter vorgehen könnten? Er wählte dessen Handynummer, die nur wenigen Auserwählten vorbehalten war, und hatte Polizeipräfekt Pozzo sogleich an der Strippe. Nachdem Monelli den Stand der Ermittlungen in gewohnter Weise routiniert geschildert und Pozzo nur ab und zu kurz nachgefragt hatte, bedankte sich dieser und sagte, er werde später, wenn er sich seine eigenen Gedanken gemacht habe, zurückrufen.

Anderswo, 10. September, 18.15 Uhr

»Ich bin es«, blaffte er harsch in den Hörer, »wo stecken Sie, verdammt nochmal?« »Sie wissen, es ist besser, wenn ich Ihnen das nicht erzähle«, entgegnete dieser, wie immer ruhig und gelassen. »Aber dieser verdammte Journalist konnte Sie in Paralia bei Patras ausfindig machen, wie passt das zusammen?« Ein längerer Unterbruch liess ihn vermuten, dass sein Gegenüber tatsächlich überrascht war. »Ich werde das in Ordnung bringen«, meinte er dann, offensichtlich bereits wieder gefasst, »lassen Sie das meine Sorge sein!« »Ihre Sorgen sind auch meine Sorgen, verflucht nochmal! Darüber hinaus hat die Polizei auf Hinweis von diesem Reporter bei der Gazzetta, diesem Sorese auch eine Augenzeugin in Mailand ausgegraben, eine Nutte, die in verschiedenen Hotels auf Kundenfang geht und Sie im Albergo L'antico Duomo gesehen hat!«, fügte er aufgebracht an. »Und das soll professionelle Arbeit sein?« Seine Stimme überschlug sich dabei fast, und gehässig beendete er augenblicklich das Gespräch.

Mailand, 11. September, 04.30 Uhr

Als der nervige Klingelton seines Handys endlich in sein Bewusstsein drang, hatte er eben mal drei Stunden geschlafen. Seine Frau Anja neben ihm im Bett hatte sich bereits demonstrativ auf die andere Seite gedreht, und deshalb beeilte er sich, den Anruf entgegen zu nehmen. »Scheisse«, brummte er, als er einen Moment lang zugehört hatte, »bin schon auf dem Weg!« Er schälte sich ungelenk aus seinem warmen Bett, nicht ohne Anja noch schnell einen kleinen Kuss auf die Wange geschmatzt zu haben, was sie ihm mit einer ärgerlichen Handbewegung gedankt hatte. Rasch klaubte er seine Klamotten zusammen und verliess das Schlafzimmer. Im Auto war er schon wieder halbwegs fit, und nachdem er minutenlang im Schritttempo hinter einem Müllwagen hergeschlichen war, bevor er sich endlich dazu entschlossen hatte, die Polizeisirene kurz aufheulen zu lassen und ihn zu überholen, hatte ihn die Verärgerung über dieses Verkehrshindernis definitiv aufgeweckt. Nach etwas über 30 Minuten, bei Tage hätte er bestimmt mehr als eine Stunde dazu benötigt, stoppte er direkt vor dem Albergo L'antico Duomo in der Nähe des Zentrums und zog sich einen missbilligenden Blick des Nachtportiers zu, der, eine Zigarette im Mundwinkel, gelangweilt vor der Tür stand und darauf achtete, dass niemand die Lobby betrat. In der Eingangshalle wartete bereits ein Kollege von der Nachtschicht auf ihn und führte ihn durch zwei weitere Türen in einen kleinen, jetzt grell ausgeleuchteten Innenhof, in dem sich rechterhand zwei grosse, stinkende Müllcontainer befanden. Ein Blick nach oben liess Rhino vermuten, dass die Hotelgäste die Fenster zum Innenhof bestimmt nicht geöffnet hätten, wären da nicht dieser uniformierte Polizeibeamte und der korpulente Typ in seinem etwas zu gross geratenen Anzug gewesen, gebeugt über ein lebloses Etwas am Boden neben dem Unrat. So aber standen etliche Fenster offen, und bei anderen waren zumindest die Vorhänge einen Spalt aufgezogen, und neugierige Blicke richteten sich auf den Hof, zwischen verschämt und ganz offensichtlich gaffend. Der Polizeifotograf, ein älterer Typ mit krausem, schon etwas lichten Haar, ungepflegt wirkenden Bartstoppeln und tiefen Augenringen, hatte seine Arbeit bereits beendet und seine Gerätschaften zusammengepackt. »Commissario Monelli«, meinte er etwas erstaunt, als er Rhino erblickte, »normalerweise beschäftigen Sie sich doch nicht mehr höchstpersönlich mit toten Nutten, und das erst noch mitten in der Nacht? Was hat Sie denn aus dem Bett getrieben?« »Vor allem der Tatort«, antwortete Rhino etwas verstimmt, »hatte hier vor Kurzem schon einmal einen Toten. Und jetzt setzt mich bitte mal jemand ins Bild?« Der Fette im zu grossen Anzug – wahrscheinlich wollte er dadurch seine unvorteilhafte Figur kaschieren – erhob sich schwerfällig und stellte sich als Polizeiarzt vor. Ohne Rhino die Hand zu geben, informierte er ihn ziemlich emotionslos darüber, dass die Frau 34 Jahre alt und ganz offensichtlich erwürgt worden war. Der etwas gar aufreizenden Aufmachung und der eine Spur zu dick aufgetragenen Schminke nach handelte es sich wahrscheinlich um eine Prostituierte. Ludmilla Farelli, laut Personalausweis jedenfalls. Sie hatten ihn in ihrer Handtasche gefunden, nebst einigen Kaugummis, Kondomen und einer Feuchtigkeitscreme. Dann waren da noch eine schmucke, bunte Dose mit kleinen, dubios anmutenden weissen Tabletten – könnte natürlich auch Aspirin sein – etwas über 200 Euro Bargeld, ein Schlüsselbund, ein Handspiegel und so viel Schminkzeug, dass man damit einen kleinen Laden hätte ausstaffieren können. Todeszeitpunkt vor zwei bis vier Stunden, die Totenstarre habe eben erst eingesetzt. »Der Kunde dürfte wohl eher unzufrieden mit ihrer Arbeit gewesen sein«, fügte er seinen knappen Ausführungen lakonisch an. »Wer hat die Leiche entdeckt?« wollte Monelli wissen, der jetzt hellwach war, da er sich daran zu erinnern glaubte, dass Sorese im Zusammenhang mit dieser ganzen Geschichte den Namen Ludmilla bereits einmal erwähnt hatte. Zumindest kannte Sorese sie, da war er sich ziemlich sicher. Der jüngere der beiden Uniformierten meldete sich zu Wort: »Der Nachtportier. Wollte sich eine Zigarettenpause gönnen, hat die Tote gefunden und die Polizei informiert. War etwa vor zwei Stunden. Wir haben ihn kurz vernommen und danach vor die Tür geschickt, damit er darauf achtet, dass niemand in den Hinterhof kommt. Natürlich hat er weder was gesehen noch gehört,« fügte er an. Rhino bedankte sich kurz und liess den Nachtportier vom anderen Beamten in die Lobby führen. »Erzählen Sie mal!« Er fixierte den Portier mit seinen kleinen, wachen Augen. Ungefähr 30 Jahre alt. Nordafrika, vermutete Monelli, wahrscheinlich Marokko, Tunesien oder Algerien. »Ich habe Ihrem Kollegen doch bereits alles erzählt«, meinte der Nachtportier etwas nervös, so als könne er es kaum erwarten, dass die Polizei endlich wieder abzog. Monelli vermutete, dass es um seine Arbeitserlaubnis nicht zum Besten stand, darüber würden sich aber andere kümmern, genauso wie um die Befragung der Hotelgäste. Schliesslich war es durchaus möglich, dass jemand aus dem Fenster heraus etwas mitbekommen, sich aber aus was für Gründen auch immer nicht gemeldet hatte. »Wo waren Sie zwischen Mitternacht und dem Moment, als Sie die Leiche entdeckt haben?«, fuhr Rhino ungerührt fort. »Ich war an der Rezeption, was auch einige Gäste bestätigen können. Die letzten kamen etwa um halb eins ins Hotel zurück, drei ziemlich angeheiterte Geschäftsleute, Anzug und Krawatte. Sie sind aber sofort mit dem Aufzug aufs Zimmer gefahren, das kann ich beschwören! Danach habe ich im Hof eine Zigarette geraucht, und da war noch alles in Ordnung. Ich wollte den Vorschriften entsprechend« – und das betonte er überaus deutlich – »erst etwa drei Stunden später, also etwa um 03.30 Uhr, wieder eine kleine Rauchpause im Hof machen, und da habe ich sie gefunden und sofort die Polizei angerufen.« »Und Sie wollen mir tatsächlich weismachen, dass Sie die Rezeption dazwischen nie verlassen haben?«, bohrte Rhino weiter nach. »Doch, aber das habe ich Ihren Kollegen ja auch bereits erklärt. Wenn alle Gäste im Haus sind, ist es meine Aufgabe, den Speisesaal für das Frühstück vorzubereiten. Ich war für mindestens eine Stunde in der Küche und im Speisesaal, aber an der Rezeption gibt es ja eine Klingel, und die Türen standen offen, falls überraschend ein nächtlicher Gast gekommen wäre.« Monelli hakte noch einige Male nach, war sich aber ziemlich sicher, dass der Nachtportier tatsächlich nichts mitbekommen hatte. Auf sein Bauchgefühl, das sich in den vielen Jahren seiner Arbeit kontinuierlich weiterentwickelt hatte, konnte er sich in der Regel gut verlassen. Blieb nur zu hoffen, dass per Zufall ein Gast etwas mitbekommen und zum richtigen Zeitpunkt aus dem Fenster geschaut hatte. Sie würden alle vernommen werden müssen. Er instruierte den leitenden Beamten vor Ort, er solle ein paar weitere Beamte in den Frühstückssaal und an die Rezeption beordern, um diese Aufgabe zu übernehmen.

»Ich bin's«, sagte Sorese, etwas überrascht darüber, dass Rhino schon nach dem zweiten Läuten abgenommen hatte. Er konnte ja nicht ahnen, dass sich dieser bereits die halbe Nacht im Albergo L'antico Duomo um die Ohren geschlagen hatte und jetzt in seinem Büro ungeduldig auf die Ergebnisse der Gästebefragung wartete. »Wollte dich nur darüber informieren, dass wir auf dem Weg zurück nach Mailand sind und morgen via Miami nach Puerto Plata reisen. Tipo hat angebissen und riskiert jetzt tatsächlich einen tiefen Griff in seine Spesenkasse, damit wir noch mehr ausgraben und die Story dadurch wasserdicht machen.« »Ihr glaubt also tatsächlich, dass Hurghada und Griechenland mit Florida und Puerto Plata zusammenhängen? Ist das nicht etwas gar weit hergeholt?« Im Tonfall meinte Sorese zu erkennen, dass Rhino trotz seiner Worte gar nicht mehr so abgeneigt war, zumindest mit diesem Gedanken zu spielen. »Wenn es alleine nach mir ginge, würde ich die Story schon heute bringen«, antwortete er schnell und überzeugt. »Aber wir brauchen deine Hilfe, denn wir würden bei dieser Gelegenheit gerne auch gleich bei der Polizei in Miami vorbeischauen, um herauszufinden, ob die inzwischen mehr weiss«, fügte er an. »Beim FBI, mein Lieber«, korrigierte ihn Rhino, »denn sobald es in den USA auch nur nach Terroranschlag riecht, übernimmt sofort das FBI.« »Wow, also das FBI«, stammelte Sorese, während er aus den Augenwinkeln heraus Tessas gar nicht mal so überraschten Blick erhaschte. »Ich kann mal diesen Mister Peter Irgendwas vom FBI anrufen und ihn fragen, ob ein kurzes Treffen in Ordnung geht«, spann Rhino den Faden weiter, »ich denke aber, dass die dort drüben genauso daran interessiert sein dürften, zu hören, was ihr in Erfahrung gebracht habt wie umgekehrt. Wann kommt ihr in Miami an?« »Wir fliegen morgen um 09.40 mit American Airlines AA 207, sollten also am späten Nachmittag dort ankommen«. – »Okay, ihr hört von mir,« antwortete Monelli. »Noch was,« fuhr er schnell fort, bevor Sorese das Gespräch beenden konnte, »der Typ auf dem Phantombild, das wir in Mailand herumgezeigt haben, wurde doch von einer deiner Informantinnen erkannt. Wie war nochmals gleich der Name dieser Dame?« »Du weisst genau, dass ich meine Quellen nicht preisgeben kann«, erwiderte Sorese unwirsch, nun aber doch etwas verunsichert, »wie kommst du denn gerade jetzt darauf?«, wollte er wissen. »Tja, wir haben vor ein paar Stunden eine Tote im Albergo L'antico Duomo gefunden, eine gewisse Ludmilla Farelli. Erwürgt. Und ich glaube, diesen Namen schon einmal beiläufig von dir gehört zu haben. Hast du sie gekannt?« Soreses etwas zu langes Zögern verrieten Rhino, dass er richtig vermutet hatte. »Cazzo!«, hörte er Sorese dann endlich stammeln. »Sie war es, die den Typen identifiziert und uns auf die richtige Spur gebracht hat!« fügte er dann noch hinzu, und seine Stimme verriet ehrliche Trauer, gleichzeitig aber auch grosse Sorge, »das kann doch kein Zufall mehr sein!« »Könnte dieser Typ irgendetwas über dich in Erfahrung gebracht haben? Oder über diese Journalistin, Teresa, die ja gemeinsam mit dir unterwegs ist?«, bohrte Rhino weiter. Einige Sekunden lang war nur das atmosphärische Rauschen in der Leitung zu vernehmen, dann meinte Sorese, spürbar verunsichert: »Nein, glaube ich eigentlich nicht, die können ja gar nicht wissen, dass wir ihnen auf der Spur sind.« »Aber,« fragte Rhino, noch ganz und gar nicht überzeugt: »Falls der Mord an dieser Ludmilla ebenfalls auf deren Konto geht, wie können sie von ihr erfahren haben?« »Von uns auf jeden Fall nicht!« Diese Antwort Soreses kam schnell, überzeugt. »Das würde bedeuten, dass dieser Mord nicht im Zusammenhang mit eurer Story steht, sondern lediglich ein tragischer, dummer Zufall war,« kombinierte Rhino, »denn von unserer Seite kann das ja auch nicht durchgesickert sein, zumal wir deine Informantin ja gar nicht gekannt haben. Zudem übte sie einen, sagen wir mal, grundsätzlich nicht ganz ungefährlichen Job aus.« »Trotzdem, ein wirklich seltsamer Zufall,« meinte Sorese, so gar nicht restlos überzeugt. »Auf jeden Fall werden wir uns in naher Zukunft lieber zweimal umdrehen, sollten wir das unangenehme Gefühl haben, dass uns jemand folgt.« »Und dunkle, einsame Strassen oder am besten überhaupt Ausflüge in wenig bewohnte oder triste Gegenden vermeiden,« mahnte Rhino. Wenn Sorese schon zuvor ein ungutes Gefühl hatte, war er jetzt, trotz allen noch offenen Fragen, endgültig beunruhigt. Nachdem er Tessa in groben Zügen informiert hatte über das, was sie, obwohl sie direkt neben ihm gestanden hatte, nicht mitbekommen hatte, öffneten sich bereits die riesigen Tore der Fähre nach Ancona, und sie parkierten ihr Auto im Schlund des Schiffes. »Wir müssen verflucht achtsam sein,« hatte Tessa Sorese gegenüber, weniger ängstlich als vielmehr besorgt, gemeint, »denn wenn das doch alles irgendwie zusammenhängt, könnten wir ebenfalls auf der Abschlussliste dieser Verbrecher stehen.« »Und dabei hat unser gemeinsames Leben doch eben erst so richtig begonnen,« versuchte Sorese die Situation mit einem Lächeln zu entspannen, aber Tessa stieg gar nicht erst darauf ein.

Miami, 12. September, 17.30 Uhr

Flug AA 207 hatte mit den – so meinten einige erfahrende Mitreisende gelassen – üblichen zwei Stunden Verspätung am Miami international Airport aufgesetzt und, da deshalb natürlich alle Gates belegt waren, die Passagiere auf einer offenen Parkfläche über eine Treppe auszuspucken begonnen. »Erinnere mich bitte daran,« meinte Sorese noch beim Aussteigen sarkastisch, als ihm der Schweiss in der schwülen Hitze Floridas bereits tropfenweise auf der Stirn stand, »AA noch ein Dankesschreiben für den überaus freundlichen und professionellen Service an Bord zukommen zu lassen.« Tessa lächelte, und obwohl sie erst wenige Minuten vor der Landung aufgewacht war – sie hatte wohlweislich auf das Frühstück verzichtet, einen nach Pappe riechenden Muffin und ein undefinierbares, lauwarmes Gebräu, das nicht nach Kaffee roch, obwohl es als solches bezeichnet worden war – sah in Soreses Augen wie immer zauberhaft aus. Sie hatte sich noch im Flughafen in Mailand umgezogen und trug eine luftige, hellblaue Bluse über ihren schwarzen, modischen Shorts und offene Schuhe ohne Absätze, während er selbst noch immer in Jeans und einem langärmligen Hemd steckte. Auch seine heissen und geschwollenen Füsse, die nach wie vor in geschlossenen Turnschuhen schwammen, fühlten sich nicht wirklich angenehm an, und für einmal war er dankbar, dass sie bestimmt wieder getrennte Hotelzimmer haben und Tessa so nicht in seiner Nähe sein würde, wenn er sich endlich seiner Schuhe entledigen konnte.

Der Flug war, zumindest für ihn, der kaum schlafen konnte, eine Qual gewesen. Er hatte kaum Platz für seine langen Beine, und mehrmals musste er über seinen übergewichtigen, übelriechenden und zudem laut schnarchendem Sitznachbarn hinweg klettern, um sich in der Bordküche etwas Trinkbares zu ergattern. Die äusserst gelangweilten Flugbegleiterinnen waren gleich nach dem Essen auf wundersame Weise auf Nimmerwiedersehen verschwunden. Auf einen weiteren Snack hatte er vergeblich gewartet, und das Bordunterhaltungssystem war noch auf dem Stand der 90er. Zwar hatten alle Passagiere einen eigenen Bildschirm, doch das Angebot an Unterhaltung beschränkte sich auf fünf Spielfilme, vier davon ausschliesslich auf Englisch, selbstredend nicht untertitelt, der fünfte auf Englisch und Spanisch. Und dann gab es da noch ein zwei Spiele, Tetris und Computertennis, sowie ein von einer Aussenkamera übertragenes Bild, auf dem meistens nicht viel mehr zu erkennen war als ein stetiges Flimmern auf grauem Hintergrund. Sämtliche Artikel in der Tageszeitung, die er auf dem Flughafen Malpensa noch in aller Eile gekauft hatte, hatte er mindestens viermal bis ins letzte Detail gelesen, selbst solche, die ihn normalerweise überhaupt nicht interessierten. Und das bereits, als sie noch ungeduldig am Gate auf den Abflug gewartet hatten, der sich fast zwei Stunden lang alle zehn Minuten um weitere zehn Minuten verzögerte. Grund dafür waren zuerst die verspätete Ankunft aus den USA, danach die verspätete Ankunft irgendwelcher Anschlussflüge gewesen.

Als Sorese die riesige Menschenmenge an der Passkontrolle realisierte, sank seine Stimmung trotz der drückenden Hitze vollends auf den Gefrierpunkt. Fast eine Stunde später standen sie endlich vor dem Gepäckband, das seine Reisetasche und Tessas Familienkoffer weitere 20 Minuten später auf wundersame Weise tatsächlich ausspuckte, obwohl Sorese zuvor im Minutentakt lautstark seiner Befürchtung Ausdruck verliehen hatte, dass ihr Gespäck bestimmt noch in Malpensa liege.

Peter O'Brien erwartete die beiden gleich am Ausgang bei der Abschrankung, hinter der sich unzählige Taxifahrer um Kunden stritten. Trotz brummender Klimaanlagen schwitzte Sorese noch immer vor sich hin, bis Peter sie in ein kleines Büro führte, in dem die Temperatur deutlich tiefer war, so tief, dass sich Tessa flugs einen dünnen Pullover überzog. »Welcome to Miami«, sagte Peter nochmals überraschend herzlich und schaute Tessa dieses kleine bisschen zu eindringlich in die Augen, was Sorese natürlich nicht entging. »Commissario Monelli hat mich bereits in groben Zügen informiert.« Tessa war ziemlich angetan von Peters Äusserem: Durchtrainierter, drahtiger Körper, schmales, aber ungemein markantes Gesicht, volle, schwarze Haare, die er, bestimmt mit Schaum, nach hinten gekämmt hatte, und warme, braune Augen. Natürlich trug er wie erwartet einen schwarzen, akkurat gebügelten Anzug und darunter ein blütenweisses Hemd mit einer dezenten, marineblauen Krawatte. »Und diese sexy Stimme, tief, selbstbewusst und bestimmt,« schmachtete Tessa still vor sich hin. Sorese räusperte sich etwas zu laut, wohl in der Hoffnung, Peter würde sich ihm zuwenden. Peter blickte tatsächlich kurz zu Sorese, bevor er sich jedoch schnell an Tessa richtete: »Leider kann ich Ihnen kaum weiterhelfen, befürchte ich. Der einzige Augenzeuge, der den vermeintlichen Terroristen gesehen

und wahrscheinlich bei einer Gegenüberstellung auch hätte identifizieren können, ist, wie Sie bereits wissen, seit drei Tagen ver-
schollen, und wir haben immer noch keinen Hinweis auf seinen
Verbleib.« »Rechnen Sie mit dem Schlimmsten,« warf Sorese resigniert ein, »auch eine unserer wichtigsten Augenzeuginnen in
Mailand weilt leider nicht mehr unter uns. Scheint immer mehr
danach auszusehen, als würde da jemand sehr gründlich hinter
sich aufräumen.« »Davon hat mir euer Commissario ebenfalls
bereits berichtet, und wir haben daraufhin umgehend Kontakt
mit unseren Botschaften in Athen, Kairo und Santo Domingo
aufgenommen und darum gebeten, uns alle noch so kleinen Hinweise, die mit diesen Vorfällen zu tun haben könnten, sofort
zu melden. Leider konnten wir bis jetzt aber noch nichts Neues
in Erfahrung bringen.« Anschliessend tauschten Peter, Sorese
und Tessa weitere Fakten sorgfältig untereinander aus, wobei
Sorese das Gefühl hatte, Peter sei nicht ganz so offen wie sie
selbst. Trotzdem kamen sie schliesslich zum selben Schluss: Ein
Zusammenhang zwischen allen Vorfällen der letzten Wochen
konnte nicht mehr mit Sicherheit ausgeschlossen werden. Peter
versprach beim Abschied, dass er sie sofort informieren würde,
sollte er etwas herausfinden. Dann standen sie auch schon wieder alleine im Terminal des Airports. »Was meinst du, rasiert
er sich seine Brust?«, wandte sich Tessa an Sorese, der das mit
einem unwirschen »Ist mir doch egal!« beantwortete, seine Tasche schnappte und in Richtung Taxistand marschierte, ohne auf
Tessa zu warten oder ihr gar mit dem Gepäck zu helfen. Angepisst! Am Taxistand warteten sie nur wenige Minuten, und schon
wenig später kamen sie in einem kleinen Motel am Flughafenzu-
bringer an, in welchem Tessa auf die Schnelle im Internet zwei
Zimmer reserviert hatte. »Erstaunlich, dass dieses Motel überhaupt eine Homepage hat«, grummelte Sorese, als er angewidert
den kleinen Pool – er war leer – und den verwilderten Garten
betrachtete, der von den wenigen Lampen, die noch nicht defekt
waren, nur spärlich beleuchtet wurde. Er malte sich bereits aus,
in welchem Zustand sich die Zimmer wohl präsentieren würden,

und wurde nicht enttäuscht. Nachdem er den leicht angerosteten Schlüssel nach mehreren Versuchen ins Schloss gewürgt und die Tür, die fürchterlich quietschte, aufgestossen hatte, fielen ihm sofort der fleckige Bettüberwurf und der schmutzige, stellenweise völlig durchgetretene und trotz »no smoking please« mit Brandlöchern übersäte Teppich auf. Nachdem er seine Reisetasche aufs Bett geworfen hatte, inspizierte er das Badezimmer und verzog sogleich angeekelt das Gesicht. Überall schwarzgrüner Schimmel an den Wänden und in der WC-Schüssel fette, braune Kackspuren, die sich tief in die Keramik eingefressen hatten und sich bestimmt nie mehr wegputzen liessen. Zudem fand er Haare unterschiedlicher Länge und Farbe in der Duschkabine, mindestens von drei Gästen vor ihm, und eine kleine, wenn auch glücklicherweise zerquetschte Kakerlake, die gleich neben dem Waschbecken am Boden lag und so wenigstens nicht mehr ins Schlafzimmer krabbeln konnte. Er wünschte sich Tessas Sinn für Sparsamkeit auf die Rückseite des Mondes und war noch immer völlig verärgert, als es wenig später an seiner Tür klopfte. Tessa trug jetzt kurze Jeansshorts und ein weisses, etwas zu enges T-Shirt, das ihre festen Brüste zusätzlich betonte und das ihm kurzzeitig den Atem und gleichzeitig auch seine schlechte Laune raubte. »Abendessen?«, meinte sie nur, und wenig später sassen sie auf einer knallig orangen Sitzbank in einer der vielen Nischen eines nahen Diners. Soreses Burger schmeckte besser als er aussah. Tessa dagegen pulte angewidert die unzähligen Zwiebelringe von ihrem Sandwich. »Some more water, Honey?«, fragte die ziemlich füllige und in die Jahre gekommene, aber überaus fürsorgliche Serviertochter die beiden. Nachdem sich Sorese mit der Tatsache abgefunden hatte, hier ganz bestimmt keinen Rotwein zu erhalten, planten sie den kommenden Tag. Wenn alles reibungslos verlief, würden sie morgen gleich nach ihrer Ankunft in Puerto Plata ein Zimmer – sorry, zwei Zimmer, fügte Tessa beiläufig an – suchen und danach der örtlichen Polizeistation in der Hoffnung, dass jemand ihren Verdächtigen auf dem Phantombild erkennen würde, einen Besuch abstatten.

Sollten sie dort keinen Erfolg haben, blieb ihnen immer noch die Möglichkeit, ihre Fühler im »The Palm Resort« auszustrecken, also dort, wo es vor zwei Wochen zu dieser seltsamen Massenvergiftung gekommen war, bei welcher letztlich über zwanzig Feriengäste ums Leben gekommen waren, mehrheitlich betagte Pauschaltouristen.

Es war noch nicht allzu spät, als sie wieder in ihrer Absteige ankamen, und obwohl Tessa bemüht war um unverfängliche Konversation mit Sorese, gelang es ihr nicht, ihn aufzuheitern. Ihre kurze Suche zu Fuss nach einer Bar oder wenigstens einem kleinen Laden, in dem Alkohol verkauft wurde, war erfolglos verlaufen. Und so lag Sorese kurz darauf – für einmal nüchtern und vorsorglich in all seinen Kleidern – alleine auf dem schmuddeligen Bett, und Teresa in ihrem eigenen.

Puerto Plata, 13. September, 19.00 Uhr

Wäre ihr gebuchter Flug AA 935 planmässig um 12.40 ab Miami gestartet, hätten sie Puerto Plata bereits am frühen Nachmittag erreicht. Nach einer kurzen, unruhigen Nacht war Sorese noch im Morgengrauen aufgestanden. Um Zeit totzuschlagen, hatte er einen längeren Spaziergang gemacht, wobei er keine zwei Strassenkreuzungen von ihrem Motel entfernt an einer Tankstelle vorbeigekommen war, die rund um die Uhr Spirituosen verkaufte. »Super«, fluchte er in Erinnerung an den Vorabend leise in sich hinein. Der träge, mürrische Angestellte, auf den sie gestern am Empfang getroffen waren, war mittlerweile durch eine noch gelangweiltere, verlebte Frau in den 50igern ersetzt worden. »Kaffee erst ab 7 Uhr«, hatte sie ihn angeblafft, und so war er noch über eine halbe Stunde lang um das Motel getigert. Der Kaffee, auf den er sich aufrichtig gefreut hatte, erwies sich als als wässriges, fades Etwas, und Sorese hätte den ersten Schluck um ein Haar gleich wieder angewidert ausgespuckt, wäre da nicht noch ein älteres Ehepaar gewesen, das bereits damit begonnen hatte, ihn vollzuquatschen. »Senile Bettflucht halt«, dachte er nur. Tessa tauchte erst eine Stunde später auf, und im Gegensatz zu ihm schien sie ausgeschlafen und guter Dinge zu sein. Aber auch nur, bis auch sie an dem, was als Kaffee ausgeschenkt wurde, genippt hatte. Schnell hatten sie beschlossen, sich auf den Weg zum Flughafen zu machen, denn wenn sie irgendwo etwas zumindest Kaffeeähnliches ergattern wollten, würde die Chance dazu am Flughafen wohl noch am grössten sein.

Über zwei Stunden nach dem geplanten Start sassen sie, zusammen mit zwei weiteren Dutzend verlorenen Fluggästen, noch immer ohne jegliche Informationen auf den kalten, unbequemen Gitterbänken am Gate. Sie hatten es mittlerweile aufgegeben, nach einer kompetenten Ansprechperson zu suchen, und der Ärger hatte bei einigen Passagieren bereits in bösen Sarkasmus oder blanke Gehässigkeit umgeschlagen. Als ein korpulenter Amerikaner im Sekundentakt laut vor sich hinzufluchen begann, meinte Tessa: »Bald werden sie ein paar Sicherheitskräfte aufbieten müssen.«

Dann endlich hatte man sie in ein Flugzeug beordert, das seine besten Jahre schon längst hinter sich hatte. »Die Piloten wollen ja in der Regel auch überleben«, hatte sich Tessa selber zu beruhigen versucht, nachdem sie festgestellt hatte, dass sich ihre Sitzlehne trotz Rütteln keinen Millimeter weit nach hinten verschieben liess, das Fenster völlig zerkratzt war und die Kabinenverkleidung neben ihr unentwegt bedrohlich knirschte. Überraschenderweise war der Flug dann doch problemlos verlaufen. Als sie in Puerto Plata aufsetzten, dämmerte es bereits, obwohl sie sogar über dreissig Minuten Zeit aufgeholt hatten. Als sie die Passkontrolle schliesslich hinter sich und ihr Gepäck in Empfang genommen hatten, war es dunkel. Sie beschlossen, sich zu einem kleinen Hotel in der Nähe des »The Palm Resorts« fahren zu lassen, das etwas ausserhalb Puerto Platas an der Playa Dorada lag. Für ihren Besuch auf der Polizeiwache war es auf jeden Fall zu spät.

Puerto Plata, 14. September, 10.00 Uhr

Der Typ mit dem Mietwagen wartete bereits vor dem kleinen Hotel auf sie. Tessa hatte zum Frühstück ihre Flocken mit einer unglaublichen Menge an tropischen Früchten zugedeckt und unentwegt über die Vorteile einer gesunden Ernährung doziert, während Sorese sein Rührei, begleitet von mehreren kleinen, fettigen Würstchen und einigen mindestens ebenso fettigen Speckstreifen genüsslich in sich hineingeschaufelt hatte. Das kleine Hotel hatte sich als ein wahrer Glückstreffer entpuppt, wurde es doch von einer äusserst aufmerksamen und freundlichen dominikanischen Familie geführt, die offensichtlich viel Wert auf Sauberkeit und noch viel mehr Wert auf das Wohlbefinden der Gäste legte. Soreses Zimmer war mit buntem Dekomaterial vollgestopft, überall standen kleine Kerzen in niedlichen, handgefertigten Gefässen herum, sogar auf dem Nachttisch lagen einige Muscheln, hübsch drapiert auf einem Häufchen Sand. Selbst im wirklich sehr, sehr engen Bad hatten sie noch ein Plätzchen für eine kleine, mit bunten Steinen verzierte Vase gefunden, aus der irgendeine tropische Pflanze hervorlugte, die Sorese jedoch sofort auf den kleinen Balkon bugsiert und durch seine Zahnbürste ersetzt hatte. Tessa sah heute früh einmal mehr bezaubernd aus. Sie trug das dünne, weisse Baumwollkleid, das sie sich in Miami am Flughafen für viel zu viel Geld gekauft hatte – »ich habe ja kaum etwas zum Anziehen dabei!« – und darunter einen dunkelblauen Bikini. Ihre Augen hatte sie nur sehr dezent geschminkt und ihre leuchtend roten, langen Haare zu einem dicken Zopf geflochten. »Gehen wir gleich zum Strand, oder frühstücken wir zuerst?«, fragte sie neckisch, als er sie im Garten traf. Hätte er es nicht besser gewusst, hätte er ihr die unbeschwerte Ferienlaune tatsächlich abgekauft. »Ich will ja kein Spielverderber sein, aber wenn ich an die landesübliche Siesta denke, die hier zelebriert wird, würde ich lieber gleich nach dem Frühstück zur Polizei fahren.« Tessa zauberte einen kleinen, betrübten Schmollmund auf ihr Gesicht, begleitete Sorese dann aber doch zum Frühstück, das auf der Veranda im Garten serviert wurde.

Es war bereits nach zehn Uhr, als sie sich mit dem Mietwagen auf den Weg zur örtlichen Polizeiwache machten. Zuerst schaukelten sie auf kleinen, zwar geteerten, aber mit Schlaglöchern durchsetzen und von Palmen flankierten Nebenstrassen in Richtung Stadtzentrum, und oft winkten ihnen vor allem Kinder, die vor ihren bunt bemalten Bretterbuden im Freien spielten, fröhlich zu. In den Vororten von Puerto Plata wurden die Strassen dann breiter und betriebsamer, bis sie, im Zentrum angekommen, nur noch im Schritttempo vorankamen. Fasziniert bestaunten sie die Motorradfahrer, die sich geschickt zwischen den unzähligen klapprigen, mit allen nur erdenklichen Gütern überladenen, lärmigen Kleinlastern und den Fussgängern hindurchschlängelten. Ihr Mietwagen hatte keine Klimaanlage oder sie funktionierte nicht, und durch die offenen Fenster drückte die heisse, abgasgeschwängerte und mit allerlei fremden Gerüchen durchsetzte Luft in die Kabine. Sorese verfluchte sich insgeheim, da er sich für lange Jeans und ein zwar kurzärmliges, aber leider nicht tropentaugliches Hemd entschieden hatte und schon wieder vor sich hinschwitzte, während Tessa die Wärme sichtlich zu geniessen schien. Als sie endlich vor dem Polizeigebäude angekommen und ausgestiegen waren, verkrümelte sich Sorese zuerst mal in den Schatten eines Baumes, um sich auszulüften und eine Zigarette zu rauchen. Tessa hatte auf der anderen Strassenseite ein kleines Juweliergeschäft entdeckt und verschwand sofort darin. Etwa eine Viertelstunde später sassen sie einem örtlichen Polizisten gegenüber. Er war klein, von stämmiger Statur, unrasiert und hatte sie darüber hinaus äusserst unfreundlich in sein enges, muffiges Büro bugsiert. »Was wollen Sie?«, blaffte er sie in Spanisch an, und sein Atem roch penetrant nach Rum. Tessa setzte ihr gewinnendstes Lächeln auf und schilderte ihm auf Englisch ihr Anliegen. Der Polizist verstand offensichtlich kaum ein Wort, und nach einem unwirschen »un momento« verschwand er schnell aus dem Büro. Erst einige Minuten später kam er zurück, in Begleitung eines weiteren Polizisten, der nun ebenfalls Platz nahm. »Was können wir für Sie tun?«, richtete sich dieser, um einiges freundlicher als sein Kollege und in zumindest verständlichem Englisch direkt an Tessa, während er Sorese praktisch völlig ignorierte. Tessa gab die kleine Geschichte, die sie sich zuvor zurechtgelegt hatten, zum zweiten Mal zum Besten. »Wir arbeiten für eine Zeitung in Italien und suchen nach einem Mann, der als Betrüger bekannt ist. Er vermietet Ferienappartements hier in der Umgebung von Puerto Plata, die es gar nicht gibt, lässt sich jeweils eine Anzahlung überweisen und verschwindet dann auf Nimmerwiedersehen. Bestimmt können Sie nachvollziehen, dass sich eine solche Geschichte auch negativ auf den guten Ruf Ihres wunderschönen Landes auswirkt«, erklärte Tessa und unterstrich ihre Worte mit einer Geste grossen Bedauerns. Sorese musste unwillkürlich schmunzeln und war deshalb froh, dass er von den Polizisten kaum beachtet wurde. »Der Mann soll sich vor kurzer Zeit hier in der Umgebung aufgehalten haben«, fuhr Tessa fort, »und wir würden ihn nur zu gerne mit diesen Vorwürfen konfrontieren.« Danach reichte sie ihm das Phantombild. »Kommt mir auf den ersten Blick nicht bekannt vor«, meinte der Polizist, nachdem er das Bild betrachtet und auch seinem Kollegen zugeschoben hatte. »Will aber nichts heissen, Madam, wir haben hier sehr viel zu tun, gerade in der Hochsaison.« Sorese schmunzelte erneut und dachte dabei an die drei anderen Uniformierten, die bei ihrer Ankunft in einer Ecke gesessen, Kaffee mit Rum gebechert und total in ein Kartenspiel vertieft gewesen waren. »Das können wir natürlich sehr gut nachvollziehen, und wir bewundern das grosse Engagement der örtlichen Polizeibehörde ausserordentlich«, nahm Tessa den Faden schnell wieder auf. Das war vielleicht etwas gar dick aufgetragen, aber die Beamten schienen darauf einzusteigen. Zumindest begannen sie freundlich zu lächeln. »Wir kennen natürlich auch den Namen des Mannes«, fuhr Tessa fort, »zumindest wissen wir, dass er sich bisweilen als Patrick Koon ausgibt. Wir zweifeln auch keine Sekunde daran, dass Sie uns bei unserer Suche nach bestem Wissen und Gewissen unterstützen. Bestimmt können Sie im örtlichen Melderegister nach diesem Namen suchen und uns informieren, wenn Sie fündig werden? Die Hotels müssten Ihnen ja die Liste ihrer Gäste täglich zustellen.« »Ich werde das auf jeden Fall in die Wege leiten«, antwortete der Beamte, darum bemüht, entgegenkommend zu wirken. Schon alleine am Tonfall erkannten sie aber, dass sie sich wohl vergeblich hierhin begeben hatten.

Puerto Plata,
14. September, 12.00 Uhr mittags

»Und jetzt?« Tessa hatte die offensichtliche Nutzlosigkeit ihres Besuches bei der örtlichen Polizei ebenso eingesehen wie Sorese. »Plan B«. Lass uns zum »The Palm Resort« fahren und mal ein paar Worte mit dem Manager wechseln. Vielleicht hat sich Koon ja im Vorfeld dort ein wenig umgesehen, und es kann sich tatsächlich jemand an ihn erinnern.«

Der Schriftzug des »The Palm Resorts« prangte ziemlich protzig und um Aufmerksamkeit heischend auf dem steinernen Torbogen zur Einfahrt ins Resort. Nachdem sie das kleine Pförtnerhäuschen problemlos – was sind schon zehn Dollar Schmiergeld? – passiert hatten, fuhren sie auf der breiten Zufahrtsstrasse in Richtung Empfang. Die Strasse war beidseitig flankiert von sorgsam gepflegten Palmen, die die Sicht auf die ersten dreistöckigen, in bunten Pastelltönen bemalten Wohntrakte des Resorts geschickt verbargen. Das Resort schien riesig und war es laut Tessa auch. Bei voller Besetzung wurden hier Tag für Tag über 1'200 Personen abgefertigt, und einige hundert Angestellte waren redlich darum bemüht, den Gästen einen möglichst unvergesslichen Urlaub zu bieten.

Als sie ihren Mietwagen parkiert hatten und die breite Treppe zur Rezeption hinaufgeschritten waren, standen sie in einer überwältigend grossen Halle, die mit allerlei Blumen, Pflanzen und dominikanischem Schnickschnack dekoriert war und wohl ein besonders tropisches Ambiente ausstrahlen sollte. Sorese steuerte auf die Rezeption zu, eine überlange Theke, hinter der sich etliche Angestellte eifrig damit abmühten, dumme und noch dümmere Fragen der Gäste möglichst anständig zu beantworten oder deren Dollars zu einem masslos überteuerten Kurs in Pesos zu wechseln. Wie üblich waren viel zu wenige Schalter für die ankommenden Gäste geöffnet, die sich dort in langen Schlangen, übermüdet von der anstrengenden Anreise, mehr oder weniger geduldig die Beine in den Bauch standen. Ein Schalter war mit einer kleinen »next« Tafel versehen, und die junge Frau dahinter schien konzentriert in ihren Computer vertieft. Zielsicher steuerten sie auf genau diesen Schalter zu. Bevor die Dame etwas sagen konnte, hatte Sorese bereits demonstrativ seinen Presseausweis auf die Theke gelegt und nach dem Manager verlangt. Nur wenige Augenblicke später erschien ein älterer, etwas affektiert wirkender Typ in kurzer, beiger Hose, gestärktem Hemd und mit einer fürchterlichen Papageienkrawatte um den Hals und verfrachtete Tessa und Sorese möglichst unauffällig in ein kleines Büro. Je ein Glas lauwarmes Wasser vor sich warteten sie nun auf das, was da kommen würde. »Nein, mein Herr, ein Bier haben wir hier leider nicht«, äffte Sorese den Typen von eben nach, während er naserümpfend am Wasserglas nippte. Tessa konnte sich ein Schmunzeln nicht verkneifen. Etwa zehn Minuten später öffnete sich die Tür abermals. »Höfner, angenehm, Manager dieses Resorts«, begrüsste er sie, ganz manierlich zuerst Tessa mit einem kräftigen Händedruck, danach Sorese.

»Mit wem habe ich die Ehre?« Sein Englisch trug einen leichten Akzent, und seine guten Manieren liessen auf einen gebildeten Hintergrund schliessen. »Ein überraschend symphatischer Typ, dieser Höfner«, dachte Tessa, während Sorese sogleich das Wort ergriff. Höfliches Vorgeplänkel war nicht seine Stärke. »Mario Sorese, von der Gazzetta aus Milano, und die hübsche junge Dame neben mir heisst Teresa, ebenfalls von der Gazzetta«, stellte er gleich beide vor. Höfner schenkte Tessa ein flüchtiges Lächeln und wandte sich dann sogleich an Sorese: »Worum geht es?« »Wir stellen ein paar Nachforschungen an, unter anderem geht es dabei auch um den Zwischenfall in Ihrem Resort vor ein paar Wochen …« »Unter anderem?«, hakte Höfner sogleich nach, »was meinen Sie damit?« »Wir haben den dringenden Verdacht, dass es sich dabei nicht bloss um eine Lebensmittelvergiftung gehandelt hat, sondern um einen gezielten Anschlag, der im Zusammenhang mit anderen Attentaten auf touristische Einrichtungen in aller Welt steht«, brachte sich Tessa ins Gespräch mit ein. Höfner runzelte kurz die Stirn, um dann gleich seine eigenen Schlüsse zu ziehen: »Ein Zusammenhang mit anderen Anschlägen? Ich erinnere mich lediglich an eine Bombe in einem Hotel in Florida, sollen irgendwelche Fanatiker gewesen sein. Gab es etwa noch weitere Vorfälle?« »Tja«, fuhr Tessa fort, »es gab da noch den Absturz eines Ferienfliegers auf dem Weg nach Hurghada in Ägypten und einen versuchten Anschlag auf eine Fähre in Griechenland.« »Von diesem Absturz habe ich in den Medien erfahren, schreckliche Geschichte. Aber bis heute gibt es keinen abschliessenden Bericht, der auf einen Anschlag hindeutet, wenn ich richtig informiert bin? Und das versuchte Attentat auf die Fähre in Griechenland hat die Presse hierzulande nicht erreicht …« »Wie gesagt, es handelt sich vorderhand lediglich um einen Verdacht, und wir suchen zurzeit noch nach Hinweisen, die auf einen Zusammenhang schliessen lassen«, beeilte sich Tessa anzufügen, denn wenn Höfner nicht kooperierte, würde es schwierig werden, weiter zu kommen. Dieser Höfner war offenbar nicht nur symphatisch, sondern auch überaus gut informiert und schnell im Denken. »Was uns letztlich auf unseren Verdacht brachte, ist, dass bei all diesen Vorfällen immer wieder ein Unbekannter auftaucht, und die Hinweise darauf, dass es sich jeweils um ein und denselben Mann handeln könnte, verdichten sich zusehends«, spann Sorese den Gedanken weiter. »Es ist uns gelungen, ein Phantombild zu erstellen, und sollte tatsächlich ein Zusammenhang bestehen, könnte es gut sein, dass dieser Unbekannte auch in ihrem Resort war und aufgefallen ist.« »Lassen Sie doch mal sehen«, bat Höfner Sorese. Nachdem er das Bild mehrere Sekunden lang eindringlich betrachtet hatte, schüttelte er bedauernd den Kopf: »Tut mir sehr leid, aber ich erinnere mich beim besten Willen nicht. Wenn Sie aber erlauben, kann ich das Bild gerne am Meeting mit den Angestellten herumreichen lassen, die gleich zur Abendschicht eintreffen, vielleicht erinnert sich ja jemand an den Typen?« »Damit wäre uns sehr geholfen«, wandte sich Tessa dankbar an Höfner und lächelte ihn abermals freundlich an. »Wunderbar, dann machen wir das so«, schloss Höfner und erhob sich. »In der Zwischenzeit dürfen Sie sich gerne ein wenig im Resort umsehen. Besonders empfehlen kann ich Ihnen die Snackbar am Strand, wenn Sie etwas hungrig und durstig sind. Die Mojitos, die unsere Barkeeper zaubern, sind berühmt in Puerto Plata, und auch die Snacks sind sehr zu empfehlen. Nennen Sie einfach meinen Namen, Sie sind selbstverständlich eingeladen. Ich treffe Sie dann in einer Stunde bei der Rezeption, in Ordnung?«

Die Mojitos schmeckten tatsächlich hervorragend, der Blick aufs offene Meer hinaus war überwältigend und liess Urlaubsstimmung aufkommen. »Nein, mein Lieber, keinen zweiten Drink«, holte Tessa Sorese schnell wieder auf den Boden der Tatsachen zurück, »wir haben noch einiges zu tun!« »Spielverderberin«, grummelte er. Als sie zurück an die Rezeption kamen, wartete Höfner bereits auf sie, in der Hand einen Computerausdruck. »Leider konnte sich niemand an Ihren Unbekannten erinnern«, bedauerte er, »ich habe mir jedoch erlaubt, ein wenig weiter zu denken. Wir haben hier zwar grundsätzlich eine relativ hohe Fluktuationsrate bei den Angestellten. Trotzdem hat mich interessiert, ob an dem Tag, an dem wir diese schreckliche Lebensmittelvergiftung hatten, oder an den folgenden, Angestellte aus dem Bereich der Küche nicht mehr aufgetaucht sind. Und ich habe tatsächlich drei Namen gefunden.« Höfner reichte Sorese die Liste, die er ausgedruckt hatte. »Zum einen ist da eine Servicefachangestellte, die sich am nächsten Tag krank gemeldet hat und erst eine Woche später wieder aufgetaucht ist, dann ein Barkeeper, der seit dieser Sache fehlt, und der Dritte ist ein Hilfskoch, der am selben Abend verschwunden und bis heute ebenfalls nicht mehr erschienen ist. Vielleicht bringt Sie das ja weiter?« »Was können Sie uns über diese drei sonst noch sagen?«, hakte Sorese sogleich nach. »Ich selbst leider herzlich wenig, ich habe wenig direkten Kontakt zum Hilfspersonal. Diese Aufgabe fällt den jeweiligen Sous-Chefs zu. Der Küchenchef wusste kaum etwas über diesen Hilfskoch, nur dass er erst einige Wochen bei uns angestellt und bis dato relativ zuverlässig zur Arbeit erschienen ist. Magdalena, die schon seit bald zwei Jahren bei uns im Service arbeitet, gab bis heute noch nie Anlass zur Klage, meinte zumindest der Chef de Service, und der Barkeeper war lediglich auf Probe bei uns und wird wohl in einem anderen Resort eine besser bezahlte Anstellung gefunden haben. Zumindest war das die Vermutung eines Kollegen, der ihn eingeführt hat.« »Das ist doch schon was«, beeilte sich Tessa dankbar anzumerken, denn sie war aufrichtig beeindruckt, wie hilfsbereit sich Höfner ihnen gegenüber zeigte. Auch Sorese bedankte sich.« Auf jeden Fall werden wir diesen Hinweisen mal nachgehen, vielleicht finden wir ja so eine Spur von unserem Unbekannten«, sagte er. »Gerne geschehen«, antwortete Höfner, und nach einer kleinen Pause fügte er noch an: »Falls Sie etwas in Erfahrung bringen, bin ich natürlich ebenfalls sehr daran interessiert. Sie wissen ja, wo Sie mich erreichen können. Und unsere Küche ist übrigens wirklich ausgezeichnet, wenn ich mir diese Bemerkung erlauben darf.«

»Was meinst du«, richtete sich Tessa an Sorese, als sie sich bereits wieder auf dem Weg zu ihrem Mietwagen befanden, »wie gehen wir am besten vor?« »Wir haben drei Namen, und wenn ich nach dem Ausschlussverfahren vorgehe, würde ich mich zunächst auf den Barkeeper und den Hilfskoch konzentrieren«, meinte Sorese. »Magdalena arbeitet schon am längsten hier, viele kennen sie, und wenn Höfner meint, sie sei zuverlässig, kaufe ich ihr die Krankheit am ehesten ab.« »Und für einen Barkeeper, der noch dazu gerade erst im Hotel angefangen hat, dürfte es nicht ganz einfach sein, sich unauffällig in der Küche herumzutreiben«, führte Tessa Soreses Gedanken fort. »Also schlage ich vor, wir nehmen uns zuerst einmal diesen Hilfskoch vor, wie heisst der noch gleich?« Sorese warf einen Blick auf den Ausdruck, den sie von Höfner erhalten hatten. »Miguel Santos. Lass uns doch nochmals zur Polizeistation fahren und sehen, ob wir dort etwas über diesen Miguel in Erfahrung bringen können, einen Versuch ist es auf jeden Fall wert.« Also quetschten sie sich, nachdem sie zuerst alle Türen geöffnet hatten, um wenigsten die gröbste Hitze entweichen zu lassen, in ihren kleinen Mietwagen und fuhren wieder zurück in die Stadt.

Puerto Plata, Polizeistation, 14. September, 16.00 Uhr

Auf der Polizeistation wurden sie nicht gerade freundlich empfangen. Tessa und Sorese sassen dem leidlich Englisch sprechenden Polizeibeamten nun zum zweiten Mal gegenüber, und er wirkte genervt, auch wenn er versuchte, sich das nicht anmerken zu lassen. Als sie angekommen waren, hatten seine Kollegen, immer noch ins Kartenspiel vertieft und bereits eine Spur lauter als am späten Vormittag, sie kaum eines Blickes gewürdigt. Es dauerte ewig, bis sich einer der Herren mühsam erhob und die

Beiden in das kleine, stickige Sitzungszimmer bugsierte. Señor Manuel liess sie mindestens weitere zwanzig Minuten warten, bevor er die Tür aufstiess und sich schnaubend auf einen Stuhl setzte. »Was kann ich denn jetzt noch für Sie tun?«, wandte er sich an Tessa, ohne ein Wort der Begrüssung. »Vielen Dank, Señor Manuel, dass Sie sich nochmals Zeit für uns nehmen«, begann Tessa. Wohlweislich hatte sie Sorese, der bereits einen roten Kopf hatte und während der Warterei seinen ganzen Katalog an Schimpfwörtern zum Besten gegeben hatte, gar nicht erst zu Wort kommen lassen. »Sicher die bessere Taktik«, dachte sich Sorese, und bemühte sich gar nicht erst, sich mit einzubringen. »Tja, wir haben uns erlaubt, unseren eigenen Quellen etwas nachzugehen, und bestimmt wird es Sie interessieren, dass unser Unbekannter von den Angestellten im »The Palm Resort« ebenfalls nicht identifiziert werden konnte«, schmeichelte Tessa Manuel. »Aber wir haben erfahren, dass es zwei Angestellte gab, die nach diesem mysteriösen Vorfall nicht mehr zu ihrer Arbeit im Resort erschienen sind. Und wenn uns hier jemand weiterhelfen kann, Señor Manuel, dann sind das bestimmt Sie. Sie wissen ja, Señor, wie das ist mit uns Presseleuten, sobald wir unsere Informationen erhalten haben, schreiben wir unseren Artikel und sind auch schon wieder verschwunden.« Señor Manuel schnippte mit den Fingern, und Sorese reichte ihm den Ausdruck, den sie von Höfner erhalten hatten. Er las die beiden Namen, die Sorese unterstrichen hatte, und bemühte sich um einen äusserst nachdenklich wirkenden Eindruck. Schliesslich meinte er, dass ihm der eine Name völlig unbekannt sei, an den anderen, diesen Miguel Santos, könne er sich aber erinnern. »Inwiefern?«, fragte Sorese sogleich nach. »Wenn Sie mir ein wenig auf die Sprünge helfen könnten, wäre das sicher hilfreich«, meinte Señor Manuel. Gleichzeitig legte er seine linke Hand fordernd auf den Tisch und schnipste kaum merklich, aber doch unübersehbar mit Daumen und Zeigefinger. Noch während Tessa den Beamten mit grossen Fragezeichen in ihren hübschen Augen anstarrte, hatte Sorese bereits einen Zwanziger aus seiner Hosentasche gezaubert, den er nun etwas provokativ auf den Tisch legte, ihn aber vorerst mit seiner Hand bedeckt hielt. »Was haben Sie denn über Miguel Santo, Señor?« Sorese spielte unmerklich mit dem Geldschein. Manuel grinste schmierig und meinte: »Legen Sie nochmals zwanzig drauf, dann fällt es mir bestimmt wieder ein.« »Wenn uns das, was Ihnen einfällt, gefällt, mache ich das gerne, nur möchte ich nicht die Katze im Sack kaufen, was Sie sicher verstehen«, erwiderte Sorese in aller Ruhe. Señor Manuel schnappte kurz aber kräftig nach Luft, und Tessa befürchtete schon, Sorese sei zu weit gegangen, aber er beruhigte sich sogleich wieder. »Leider ist Miguel Santos von uns gegangen«, begann der Beamte, darum bemüht, seiner Stimme eine gewisse Seriosität zu verleihen, »was ich natürlich sehr bedaure. Señor Santos wurde tot in einer Müllhalde in einem kleinen Dorf, ungefähr zehn Kilometer von hier entfernt in den Bergen gefunden. Todesursache waren einige tiefe Verletzungen, die ihm wahrscheinlich mit einem Messer zugefügt wurden. Zudem war er stark alkoholisiert. Das hat zumindest der Beamte gesagt, der meinte, er hätte wie ein Fass Rum gestunken. Wir sind dieser Geschichte mit aller Seriosität nachgegangen und haben umfangreiche Untersuchungen angestellt«, plusterte sich Señor Manuel auf, »leider konnten wir den Täter bis heute nicht ausfindig machen. Aber seien Sie versichert, dass Miguel Santos in eine Auseinandersetzung geriet, wie das bei uns leider immer wieder mal vorkommt. Meistens geht es dabei um eine Frau oder um verletzten Stolz.« Sorese hob die Hand, die er über den zweiten Zwanziger gelegt hatte, und Tessa staunte über die Geschwindigkeit, mit der die Scheine augenblicklich in der Brusttasche des Polizisten verschwunden waren. »Vielen Dank, Señor Manuel«, meinte Sorese schliesslich, als er sicher war, dass dieser im Moment keine weiteren Informationen herausrücken würde. Während Tessa und er sich erhoben, nestelte Sorese nochmals kurz in seiner Hosentasche und zauberte einen etwas zerknitterten Hunderter hervor, den er jedoch sogleich wieder in seiner anderen Hosentasche verschwinden liess. »Und wenn Ihnen noch etwas einfällt, was uns weiterhelfen könnte, dann würden wir uns über einen Anruf von Ihnen sehr freuen. Unsere Nummer haben Sie ja.«

»Unglaublich, wie korrupt die Polizei in diesem Land ist! Die sollte man sofort alle verhaften und wegsperren!«, eiferte sich Tessa, als sie wieder im Wagen sassen. »Hat ja auch etwas Gutes«, sinnierte Sorese, und bevor Tessa, die bereits wieder Luft geholt hatte, etwas erwidern konnte, fügte er noch an: »Ohne Korruption hätten wir kaum je etwas von der Polizei erfahren.« »Also findest du das auch noch in Ordnung!«, spuckte Tessa förmlich aus, und ihr Zorn offenbarte sich in einer markanten Rotfärbung ihres trotzdem noch immer sehr hübschen Gesichtes. »Das habe ich so nicht gesagt«, antwortete Sorese, »aber du musst zugeben, dass es in meinem Job bisweilen hilfreich ist.« Ein kurzer Blick zu Tessa, und schnell fügte er noch an: »Auch wenn Korruption natürlich total verwerflich ist!« Tessa schnaubte zwar, aber ganz offensichtlich hatte Sorese die Kurve gerade noch gekriegt. »Komm, wir gönnen uns einen kleinen Aperitiv, während wir auf den Anruf von Manuel warten,« beeilte sich Sorese, das Thema zu wechseln.

Fünfzehn Minuten später sassen sie in einem kleinen, bunt dekorierten Restaurant an einer ruhigen Strasse, nicht weit von der Polizeiwache entfernt, und nippten an ihren etwas zu süss geratenen Margaritas. Tessas Wut über die ganz offensichtliche Bestechlichkeit von Polizeibeamten und bestimmt auch Richtern, Politikern und sogar Ärzten und Lehrern hatte sich nach dem ersten Margarita wieder etwas gelegt und sie zeigte sich Sorese gegenüber versöhnlicher. »Und du glaubst tatsächlich, dass sich Manuel nochmals bei dir meldet?«, fragte sie gerade, als Soreses Handy zu vibrieren begann. »Unbekannte Nummer, hmm, soll ich trotzdem drangehen?«, feixte Sorese, und während Tessa nur ein verstimmtes Grunzen von sich gab, hatte er das Gespräch bereits angenommen. »Ja, an der Calle los Rosarios, gleich gegenüber von einem kleinen Park«. »Nein, ich weiss nicht, wie das Restaurant heisst.« »Ja, wir sitzen aussen im Schatten.« »Ja, das mit den bunten Tischtüchern und Klappstühlen.« »Natürlich, wir warten!« »Unglaublich«, stiess Tessa sogleich wieder empört aus, als Sorese das Telefonat beendet hatte. »Señor, nochmals drei Margaritas und ein paar zusätzliche Knabberchips, por favor«, orderte dieser schnell, und bevor Tessa weitersprechen konnte, packte er ihre Hände, die sich bereits wieder zu kleinen Fäusten geformt hatten und schaute ihr eindringlich in die Augen. »Hör mir jetzt bitte für einmal ganz genau zu,« meinte er ruhig, aber bestimmt. »Ja, Korruption ist Scheisse, und ja, ich finde auch, man sollte sie mit Stumpf und Stiel ausmerzen! Aber hier, auf der anderen Seite der Erde, hier sind die Löhne nicht zuletzt darum so niedrig, damit möglichst viele Menschen eine Beschäftigung finden. Und damit deren Familien mit dem wenigen Geld, dass sie verdienen, trotzdem nicht verhungern und ihre Kinder einkleiden und in die Schulen schicken können, gibt es die zugegeben nicht ganz offizielle, aber zumindest weit verbreitete und für die Menschen hier völlig normale und zulässige Möglichkeit, sich ab und zu etwas dazu zu verdienen. Wenn also Manuel gleich hier um die Ecke kommt und uns vielleicht mit einem kleinen Tipp weiterhilft, dann braucht er sich nicht zu schämen – zumindest aus seiner Sicht – dass er dafür etwas Geld erhält. Also sei bitte so lieb und funkle ihn nicht wütend an und behandle ihn nicht herablassend, sondern betrachte das Ganze einfach als ein Geschäft, einen Deal zwischen zwei Geschäftsleuten, denn sonst ist Manuel vielleicht beleidigt und gekränkt, und das wäre seiner Bereitschaft, uns etwas mitzuteilen, bestimmt nicht förderlich.« Tessa sagte nichts. Endlich eine Reaktion: Sie zog ihre Hände unter den seinen hervor, stand schweigend auf, griff sich ihre Handtasche und marschierte in Richtung Toilette. Weg war sie. »Vielleicht besser so«, dachte Sorese, als er Manuel keine fünf Minuten später gutgelaunt um die Ecke stolzieren sah. »Wo haben Sie denn ihre hübsche, temperamentvolle Señora versteckt?«, meinte dieser, als er sich auf den Klappstuhl plumpsen liess, der dabei gefährlich knirschte.

»Für kleine Mädchen«, antwortete Sorese. Er wartete geduldig, bis Manuel es sich gemütlich gemacht und an seinem Margarita genippt hatte und fragte sich dabei insgeheim, was Tessa wohl über Trunkenheit im Dienst zu sagen hätte. »Hoffentlich bleibt sie noch ein Weilchen«, folgerte er. »Und, Señor Manuel«, fuhr Sorese fort, darum bemüht, nicht allzu neugierig zu tönen, »Sie meinten am Telefon, Ihnen sei noch etwas eingefallen?« »Also«, meinte dieser, »mir ist doch vorhin tatsächlich der Name dieser Bar entfallen, in der Señor Santos sich jeweils nach Feierabend ein Bierchen gönnte und in der man ihn sehr gut kannte.« »Und jetzt ist er Ihnen wieder eingefallen«, sagte Sorese trocken, weniger als Frage denn als Tatsache formuliert. Claro!« Manuel wirkte fast schon ein wenig beleidigt. »Aber Sie wissen, Señor, ich habe eine Familie zu ernähren«. »Natürlich«, meinte Sorese, froh darüber, dass Tessa noch immer nicht zurück war. Schnell klaubte er einen Fünfziger aus seiner Tasche und liess ihn geschickt unter seiner Hand hervorblinzeln, als er sie auf den Tisch legte. Manuel warf einen kurzen Blick darauf, griff jedoch zu seiner Margarita und nippte erneut an ihr. »Das ist Ihnen doch sicher etwas mehr wert«, gab er betont beiläufig von sich. »Tipo wird mich vierteilen, wenn er die Spesenabrechnung sieht«, vermutete Sorese. Trotzdem zauberte er noch einen zweiten Fünfziger aus seiner Hose, und nun war ihm Manuels Aufmerksamkeit sicher. »Der Laden heisst »Fuego«, in einer kleinen Siedlung nicht weit vom »»The Palm Resort« entfernt. Dort wohnen viele der Familien, die im Resort angestellt sind. Señor Miguel pflegte im »Fuego« nach Feierabend und in den Pausen seinen Kummer mit einigen Bierchen zu ersäufen.« Sorese hob die Hand, und die zwei Fünfziger gesellten sich blitzschnell zu den zwei Zwanzigern in Manuels Brusttasche. »Vielen Dank, Señor«, liess Sorese verlauten, »es ist eine Freude, Geschäfte mit Ihnen zu tätigen.« Manuel nickte zufrieden, trank seine Margarita aus und erhob sich. »Grüssen Sie die Señora!«, wandte er sich nochmals an Sorese, gab ihm kurz die Hand und spazierte dann wieder zurück zur Polizeistation, wobei seine vielen Orden und Medaillen, die er sich an seine Uniformjacke gepinnt hatte, kurz in der Sonne aufblinkten. Als hätte Tessa auf diesen Moment gewartet – und das hatte sie tatsächlich – kam sie zurück an den Tisch. Wortlos setzte sie sich neben Sorese und trank auch ihre inzwischen etwas warm gewordene Margarita aus. »Lass uns fahren«, meinte Sorese. Im Moment zog er es vor, Tessa noch nicht über das Gespräch ins Bild zu setzen.

Das »Fuego« war mehr Baracke als Bar. Alles war schmutzig, und Tessa und Sorese waren dankbar, dass die üblichen winzigen Fensteröffnungen – sie sollten möglichst wenig Hitze ins Innere eindringen lassen – den Raum im Halbdunkel hielten. Hinter einer mit rostigen Nägeln zusammengeflickten Holzkonstruktion, die wohl eine Theke darstellen sollte, trocknete ein übergewichtiger, stark schwitzender Typ mit einem schmutzigen Lappen einige grosse Plastikbecher nach. »Cerveza?«, fragte er Sorese, wobei er Tessa unverhohlen auf die Brüste starrte und seine Zunge über die schwarz geränderten Zähne schnalzen liess. »Zwei Cervezas«, gab Sorese zurück, »aber bitte ohne Glas.« Die Bar war leer bis auf einen älteren Einheimischen, der sich in einer dunklen Ecke mit einer Käuflichen zu einigen versuchte, die offensichtlich schon bessere Tage erlebt hatte. Während Tessa für den Wirt augenscheinlich ein willkommener Fremdkörper in seiner Spelunke war, wirkte Sorese hingegen wie einer dieser abgerissenen Gringos, die sich ab und zu hier blicken liessen, um für ein Bier nur halb so viel wie in Puerto Plata bezahlen zu müssen. Der Wirt nahm erst Notiz von Sorese, als sich dieser direkt an ihn wandte. »Kennst du einen Miguel Santos?«, fragte er beiläufig, als er seine Geldbörse bereits in der Hand hielt, um die Getränke zu berappen. »Miguel? Sì, der ist oft hier, arbeitet im »The Palm Resort«, antwortete der Wirt, der ganz offensichtlich etwas begriffsstutzig war. »Habe ihn aber schon eine längere Zeit nicht mehr gesehen! Hat wohl was angestellt und seinen Job verloren, denn die Bullen waren auch schon hier und haben nach ihm gefragt. Konnte ihnen aber keine Auskunft geben. Warum interessiert dich das?«, blitzte nun doch noch ein Funken Verstand beim Wirt auf. »War er in der Regel alleine hier?«, konterte Sorese, ohne auf die Frage des Wirtes einzugehen. »Ja, meistens schon«. »Meistens?«, hakte Sorese sogleich nach, während er einen Zwanziger aus seiner Tasche klaubte und auf den Tresen legte. Für diese Summe hätte er sich hier problemlos drei Abende lang betrinken können. Dabei bemühte sich Sorese, Tessa zu ignorieren: Bereits verdrehte sie ihre Augen wieder verächtlich und schnaubte vor sich hin. Der Wirt starrte auf den Zwanziger, als hätte er noch nie eine so grosse Banknote gesehen, und beeilte sich, Soreses Frage zu beantworten. »Nun, vor ein paar Tagen wurde er mal von einem Gringo angesprochen, plauderte ein Weilchen mit ihm und war danach ziemlich aufgekratzt.« Den letzten Besuch von Miguel in seiner Bar ein paar Tage später verschwieg er wohlweislich: Da hatte er etwas Geld erhalten, damit er sich eine halbe Stunde lang verzog. Schliesslich war das ja auch nicht wichtig, und wer hätte eine solche gut bezahlte Pause auch abgelehnt? Dass er Miguel danach nie mehr gesehen hatte, darüber machte er sich jedenfalls keine Gedanken, war ja auch nicht sein Problem! »Weisst du noch, wie dieser Gringo aussah?« Sorese bemühte sich, die in ihm aufkeimende Aufregung zu unterdrücken und eher gelangweilt zu wirken. »Gross, dunkle Haare, durchtrainiert. Hatte was von einem Söldner«, antwortete dieser und fixierte den Zwanziger erneut. »Könnte es dieser Typ gewesen sein?«, hakte Sorese nach und legte das Phantombild so auf den Tresen, dass der Wirt es gut sehen konnte. Dabei tippte er ganz offen auf den Zwanziger, und am kurzen Aufblitzen in den zugequollenen Augen des Wirtes erkannte er, dass dieser endlich begriffen hatte. Der Wirt schaute kurz zu den anderen zwei Gästen in der dunklen Ecke und glaubte zu erkennen, dass der Typ bereits seine Zunge in den Mund der Puta gesteckt hatte und mit seinen Pfoten in ihrem Décolleté herumtatschte, also bestimmt nichts mitgekommen würde. Dann grabschte er sich das Bild, legte seine Stirn in Falten und schob es Sorese wieder zu. »Sì«, meinte er dann, während er überraschend behände den

Zwanziger packte, »könnte der Gringo sein auf dem Bild, er hatte auf jeden Fall so viele Haare über seinen Augen.« »Du meinst die Augenbrauen?«, fragte Sorese nach. »Ja, sage ich ja, bin mir ziemlich sicher!« »Danke«, gab Sorese zurück, und ohne auch nur ansatzweise an ihrer Cerveza genippt zu haben, verliess er mit Tessa eiligst die Spelunke. Sie waren froh, endlich wieder in ihrem Auto zu sitzen. »Wow«, meinte Tessa nur und sprach damit aus, was er selbst befürchtete, »bin gespannt, ob Tipo dir all diese Schmiergelder zurückerstatten wird!« Und dann fügte sie an: »Auch wenn mir deine Art und Weise, zu Informationen zu gelangen, überhaupt nicht gefällt, so haben sich unsere Vermutungen jetzt doch tatsächlich bestätigt. Es wird Zeit, die Story zu veröffentlichen. Wenn wir im Hotel sind, werde ich sofort Tipo anrufen und ins Bild setzen.«

Puerto Plata, 14. September, 21.00 Uhr

Das gemeinsame Abendessen zog sich in die Länge. Tessa, immer noch gelinde gesagt angepisst von Soreses Vorgehensweise, schwieg. Sorese, dem der Erfolg ja Recht gegeben hatte, grinste die meiste Zeit über selbstgefällig vor sich hin, was natürlich nicht wirklich dazu beitrug, die Stimmung aufzuheitern. Sorese hatte zweimal versucht, mit Tessa ins Gespräch zu kommen, war von ihr aber brüsk abgeblockt worden. »Da gibt's nichts zu bereden«, schnauzte sie ihn an. Also hielt auch er die Klappe und genoss die ausgezeichnet zubereitete Dorade, während Tessa eher lustlos in ihrem Teller herumstocherte. Endlich meinte sie: »Tipo hat gesagt, wir sollen ihm den ersten Entwurfstext so schnell wie möglich zukommen lassen. Er möchte ihn schon morgen als Aufhänger bringen. Also haben wir noch ein paar Stunden Zeit, denn in Europa bricht ja der Tag erst an.« Tipo war zuerst gar nicht ans Telefon gegangen, er war zu beschäftigt mit der Schlussredaktion für die nächste Ausgabe. Als er endlich zurückgerufen hatte, befand sich Tessa unter der Dusche, und so verging wieder eine Weile, bis sie ihn endlich an der Strippe hatte. Sorese hatte sie erst im Restaurant getroffen, er wusste es also noch nicht. »Cool«, meinte dieser nur, »dann haben wir also endlich unsere Story.« »Wir haben sie eben noch nicht«, holte Tessa ihn gereizt wieder auf den Boden zurück, »sie muss noch geschrieben werden.« »Dann mach ich mich mal an die Arbeit«, meinte Sorese schnell, und zum Frühstück kannst du den Entwurf dann natürlich gegenlesen.« »Wie grosszügig von dir«, bemerkte Tessa, und ihre Worte trieften nur so von Sarkasmus. Aber insgeheim war sie froh, dass sie sich jetzt nicht auch noch die Nacht gemeinsam um die Ohren schlagen mussten. Eine sachliche Auseinandersetzung über einen Zeitungsartikel, geschweige denn die gemeinsame Erarbeitung eines solchen schienen ihr angesichts der momentanen Gefühlslage unmöglich. »Ich gönne mir ein paar Stunden Schlaf und treffe dich dann morgen früh«, fügte sie schnell an, und bevor Sorese noch etwas sagen konnte, war sie aufgestanden und in ihr Zimmer gestapft.

Sorese hatte sich, nachdem Tessa fort war, einen doppelten karibischen Rum und einen Kaffee auf die Veranda bestellt, seinen Laptop aus dem Zimmer geholt und damit begonnen, die Fakten, wie sie sich ihm zurzeit darstellten, auf einem Blatt Papier festzuhalten. So ging er immer vor, wenn er einen Artikel verfasste, denn wenn er dann mal am Computer sass und zu tippen begann, musste es fliessen, sagte er sich selbst immer. Das Konzept einer Story musste vorher stehen. Zuerst notierte er die aus seiner Sicht wichtigsten Ereignisse wie den Flugzeugabsturz in Hurgada, den fehlgeschlagenen Anschlag auf die Fähre von Patras nach Ancona, das Bombenattentat in Florida, die Lebensmittelvergiftung hier in Puerto Plata und anderes mehr. Dann verband er die losen Fakten mit einer Farbe, womit er den chronologischen Ablauf herstellte. Seine Gedanken zu den einzelnen Vorfällen kritzelte er um die Stichwörter herum auf das Papier. Welches war nun seine Schlussfolgerung? Hatte er überhaupt eine? Tessa und er hatten zwar herausgefunden, dass zwischen all diesen Vorfällen ein Zusammenhang bestand, da waren sie sich nun absolut sicher. Aber welcher? Worum ging es? Was war das Ziel der ganzen Aktion? Und wer steckte dahinter? Da war ihr grosser Unbekannter, der so unbekannt gar nicht mehr war, zumindest, was sein Äusseres betraf. Die Tatsache, dass dieser bei allen Vorkommnissen in irgendeiner Art und Weise beteiligt oder zumindest vor Ort war, war für Tessa und Sorese der Beweis, dass sie Recht hatten. Nur glaubte er keine Sekunde lang daran, dass es sich hier um eine Aktion eines Einzeltäters handelte. Dafür war das Ganze viel zu komplex, zu schwierig, um es alleine zu organisieren und durchzuziehen. Wer zog einen Profit aus diesen Vorfällen? Wer könnte skrupellos genug sein und für seine Interessen Hunderte von Menschenleben aufs Spiel setzen? Es musste um etwas Grosses gehen, um sehr viel Macht oder sehr viel Geld. Politik? Religion? Fanatische Spinner gab es zuhauf, AlKaida und andere streng religiöse Gruppierungen und Staaten drohten dem Westen schon seit langer Zeit mit Vergeltung und dem Ausradieren des Bösen, des Dekadenten. Und sie hatten bereits mehrfach bewiesen, zu was sie fähig waren. Mit der Dekadenz hatten sie gar nicht so Unrecht, fand Sorese. Etwas weniger davon würde dem Westen gut anstehen. Aber auf diese Art und Weise? Was sollte das bewirken?

Inzwischen waren dicke Wolken aufgezogen und hatten die Sterne gefressen. Die Luftfeuchtigkeit war so hoch, dass Sorese schwitzte, ohne sich gross zu bewegen. Die Wirtin erschien mit einem weiteren doppelten Rum und meinte noch, es würde bald zu regnen beginnen. Sie wünschte ihm eine gute Nacht und zog sich zurück. Genau, zurück zum Start, dachte sich Sorese. Ganz sachlich: Was ist nach diesen Anschlägen passiert? Welche Reaktionen wurden durch sie ausgelöst? Richtig, die Tourismusbranche war wohl die Hauptleidtragende. In den letzten Wochen waren, wollte er den vielen Berichten und Analysen in diversen Medien Glauben schenken, markant weniger Reisen verkauft worden. Die Menschen zogen es vor, in Zeiten wie diesen lieber zu Hause zu bleiben, in ihrer vermeintlich sicheren Umgebung. Natürlich bemühten sich die Reiseveranstalter, den Kunden vorzugaukeln, sie hätten die Situation vollständig im Griff und es bestünde keinerlei Gefahr. Trotzdem: In Europa, den USA, Afrika und in der Karibik stockten die Besucherzahlen, und diverse Staaten hatten bereits Reisewarnungen veröffentlicht. Viele Länder Asiens hingegen profitierten von der aktuellen Situation. Dort stiegen die Buchungen, denn dort war ja bis heute noch nichts passiert. Noch nicht. Wenn Sorese sich eine Urlaubsdestination hätte auswählen müssen, es wäre ganz bestimmt nicht Asien gewesen, denn dort war die Chance, dass es ebenfalls zu einem Anschlag kommen würde, aus seiner Sicht am grössten. Er würde dorthin reisen, wo sich bereits etwas zugetragen hatte. Reine Wahrscheinlichkeitsrechnung! Aber die breite Masse reagierte nicht wie Sorese, was aus seiner Sicht vorauszusehen war. Die Aktienkurse einiger namhafter Reiseveranstalter waren deutlich eingebrochen, aber ansonsten zeigten die Vorfälle zumindest an den Börsen kaum Wirkung. Erste dicke, tropische Regentropfen begannen auf dem Dach der Veranda zu zerplatzen, und Soreses Kopf rauchte. Sekunden später riss der Himmel auf und ein Platzregen trommelte nieder. Nach wenigen Minuten war der Spuk schon wieder vorbei und die Luft noch feuchter als vorher. Das überlaute, nervtötende Zirpen der Grillen setzte wieder ein. Wie konnten Menschen diesen Lärm bloss als romantisch bezeichnen?

Er steckte fest! Mittlerweile war es fast Mitternacht, in Europa würde bereits die Morgendämmerung einsetzen. Vielleicht hatte Monelli in der Zwischenzeit etwas in Erfahrung gebracht? Einen Versuch war es zumindest wert, dachte sich Sorese, und wählte Rhinos Nummer. Er würde daran denken müssen, Tipo auch seine Telefonrechnung unter die Nase zu halten, denn er war bis jetzt nicht dazu gekommen, sich eine örtliche Telefonkarte zu kaufen. Pech halt.

Monelli meldete sich nach dem zweiten Läuten. »Na, mein lieber Sorese, immer noch auf Achse?« Die Verbindung war schlecht, und deshalb vermutete Monelli auch, dass Sorese aus dem Ausland anrief. »Wie läuft es so in den USA?« »Ich sitze gerade in Puerto Plata auf der Veranda«, korrigierte ihn Sorese. »Puerto was?«, dröhnte es aus dem Hörer zurück. »Plata, Dominikanische Republik. Dort, wo es zu dieser Lebensmittelvergiftung gekommen war«, erklärte Sorese. »Aha, und?« »Wir sind hier ebenfalls auf unseren grossen Unbekannten gestossen«. »Was für ein Zufall«, erwiderte Rhino sofort, »und du bist dir wirklich sicher?« »Sì, zu hundert Prozent!«, meinte Sorese schnell, und ganz deutlich vernahm er einen tiefen Seufzer von Monelli. »Tipo ist einverstanden, dass wir die Story jetzt bringen. Ich bin mir aber noch nicht ganz sicher, ob wir wirklich schon damit kommen sollen. Mir fehlt noch ein Motiv. Ich kann zwar wild spekulieren, mache mich dadurch aber nicht eben glaubwürdig.« »Also was deine Zeitung angeht, das ist glücklicherweise nichts, mit dem ich mich auch noch herumschlagen muss«, antwortete Rhino. »Aber du weisst, ich bin kein Freund von Spekulationen, ich stehe mehr auf Fakten.« »Hast du was für mich, das mich weiterbringt? Neue Fakten, meine ich.« »Leider nein, amico. Zwar verdichten sich auch bei uns die Hinweise darauf, dass dein grosser Unbekannter hier in Mailand ebenfalls zumindest mit von der Partie war, aber eben, mit Sicherheit kann ich das nicht bestätigen. Dazu ist das Phantombild, das uns zur Verfügung steht, etwas zu grob gezeichnet. Ein Foto wäre hilfreich.« »Na, dann mach ich mich doch sofort auf den Weg, schiesse ein gutes Bild von dem Typen und schick es dir zu!«, scherzte Sorese. »Ich mach dir einen Vorschlag«, unterbrach ihn Rhino, »ich setze mich heute Abend mit diesem FBI-Agenten in Verbindung. Falls er neue Fakten hat, lasse ich dich das sofort wissen. Und ausserdem finde ich, es ist an der Zeit, Interpol mal ein wenig Dampf zu machen. Nur, dafür bin ich eine zu kleine Nummer. Ich werde versuchen, den Präfekten zu überzeugen, dort mal nachzuhaken. Doch dafür brauche ich mehr. Erzähl mal, was habt ihr ausgegraben?« Sorese fasste für Monelli die Fakten zusammen, und dabei bemühte er sich darum, nicht allzu ausschweifend zu schildern, denn er wusste, dass Rhino ein Mann weniger Worte war. »Also, mein Lieber, mich hast du auf jeden Fall überzeugt, dass da zumindest genug dran ist, um die Spur weiter zu verfolgen. Ich rufe Pozzo an und melde mich dann wieder, okay?« »Lass dir Zeit«, gab Sorese zurück, denn jetzt brauche ich erst mal ein paar Stunden Schlaf.« »Alles klar, ich melde mich,« versprach Monelli. »Übrigens, ist Teresa noch bei dir?« »Sì, sie schläft gerade ihren Schönheitsschlaf. Aber für den Boulevardjournalismus ist sie etwas zu zart besaitet«, fügte er noch an. »Steht der Haussegen schief?«, mutmasste Rhino und traf damit voll ins Schwarze. »Das lass ich gerne deine Sorge sein«, fuhr er fort, »pass einfach gut auf das Mädchen auf, okay?«

Mailand, 15. September, 07.30 Uhr.

Bruno Tipo trommelte nervös mit den Fingern auf seinem Tisch. Gleich nach dem Gespräch mit Teresa hatte er ein weiteres Telefongespräch geführt. »Tipo hier«, meldete er sich, nachdem ihn eine geschwätzige und neugierige Sekretärin endlich mit ihrem Chef verbunden hatte, »Sie wollten auf dem Laufenden gehalten werden über Ihre Tochter?« »Ist etwas passiert?«, fragte dieser, offensichtlich äusserst beunruhigt. »Nein, nein; alles bestens. Ihre Tochter ist nach wie vor mit Sorese unterwegs. Sie sind zurzeit in Puerto Plata und betreiben einige Nachforschungen vor Ort. Es geht um eine Verbindung zwischen all diesen tragischen Vorfällen, die sich in letzter Zeit zugetragen haben.« »Konnten die beiden bereits etwas in Erfahrung bringen?«, hakte sein Gegenüber schnell nach. »Das ist es ja, sie behaupten, sie hätten eine heisse Spur verfolgt, einen mysteriösen Unbekannten, der irgendwie mit allen Anschlägen in Verbindung steht. Und nun haben sie einen Zeugen ausfindig gemacht, der bestätigt hat, dass dieser Unbekannte auch in Puerto Plata vor Ort war, als es zu dieser ominösen Lebensmittelvergiftung kam.« Einen Moment lang vernahm Tipo nur dieses typische atmosphärische Rauschen aus dem Handy, dann endlich erklang wieder die Stimme des anderen, deutlich schärfer und bestimmter als zuvor. »Pfeifen Sie meine Tochter sofort zurück! Und auch diesen Bluthund von einem Journalisten, diesen Sorese! Ich will, dass Sie sie in den nächsten Flieger setzen und nach Mailand zurückholen. Sofort!« Etwas erschrocken über die Vehemenz seines Gegenübers ergriff Tipo das Wort: »Darf ich fragen, was ..« »Keine Widerrede, Signore Tipo! Meine Tochter ist lediglich eine Praktikantin bei Ihnen, und falls Sie das vergessen haben sollten: Sie alleine sind verantwortlich für ihre Gesundheit! Und wehe Ihnen«, ein kräftiges Schnauben unterstrich die Bedeutung seiner Worte, »wehe Ihnen, wenn meiner Tochter auch nur das kleinste Haar gekrümmt wird! Dann werden Sie sich wünschen, nie geboren worden zu sein!« »Aber ich habe doch nur getan, was Sie …« »Und noch etwas«, wurde Tipo von seinem Gegenüber unwirsch unterbrochen. »Sorgen Sie dafür, dass diese verdammte Story erst in die Zeitung kommt, wenn meine Tochter in Sicherheit ist! Das ist mir verflucht nochmal viel zu gefährlich! » Bevor Tipo noch irgendetwas entgegnen konnte, hatte der andere bereits aufgelegt. »Na toll«, dachte sich Tipo, »auch das noch!« Schnell erteilte er seiner persönlichen Assistentin den Auftrag, auf dem nächstmöglichen Flieger von Puerto Plata nach Mailand zwei Plätze zu buchen. »Adesso!«, fügte er noch hinzu, und die Assistentin begann augenblicklich hektisch auf ihrer Tastatur zu hämmern. »Ich konnte zwei Plätze auf einem Flug mit Air France von Santo Domingo via Paris nach Mailand reservieren, heute Nacht«, informierte sie Tipo eine Viertelstunde später. »Soll ich die Buchung bestätigen?« »Genau das habe ich Ihnen aufgetragen«, raunzte er sie an, ohne sich für ihre Bemühungen zu bedanken. Tipo kannte Sorese gut genug, um zu wissen, dass dieser, wenn er sich in irgendetwas verbissen hatte, nicht leicht von seiner Beute zu trennen war. Und nun durfte er sich darüber hinaus noch ein paar Stunden lang in Geduld üben, bevor er ihn anrufen und davon überzeugen musste, sofort abzubrechen und zurückzukehren.

Puerto Plata, 15. September, in aller Herrgottsfrühe

Als Sorese endlich aufgewacht war und sich seine Augen soweit angepasst hatten, dass sie sein Telefondisplay zu entziffern vermochten, registrierte er ganze fünf Anrufe in Abwesenheit, von Tipo. »Ma che cavolo vuole«, fluchte er vor sich hin, »was ist denn jetzt schon wieder los?« Sein Wifi funktionierte nicht, und im Fernseher, den er sofort eingeschaltet hatte, um allfällige Nachrichten zu sehen, liefen nur eine dämliche Gameshow, der Wetterkanal, der für die nächsten Tage ein neues bedrohliches Sturmtief ankündigte, und zwei selten schlecht gezeichnete Trickfilme. Kein CNN, kein BBC oder sonst irgendwelche Sender, die es sich zu ihrer Aufgabe gemacht hatten, die Menschheit über alle möglichen wichtigen und weniger wichtigen News möglichst schnell in Kenntnis zu setzen. Es war bereits acht Uhr morgens, und in der Hoffnung, Tessa beim Frühstück zu treffen, um zu erfahren, ob sie etwas mitbekommen hatte, schlüpfte er eiligst in seine Jeans, stülpte sich das erstbeste T-Shirt über und begab sich schleunigst in den Frühstücksraum. Tessa hatte bereits gefrühstückt, aber auch sie war weit davon entfernt, ausgeschlafen auszusehen. »Tipo hat mich heute früh angerufen«, überfiel sie ihn, noch bevor er sich richtig hingesetzt, geschweige denn seinen ersten Kaffee bestellt hatte, ein klarer Verstoss gegen eine seiner grundlegenden Anstandsregeln. Er blaffte sie sofort an: »Und?« »Er will, dass wir sofort zurück nach Mailand kommen«, antwortete sie leicht eingeschnappt. »Und aus welchem Grund?« »Das will er uns erklären, wenn wir zurück sind,« fuhr Tessa fort. »Er meinte nur, es sei ausserordentlich dringend! Für uns wurden bereits zwei Plätze heute Abend mit Air France ab Santo Domingo gebucht, und ich habe die Bestätigung vor einer halben Stunde von der Rezeption erhalten. Und …« fuhr sie weiter, »… er will die Story erst bringen, wenn wir zurück sind. Aber frag mich bitte nicht, wieso! Das habe ich ihn nämlich auch schon gefragt, aber keine Antwort erhalten.«

Dubai, ein Tag zuvor, 09.50 Uhr

Endlich war der Sandsturm in Richtung Riad weitergezogen, und der Flugbetrieb zog allmählich wieder an. Flug Meridiana 3220 aus Rom war mit über vier Stunden Verspätung gelandet, und ein darüber äusserst verärgerter Koon alias Hans Schaubert, Deutscher Staatsbürger, stapfte auf die lange Schlange vor dem Taxistand zu. »Scheisse, auch das noch«, fluchte er in sich hinein. Nachdem er eine halbe Stunde lang zwischen zwei übel nach Schweiss riechenden Pakistani, die augenscheinlich einen Aushilfsjob in Dubai zu erledigen hatten, und einer Familie mit drei lärmigen Gören gewartet hatte – er hasste Menschenaufläufe – liess er sich endlich in ein Taxi fallen. Der mürrische Taxifahrer hatte ihn ohne Grusswort gefragt: »Which place?«, und so waren sie nun unterwegs in das, was in Dubai als Altstadt bezeichnet wurde. In einer Nebenstrasse in der Nähe des Goldsouks bezahlte Koon den Fahrer und betrat einen kleinen Shop, den er erst wieder verliess, als das Taxi verschwunden war. Noch im Taxi hatte er eine SMS an Omar geschickt, dass er ihn in einer Stunde am gewohnten Ort treffen wollte. Omar würde pünktlich sein, darauf konnte sich Koon erfahrungsgemäss verlassen. Der Typ, der ihm in dem kleinen betriebsamen Kaffee einen Orangensaft brachte, war mindestens so freundlich und charmant wie zuvor sein Taxifahrer. Ohne Koon anzusehen und offensichtlich wenig an einem Trinkgeld interessiert, stellte er im Vorbeigehen ein Glas mit einem orangen Etwas auf den kleinen

Tisch und verzog sich sofort wieder. Koon beschloss, dass er keinen Durst mehr hatte, denn das Glas war schmierig und am Rand hafteten noch einige braune, eingetrocknete Bananenfäden. Knapp zwanzig Minuten später betrat Omar den Raum, wie immer in Jeans und Turnschuhen. Über sein dunkelrotes Hemd hatte er ein mindestens zwei Nummern zu grosses Jacket geworfen. Omars drahtiger, aber schmächtiger Körper wurde dadurch geschickt kaschiert. »Mein lieber Freund«, begrüsste er Koon überschwänglich und drückte ihm wie hier üblich einen feuchten Kuss auf beide Wangen, was Koon angewidert, aber reglos über sich ergehen liess. Dann setzte sich Omar. Als er endlich seinen Jasmintee erhalten, daran genippt und diesen offensichtlich für gut befunden hatte, fragte Koon: »Omar, ist alles vorbereitet für die Party?« »Natürlich, mein lieber Freund, du kannst mir wie immer vertrauen.« Koon schob Omar eine Zeitung zu, die er zuvor in dem kleinen Laden gekauft hatte und in die er einen dicken Briefumschlag geschoben hatte. Anschliessend tauschten sie noch ein paar belanglose Floskeln aus, bevor Koon wenige Minuten später aufstand und das Lokal verliess. Omar überflog die Schlagzeilen der Zeitung, trank in Ruhe seinen Tee zu Ende und verliess dann ebenfalls das Kaffee. Den Briefumschlag hatte er geschickt in der Innentasche seines Jacketts verschwinden lassen. Auf dem Nachhauseweg verschickte er eine kurze SMS. Sogleich kam Bewegung in eine kleine, etwas heruntergekommene Autowerkstatt zwischen dem Flughafen und der Stadt. Zwei Mechaniker entfernten die schmutzige Plane, unter der sich ein unauffälliger, weisser Lieferwagen befand, versehen mit dem Logo eines bekannten Getränkelieferanten. Sorgfältig inspizierten sie noch einmal die Ladung im Innenraum, die bereits vor einigen Tagen angeliefert und dort verstaut worden war, überprüften jedes noch so kurze Kabel und aktivierten die Zeitschaltuhr. Kurz vor Sonnenuntergang betrat Mustafa die Werkstatt und wurde von den dort Anwesenden herzlich begrüsst. Mit grosser Hingabe rollte er seinen Gebetsteppich aus, kniete nieder und betete zusammen mit den drei Männern, die ihn in der Werkstatt erwartet hatten. Dann stand er auf, zwängte sich in den Arbeitskittel der Getränkefirma, der bereits für ihn bereitlag, und setzte sich ans Steuer. »Allahu akbar«, hörte er noch, als einer der Männer die Tür ins Schloss fallen liess, dann fuhr er sogleich los. Wenige Minuten später befand er sich bereits auf der breiten Autobahn und fuhr, sorgfältig auf die Geschwindigkeit achtend, in Richtung Dubai Zentrum.

Dubai, 15. September, 19.30 Uhr

Das zu einer bekannten amerikanischen Hotelkette gehörende Hotel in der Nähe des Dubai Creek ähnelte von aussen einer übergrossen Mietkaserne. Es war für die hiesigen Verhältnisse relativ erschwinglich, lag verkehrsgünstig in der Nähe einiger stadtbekannter Sehenswürdigkeiten und auch nicht weit entfernt von den Firmensitzen namhafter Banken und Versicherungen. Deshalb war es gleichermassen beliebt bei Touristen, die sich vor allem für Kultur interessierten, und bei Geschäftsleuten, die einige Tage in Dubai verbringen mussten. In der Lobby hatte man deshalb auch bewusst auf den üblichen Schnickschnack verzichtet, sie wirkte eher nüchtern und wenig beeindruckend. Shila und Chris waren gerade damit beschäftigt, eine Reisegruppe aus Israel einzuchecken, wobei sie es aufgegeben hatten, mit günstigen Upgrades zu ködern. Damit waren sie vor allem bei Europäern und Asiaten erfolgreich. Die Israeli hingegen zeigten sich in der Regel, ganz dem Klischee entsprechend, eher genügsam, was unter den Angestellten des Hotels ein beschönigendes Wort für den Begriff »knausrig« darstellte. Die Reisegruppe als diszipliniert und wohlerzogen zu bezeichnen, hätte wohl die Übertreibung des Jahrhunderts dargestellt. Vielmehr drängelten sich die Leute rücksichtslos nach vorne und scheuten auch nicht davor zurück, dabei ihre Ellbogen einzusetzen. Damit nicht genug: Unablässig drängelten sich kleine, quengelnde Kinder zwischen den

Erwachsenen hindurch, und niemand schien sich dafür verantwortlich zu fühlen. »Das reinste Chaos«, dachte sich Shila und sehnte den Feierabend herbei. Chris schien mit seinen Nerven ebenfalls am Ende zu sein, denn – sonst ein warmherziger und zuvorkommender Mensch – blaffte er gerade einen übergewichtigen Familienvater an, er solle sich gefälligst hinten anstellen. Dafür erntete er eine lautstarke Schimpftirade. Durch das Chaos hindurch erhaschte Shila einen Blick auf ein älteres Ehepaar, das sich offensichtlich resigniert seinem Schicksal ergeben und hinter der Reisegruppe stehend geduldig auf sein Zimmer wartete. Sie winkte Marina zu sich, eine weitere Rezeptionistin, die gerade den Papierkram erledigte, und machte sie auf das Ehepaar aufmerksam. Marina verliess sofort ihren Platz und begab sich, darum bemüht, den Mitgliedern der Reisegruppe nicht aufzufallen, zu den beiden hin und führte sie möglichst unauffällig an einen anderen, noch geschlossenen Schalter, wo sie blitzschnell die Formalitäten erledigte und ihnen den Zimmerschlüssel aushändigte. Shila dankte ihr lächelnd, als diese bereits wieder die Tafel »next counter please« auf den Tresen stellte und sich dem Berg an Formularen zuwandte. Das Ganze blieb leider nicht unbemerkt, und in Windeseile bildete sich dort, wo Marina eben noch gestanden hatte, eine neue Menschentraube. Als die Gäste realisierten, dass Marina den Schalter bereits wieder geschlossen hatte und keinesfalls gewillt war, ihn wieder zu öffnen, ging von Neuem ein riesiges Gezeter los. Damit aber nicht genug. Denn nun versuchten diejenigen, die auf den neuen Schalter zugestürmt waren, wieder ihre ursprünglichen Plätze in der Reihe einzunehmen, was ihnen natürlich von den anderen, die bereits nachgerückt waren, vehement verwehrt wurde. »Würde man ihnen jetzt Messer verteilen, gäbe es ein Gemetzel«, raunte Chris ihr belustigt zu. Die beiden Securitymänner, die am Eingang standen, dachten wohl das selbe, denn sie hatten ihren Platz bereits verlassen und posierten nun mit grimmigen Mienen demonstrativ hinter Shila und Chris, doch auch das beruhigte die Gemüter kaum.

Hinter dem Gezeter der Touristen nahm Shila das laute Aufheulen eines Automotors im Hintergrund zwar unbewusst wahr, doch sie kam nicht mehr dazu, zu reagieren. Schon barsten die grossen Glastüren beim Hoteleingang, und ein Scherbenregen ergoss sich in den vorderen Teil der Lobby. Sie hörte ein unter die Haut gehendes, metallisches Kreischen und kurz darauf einen lauten Knall. Die Fenster des Wagens zerbarsten, das Auto streifte eine Säule und überschlug sich. Für einen Moment wurde es gespenstisch ruhig, bis nur Sekundenbruchteile später erste markerschütternde Schreie ertönten. Shila starrte ungläubig auf den weissen Lieferwagen, der nun wie ein totes Insekt auf dem Rücken in der Mitte der Lobby lag. Der Fahrer, offensichtlich ein Araber, lag über das Lenkrad gebeugt und rührte sich nicht. Chris war bereits hinter der Rezeption hervorgestürmt und versuchte, erste Hilfe zu leisten. Eine jüngere Frau lag wimmernd auf dem Boden, ihr rechtes Bein war völlig zerquetscht. Offensichtlich war sie vom Lieferwagen überrollt worden. Hinter ihr stand ein kleines, blondes Mädchen, die Augen weit aufgerissen, beide Hände auf ihren kleinen Mund gepresst. Auf der anderen Seite registrierte Shila aus ihren Augenwinkeln heraus einen älteren Mann, das Hemd voller Blutspritzer, der einen anderen unter einem Sofa hervorzuziehen versuchte. Der Typ ächzte und stöhnte, und Shila bemerkte, dass aus seinem Unterarm ein spitziges Stück Knochen herausragte, was irgendwie schon fast unwirklich anmutete. Von der israelischen Reisegruppe rannte die eine Hälfte schreiend und rücksichtslos um sich schlagend weiter ins Innere des Hotels, wohl, um sich in Sicherheit zu bringen, während die anderen wie angewurzelt dastanden und das Wrack gebannt angafften. »Los, bewegt euch doch endlich und helft den armen Menschen«, wollte Shila ihnen zurufen, doch in diesem Moment wurde die ganze Halle von einem grellen Blitz in gleissendes Licht getaucht, und noch bevor ein gewaltiger Knall das gesamte Gebäude sowie dessen Umgebung in seinen Grundfesten erzittern liess, wurden Shila, Chris und alle anderen, die sich in der Lobby befanden, von einer unsäglichen starken Hitzewelle pulverisiert. Die ersten Helfer, die Minuten später beim Hotel eintrafen, mussten sich übergeben, als sie die von der Wucht der Explosion an die Wände geschleuderten Gliedmassen sahen und den dichten, mit Staub vermischten Rauch einatmeten, der einen leicht süsslichen Gestank nach verbranntem Fleisch verströmte. Ein Teil der Decke war eingestürzt und hatte weite Teile des Eingangsbereiches unter dicken Betonelementen begraben. Gegen fünfzig Menschen waren urplötzlich aus dem Leben gerissen worden und lagen unter den Trümmern.

Puerto Plata, 15. September, 12.50 Uhr

Die Nachricht erreichte Tessa und Sorese, als sie sich gerade mit ihrem eiligst gebuchten Mietwagen auf halbem Weg zwischen Puerto Plata und Santo Domingo befanden. Zuerst hatten sie nach ihrer Abreise kaum ein Wort miteinander gesprochen, und Sorese hatte bei offenem Fenster eine Kippe nach der anderen gequalmt. Dann aber war es ihm doch zu blöd geworden und er hatte sie vorsichtig auf ihre aktuelle Gefühlslage angesprochen. Offensichtlich war Tessas Dickkopf noch grösser als sein eigener, denn zunächst ignorierte sie ihn völlig, bevor sie ihm schliesslich, als er nicht locker liess, an den Kopf warf: »Es hat ja sowieso keinen Sinn, dass wir uns darüber unterhalten! Ich kenne ja deine Meinung!« So schnell wollte Sorese nicht klein beigeben, und nach und nach hatte Tessa resigniert. »Du weisst genau, worum es geht!«, raunzte sie ihn an, »dieser ganze Mist mit den Schmiergeldern ist unter aller Sau!« »Aber der Erfolg gibt mir Recht«, wollte Sorese sofort erwidern, besann sich dann aber eines Besseren und hielt seinen Mund. Besser, wenn er ihr zuerst einmal zuhörte, bevor er danach vielleicht seine Sicht der Dinge schildern konnte. »Aber ich muss zugeben, ich bin nicht sicher, ob wir alle diese Dinge auch erfahren hätten, wenn du nicht so vorgegangen wärst. Trotzdem ekelt es mich so richtig an!« »Das kann ich gut nachvollziehen, ich finde es ja auch nicht toll, dass ich ab und zu jemanden mit etwas Geld ködern muss, damit ich Antworten auf meine Fragen erhalte.« Das Wort »schmieren« vermied er dabei tunlichst. »Aber ich bin nun doch schon etwas länger als du in dieser Branche tätig, und wahrscheinlich finde ich es auch darum nicht mehr ganz so tragisch, weil ich mich einfach daran gewöhnt habe. So läuft es halt.« »Weisst du«, versuchte Tessa zu erklären, »von meinen Grosseltern habe ich bestimmte Wertvorstellungen mit auf den Weg erhalten, die ich wirklich sehr schätze, und andere Leute bestechen steht weiss Gott nicht auf dieser Liste.« »Glaube mir, Tessa, wenn du schnell zu den richtigen Informationen kommen willst, ist das leider oft der einzige Weg. Was mir natürlich ebenso wenig gefällt wie dir«, fügte er schnell noch an, denn das Eis war jetzt offensichtlich gebrochen, und er verspürte wenig Lust darauf, den Streit weiter fortzusetzen. »Und übrigens: Ich mag dich sehr«, setzte er zu seiner eigenen Überraschung nach, »darum ist es mir, ehrlich gesagt, nicht gleichgültig, was du über mich denkst.« Tessa, die wie gewohnt am Steuer sass, schaute kurz zu Sorese herüber. Er wirkte aufrichtig. Gerade wollte er noch etwas anfügen, als sie im Radio die Worte Terroranschlag und Dubai aufschnappte. »Pssssst!«, zischte Tessa schnell, und Sorese hielt sofort verdattert inne.

»Bei einer Explosion in einem Hotel in Dubai sind nach ersten Angaben über vierzig Menschen ums Leben gekommen. Die Polizei geht zurzeit von einem Anschlag aus, denn gemäss ersten Zeugenaussagen vor Ort ist offensichtlich ein Lieferwagen in die Lobby gerast und wurde dort zur Detonation gebracht. Beim Hotel handelt es sich um eine besonders bei Israelis beliebte Unterkunft, sie machen hier in der Regel über 60% der Gäste aus. Die Behörden schliessen deshalb nicht aus, dass es sich um einen gezielten Anschlag gegen Israel handeln könnte. Wir werden Sie auf jeden Fall auf dem Laufenden halten, bleiben Sie also dran.«

»Scheisse«, stammelte Tessa, und ihre Finger krallten sich förmlich ins Lenkrad. Sorese, der trotz seiner bescheidenen Spanischkenntnisse und wohl Dank der Tatsache, dass er Italiener war, ebenfalls das Meiste verstanden hatte, blickte starr nach vorne, krampfhaft darum bemüht, seine aufkeimende, brennende Wut zu unterdrücken. »Diese Scheisskerle!«, entfuhr es ihm schliesslich, und seine Stimme klang rauh, aber überraschend beherrscht. »Jetzt handeln wir! Ich pfeife auf irgendwelche Bedenken Tipos oder auf rechtliche Schritte. Wir bringen die Story so schnell wie möglich. Wenn Tipo sie nicht haben will, auch gut, ich kenne genug andere Zeitungen, die sofort dazu bereit sind, sie zu veröffentlichen. Basta!« Noch bevor Tessa etwas dazu sagen konnte, fuhr er noch etwas emotionaler fort: »Und Monelli mache ich jetzt Feuer unter dem Allerwertesten. Er soll gefälligst dafür sorgen, dass Interpol alle Informationen erhält, über die wir zurzeit verfügen. Und er soll auch gleich O'Brien, den Typen vom FBI, ins Bild setzen! Wenn wir dadurch auch nur ein klein wenig dazu beitragen können, diese Kerle zu schnappen, ist es das auf jeden Fall wert!« Während Tessa ihr Auto auf Kurs hielt, informierte Sorese Monelli. Er fragte nach, ob dieser Pozzo bereits kontaktiert habe. Rhino verneinte, versprach aber, sich jetzt sofort mit ihm in Verbindung zu setzen, um Interpol und auch das FBI zu informieren.

Mailand, 15. September 17.30 Uhr

Nach dem Gespräch mit Sorese hielt Commissario Monelli zunächst einen Moment inne, denn im Laufe der Zeit hatte er die Erfahrung gemacht, dass es selten gut war, sofort zu reagieren. Er kritzelte das, was er soeben mitbekommen hatte, auf ein Stück Papier und ergänzte es mit den weiteren Fakten, die ihm zu dieser Geschichte bis dato bekannt waren. Monelli verfügte über eine aussergewöhnlich gute Kombinationsgabe, und er hielt viel von

Soreses Bauchgefühl, das sich ja auch damals in Turin als richtig erwiesen hatte. Dann orderte er einen starken Kaffee, und noch während er wartete, begann er damit, Soreses zwar reichlich gewagte Theorie, dass all diese schrecklichen Anschläge in einem Zusammenhang miteinander standen, zu überdenken, indem er sie ein weiteres Mal mit allen noch so unbedeutenden Fakten verglich. Die Theorie hielt, zumindest aus Monellis Sicht, stand, war auf jeden Fall nicht von der Hand zu weisen. Nachdem ihm Dalia den Kaffee gebracht hatte, natürlich in einer kleinen Tasse, mit drei Stück Zucker, und nicht im sonst üblichen Pappbecher – ein kleines Privileg eines Commissario – nahm er einen Schluck und griff zum Telefon. O'Brien meldete sich nach dem zweiten Klingeln. »Dieser Gedanke kam mir auch schon«, meinte er knapp, nachdem Monelli ihn darüber informiert hatte, dass ihr Unbekannter sich tatsächlich in Puerto Plata aufgehalten und Sorese davon überzeugt war, dass dieser auch in Dubai seine Finger im Spiel hatte. »Ich befinde mich gerade auf dem Weg zum Flughafen. Wir haben ein Amtshilfegesuch aus Dubai erhalten. Und ich verspreche Ihnen, wir werden alles in unserer Macht stehende unternehmen und jeden auch noch so kleinen Stein umdrehen, um Licht ins Dunkel zu bringen und diese verfluchten Wi.. zu erledigen. »God bless America«, dachte Monelli, bedankte sich und unterbrach das Gespräch. Sein nächster Anruf galt dem Polizeipräfekten. Monelli wusste, dass er ein viel zu kleiner Fisch im Teich war, um von Interpol ernst genommen zu werden. Da würde ein Gespräch mit Pozzo bestimmt viel wirksamer sein.

Sovicille, Toskana,
15. September, eine Stunde später

»Verflucht nochmal!« Präfekt Pozzo bellte die Worte buchstäblich in den Hörer. Er hatte sich in den letzten Tagen immer wieder überlegt, ob er seinen Urlaub abbrechen und in sein Büro in

Mailand zurückkehren sollte, doch letztlich überwogen die Vorteile, wenn er in Sovicille blieb: hier konnte er jederzeit ungestört schalten und walten. Sein Landgut etwas ausserhalb von Sovicille in der Nähe von Siena war klein genug, um nicht übermässig aufzufallen, aber gross genug, um völlig ungestört zu sein. Er brauchte diese Stille um sich herum, um die nächsten Schritte in Ruhe überlegen und planen zu können. Wenn das alles mal überstanden war, würde er endlich den Dienst quittieren und sich ein stattliches Anwesen am Meer kaufen. Das stand ihm aus seiner Sicht auch zu, nach all dem, was er für sein Land geleistet hatte! Vielleicht würden sich dann einige Leute aus seiner Umgebung fragen, woher er das viele Geld hatte, aber einem Beamten, der nicht mehr Dienst des Staats stand, pflegte die Guardia Finanza in der Regel nicht mehr so genau auf die Finger zu schauen. Und schliesslich war sein Geld ja bestens in diversen Fonds und auf Bankkonti versteckt, die so schnell nicht gefunden werden konnten, wie ihm sein Auftraggeber versichert hatte. Wie gross war verdammt nochmals die Wahrscheinlichkeit, dass ein kleiner, schmieriger Journalist eines Revolverblattes Vermutungen anstellte und auf der ganzen Welt herumreisen konnte, um Nachforschungen anzustellen? Und wie idiotisch musste sich sein Auftragnehmer angestellt haben, um sich in der Dominikanischen Republik tatsächlich aufspüren zu lassen? »Dieser Journalist und sein Anhängsel sorgen immer noch für Unruhe«, blaffte er ins Telefon, »und ich glaube mich zu erinnern, dass Sie mir versprochen haben, dieses Problem ein für allemal aus der Welt zu schaffen!« Ruhe. »Sind Sie noch dran, verflucht?« »Eins ums Andere«, erwiderte sein Gegenüber emotionslos, »Ich werde mich dem bestimmt annehmen. Können Sie mir sagen, wo sich die beiden im Moment befinden?« »Auf dem Weg zurück nach Mailand, sie kommen morgen Vormittag via Paris an, und wehe, sie haben noch genug Zeit, um ihre Geschichte zu publizieren!« »Drohen Sie mir etwa?« Die Stimme klang jetzt kalt und bedrohlich. »Machen Sie einfach Ihren Job, verdammt nochmal«, beeilte sich Pozzo abzulenken, nachdem er realisiert hatte, dass er sich auf sehr dünnem Eis bewegte. Seine Finger zitterten noch immer, als er aufgelegt hatte und sich gleich danach ein Glas aus der Anrichte schnappte, einen mindestens doppelten Grappa einschenkte und diesen in einem Zug herunterstürzte. Das wesentlich unangenehmere Telefongespräch stand ihm noch bevor.

Schon nach dem zweiten Läuten auf seinem privaten Handy vernahm Pozzo die ihm wohlbekannte, sonore Stimme. »Sì?« »Ich bin's, ich habe leider schlechte Nachrichten. Dieser Journalist lässt nicht locker. Ich bin sicher, dass das Ganze, wenn wir nicht sofort reagieren, zu grossen Problemen führt. Habe deshalb gerade den Auftrag gegeben, dem ein definitives Ende zu setzen.« Seine Hände zitterten sichtbar, während er auf eine Reaktion wartete. »Stornieren sie den Auftrag auf der Stelle!«, vernahm er nach einigen Sekunden. Die Stimme seines Gesprächspartners klang beherrscht, aber messerscharf und klirrend kalt. »Capisce? Ich nehme das selbst in die Hand!« »Ich weiss nicht, ob das noch möglich ist …«. »Dann beten Sie zu Gott, dass es das noch ist!«

Es schien nicht mehr möglich zu sein. Nach dem fünften, hektischen Versuch, seinen Auftragnehmer doch noch zu erreichen, klappte Pozzo sein Handy zu und schenkte sich noch einen Grappa nach. Er beschloss, dass er definitiv noch keine Lust dazu hatte zu beten, denn er war seinem Ziel bereits viel zu nahe. Er schnappte sich sein Handy abermals und wählte.

Mailand, 15. September, 19.00 Uhr

Monelli sass immer noch in seinem Büro und brütete über seinen Notizen, sein Kaffee war mittlerweile kalt, er hatte ihn vergessen. Es schien tatsächlich nicht von der Hand zu weisen zu sein, dass Sorese da etwas ausgegraben hatte, dem auf jeden Fall nachgegangen werden sollte. Er hoffte inständig, dass Pozzo es geschafft hatte, Interpol ins Boot zu holen, als sein Telefon klingelte. »Monelli« meldete er sich, als er Pozzos Nummer auf dem Display erkannt hatte, »und, waren Sie erfolgreich?« Vor etwas mehr als einer Stunde hatte er ihn angerufen, über Soreses Erkenntnisse informiert und ihn darum gebeten, seine Beziehungen spielen zu lassen. »Ich bin noch nicht dazu gekommen«, hörte er Pozzo sagen. »Aber ich hatte gerade einen anderen Gedanken. Wenn an dem, was dieser Sorese ausgegraben hat, tatsächlich etwas dran sein sollte, schweben er und seine Begleiterin unter Umständen in grosser Gefahr! Ich möchte, dass Sie die beiden morgen persönlich am Flughafen abholen und sie unter Polizeischutz stellen. Wenn sie dann im Revier in Sicherheit sind, melden Sie sich wieder bei mir.« »Wie kommen Sie denn auf diesen Gedanken?«, hakte Monelli etwas überrascht nach. Soweit er von Sorese erfahren hatte, gab es keinerlei Hinweise darauf. Oder hatte ihm Sorese etwas verschwiegen? »Das geht Sie überhaupt nichts an«, blaffte Pozzo zurück, »führen Sie einfach meine Anweisungen aus!« »In Ordnung«, bemühte sich Monelli Pozzo zu beruhigen, »ich werde zwei Mann an den Flughafen schicken.« »Nein, Sie fahren selber dorthin und nehmen von mir aus zwei Mann mit! Ich will auf gar keinen Fall, dass den beiden etwas geschieht!«, kam es umgehend zurück.

Sovicille, Toskana, 15. September, 19.30 Uhr

»Ich habe einen zuverlässigen Commissario und einige Leute nach Malpensa geschickt. Sie werden diesen Journalisten und seine Begleiterin abfangen und in Schutzhaft nehmen«, setzte Pozzo sein Gegenüber am Telefon ins Bild, verschwieg aber wohlweislich, dass er seinen Auftragskiller nicht mehr hatte erreichen können. Er konnte nur hoffen, dass Koon sich durch die Anwesenheit der Polizei davon würde abschrecken lassen, seinen Plan umzusetzen. »Bene«, hörte er seinen Gesprächspartner schnauben, »und wenn Sie die beiden im Präsidium haben, trennen Sie sie auf der Stelle voneinander, buchen meine Tochter auf den nächstmöglichen Flug nach Bangkok und sorgen persönlich dafür, dass sie wohlbehalten im Flieger sitzt!« »Ihre was?«, entfuhr es Pozzo erschrocken, während seine Knie weich wurden und zu zittern begannen. »Nun wissen Sie, wie ernst es mir damit ist, und wenn ihr auch nur ein klitzekleines Haar gekrümmt wird, dann Gnade Ihnen Gott!« Das Rauschen im Äther zeigte an, dass sein Gegenüber bereits aufgelegt hatte, aber Pozzo sass noch lange wie gelähmt mit dem Handy in der Hand in seinem Sessel.

Paris, Flughafen Charles de Gaulle, 16. September, 11.20 Uhr

Air France AF741 hatte den Landeanflug auf Paris bereits vor einer Viertelstunde eingeleitet, und gleich würde das Flugzeug mit Tessa und Sorese überraschend pünktlich die lockere Wolkendecke durchstossen und den Passagieren einen ersten Blick auf die Vororte von Paris gewähren. Zunächst waren da kleinere Ansammlungen von Häusern, die wie winzige Inseln in einem grünen Ozean schwammen und durch graue Linien miteinander verbunden waren, auf denen sich die Fahrzeuge Ameisen gleich in Richtung Stadtzentrum bewegten. Je näher sie dem Flughafen kamen, frassen die Ansiedlungen die Natur mehr und mehr auf, bis sie schliesslich zu einem unübersichtlichen Gewirr an Häusern und Strassen zusammenwuchsen.

Praktisch die ganze Nacht über hatten Tessa und Sorese gemeinsam an ihrer Story herumgefeilt, was angesichts der nicht eben grosszügigen Platzverhältnisse in der Holzklasse reichlich mühsam gewesen war. Zuerst hatten sie jeweils die ihnen bekannten Fakten der einzelnen Geschehnisse zusammengetragen, danach hatte Sorese einen ersten Entwurf in sein Laptop eingetippt und diesen anschliessend an Tessa zum Gegenlesen hinübergereicht. Jetzt lag der gesamte Artikel im Entwurf vor, und sie suchten nach einem geeigneten Titel. Den überwiegend sensationsheischenden und verkaufsträchtigen Vorschlägen von Sorese wie etwa »Weltweites Mordkomplott gegen Touristen!« oder »Hunderte von Touristen ermordet!« hielt Tessa – doch relativ neu im Geschäft und deshalb eher noch auf der Seite eines seriösen Journalismus – Titeln entgegen wie »Bestehen Zusammenhänge zwischen einzelnen Anschlägen auf Touristenhochburgen?« oder »Was steckt hinter den aktuellen Anschlägen auf Touristen?« Als AF 741 bereits mit einem leichten Ruck auf der Landepiste aufgesetzt hatte, versuchte Sorese Tessa immer noch erfolglos von den Vorteilen einer reisserischen Schlagzeile zu überzeugen. »Ach, lass mich doch in Ruhe«, meinte sie schliesslich resigniert, als sich die Türen endlich öffneten und die Passagiere wie üblich drängelnd aus dem Flugzeug strömten. Erschöpft von der durchgearbeiteten Nacht und zusätzlich erschlagen von der Zeitverschiebung trotteten sie zum Gate, an dem ihr Anschlussflug nach Mailand wartete, dankbar, dass sie sich nicht sonderlich beeilen mussten.

Mailand, Flughafen Malpensa, 14.45 Uhr

Monelli stand bereits auf dem Kurzzeitparkplatz, der dem Ausgang von Terminal 2 für ankommende Flüge aus Europa gegenüberlag, flankiert von zwei kräftigen, vertrauenswürdigen Polizeibeamten aus seinem Team, und wartete ungeduldig auf Sorese und Teresa. Das Flugzeug war vor wenigen Minuten gelandet, und sie würden sich bestimmt noch eine halbe Stunde lang gedulden müssen, bis die beiden ihr Gepäck erhalten und die Zollkontrolle passiert haben würden. Sein geschulter Blick wanderte unruhig über die wartenden und ankommenden Menschen, und er taxierte alle, die ihm in irgendeiner Art und Weise verdächtig vorkamen. Pozzo hatte ihn in aller Frühe nochmals angerufen und sich versichert, dass er die beiden persönlich am Flughafen abholen und sofort ins Präsidium bringen würde, wo er sie dann in Empfang nehmen wollte. »Seltsam«, dachte sich Monelli, »was mochte wohl der Grund dafür sein, dass sich Pozzo so überaus stark für Sorese und Teresa interessierte?« Pozzo hatte ihm zudem befohlen, äusserst wachsam zu sein, aber keine Details genannt, was Monelli zusätzlich beunruhigte. Pozzo würde ihm später noch einiges zu erklären haben.

Sorese hielt seine ziemlich schäbig aussehende Reisetasche in der rechten Hand, und die graue Tasche mit seinem Laptop baumelte über seiner linken Schulter. Gemeinsam mit Tessa, die sich mit ihrem grossen Koffer leidlich abmühte, passierten sie die Zollkontrolle, ohne die Aufmerksamkeit des Personals auf sich zu ziehen, und traten durch die breite verglaste Schiebetür in die Ankunftshalle des Flughafens. Eine angenehme Wärme schlug ihnen entgegen, als sie die Halle verliessen, die typisch italienische Spätsommertemperatur. Sorese wollte gerade ein Taxi heranwinken, um zur Gazzetta nach Mailand zu gelangen, als er auf der gegenüber liegenden Strassenseite Rhino entdeckte, der grinsend und gestikulierend vor einem Polizeiwagen stand, neben sich zwei weitere Polizisten. »Was will der denn hier?«, dachte sich Sorese, und aus dem Blickwinkel nahm er den fragenden Blick Tessas wahr. »Keine Ahnung, was das soll!« »Fragen wir ihn doch selbst«, meinte sie, und als sie bereits einen ersten Schritt auf die Strasse gemacht hatten, heulte links von ihnen ein Motor laut auf, Reifen quietschten, und ein dunkler Van raste auf Sorese und Tessa zu. Sorese reagierte schneller als Tessa. Er stürzte los, packte sie um die Hüften und rollte sich zusammen mit ihr auf die andere Strassenseite. Der Van hatte sie nur um Zentimenter verfehlt. Er hörte, wie der Fahrer sofort beschleunigte und, nachdem er den schleudernden Wagen geschickt aufgefangen hatte, davonschoss. Dann sah er Monelli und seine zwei Begleiter, die sich Hals über Kopf in ihren Wagen stürzten, den Motor starteten und sogleich die Verfolgung des Vans aufnahmen. Tessa atmete kurz und rasend schnell. »Alles klar bei dir?« hörte sich Sorese selbst fragen, während bei ihm langsam aber sicher die Schmerzen einsetzten. Er glaubte zwar nicht, dass er sich etwas verstaucht oder gebrochen hatte, aber seine Jeans färbten sich an denjenigen Stellen, an denen er über den Asphalt geschlittert war, rostbraun. »Ja, ich glaube, ich bin soweit in Ordnung«, vernahm er Tessas Stimme unter sich. Sie begann sich langsam aus seiner Umklammerung zu lösen und unter ihm hervorzukriechen. »Scheisse, mein Laptop!«, entfuhr es Sorese. Instinktiv hatte er die Tasche fallen gelassen, als er den Motor aufheulen hörte. In der Mitte der Strasse lag sein Computer, deformiert und völlig zerdrückt. Der Van hatte die Tasche offensichtlich voll erwischt, denn das, was einmal sein Laptop gewesen war, war nur noch ein graues, unförmiges Etwas. Der Bildschirm war zersplittert, und Sorese schnitt sich prompt in den Finger, als er zu retten versuchte, was nicht mehr zu retten war. »Vielleicht lässt sich die Speicherkarte mit unserem soeben fertig gestellten Artikel wieder herstellen?«, meinte Tessa, die soeben aufgestanden war und damit begonnen hatte, sich den Strassenschmutz und Staub von den Kleidern zu klopfen. Ihre Hände zitterten, und sie war kreidebleich. »Komm, weg hier«, drängte Sorese. Er packte sie an der Hand und zog sie hinter sich her zum Taxistand. Die wenigen Passanten, die den Vorfall mitbekommen hatten, standen noch immer regungslos vor Schreck auf der Strasse oder kauerten am Boden. »Zum Hauptbahnhof«, rief er dem verdatterten Fahrer zu, und als sich das Taxi endlich in den aufkommenden Feierabendverkehr eingefädelt hatte, hatte er seinen Puls langsam wieder unter Kontrolle. »Das war kein Zufall!« meinte er schliesslich. »Nein, glaube ich auch nicht«, antwortete Tessa, »Was jetzt?« »Wir lassen uns am Hauptbahnhof absetzen, laufen ein paar Runden kreuz und quer durch die Bahnhofshalle und suchen uns dann, wenn wir sicher sind, dass uns niemand folgt, ein kleines, unauffälliges Hotel!«

Tessa schwieg, denn sie hatte keine bessere Idee. Schliesslich meinte sie: »Und wenn wir uns direkt zu Tipo fahren lassen, ihm erzählen, was passiert ist und ihn um Unterstützung bitten?« »Überleg mal«, erwiderte Sorese, »wer auch immer hinter uns her ist, wo würde er uns wohl zuerst suchen?«

Etwa 30 Minuten später verliessen sie das Taxi und tauchten im Getümmel am Bahnhof unter. Bald waren sie sicher, nicht verfolgt zu werden, und sie verliessen die Halle durch einen kleinen Seitenausgang, der sie direkt in die Via Soperga führte. In einem einfachen Hotel, etwa 200 Meter entfernt, buchten sie ein Zimmer für eine Nacht. Im Formular trugen sie sich als Herr und Frau Borghese ein, und hätte der Rezeptionist einen Pass eingefordert, hätte Sorese behauptet, dass ihnen dieser gestohlen worden sei. Aber er tat es nicht. So standen Sorese und Tessa ein paar Minuten später in einem reichlich engen und zweckmässig eingerichteten Zimmerchen mit Blick auf den Hinterhof. Die zwei schmalen Einzelbetten füllten fast den ganzen Raum aus, aber immerhin stand ein grosser Fernseher auf einer schäbigen Kommode. Tessa verschwand für lange Zeit im Bad, während Sorese auf dem Bett sass, seinen Kopf tief in die Hände vergraben. Er versuchte, einen klaren Gedanken zu fassen. Endlich hörte er die WC-Spülung, dann den Wasserhahn, der auf- und kurz danach wieder zugedreht wurde, und dann liess sich Tessa neben ihm aufs Bett fallen. »Was jetzt?«, hörte er sie fragen. »Frag mich nicht wie, aber offensichtlich haben diejenigen, die hinter all diesen Anschlägen stecken, von uns erfahren!« meinte er schliesslich. »Und frag nicht, wie sie darauf gekommen sind, denn da gibt es Dutzende von Möglichkeiten, aber das spielt keine Rolle. Entscheidend ist nur, dass es jemand auf uns abgesehen hat!« »War das der Grund, weshalb Monelli am Flughafen auf uns gewartet hat? Und wenn es so war: Wie hat er davon erfahren? Warum und von wem wusste er es?« »Auf jeden Fall weiss Monelli mehr als wir, und darum müssen wir ihn unbedingt treffen«, schlug Sorese vor. »Traust du ihm?«, fragte Tessa nach. »Ich weiss im Moment nicht, wem ich trauen kann und wem nicht. Bei Rhino bin ich mir eigentlich ziemlich sicher«, antwortete Sorese. »Ziemlich sicher?«, hakte sie nach. Sorese schwieg. »Meinst du nicht, es wäre besser, wenn wir für eine Zeitlang von der Bildfläche verschwinden?«, schlug Tessa vor. »Und wie stellen wir das an? Wie kommen wir ausser Landes, ohne dass uns Rhino auf die Spur kommt? Denn er wird garantiert nach uns suchen.« »Wir müssen nur schneller sein als Monelli«, meinte Tessa, »irgendwann werden sie uns sowieso aufspüren, aber wenn wir dann bereits weit weg sind, haben wir zumindest Zeit gewonnen. Wir können die Story nochmals zu Papier bringen und sie dann aus sicherer Entfernung veröffentlichen!« »Und wo sollen wir hin?«, fragte Sorese, noch nicht wirklich überzeugt von Tessas Vorschlag. »Zu meinem Vater nach Thailand«, schlug sie vor. »Dort sind wir genug weit weg, und wenn wir sofort aufbrechen, wird uns auch niemand zurückhalten. Lass mich meinen Vater informieren, er wird uns bestimmt helfen, vertrau mir!«, drängte Tessa. Sorese dachte einen Moment nach und meinte schliesslich: »Aber dann rufen wir sofort Rhino an, vielleicht haben sie den Fahrer ja geschnappt und ihn in die Mangel genommen. Und vielleicht haben sie dann bereits erfahren, wer dahintersteckt, wenn sie nicht selber daran beteiligt sind.«

Pattaya, 17. September, 00.30 Uhr

Zunächst war da nur ein leises Klingeln im Hintergrund, dann wurde es immer lauter und eindringlicher, und endlich realisierte sein schlaftrunkenes Hirn, dass das Telefon läutete. Die Augen noch halb geschlossen, tastete Giorgio Bianchi nach dem Privathandy. Der Name seiner Tochter leuchtete ihm rot auf dem Display entgegen, und augenblicklich war er hellwach. »Hi mein Schatz«, meldete er sich, »ist alles okay bei dir?« »Sì Papà«, tönte es zurück, »entschuldige, dass ich dich so spät am Abend noch anrufe, aber ich weiss ja, dass du selten früh zu Bett gehst!« »Kein Problem, meine Kleine«, antwortete Bianchi, »aber ist wirklich alles in Ordnung?« »Jaja, keine Sorge. Ich brauche aber dringend eine kleine Auszeit«, erklärte Tessa, »und deshalb wollte ich dich fragen, ob ich eine Weile zu dir nach Thailand kommen kann?« Sorese und sie hatten das vorher so abgesprochen. Tessa meinte, dass ihr Vater ausser sich sein würde vor Sorge, würde sie am Telefon von der Gefahr erzählen, in der sie sich vermutlich befanden. Das hatte Zeit, bis sie in Pattaya angekommen waren. »Certo!«, hörte sie ihn sofort antworten, und auch wenn sie nichts anderes erwartet hatte, freute sie sich sehr darüber. »Aber ich komme nicht alleine, Papà«, fügte sie schnell an. »Oh, und wen bringst du mit?« »Einen Arbeitskollegen von der Gazzetta«, fügte sie etwas zögerlich an. »Einen Arbeitskollegen?« Tessa erklärte ihm kurz, dass sie gemeinsam an einer spannenden Story arbeiteten und diese in Thailand abschliessen wollten. »Also gut, Cara, wenn du mir den Namen deines Kollegen und alle weiteren Angaben schickst, lasse ich euch zwei Plätze im nächstmöglichen Flieger nach Bangkok buchen, in Ordnung?«

Mailand, 16. September, 21.00 Uhr

Sie sassen in einem kleinen Ristorante, nicht weit von ihrem Hotel entfernt, und hatten sich einen Teller Pasta bestellt und eine Flasche Hauswein. Die Pasta war nur zur Hälfte gegessen in die Küche zurückgewandert, obwohl gar nicht mal so schlecht, und die zweite Flasche Wein war bereits zur Hälfte leer getrunken. »Wir fliegen morgen Vormittag, 10.50 Uhr mit Thai direkt nach Bangkok«, las Tessa die SMS von ihrem Handy ab, die sie von ihrem Vater erhalten hatte. Sorese nickte. Monelli hatte bereits drei Mal vergeblich angerufen, wie Sorese auf seinem Display zur Kenntnis nahm. Sie beschlossen, ihm eine kurze Nachricht zu schicken. Rhino hatte Sorese immer unterstützt, und er wollte nicht, dass dieser sich unnötige Sorgen machte. »Alles in Ordnung, ich melde mich morgen bei dir«, schrieb er ihm und erhielt auch postwendend eine Antwort. »Haben den Fahrer leider nicht erwischt, ruf mich unbedingt so bald wie möglich zurück!« »Scheisse«, fluchte Sorese. »Ich habe gar kein gutes Gefühl, was unsere überstürzte Reise nach Thailand angeht!« »Hast du einen besseren Vorschlag?«, raunzte Tessa, aber einen solchen hatte Sorese nicht zur Hand. »Vielleicht wäre es vernünftiger, wir würden uns mit Monelli treffen, ihm alles erzählen und die Polizei die restliche Arbeit erledigen lassen«, meinte er schliesslich wenig überzeugend. »Ja, klar!«, fauchte Tessa, und Sorese bemerkte, dass sie bereits ein wenig lallte, obwohl er mindestens doppel soviel getrunken hatte wie sie. »Du hast ja am Flughafen am eigenen Leib erlebt, wie gut er uns beschützen konnte, dein Freund!« »Wo sie Recht hat, hat sie Recht«, dachte sich Sorese, und während beide schweigend ihren eigenen Gedanken nachhingen, brachte ihnen der Kellner zu den zwei Espressi ungefragt eine Flasche Grappa, mit dem sich ihre Sorgen bestimmt gut herunterspülen liessen. »Lass uns bezahlen und noch eine Mütze voll Schlaf nehmen«, meinte Tessa schliesslich, und schon bald waren sie, bedrohlich schwankend, auf dem Weg in Richtung Hotel.

Sovicille, Toskana, 16. September, zwei Stunden zuvor

»Ziehen Sie augenblicklich diesen Versager von der Sache ab! Das ist ein Befehl!«, dröhnte es aus dem Hörer. »Ich nehme die Sache jetzt selbst in die Hand, haben Sie verstanden?« »Und wie genau wollen Sie das anstellen?«, blaffte Pozzo sofort zurück. »Das lassen Sie mal meine Sorge sein! Die beiden fliegen morgen früh nach Thailand, und dann wird dieser Journalist ein für allemal aus dem Weg geräumt, das garantiere ich Ihnen!« Noch bevor

Pozzo etwas erwidern konnte, hatte der andere das Gespräch unterbrochen. »Ma che porcheria!«, fluchte er, aber nachdem er seine Gedanken sortiert hatte, wusste er, dass er sich nicht auf den Anderen verlassen würde. Er tippte eine andere Nummer in sein Handy und führte ein kurzes Gespräch.

Bangkok, 17. September, 17.30 Uhr

Als sie die überkühlte, jedoch erstaunlich gut organisierte Ankunftshalle des relativ neuen Suvarnabhumi-Airports in Bangkok verlassen hatten, schlug ihnen die schwülheisse Luft wie ein Faustschlag ins Gesicht. »Verdammt, ist das heiss hier,« meckerte Sorese, und wischte sich die ersten Schweissperlen von der Stirn. Er trug zwar nur ein dünnes, langärmeliges Hemd und die Jeans, die seit ihrem Aufenthalt in der Karibik weder Wasser noch Waschpulver gesehen hatten und sich entsprechend ausnahmen. Aber seine Füsse in den ausgelatschten Turnschuhen und Sportsocken glühten schon wieder. »Welcome to Thailand«, frotzelte Tessa amüsiert und steuerte in Vorfreude auf das Wiedersehen mit ihrem Vater zielstrebig auf den nächsten Taxistand zu. Der Flug in der Business-Class der Thai war angenehm gewesen, und sie hatten trotz Zeitverschiebung einige Stunden Schlaf gefunden. Die Strapazen der Reise waren Tessa kaum anzusehen. Kurz nach der Landung war sie in der Toilette verschwunden und hatte sich ausgiebig frisch gemacht, während Sorese sich lediglich flüchtig die Zähne geputzt und an einem Schalter ein paar wenige thailändische Bath eingewechselt hatte.

Der Taxifahrer sprach kaum Englisch, was ihnen sehr entgegenkam, denn dadurch blieben sie vom üblichen Smalltalk verschont. Die Fahrt verlief ruhig. Gleich nachdem sie das Flughafengelände verlassen hatten, bogen sie in eine mehrspurige Autobahn, reihten sich in den überraschend dichten und trotzdem flüssigen Verkehr ein und fuhren zügig in Richtung Süden. Die Autobahn war zunächst abwechselnd von grossen Fabrikgebäuden und gesichtslosen Wohnsilos flankiert. Je länger sie fuhren, desto spärlicher wurde die Besiedlung. Später zogen riesige Landwirtschaftsflächen an ihnen vorüber, und sie rätselten, was da wohl angebaut wurde. Einzelne kleinere Dörfer lagen zerstreut inmitten der Felder, und ab und zu konnten sie sogar die eine oder andere Palme entdecken. Schon bald jedoch wurden die Siedlungen wieder grösser, bis sie schliesslich gänzlich zusammenwuchsen und die nahe Grossstadt Pattaya ankündigten. Nun führte die Autobahn über einen kleinen Hügel und sie erblickten erstmals den Golf von Thailand, der hinter imposanten Hochhäusern dunkelblau glitzernd hervorschimmerte, bevor sich die Sonne wieder hinter dichten Wolken versteckte. Regen kündigte sich an. Erste dicke Tropfen zerplatzten auf der Frontscheibe ihres Taxis, und als sie endlich das herrschaftliche Gebäude des Hotels »Sabai Crown« erspähten, prasselte der Tropenregen so laut auf das Auto, dass sogar das Motorengeräusch nicht mehr zu hören war. Innert weniger Minuten verwandelten sich die Strassen in kleine Flüsse, und die Regentropfen tanzten wie wild auf dem Asphalt. »So habe ich mir das Wetter in Thailand aber nicht vorgestellt«, grunzte Sorese, doch Tessa lächelte nur: »Regenzeit in Thailand halt«, meinte sie, »du wirst dich schnell daran gewöhnen und dankbar sein, wenn es regnet, denn dann ist es nicht mehr ganz so heiss und stickig wie sonst.« »Wenn das tatsächlich eine Abkühlung sein soll«, mäkelte Sorese weiter, während er sich mit einem Taschentuch zum wiederholten Mal die Schweisstropfen vom Nacken wischte, »wie unerträglich heiss mag es dann wohl sein, wenn die Sonne scheint?« »Dir kann man es aber auch überhaupt nicht Recht machen«, frotzelte Tessa.

Nachdem sie den Taxifahrer bezahlt hatten und ausgestiegen waren, betraten sie die pompöse Eingangshalle des Hotels. Ein riesiger Kristallleuchter protzte an der hohen Decke, und die unzähligen kleinen Glasperlen tauchten das Atrium in ein elegantes, wenn auch ein wenig verspieltes Licht. Die junge Thai an der Rezeption wirkte etwas gelangweilt, denn in der Regenzeit war wesentlich weniger los in Pattaya als üblich. Als sie die Beiden erblickte, setzte sie jedoch sofort ein gewinnendes Lächeln auf. »Sawadee Kaa«, begrüsste sie sie überaus freundlich, »welcome to Pattaya«. Routiniert schob sie ihnen zwei Anmeldeformulare zu, die bereits zu einem grossen Teil ausgefüllt war. »Mister Mario Scorsese«, prangte da der Nachname eines bekannten Filmregisseurs in Druckbuchstaben auf Soreses Zettel. »Wow«, meinte Sorese nur. Kopfschüttelnd strich er »Scorsese« durch und trug dafür seinen korrekten Familiennamen ein, während eine weitere Angestellte den Rezeptionsbereich betrat und ihnen zwei gelblich-orange, milchige Welcome-Drinks reichte. »Mangosaft, frisch gepresst«, meinte sie, und Sorese dachte sogleich wehmütig an ein kaltes Bier.

»Poh!«, rief Tessa freudig überrascht. «Miss Bianchi!" Die Angestellte strahlte übers ganze Gesicht: «It's a pleasure to see you again. Ich rufe gleich Ihren Vater an, Miss Bianchi, er wird sich bestimmt sehr, sehr freuen, dass Sie da sind!« »Nicht nötig«, meinte Tessa, »da kommt er schon«, und sie lächelte. Giorgio Bianchi war eine imposante Erscheinung: Grossgewachsen, mit aristokratisch anmutenden Gesichtszügen und dichtem schwarzem, akkurat nach hinten gekämmtem Haar. Sein kräftiger Körper steckte in einem massgeschneiderten schwarzen Anzug, und das perfekt gebügelte, aber für Soreses Geschmack zu stark ins Rosa tendierende Hemd kaschierte geschickt den Ansatz eines Bäuchleins. Mit weit ausgebreiteten Armen kam er auf Tessa zu. »Papà«, freute sich Tessa, als dieser sie umarmte und fest an sich drückte. »Schön, dass du gut angekommen bist!« sagte Bianchi erleichtert. Endlich löste sich Tessa aus seiner Umklammerung und wandte sich Sorese zu. »Das ist Mario Sorese, ein guter Kollege aus Mailand. Wir arbeiten zusammen an einer spannenden Story«, stellte sie ihn ihrem Vater vor. Bianchi reichte ihm die kräftige Hand. »Schön, Sie kennenzulernen«, hörte Sorese ihn noch sagen, während die Hotellobby vor ihm zu verschwimmen begann und seine Gedanken Achterbahn fuhren. Giorgio Bianchi, durchfuhr es Sorese wie ein Blitz, das ist doch nicht möglich. Erinnerungsfetzen tauchten auf: der Skandal in Turin, die Diffamierungen, die letztlich zu seiner Entlassung bei der Polizei geführt hatten. Und hier und jetzt stand der Hauptverantwortliche plötzlich vor ihm. Er hatte es geschafft, sich einer wirklich gerechten Strafe zu entziehen und sich eine neue Existenz aufgebaut. Er hatte das italienische Rechtssystem mit Füssen getreten. Er hatte Soreses Karriere ruiniert und sein Leben zerstört. Und Tessa war seine Tochter. Am liebsten hätte ihm Sorese ohne Vorwarnung die Faust ins Gesicht geschlagen, doch – auf was für eine wundersame Art und Weise auch immer – gelang es ihm, sich zu beherrschen. Wie durch einen dichten Nebelschleier hindurch hörte er sich stattdessen etwas gepresst antworten: »Danke gleichfalls. Es ist schön, hier zu sein.« Tessa, die die Veränderung in Soreses Gefühlslage wahrgenommen zu haben schien, fragte: »Alles in Ordnung mit dir?« Aber Sorese wandte sich schnell ab und füllte das vor ihm liegende Formular aus, ohne ihr zu antworten.

Pattaya, 17. September, 21.00 Uhr

»Kann es tatsächlich sein, dass Sorese mich nicht wiedererkannt hat?«, überlegte Bianchi fieberhaft, nachdem er sich von seiner Tochter und Sorese bis zum nächsten Morgen verabschiedet und sich in seinem Büro eingeschlossen hatte, um seine Gedanken zu sortieren. Bei der Begrüssung war ihm aufgefallen, dass Sorese für einen flüchtigen Moment etwas abwesend gewirkt hatte, doch er war freundlich geblieben und hatte sich zumindest nichts anmerken lassen. Natürlich hatte er sich im Laufe der Jahre verändert, genau so wie auch an Sorese der Zahn der Zeit genagt hatte. Sorese erinnerte ihn kaum mehr an den pflichtbewussten und hartnäckigen Polizisten, den er vor Jahren in Turin kennen und hassen gelernt hatte. Er sah ganz anders aus als damals, trug billige Kleidung, seine Haare wirkten ungepflegt, wie überhaupt sein gesamtes Äusseres. Und doch wusste Bianchi, dass er sich davon nicht täuschen lassen durfte. Er wusste, dass sich hinter Soreses schluderig wirkender Fassade ein wacher Geist mit einem überaus scharfen Verstand verbarg. Er beschloss zu handeln, bevor es zu spät war. Er hatte gehört, wie sich Tessa und Sorese verabschiedet und morgen zum Frühstück verabredet hatten. Die beiden waren also jetzt mit Sicherheit in ihren Zimmern, wovon er sich bei Poh nochmals versichert hatte. »Ein grosses Lob dem elektronischen Schlüsselsystem, das anzeigt, ob die Keycard den Stromfluss im Zimmer aktiviert hat«, dachte Bianchi, während er eine ihm bestens bekannte Telefonnummer eintippte und dem Freizeichen lauschte.

Sorese lag auf seinem Bett, seine Reisetasche hatte er achtlos im Eingang stehen lassen. Die Klimaanlage rauschte leise und sorgte dafür, dass in seinem Zimmer eine angenehme Temperatur herrschte. Der Regen, der tatsächlich noch kräftiger geworden war, prasselte an die riesige Fensterscheibe, die bis zum Boden reichte und hinter der er die Lichter der Strandpromenade nur noch als verschwommene helle Punkte erkennen konnte, während der Ozean gänzlich mit der Dunkelheit der Nacht verschmolz. Seine Gedanken rasten. Natürlich hatte er Tessas Nachnamen im Verlaufe ihrer Reisen mitbekommen, zu absurd war ihm jedoch die Vermutung erschienen, es könnte sich bei ihrem Vater um denselben Bianchi handeln, der seine Karriere und dadurch auch sein Leben ins Straucheln gebracht hatte. Schliesslich war Bianchi ein überaus geläufiger Name, gerade in Norditalien. Es gab bestimmt Hunderte davon. Und doch war es »sein« Bianchi. Das Leben schien ihm einen bitterbösen Streich zu spielen. Bianchi verkörperte alles, was er abgrundtief hasste: Menschen, die über Leichen gingen, um sich persönlich zu bereichern und Ärmere gleichzeitig mit Verachtung straften. Hatte Bianchi ihn erkannt? Er war nicht sicher. Seine Freundlichkeit bei der Begrüssung war ihm aufrichtig erschienen, doch er selbst war dermassen überrascht gewesen, dass er mit Recht an seiner eigenen Wahrnehmung zweifelte. Sollte er Tessa reinen Wein einschenken? Bestimmt würde sie ihm zunächst nicht ein Wort glauben und sich von ihm abwenden. Familienbande war stärker als jede Freundschaft, diese Erfahrung hatte Sorese in seinem Leben schon mehr als einmal gemacht. Würde sich Tessa, hatte sie sich erst einmal beruhigt, überzeugen lassen? Würde sie, erführe sie die Wahrheit, sich tatsächlich gegen ihren eigenen Vater stellen? Das schien ihm wenig wahrscheinlich, und diese Erkenntnis schmerzte ihn mehr, als er sich eingestehen wollte. Schliesslich fiel Sorese, geschafft von der langen Reise und den vielen neuen Eindrücken, die dieses ihm unbekannte Land an seinem ersten Tag hinterlassen hatte, in einen unruhigen Schlaf.

Pattaya, 18. September, 02.30 Uhr

Das kaum hörbare Klicken, als die Keycard vorsichtig in das Schloss seiner Zimmertür geschoben wurde, hätte Sorese auch nicht gehört, wäre er wach gewesen. Das Licht im Korridor auf seinem Stockwerk war aus, und so drang auch kein Lichtstrahl in sein Zimmer, als sich seine Tür einen Spalt breit öffnete und gleich danach wieder behutsam ins Schloss gedrückt wurde. Die Strassenlampen, die die Strandpromenade die ganze Nacht über hell beleuchteten, sorgten dafür, dass es nicht stockdunkel war. Zumindest die Umrisse der Möbel liessen sich erkennen. Der kleine, drahtige Thai wartete, bis sich seine Augen an die Dunkelheit gewöhnt hatten, und lauschte aufmerksam. Bis auf das leise Schnarchen des schlaksigen Falang auf dem Bett und das rhythmische Tropfen eines Wasserhahns im Badezimmer war nichts zu hören. Nachdem der Thai einige Minuten geduldig mit geschärften Sinnen im Eingangsbereich des Zimmers ausgeharrt hatte, zog er ein langes, scharfes Messer aus seiner schwarzen Umhängetasche. Lautlos tastete er sich der Wand entlang vorwärts in Richtung Bett, als er mit seiner Schuhspitze an einen Gegenstand stiess, der sofort umkippte und ein schepperndes Geräusch auf dem Holzboden verursachte. Sorese wachte augenblicklich auf, und aus den Augenwinkeln heraus nahm er einen Menschen wahr, der etwas Langes in seiner rechten Hand hielt und auf ihn zustürmte. Instinktiv und blitzschnell rollte er sich aus dem Bett und kam sofort wieder auf die Beine. Der Mann war bereits auf das Bett gesprungen und ein langes Messer steckte im Kopfkissen. Den kleinen Moment der Überraschung nutzend, stürzte sich Sorese auf den Kerl und schlug ihm die Faust mitten ins Gesicht. Und nochmals. Und immer wieder. Bis sich der Kerl nicht mehr regte und nur noch leise röchelte. Sorese spürte die warme Flüssigkeit an seinen Händen. Der leicht metallische Geruch verriet ihm, dass es Blut war. Sein Herz schlug bis zum Hals und seine Hände zitterten. Schliesslich vermochte er den Lichtschalter der Nachttischlampe zu ertasten. Sie tauchte sein Zimmer in ein schummriges Licht. Der Typ bewegte sich noch immer nicht, und um seinen Kopf herum frass sich eine immer grösser werdende Blutlache in die Bettwäsche. »Ma che …!« dachte Sorese, während er sich vorsichtig aufrichtete und wartete, bis das Adrenalin, das durch seinen Körper strömte, sich abbaute und sein Herz wieder annähernd normal schlug. Da hatte er die Antwort: Bianchi hatte ihn mit Sicherheit erkannt! Doch weshalb wollte er ihn umbringen lassen? Das Ganze konnte kaum mit der Geschichte in Turin zusammenhängen, denn wieso hätte Bianchi warten sollen, bis Sorese viele Jahre später zufällig in Thailand auftauchen würde? Das hätte er viel früher erledigen können. Worum ging es dann? Sorese zwang sich, im Moment nicht weiter darüber nachzudenken. Er musste fort von hier. Sofort. Während er die aufkommende Übelkeit unterdrückte, schlüpfte er – noch immer leicht schwankend – in seine Shorts, streifte sich das nächste T-Shirt über, schnappte sich seinen Beutel mit den wichtigsten Wertsachen und lief zur Tür. Bevor er die Tür öffnete, hielt er einen kurzen Moment lang inne und atmete ein paar Mal tief ein und aus, bis er sich einigermassen beruhigt hatte. Vorsichtig öffnete er die Tür einen kleinen Spalt weit. Nichts. Kein Geräusch drang zu ihm ins Zimmer. Nachdem er einen Moment lang so verharrt hatte, trat er, jede Faser gespannt, in den Flur. Das Licht, das sonst automatisch zu leuchten begann, blieb aus, doch die grüne Notbeleuchtung sorgte dafür, dass es nicht ganz dunkel war. Sorese spähte aufmerksam in alle Richtungen, und als er sicher war, alleine zu sein, lief er leise zum Notausgang und betrat das Treppenhaus. Hier, wo sich keine Klimaanlage befand, schlug Sorese augenblicklich die feuchte Hitze entgegen, und es roch muffig und abgestanden. Kleine Lampen sorgten für eine knapp ausreichende Beleuchtung, und so schnell er konnte tastete sich Sorese dem Treppengeländer entlang Stockwerk um Stockwerk nach unten. Als er im Erdgeschoss ankam, war er bereits wieder von oben bis unten in Schweiss gebadet, und doch fühlte sich sein Körper eiskalt an. Die Tür, die ihn irgendwo nach draussen auf eine Strasse führen würde, lag vor ihm. Er wusste nicht, ob irgendwo ein Alarm losgehen würde, wenn er die Tür öffnete, aber es blieb ihm keine Wahl. Schnell drückte er die breite Klinke, stiess die Türe auf, und sofort, ohne sich umzudrehen, begann er mit schnellen Schritten davonzulaufen, einfach möglichst weit weg vom Hotel. Nach wenigen Minuten erreichte er eine breite, gut ausgeleuchtete Strasse, die menschenleer war, abgesehen von einem Tuktuk, dessen Fahrer über dem Lenkrad eingeschlafen war. Sorese drosselte sein Tempo und entschied sich, nach rechts zu laufen, da er das Meer auf der linken Seite vermutete. Die Strasse zwängte sich durch eng aneinandergereihte, mehrstöckige und gesichtslose Betonbauten, die im Erdgeschoss vor allem von Handygeschäften und Läden mit allerlei Elektronikbedarf belegt waren. Schliesslich kam er an eine Kreuzung, an der ihm das vertraute Leuchtschild eines Seven Eleven entgegen leuchtete. Er versicherte sich nochmals, dass er nicht verfolgt wurde, und betrat das Geschäft. Zwei jüngere Thai, von denen er eine aufgeweckt hatte, denn sie sah ziemlich verschlafen aus, grüssten freundlich. Sorese fand einen Stadtplan von Pattaya in Englisch und kaufte sich gleich auch noch eine Packung Zigaretten, ein Wasser und ein Feuerzeug. Auf der Strasse zündete er sich eine Zigarette an und sog gierig nach dem Nikotin. Als er sich so weit beruhigt hatte, dass er wieder einen ordentlichen Gedanken fassen konnte, kramte er den Stadtplan hervor und versuchte sich zu orientieren. Rechts von ihm prangte das Leuchtschild eines grossen Krankenhauses. Glücklicherweise war die Strasse, auf der er sich befand, mit einem Schild auf Thai und Englisch angeschrieben, und so fand er heraus, dass er sich erst ein paar wenige Blocks vom Hotel entfernt befand. Zu nah! Er schritt auf ein Tuktuk zu, das er in der Nähe ausgemacht hatte, weckte den Fahrer und liess sich etwa zwei Kilometer weit zu einem kleinen Hotel fahren, das auf seinem Stadtplan eine Werbung mit Adresse platziert hatte. Nachdem er dem Fahrer den unverschämten Preis von 150 Bath in die Hand gedrückt hatte, lief er erst ein paar Schritte in eine andere Richtung, weg vom Hotel, bis das Tuktuk verschwunden war. Dann machte er kehrt und betrat das Gebäude. Ein mürrisch wirkender, jüngerer Mann sass, in sein Handy vertieft, hinter einer kleinen Theke, die wohl die Rezeption darstellen sollte. Sorese buchte ein Zimmer und war dankbar, dass der Angestellte keinerlei Dokumente von ihm sehen wollte und sich auch nicht darüber wunderte, dass er kein Gepäck bei sich hatte. Sein Zimmer lag im zweiten Stock, auf die Strasse hinaus. Der Raum war winzig, und eine in die Jahre gekommene Klimaanlage kämpfte laut ratternd gegen die stickige Hitze an. Es gab weder Schrank noch Tisch, nur ein Bett mit einer dünnen Matratze und einen übergrossen Röhrenfernseher, der sich aber trotz aller Bemühungen Soreses nicht in die Gänge bringen liess. Im Bad befand sich eine Toilette, in der die Spuren seiner Vormieter darauf schliessen liessen, dass der Zimmerservice hier wohl eher eine Farce war. Aus dem verkalkten Duschkopf tropfte Wasser, und das kleine Waschbecken hatte einen Sprung. Aber das alles war Sorese egal. Er war froh, noch am Leben zu sein. Was nun? »Tessa«, schoss ihm durch den Kopf. War sie etwa auch in Gefahr? Sollte der Angriff auf ihn mit der aktuellen Story im Zusammenhang stehen, an der sie nun schon seit einiger Zeit arbeiteten, lag das auf der Hand. »Verdammt«, murmelte Sorese. Er klaubte sein Handy hervor und wünschte sich, sie hätten sich am Flughafen eine thailändische SIM-Karte gekauft. So würde die Verbindung ein Vermögen kosten.

Tessa nahm den Anruf zunächst nicht wahr, denn sie hatte ihr Handy auf lautlos gestellt und achtlos in ihrer Handtasche gelassen, die auf dem Sofa lag. Erst nach fast einer halben Minute kämpfte sich das brummende Vibrieren in ihr Bewusstsein und sie wachte auf. Verschlafen blinzelte sie auf den Radiowecker neben ihrem Bett. 04.45 Uhr. Wer in aller Welt sollte sie um diese Zeit anrufen? Dann fiel ihr ein, wo sie sich befand und dass es in Europa noch vor Mitternacht war. Sie schälte sich aus dem Bett und folgte dem Surren, das sie zu ihrem Telefon führte. »Sorese« leuchtete ihr auf dem Display entgegen, und schnell nahm sie den Anruf an. »Was um Himmels willen …« murmelte sie schlaftrunken ins Handy, hielt aber augenblicklich den Mund, als sie Soreses Stimme vernahm. Er sprach schnell und abgehackt und wirkte überaus nervös und besorgt. »Tessa, schnapp dir sofort das Wichtigste und verlass augenblicklich das Hotel! Subito! Aber möglichst unauffällig; pass auf, dass das niemand mitbekommt!« »Was …« wollte Tessa sofort nachfragen, doch bevor sie weitersprechen konnte, hatte Sorese sie bereits wieder unterbrochen: »Nimm ein Tuktuk in irgendeiner Seitenstrasse und lass dich zum Pattaya Memorial Hospital fahren. Achte darauf, dass dir niemand folgt. Wir treffen uns vor dem Hospital, ich warte dort auf dich. Aber mach schnell, beeil dich!« »Verdammt nochmal, Sorese, was soll das?«, fuhr sie ihn in aufkommender Panik an. »Ich wurde in meinem Zimmer von einem Typen mit einem Messer angegriffen! Und jetzt stell bitte keine weiteren Fragen und vertrau mir einfach! Mach, dass du sofort dort wegkommst!« Es klang schon fast wie ein Flehen.

Draussen war es immer noch stockdunkel, die Dämmerung hatte noch nicht eingesetzt. Ausser dem leisen Surren der Klimaanlage war kein Geräusch in ihrem Zimmer zu hören. Sie lauschte einige Minuten lang und fühlte, wie die aufkeimende Angst ihren Puls hochjagte. Fragen über Fragen kreisten in ihrem Kopf: »Was um alles in der Welt ist da los? Zuerst Mailand, und jetzt, nur kurze Zeit später und praktisch am anderen Ende der Welt, wieder ein Angriff. Wer weiss überhaupt, wo wir sind? Hat das alles tatsächlich mit unserer Story zu tun? Und wie geht es Sorese? Ist er gar verletzt worden? Bin ich auch in Gefahr?« Sie vertraute Sorese, und als sie ihren Puls wieder einigermassen unter Kontrolle hatte, raffte sie schnell die wichtigsten Dinge zusammen und stopfte sie in ihre Handtasche. Ihr T-Shirt, das sie zum Schlafen getragen hatte, warf sie achtlos aufs Bett. Sie schlüpfte in das nächstbeste Kleidungsstück, das sie in die Hände bekam, ein luftiges und buntes Sommerkleid. Dann stand sie auch schon an der Tür. Noch immer drang kein Laut in ihr Zimmer, und Sekunden später stand sie im schummrig beleuchteten, langen Hotelflur. Keine Menschenseele war zu sehen. Vor dem Zimmer zu ihrer Rechten lag ein silbernes Tablett mit zwei schmutzigen Tellern, Besteck und halb ausgetrunkenen Gläsern am Boden. Es roch nach Curry. Einige Meter links von ihr erblickte sie ein Exit-Zeichen. Die schwere Tür liess sich aufstossen und gab dabei ein leise knarrendes Geräusch von sich, das sich aber in der Stille der Nacht unglaublich laut anhörte. Schnell lief sie Treppe um Treppe nach unten, und sie war froh, dass sie sich in der Eile für ihre leichten Turnschuhe entschieden hatte. Im Erdgeschoss angekommen lauschte sie noch einmal. Ausser ihrem eigenen, rasselnden Atmen war nichts zu hören. Ohne es zu wissen stand sie einen Augenblick später genau dort, wo Sorese das Hotel verlassen hatte. Ein kleiner Lieferwagen fuhr laut scheppernd an ihr vorbei, und links von ihr schlurfte ein Penner über den Asphalt, glücklicherweise nicht in ihre Richtung. Rechts entdeckte sie eine in mehrere Schichten Kleider eingepackte ältere Frau, die kleine Fleischkügelchen auf einem improvisierten Grill brutzelte und ihr erwartungsvoll zulächelte. Die Stadt begann bereits zu erwachen. Schon lief sie los, und wenige Minuten später gelangte sie an eine breite Strasse. Hier hatte es bereits mehr Verkehr. Erste Minivans rauschten an ihr vorbei, wohl auf dem Weg zu den grösseren Hotels, um dort die Gäste abzuholen, die einen Tagesausflug gebucht hatten. Ein kleiner, klappriger Laster, auf dessen offener Ladefläche hunderte Ananas aufeinandergestapelt waren, bog gerade in eine Seitenstrasse, und eine Losverkäuferin sortierte ihre Auslage auf einem improvisierten Holztisch. Ein bunt angemaltes Songthaew hielt einige Meter links von ihr und lud einen älteren Mann auf, der einen riesigen Jutesack über die Schulter geschwungen hatte und wohl auf dem Weg zu einem der unzähligen Morgenmärkte in Pattaya war. Knatternd und stinkend reihte es sich wieder in den Verkehr ein. Minuten später hielt ein Tuktuk neben ihr an, und als sie sich mit dem Fahrer über den Preis geeinigt hatte, stieg sie schnell auf und fuhr zum Pattaya Memorial Hospital.

Pattaya, 17. September, 20.30 Uhr

Eingetragen hatte er sich als Antolin Smirnow, und wenn die Dame an der Rezeption seinen Pass hätte sehen wollen, wäre das auch kein Problem gewesen: er war perfekt gefälscht. Er lehnte am Geländer seines kleinen Balkons mit Sicht auf einen kleinen, verdreckten Innenhof und überlegte, wie er am besten vorgehen sollte. Sein Jackett hing sorgfältig drapiert über der Lehne des einzigen Stuhls. Obwohl die Luft heiss und feucht war und er immer noch seine dunkle Anzughose, ein weisses, massgeschneidertes Hemd und elegante, schwarze Lederschuhe trug, schwitzte er überhaupt nicht. Die schlichte Krawatte baumelte ein wenig, denn er hatte den obersten Knopf seines Kragens geöffnet. Seine Haare trug er makellos blond gefärbt und militärisch kurz geschnitten, nur seine etwas buschigen Augenbrauen wollten nicht so recht zu seinem gepflegten Äusseren passen. Trotzdem wäre er wohl selbst in Moskau problemlos als Russe durchgegangen. Vor wenigen Minuten hatte er nochmals zwei Aspirin eingeworfen, doch seine langen Beine schmerzten noch immer. Da seine Zielpersonen in der Businessclass geflogen waren und er kein Risiko eingehen wollte, hatte er sich einen Sitz in der Economy gekauft und war während des Fluges, eingepfercht wie eine Henne in einer Legebatterie, für einige Stunden eingeschlafen. Als seine Zielpersonen am Flughafen ein wenig Geld gewechselt hatten, tat er es ihnen nach, und um ein Haar wären sie ihm deshalb mit dem Taxi entwischt. Glücklicherweise war das Gedränge so gross gewesen, dass sein Fahrer den Anschluss finden und den beiden bis ins Zentrum von Pattaya folgen konnte. Er wollte sich selbst davon überzeugen, dass sie ihr angestrebtes Ziel auch wirklich erreichten. Als sie ihr Taxi verlassen und im Hotel »Sabai Crown« eingecheckt hatten, hatte er noch einige Minuten lang gewartet, um sicher zu gehen, dass sie auch wirklich dort blieben. Danach hatte er sein Taxi ein paar hundert Meter weiter zu einem anderen, mittelgrossen Hotel dirigiert und sich ein Zimmer gebucht. Da er nicht damit rechnete, dass seine Zielpersonen das Hotel so bald wieder verlassen würden, beschloss er, sich ein paar Stunden Schlaf zu gönnen. Nach dem Frühstück würde er sich wieder zum Hotel begeben und darauf warten, dass sie sich trennen und Sorese alleine unterwegs sein würde. Er hoffte inständig, dass er nicht allzu lange darauf würde warten müssen. Er wollte seinen Job schnell erledigen und dann dieses feuchtheisse Thailand sofort wieder verlassen.

Pattaya, 18. September, 05.20 Uhr

Endlich hörte Sorese das typische Knattern eines Tuktuks, das sich die Auffahrt zum Memorial Krankenhaus hinaufquälte. Er erspähte Tessa, die in ihrem Sommerkleid einmal mehr hinreissend aussah. Als sie ausgestiegen war, den Fahrer bezahlt und ihr Tuktuk das Gelände wieder verlassen hatte, wartete er noch einen Moment lang, um sicher zu gehen, dass Tessa nicht verfolgt worden war. Dann trat er aus dem Schatten der Säulen hervor, ging zielstrebig auf sie zu und schloss die völlig überrumpelte Tessa fest in seine Arme. »Frag nicht und komm einfach mit«, flüsterte er ihr ins Ohr, dann löste er die Umarmung, hakte sich schnell bei ihr ein und zog sie sofort durch die breite Glastür in die hell erleuchtete Eingangshalle. Dort hielten sich um diese Zeit nur wenige Personen auf. Ein Nachtwächter salutierte kurz, als sie an ihm vorbeischritten, und zwei Thais standen etwas weiter entfernt in einer Ecke und kicherten leise miteinander, vor ihnen diverses Reinigungsgerät. Die ziemlich korpulente Nacht-schwester hinter dem Empfang sah kurz auf, wandte ihren Blick aber schnell wieder desinteressiert ab, als Sorese Tessa zielstrebig in Richtung des zweiten Ausgangs auf der Westseite des Gebäu-des schob. Auch vor diesem Eingang des Spitals lungerten ein paar Tuktuks herum, und Sorese bugsierte Tessa schnell in das vorderste Gefährt und nannte dem Fahrer eine Adresse. End-lich fand Tessa einen Moment lang Zeit, um sich Sorese etwas genauer anzusehen. Er schien zwar nicht verletzt zu sein, doch seine Nervosität war spürbar. »Was ist passiert?«, stammelte sie, während sie Soreses Augen zu fixieren versuchte. »Ich wurde in meinem Zimmer überfallen.« Während er ihr kurz die Ereignisse schilderte, bemerkte sie, dass er sich ständig in alle Richtungen umsah. Nur wenige Minuten später hielt das Tuktuk quietschend vor einem kleinen, unscheinbaren Hotel. Sorese zog Tessa rasch durch die Tür, nickte dem Nachtportier kurz zu und lief mit Tessa im Schlepptau die Treppe zum zweiten Stock hoch. Im Zimmer liess er sich auf das Bett fallen und atmete mehrmals tief durch, bevor er realisierte, dass Tessa immer noch unter der Tür stand und sich nicht rührte. Er setzte sich wieder auf, öff-nete die Wasserflasche, die er gekauft hatte, nahm einen kräf-tigen Schluck und hielt sie dann Tessa hin. Sie winkte ab, doch endlich kam Bewegung in sie. Sie stellte ihre Handtasche auf den Boden neben dem Bett, zögerte einen kleinen Moment lang und setzte sich neben Sorese aufs Bett. Dann fiel ihr Oberkörper plötzlich in sich zusammen, und Tränen liefen ihr übers Gesicht. Instinktiv zog Sorese Tessa zu sich heran. Sie umklammerte ihn mit ihren Armen, vergrub ihren Kopf tief an seiner Brust und begann hemmungslos zu weinen. So sassen sie lang und praktisch regungslos auf dem Bett, fest umschlungen. Erst als das unkontrollierte Zittern ihres Körpers etwas nachgelassen hatte, drückte Sorese Tessa sanft von sich weg und sah ihr in die Augen. Mit der Hand fuhr er ihr zärtlich über die Wange und wischte ein paar Tränen zur Seite. »Es tut mir unendlich leid, Tessa«, meinte er schliesslich leise und einfühlsam, aber eindringlich, »aber wir müssen uns jetzt gemeinsam überlegen, was wir tun sollen.« »Okay«, erwiderte sie schliesslich. Sie stand auf, hob ihre Handtasche auf und kramte eine Weile lang darin herum, bis sie endlich die Taschentücher gefunden und sich die Tränen abgewischt hatte. »Also«, meinte sie schliesslich wieder etwas gefasster, »hast du denn eine Idee? Worum geht es da eigentlich? Und warum wissen die überhaupt, verdammt nochmal, dass wir in Thailand sind?« Sorese, der schon etwas mehr Zeit dazu gehabt hatte als Tessa, um darüber nachzudenken, fasste ihre feinen Hände und hielt sie fest, während er ihr entschlossen in die Augen sah. »Das Ganze muss mit unserer aktuellen Story in Zusammenhang stehen, anders kann ich mir das nicht erklären! Wer auch immer hinter all dem stecken mag, hat sehr, sehr viel zu verlieren, und ein Mord mehr oder weniger spielt da auch keine Rolle mehr«, fügte er an. »Also, ich schlage vor, wir rufen zuerst einmal Monelli in Mailand an. Vielleicht haben sie ja etwas Neues über den Typen, der uns am Flughafen über den Haufen fahren wollte.« »Und du vertraust ihm wirklich?«, unterbrach ihn Tessa. »Wenn ich im Moment irgend jemandem vertraue, dann ist es Rhino«, antwortete er ohne zu zögern. »Aber abgesehen davon: wer, verflucht nochmal, konnte überhaupt wissen, dass wir hier in Thailand sind?« Die Antwort auf diese Frage lag eigentlich auf der Hand: Bianchi. »Monelli hätte das bestimmt herausfinden können«, meinte Tessa schliesslich, »oder wir werden schon seit längerer Zeit verfolgt?« »Kann ich mir nicht vorstellen«, erwiderte Sorese, »spätestens als wir den Flughafen in Mailand verliessen, haben wir allfällige Verfolger auf jeden Fall abgeschüttelt.« Tessa dachte einen Moment lang nach, nickte und meinte: »Und Tipo wusste es auch nicht!« »Und wie ist es mit deinem Vater?«, sprach Sorese schliesslich das Unvermeidliche aus. »Könnte er das irgend jemandem erzählt haben?« Augenblicklich zog Tessa ihre Hände zurück, ihr Körper spannte sich und sie funkelte Sorese böse an. »Auf gar keinen Fall!«, blaffte sie zurück, »hast du den Verstand verloren?« »Tessa«, versuchte Sorese zu beschwichtigen, und sanft fügte er an, »es ist wirklich wichtig, dass wir keine Möglichkeit ausser Acht lassen.« »Lass meinen Vater aus dem Spiel«, zischte sie und wandte sich wütend von Sorese ab. »Scheisse«, dachte Sorese, denn er realisierte, dass er nun wohl nicht darum herumkam, Tessa zu erzählen, was ihr Vater in Turin für eine Nummer abgezogen hatte. Aber würde sie ihm das auch glauben? Obwohl Sorese das zu Recht bezweifelte, wusste er, dass er gar keine andere Wahl hatte. »Tessa, hör mir bitte zu«, fuhr er deshalb eindringlich fort, »es ist sehr wichtig, dass du mir gut zuhörst!«. »Das werde ich auf gar keinen Fall!«, schnauzte sie genervt zurück. Dann stand sie auf, marschierte zum Bad, liess die Tür laut ins Schloss fallen und schob hörbar den Riegel vor. Bald darauf hörte Sorese sie wieder schluchzen. Sorese beschloss abzuwarten, bis sie sich wieder etwas beruhigt hatte, aber sie würden sich auf jeden Fall nochmals darüber unterhalten müssen. Es stand einfach zu viel auf dem Spiel. Jetzt würde er sich zuerst einmal eine neue SIM-Karte besorgen und Monelli anrufen, Zeitverschiebung hin oder her. Schliesslich hörte Sorese die WC-Spülung im Bad rauschen, und ein paar Minuten später setzte sich Tessa wieder neben ihm auf das Bett. Sie starrte auf den Boden, ihr Gesicht von Sorese abgewandt. Er überlegte, wie er Tessa dazu bewegen könnte, ihm zuzuhören, und vor allem wie er ihr die schreckliche Wahrheit über ihren Vater möglichst einfühlsam, aber trotzdem glaubhaft schildern sollte. Sie gab sich einen Ruck, hob ihren Kopf und blickte ihn

mit geröteten Augen an. »Bitte entschuldige«, hörte er sie endlich wispern, »ich verstehe ja, dass wir alle Möglichkeiten durch-
spielen müssen, aber ich kann mir einfach beim besten Willen
nicht vorstellen, dass mein Vater seine Hände im Spiel hat. Zu so
etwas wäre er niemals fähig!« Sorese fing ihren Blick ein, nahm
zärtlich ihre Hand in seine eigene und holte tief Luft. Dann sagte
er ruhig, aber eindringlich: »Tessa, es tut mir wirklich furchtbar
leid, aber ich muss dir jetzt etwas erzählen, das dir sehr weh tun
wird. Trotzdem ist es ausserordentlich wichtig, dass du mir wirklich ganz genau und bis zum Schluss zuhörst und mich ausreden
lässt. Am Schluss kannst du mich dann immer noch als Lügner
beschimpfen oder mir den Hals umdrehen, denn wenn das, was
ich vermute, wahr ist, kommt es sowieso nicht mehr darauf an.«
Tessa schwieg, und deshalb fuhr Sorese fort: »Ich habe dir ja mal
von meinen Erlebnissen in Turin erzählt«, begann er.

Als er zu Ende erzählt hatte und Tessa nun wusste, dass Sorese
ihren Vater wiedererkannt hatte und der es gewesen war, der
dafür gesorgt hatte, dass er seinen Job bei der Polizei verloren
hatte und dadurch sein Leben praktisch zerstört wurde, wirkte
Tessas Gesicht wie eine steinerne Maske. Kein noch so kleiner
Muskel zuckte, und ihre grossen hellbraunen Augen standen
weit offen. Lange starrte sie ihn ungläubig an. Dann schüttelte sie
zuerst unmerklich, danach heftiger ihren Kopf. »Nein, das kann
einfach nicht wahr sein!«, brach es aus ihr heraus, doch Sorese
glaubte zu spüren, dass er sie zumindest verunsichert hatte. »Hör
mal, Tessa«, fügte er deshalb behutsam an, »ich wüsste nicht,
wieso ich dich in diesem Moment anlügen sollte. Was hätte ich
denn davon? Aber dein Vater ist der einzige, der weiss, wo wir
uns befinden, und wir müssen diese Möglichkeit einfach mit in
Betracht ziehen, so schwer dir das auch fallen mag.« Als er sah,
dass ihre Augen bereits wieder in Tränen schwammen, fügte er
hinzu: »Tessa, es ist einfach eine von vielen Möglichkeiten, das
muss nicht heissen, dass es tatsächlich so ist!« Der kleine Anker,
den er ihr dadurch zugeworfen hatte, zeigte Wirkung. Sie atmete

tief ein und aus und vergrub ihr Gesicht in ihren Händen. »Hast du denn noch andere Ideen?« murmelte sie schliesslich leise. Sorese beschloss, ihr erst einmal einwenig Zeit zu geben, um über das Ganze nachzudenken. »Leg dich erst mal hin und versuch, ein wenig zu schlafen. Ich mache mich auf die Suche nach einer SIM-Karte, damit ich Monelli anrufen kann. Du weisst ja, dass sich Handyanrufe problemlos zurückverfolgen lassen, und bevor wir nicht sicher wissen, wer oder was dahintersteckt, möchte ich einfach kein Risiko mehr eingehen.« Tessa nickte, und als sie sich endlich hingelegt und die Augen geschlossen hatte, verliess er leise das Zimmer, nicht ohne die Tür hinter sich sorgfältig ins Schloss zu drücken. Dann machte er sich ohne weiter zu zögern auf den Weg zum nächsten Seven Eleven, wo er eine SIM zu finden hoffte.

Nachdem sich Tessa mit einem vorsichtigen Blick durch das schmutzige Fenster versichert hatte, dass Sorese das Hotel wirklich verlassen hatte, klaubte sie ihr Handy hervor und wählte augenblicklich die Nummer ihres Vaters. »Papà«, stiess sie hervor, nachdem dieser schon nach dem zweiten Läuten abgenommen und sie seine vertraute Stimme im Ohr hatte, »ich hoffe, ich habe dich nicht geweckt?« »Nein, meine Liebe, ich sitze bereits seit einer Stunde an der Arbeit. Was ist denn los? Hast du gut geschlafen?« »Ja ja, alles in Ordnung«, beeilte sich Tessa zu antworten. »Sag mal, hast du irgend jemandem erzählt, dass wir hier bei dir in Thailand sind?« kam sie sofort auf den Punkt. Sie lauschte angespannt, und einen Moment lang hörte sie nichts mehr. »Papà, bist du noch dran?« »Ja, ja, natürlich«, kam es etwas unwirsch zurück, ich hatte nur gerade einen Anruf auf einer anderen Leitung. Wie kommst du denn darauf?« »Sorese wurde heute Nacht in seinem Zimmer angegriffen!«, platzte sie heraus, und sofort schossen ihr wieder Tränen in die Augen. »Was?« In der Stimme ihres Vaters klang echte Besorgnis mit. »Was genau ist passiert? Und wo bist du?« »Sorese konnte den Angreifer überwältigen, er ist abgehauen und hat mich dann sofort angerufen«, beeilte sie sich zu antworten. »Aber wie konnten die wissen, wo wir uns befinden?« fuhr Tessa nach einer kleinen Pause fort. »Und du glaubst, dass das mit der Geschichte zu tun hat, an der ihr im Moment schreibt?« hörte sie ihren Vater mutmassen. »Hey, mein Liebes, das glaube ich auf gar keinen Fall! Weisst du, solche Überfälle in Hotels kommen ab und an vor hier in Thailand, und meistens handelt es sich um ganz banale Raubüberfälle. Den Tätern geht es nur um die Wertsachen! Ich werde mich sofort mit unserer Security in Verbindung setzen! Bist du in deinem Zimmer?« Einen kleinen Moment lang zögerte Tessa, dann meinte sie: »Nein, Sorese hat mich angerufen und mich darum gebeten, zu ihm zu kommen. Er meinte, ich sei bei dir im Hotel unter Umständen nicht mehr sicher.« »Blödsinn!«, erwiderte ihr Vater ärgerlich. »Wir haben eine perfekt ausgebildete Security, und niemand wird es wagen, meiner Tochter auch nur ein Haar zu krümmen, das garantiere ich dir! Wo genau bist du denn?« Bianchi merkte, dass Tessa sich schwertat, ihm eine Antwort zu geben, und so fügte er schnell an: »Tessa, so unglaublich das Ganze auch scheinen mag und für so unwahrscheinlich ich es auch halte, aber überleg mal: Sollte Sorese tatsächlich Recht haben und irgend jemand hat es auf ihn abgesehen, dann bist du dort, wo du dich jetzt befindest, viel eher in Gefahr als hier bei mir!« Keine Antwort. »Tessa, jetzt hör mir bitte ganz genau zu! Verschwinde subito aus diesem Hotel! Alleine! Erfinde von mir aus irgend eine Geschichte, damit du ohne Sorese von dort wegkommst. Wenn du das Hotel verlassen hast, läufst du sofort weiter, bis du irgendwo einen Seven Eleven findest. Dort gehst du hinein und rufst mich auf der Stelle wieder an.« Er spürte, wie Tessa nach wie vor zögerte. »Vertrau mir, mein Kleines! Du weisst, dass du für mich das Wichtigste auf der Welt bist, und ich würde mir niemals verzeihen, wenn dir etwas geschehen sollte!« »Also gut, Papà«, hörte er sie endlich wispern, und ihm fiel augenblicklich mehr als nur ein Stein vom Herzen! »Gut«, fügte er beruhigend an, »dann sag mir bitte, wo du dich befindest, damit ich dich dann sofort dort in der Nähe abholen kann.«

Tessa blickte sich suchend im Zimmer um und entdeckte den vergilbten Infozettel an der Zimmertür. Schliesslich sah sie dort auch den Namen des Hotels und gab ihn an ihren Vater weiter. »Brava, meine Kleine«, hörte sie ihn aufatmen, »das ist gar nicht so weit weg von hier! Ruf mich bitte sofort an, wenn du einen Seven Eleven gefunden hast, hörst du?« »Versprochen, ich melde mich wieder.« Ein leises Klicken verriet ihm, dass Tessa das Gespräch beendet hatte.

Pattaya, 18. September, 07.00 Uhr

Bianchi eilte durch den Hotelflur, den Zweitschlüssel in der Hand. Als er sich versichert hatte, dass er nicht beobachtet wurde, klopfte er zunächst mehrmals leise an die Tür von Sores Zimmer, dann schob er die Schlüsselkarte ein, öffnete die Tür und verschwand im Zimmer. Die Vorhänge waren noch zugezogen, doch sie liessen genug Licht hinein, so dass er den Toten auf dem blutverschmierten Bett sofort entdeckte. Er erstarrte. »Scheisse!«, fluchte er, und einen kleinen Moment lang stand er einfach so da, die Hände fest an seine pochenden Schläfen gepresst. »Scheisse, Scheisse!« Er würde auf jeden Fall die Polizei informieren müssen, denn dieser Vorfall liess sich bestimmt nicht mehr geheim halten. Schnell verliess er das Zimmer und befahl einem Mitarbeiter seines Sicherheitsdienstes, vor der Tür auf das Eintreffen der Polizei zu warten, egal, wie lange das dauern würde. In seinem Büro goss er sich zuerst mit zitternden Händen einen doppelten Whiskey ein und leerte das Glas in einem Zug. Schliesslich griff er zum Telefon und tippte eine längere Nummer ein, die er mittlerweile auswendig kannte.

Pattaya, 18. September, 07.15 Uhr

Koon sass im heruntergekühlten Frühstücksraum seines Hotels. Am Buffet füllten sich die ersten, fast ausnahmslos stark beleibten Teilnehmer einer russischen Reisegruppe die Teller. Angewidert beobachtete er, wie sie Rührei, Speck, Salat, Joghurt und ein thailändisches Nudelgericht mit Fisch ungerührt auf *einen* Teller pappten und das Ganze noch mit ein paar Früchten garnierten. »Ekelhaft«, dachte er kopfschüttelnd, »so als würde es morgen gar nichts mehr zu futtern geben!«

Als sein Telefon vibrierte und er die Nummer erkannte, blickte er sich zuerst nochmals im Raum um, um sicher zu gehen, dass niemand in seiner Nähe war, der ihn verstehen konnte, dann nahm er den Anruf entgegen. »Ja?«, knurrte er mürrisch, auf weiteren Ärger gefasst. »Er hat sich im »Pattaya House Hotel verkrochen«, wurde er sofort angeblafft, »sorgen Sie augenblicklich dafür, dass dieses Problem ein für allemal aus der Welt geschafft wird, verdammt nochmal!« »Und wieso sind die Beiden nicht mehr bei ihm?« schoss er verärgert zurück. »Er hat versucht, es selber zu erledigen, ist aber in die Hose gegangen!« »Verflucht, dieser gottverdammte Idiot«, entfuhr es Koon, »was hat der sich dabei gedacht?« »Das geht Sie einen Scheiss an«, hörte er sein Gegenüber knurren. »Und dann ist da noch ein anderer Job, den Sie zu erledigen haben …« Koon hörte aufmerksam zu, und bevor er etwas erwidern konnte, war die Leitung auch schon wieder tot. Er schlang das letzte Stück Toast herunter, spülte das Ganze mit einem grossen Schluck der mittlerweile nur noch lauwarmen Kaffee-Brühe herunter, stand auf und verliess den Raum.

Pattaya,
18. September, etwa 45 Minuten zuvor

Tessa spähte noch einmal kurz aus dem Fenster auf die Strasse, auf der nun mehr Verkehr herrschte. Schon bei mindestens der Hälfte aller Geschäfte waren die schweren Metallgitter zurückgeschoben worden. Die Besitzer waren damit beschäftigt, die Auslagen zu ordnen und für die Kundschaft vorzubereiten. Kaum hatte sie das Gespräch mit ihrem Vater beendet, griff sie sich ihre Handtasche. Kurz lauschte sie an der Tür, doch es war nichts zu hören ausser dem Rattern der Klimaanlage und dem gedämpften Verkehrslärm, der durch das geschlossene Fenster drang. Sie öffnete die Tür, verliess das Zimmer und stand schon wenige Augenblicke später im Korridor. Sie beschloss, das Treppenhaus zu nehmen. Unten angekommen sah sie ein Schild, das zur Rezeption wies, und links davon eine weitere Tür, die kaum leserlich mit Exit beschriftet war. So leise wie möglich öffnete sie diese einen kleinen Spalt breit. Vor ihr lag eine menschenleere, schmale Gasse, die zu beiden Seiten hin zu einer grösseren Strasse zu führen schien. Sie beschloss, nach links zu laufen, denn den Haupteingang des Hotels vermutete sie auf der rechten Seite, und dort konnte jeden Moment Sorese auftauchen. Noch immer war sie hin und hergerissen, und sie fühlte sich gelinde gesagt beschissen. Sorese würde, wenn er die Nachricht fand, die sie ihm in aller Eile im Zimmer hinterlassen hatte, ahnen, dass sie sich mit ihrem Vater in Verbindung gesetzt hatte.

»Sorese, muss meine Gedanken ordnen, melde mich!«

Er würde richtigerweise daraus schliessen, dass sie ihm die ganze Geschichte mit Turin nicht wirklich abgekauft hatte und sich dann schreckliche Sorgen machen. Und doch war ihr die Wahrscheinlichkeit, dass ihr Vater Recht hatte mit seiner Interpretation der Ereignisse, grösser erschienen. Sie hatte beschlossen, dass es sich besser anfühlte, an einen gewöhnlichen Raubüberfall auf Sorese zu glauben als an einen gezielten Anschlag. Und sie redete sich selbst immer wieder ein, dass Sorese im Moment in Sicherheit war, denn nur ihr Vater und sie selbst kannten ja seinen momentanen Aufenthaltsort. Und doch waren Sorese und sie in den letzten Wochen viel enger aneinandergewachsen, als sie sich das eingestehen wollte. Wie sie es auch drehte und wendete: ihr Verhalten kam einem Vertrauensbruch nahe, und das wiederum fühlte sich gar nicht gut an. Aber sie hatte nun einmal beschlossen, demjenigen Menschen zu vertrauen, der ihr am nächsten war, und das war verständlicherweise ihr Vater, basta! Sobald sie bei ihm war, würde sie ihn mit Soreses Version der Ereignisse in Turin konfrontieren, und wenn er dann all ihre Zweifel zerstreut hätte, würden sie sich gemeinsam überlegen, was zu tun sei. Dann würde sie sich sofort mit Sorese in Verbindung setzen.

Vorsichtig trat sie einen Moment später auf die Hauptstrasse hinaus, wandte sich nach rechts und schritt zügig voran, immer darauf bedacht, Sorese aus dem Weg zu gehen, von dem sie wusste, dass er ebenfalls auf der Suche nach einem Seven Eleven war, um sich eine SIM-Karte zu besorgen. Kurz darauf entdeckte sie auf der gegenüberliegenden Strassenseite tatsächlich eine Filiale. Sie beobachtete das Geschäft eine Weile aus einer dunklen und fürchterlich stinkenden Hauseinfahrt heraus. Als sie sicher war, dass sich dort kein Sorese befand, schlängelte sie sich durch den Verkehr und betrat den Laden. Niemand nahm gross Notiz von ihr, neben der Verkäuferin an der Kasse befanden sich nur noch zwei Backpacker im Lokal, die sich in irgendeiner ihr unbekannten, wahrscheinlich skandinavischen Sprache lautstark zofften. Sie zwängte sich zwischen zwei Gestelle, die mit allerlei bunt beschrifteten asiatischen Fertiggerichten bestückt waren, klaubte ihr Handy hervor und wählte abermals die Nummer ihres Vaters.

Als sein Telefon endlich läutete und er Tessas Nummer auf seinem Handy erkannte, atmete er erleichtert aus. »Hallo Kleines, hat alles geklappt?« »Sì«, hörte er Tessa sagen, und so gut sie konnte erklärte sie ihm, wo sie sich befand. »Bleib auf jedem Fall im Laden und warte, bis ich bei dir bin«, gab er besorgt zurück, und nachdem er sich sicher war, dass sie seiner Anweisung folgen würde, beendete er das Gespräch.

Pattaya, 18. September, 08.00 Uhr

Ihr Vater war noch immer nicht aufgetaucht, und die Klima-anlage im Geschäft verursachte bei Tessa so langsam aber sicher Hühnerhaut. Die Angestellten warfen ihr verstohlene Blicke zu und hatten schon vor über einer Viertelstunde damit begonnen, über sie zu tuscheln. Sie bildeten sich wohl ein, Tessa merke das nicht, aber die Sprache war das Eine, das Verhalten das Andere. Und sie verhielten sich plump und auffällig. »Ist ja auch kein Wunder«, dachte Tessa. »Wer stellt sich schon freiwillig eine halbe Stunde lang in einen Kühlschrank?« Sie spähte immer wieder durch die Glastür zur Strasse, und sicher hatten die An-gestellten bemerkt, dass sie auf jemanden wartete. Das schaden-freudige Kichern deutete darauf hin, dass sie wohl beratschlag-ten, wer sie versetzt haben könnte.

Weitere fünf Minuten später hielt sie es nicht mehr aus und ver-liess den Laden. Die Hitze erschlug sie fast, als sie auf der Strasse stand. Sie suchte mit ihren Blicken die Umgebung ab, aber sie konnte weder ihren Vater noch einen Wagen des Hotels sehen. Am Telefon hatte er sich besorgt angehört. Tessa kannte ihren Vater und wusste, dass er in solchen Situationen nicht zögerte und sicher sofort losgefahren war. Also musste irgendetwas pas-siert sein. Nur: Was konnte so dringend sein, dass er sie so lange warten liess? So sehr sie nachdachte, sie konnte es sich einfach nicht erklären. Nervös wartete sie noch weitere fünf Minuten lang. Schliesslich überlegte sie sich, ob sie alleine zum Hotel ihres

Vaters fahren sollte. Es waren nun über 40 Minuten vergangen, seit sie sich von Sorese davongeschlichen hatte, und bestimmt würde er sich Sorgen machen.

Sorese hatte für 300 Bath eine Sim-Karte gekauft, sich diese vom Angestellten in sein Telefon einbauen und freischalten lassen. Auf dem Weg zu seinem Hotel schlug er noch ein paar Haken, wobei er die Umgebung aufmerksam im Auge behielt. Er konnte nichts Ungewöhnliches ausmachen, niemand schien ihn wirklich zu beachten. Pattaya war mittlerweile zum Leben erwacht. Geschäftsleute auf dem Weg zu ihrem ersten Termin, Mütter und Väter, die ihre hübsch uniformierten Kinder zur Schule brachten, und Männer und Frauen, die bereits ihre Einkäufe tätigten, wuselten auf den Strassen umher. Die ersten Fahrzeuge stauten sich bereits. Ihre Abgase vermischten sich in der feuchtheissen Luft mit all den ihm fremden Essensdüften und kreierten einen Geruch, der in Reiseführern wohl als orientalisch gefeiert wurde, bei ihm selbst aber eher einen Brechreiz auslöste. Sorese war froh, als er endlich wieder beim Hotel war. Er nickte der jungen Frau am Empfang zu, die bereits den Nachtportier abgelöst hatte und ihn höflich anlächelte, und begab sich zu seinem Zimmer. Er klopfte an der Tür, denn er wollte Tessa nicht erschrecken, klaubte die Zimmerkarte hervor, öffnete die Tür und trat ein. »Tessa?« Er vermutete, sie sei eingeschlafen, doch das Kissen auf dem Bett war zwar zerknautscht, aber das Bett leer. »Tessa?« fragte er nun schon etwas eindringlicher. Als er nach wie vor keine Antwort erhielt, lauschte er an der Badezimmertür, doch kein Geräusch drang nach draussen. »Tessa!«, rief er nochmals lauter, und er fühlte, wie sich ein unangenehmes Kribbeln in seinem Körper ausbreitete. Keine Antwort, Tessa war offensichtlich nicht mehr hier. »Verflucht!« schnaubte Sorese, und sofort stürmte er zum Fenster und suchte die Umgebung ab. Keine Spur von ihr! Was war da los? Hatte er ihr nicht deutlich genug zu verstehen gegeben, sie dürfe das Zimmer auf gar keinen Fall verlassen? »Verdammt«, stammelte Sorese nochmals. Endlich fiel sein Blick auf ein kleines Stück Papier auf seinem Kopfkissen:

»Sorese, muss meine Gedanken ordnen, melde mich!«

Seine Gedanken überschlugen sich. Hatte Tessa ihm die Geschichte mit Turin doch nicht geglaubt? Schlimmer noch: Wollte sie sich darüber mit ihrem Vater unterhalten und war zu ihm ins Hotel zurückgekehrt? Das wäre ihr wohl kaum zu verübeln gewesen, denn schliesslich handelte es sich um ihren Vater, und sie kannte ihn schon ein Leben lang und vertraute ihm. Oder hatte sie einfach nur Durst gehabt und besorgte sich gerade etwas zu Trinken? War sie entführt worden? Aber das war abwegig, denn niemand konnte wissen, wo sie sich zurzeit aufhielten, oder etwa doch? Soreses Schädel brummte, und er liess sich für einen Moment auf das Bett fallen und presste seine Fäuste an die Schläfen. »Ruhig«, sagte er zu sich selbst, »ruhig, denk nach«. Da klopfte es leise an der Tür. »Ich bin's«, vernahm er Tessas Stimme, und sofort atmete er erleichtert aus. Als er die Tür geöffnet hatte, fiel ihm Tessa um den Hals, schlang ihre Arme um ihn und erdrückte ihn fast. Sie zitterte am ganzen Körper und hatte Tränen in den Augen. Sekunden später begann sie haltlos zu weinen. Endlich kündigte ihr Schniefen an, dass sie sich wieder etwas beruhigt hatte. Behutsam löste sie sich von Sorese, setzte sich aufs Bett, kramte ein Taschentuch hervor, schnäuzte ihre Nase und tupfte sich die letzten Tränen aus dem Gesicht. Sorese setzte sich neben sie. »Was ist los?«, fragte er sie und blickte ihr dabei besorgt in die Augen.« »Ich wollte und konnte dir einfach nicht so richtig glauben«, stammelte sie nach einer Weile. Sorese erwiderte nichts, er wusste, wann es besser war, zu schweigen und abzuwarten. »Ich habe Vater angerufen und ihn darum gebeten, mich abzuholen.« Schon schossen ihr wieder Tränen in die Augen, und sie fiel in sich zusammen. »Scheisse«, fuhr Sorese sie an, »also weiss dein Vater jetzt, wo wir sind?« Seine Stimme überschlug sich fast. »Ja!« flüsterte sie. Sie schnäuzte abermals kräftig in ihr Taschentuch, und Sorese fühlte, wie sich sein Puls beschleunigte und in seinen Adern pochte. Wie ein Häufchen Elend kauerte Tessa zusammengesunken auf dem Bettrand. Behutsam nahm Sorese sie abermals in den Arm und streichelte zärtlich über ihren Rücken. »Komm, erzähl«, forderte er sie so beherrscht wie nur irgendwie möglich auf. Tessa schilderte ihm, wie ihr zumute gewesen war, als Sorese ihr die Geschichte von Turin erzählt hatte. Sie erzählte ihm von den Zweifeln, die in ihr aufkamen, kaum hatte er das Hotel verlassen, und wie sie sich aus dem Hotel geschlichen und über eine halbe Stunde lang vergeblich im Seven Eleven auf ihren Vater gewartet hatte. Es sprudelte förmlich aus ihr heraus. »Als mir klar wurde, dass Vater nicht kommt, habe ich mir unzählige mögliche Gründe dafür zurechtgelegt. Aber egal, was ich mir zusammengereimt habe, es hat mich einfach nicht überzeugt. Das passt überhaupt nicht zu meinem Vater! Irgend etwas ist da faul. Zuerst hatte ich vor, alleine zu Papà ins Hotel zu fahren und nachzuschauen, doch dann habe ich mir überlegt, dass das, wenn du mit deinen Vermutungen doch Recht haben solltest, unter Umständen sehr gefährlich sein könnte.« Beim Gedanken, dass ihr eigener Vater seine Hände irgendwie mit im Spiel haben könnte, wurden ihre Augen sofort wieder feucht. »Also habe ich entschieden, dass es besser ist, wenn wir das gemeinsam tun, und deshalb bin ich zurückgekommen. Du begleitest mich doch?«, stammelte sie schliesslich und blickte Sorese ängstlich und verunsichert in die Augen. Dieser erwiderte ihren Blick, doch er schwieg und schien angestrengt nachzudenken. »Sorese«, flehte sie, »bitte! Es tut mir unendlich leid, dass du dir wegen mir Sorgen gemacht hast, aber ich brauche deine Unterstützung!« »Ich mach mir weniger Sorgen wegen dir,« antwortete er, »als vielmehr wegen uns. Dein Vater weiss, in welchem Hotel wir uns befinden, und wenn er irgendwie mit dieser ganzen Geschichte zu tun hat, befinden wir uns beide in grosser Gefahr! Wir müssen sofort verschwinden!« Augenblicklich löste er sich von Tessa und stand auf. »Bitte, lass uns nach Papà sehen«, flehte Tessa ihn nochmals eindringlich an.

»Also gut«, seufzte er, »ich verspreche dir, dass wir nach deinem Vater sehen werden, aber jetzt müssen wir zuerst einmal auf der Stelle von hier verschwinden!«

Pattaya, 18. September, 09.30 Uhr

Sorese trug eine dieser schrecklichen Schirmmützen mit dem Aufdruck »I love Pattaya«, die er sich im Vorbeigehen in einem Ramschladen gekauft hatte – sie schrie förmlich »Tourist«! Zudem hatte er sich eine viel zu bunte Badeshort erstanden und angezogen. Tessa hatte ihre Haare, die sie meist offen trug, streng zusammengebunden und einen weissen, geflochtenen Strohhut sowie ein blumiges Strandkleid erstanden, in das sie sich, obwohl in der Grösse XL, hineinzwängen musste. Wer die beiden nur flüchtig anschaute, würde vermuten, es handle sich um ein stinknormales Ehepaar auf dem Weg zum Strand. Mit seinem Aussehen hatte Sorese zum ersten Mal seit längerer Zeit wieder ein Lächeln auf Tessas Lippen gezaubert, und er war glücklich, sie – wenn auch nur für einen kurzen Moment – von den Sorgen um ihren Vater abgelenkt zu haben.

Sie hatten beschlossen, das Hotel durch den Haupteingang zu betreten, denn um diese Zeit kamen bereits die ersten Busse aus Bangkok an und spuckten Touristengruppen aus. Die Lobby war voll von erwartungsfrohen Menschen, die erleichtert waren, endlich am Ziel angekommen zu sein. Riesige Kofferberge verstellten den Weg, und die Angestellten waren derart beschäftigt mit den Neuankömmlingen, dass sie Tessa und Sorese gar nicht beachteten. Hand in Hand durchquerten sie, die Köpfe gesenkt, zielstrebig die Lobby und marschierten zu den Aufzügen. Tessa hatte sich zuvor noch Sorgen gemacht, denn einige wenige Angestellte ihres Vaters würden sie bestimmt erkennen und ihren Vater über ihre Ankunft ins Bild setzen, allen voran Poh, zu der sie ein etwas engeres Verhältnis hatte. Doch ihre Sorge war unbegründet, niemand hatte auch nur am Rande Notiz von ihnen genommen.

Sorese war erst wieder zur Ruhe gekommen, als sie ihr kleines Hotel unbeschadet verlassen und einige Blocks davon entfernt den Ramschladen gefunden und betreten hatten. Nach einer längeren Diskussion, in welcher sie alle Möglichkeiten sorgfältig abgewogen hatten, waren sie sich einig geworden. Sie wollten möglichst unauffällig zum Appartement ihres Vaters im Hotel gelangen, das gleichzeitig auch sein Büro war. Um diese Zeit arbeitete er üblicherweise seinen Bürokram auf, wie Tessa wusste, und sie wollte erfahren, weshalb er sie nicht am vereinbarten Treffpunkt abgeholt hatte. Zudem hoffte sie natürlich insgeheim, dass ihr Vater für alle Vorfälle eine plausible und überzeugende Erklärung hatte. Schliesslich handelte es sich um ihren Vater, den sie über alles liebte, und sie konnte sich einfach nicht vorstellen, dass Sorese Recht hatte mit seinen Mutmassungen. Dieser hingegen hoffte, dass sich Bianchi durch sein Verhalten verraten würde, sollte er seine Hände mit im Spiel haben. Und dass es hier, am helllichten Tag und in einem derart betriebsamen Hotel gefährlich für sie werden könnte, daran dachten sie keine Sekunde lang.

Als sie vor der Tür des Appartements standen, schlug Tessas Herz bis zum Hals. Im obersten Geschoss des Gebäudes waren sie völlig alleine, keine Menschenseele liess sich blicken. Der Boden war mit einem dicken roten Teppich ausgelegt, und die verschnörkelten Silberleuchter an der dezent gemusterten Tapete nahmen sich schon fast kitschig aus. Das Ganze verströmte den Geruch nach gediegenem Luxus, was sicherlich auch so beabsichtigt war. Schliesslich klopfte Tessa leise an die schwere Tür, und als keine Reaktion erfolgte, doppelte sie etwas lauter nach. Nichts. Nun klopfte Tesse nochmals, etwas eindringlicher. Wieder keine Reaktion! Endlich drückte sie die Türklinke nach unten, und die Tür gab tatsächlich etwas nach und öffnete sich. »Papà?« Als sie keine Antwort erhielten, traten sie ein und standen nun in einem Flur, an dessen Ende sich zwei Türen befanden. Eine stand offen und gab den Blick in Bianchis Büro frei. Dieser schien hinter seinem Schreibtisch zu sitzen, vertieft in irgendwelche Papiere. »Papà?«, rief Tessa nochmals und lief auf ihn zu. Sorese konnte sie im letzten Moment am Arm zurückhalten. »Pssst!«, raunte er ihr zu und legte den Finger mahnend auf die Lippen. »Da ist etwas faul!« Tessa ignorierte ihn, riss sich sofort aus Soreses Umklammerung los und hastete ins Büro. »Papà!«, schrie sie. Noch bevor sie ihren Vater erreicht hatte, entdeckte sie die rote Pfütze auf dem Schreibtisch. Das Blut in ihren Adern gefror, sie erstarrte augenblicklich. Sorese, der gespürt hatte, dass etwas nicht stimmte, rannte Tessa hinterher, zog sie, bevor sie sich ihrem Vater weiter nähern konnte, brüsk zu sich zurück und umklammerte sie fest. »Schschsch«, versuchte er sie zu beruhigen, während Tessa sich abermals von ihm loszureissen versuchte. »Schsch!« Er musste all seine Kraft aufwenden, um Tessa festzuhalten. Schliesslich wurde sie ruhiger, und er vernahm nur noch ihren schnellen Atem. Sorese löste sich von Tessa und ging langsam auf Bianchi zu. Dieser sass auf seinem vornehmen Bürostuhl und hatte seinen Kopf mit dem linken Arm auf dem Schreibtisch abgestützt. Fast sah es so aus, als sei er während der Arbeit eingenickt, wären da nicht die roten Blutflecken auf seinem weissen, gestärkten Hemd gewesen. Sorese umrundete den Schreibtisch, sorgsam darauf bedacht, nichts anzufassen. Als er sich zu Bianchi herunter bückte, sah er das hässliche, daumengrosse Loch in seiner Stirn. Bianchis Augen waren weit geöffnet, aber stumpf und leer und blickten ins Nirgendwo. Sein rechter Arm hing schlaff über der Stuhllehne, und unter seiner Hand lag eine Pistole auf dem Fussboden. Sorese fühlte am Handgelenk nach seinem Puls, aber da war nichts. »Er ist tot«, murmelte er. Tessa stand immer noch regungslos dort, wo Sorese sich von ihr gelöst hatte, ihre Zähne hatten sich im Mittelfinger ihrer rechten Hand verbissen und ihre linke hatte sich zu einer Faust verkrampft. Regungslos. Sorese kam um den Tisch herum auf sie zu, legte seinen linken Arm um ihre Schulter und drehte mit der rechten ihren Kopf behutsam zu sich, bis er ihren ungläubigen Blick eingefangen hatte. »Lass uns sofort von hier verschwinden«, sagte er leise, und dann schob er sie sanft, aber beharrlich in Richtung Tür. Tessa begann sich zu wehren, versuchte sich abermals loszureissen, doch Sorese packte sie und seine kräftigen Hände hielten sie fest wie ein Schraubstock. »Wir müssen doch was tun!«, schrie sie nun fast, und ihre Augen füllten sich mit Tränen. »Wir können hier nichts mehr tun!«, erwiderte Sorese bestimmt, dann fügte er etwas sanfter an: »Aber wir müssen wirklich sofort verschwinden!« »Nein!«, schrie Tessa abermals, »wir müssen sofort einen Arzt und die Polizei rufen!« Dann schluchzte sie laut auf und meinte flehend: »Vielleicht können wir ihm ja noch helfen!« »Tessa, er ist tot!« Seine Worte schienen nur sehr langsam zu ihr durchzudringen. »Er ist wirklich tot, glaub mir!«, wiederholte Sorese nochmals, und er zwang sie, ihn anzusehen. »Tessa, das war ganz sicher kein Selbstmord! Und wenn es kein Selbstmord war«, fuhr er eindringlich fort, »schweben wir selbst in grosser Gefahr! Also lass uns sofort abhauen!«

Da sie im Hotel von Tessas Vater nicht auffallen wollten, hatten sie beschlossen, ihre wenigen Habseligkeiten noch im eigenen Hotelzimmer zu lassen. Also würden sie zuerst nochmals dorthin zurückkehren müssen, um sie abzuholen. Tessa hatte sich schliesslich von Sorese überzeugen lassen, dass sie im Moment wirklich nichts mehr für ihren Vater tun konnten, und schweren Herzens hatte sie sich, einem Zombie gleich, von Sorese durch die Lobby wieder zurück auf die Strasse schieben lassen. Mittlerweile hatte die Sonne schon fast ihren höchsten Stand erreicht und brannte erbarmungslos auf den Asphalt. Ab und zu schoben sich erste dunkle, aber noch kleine Wolken vor die gelbe Scheibe und erinnerten daran, dass Regenzeit war und bald schon mit einigen tropischen Schauern zu rechnen war. Ihr Hotel lag ruhig und friedlich vor ihnen. Die meisten Menschen hatten sich auf ihrer Flucht vor der unerträglichen Hitze in gekühlte Lokale oder in ihre Wohnungen zurückgezogen, nur die vielen Autos und Tuktuks zwängten und drängelten sich nach wie vor rücksichtslos durch die Strassenschluchten. Tessa und Sorese standen im Schatten einer Einfahrt und beobachteten ihr Hotel, das auf der gegenüberliegenden Strassenseite lag. Nachdem ihnen nichts aufgefallen war, was sie beunruhigt hätte, beschlossen sie, dass Sorese ihre Sachen aus dem Zimmer holen und die Rechnung bezahlen würde, während Tessa auf ihrem Posten blieb. Sie würde Sorese sofort anrufen, sollte sie etwas Verdächtiges sehen. Auf dem Weg zu ihrem Hotel hatte Sorese Tessa endgültig dazu bewegen können, sofort von hier zu verschwinden. Sie hatten hin und her überlegt, wohin sie fliehen konnten, und sich schliesslich darauf geeinigt, dass es wahrscheinlich das Beste war, in Bangkok unterzutauchen. Die Stadt war riesig, und es gab tausende von Hotels und Unterkünften, darunter viele, in denen sie sich kaum würden ausweisen müssen. Zudem hatte das den Vorteil, dass sie keine Passkontrolle passieren und dadurch vorerst auch keine Spur hinterlassen würden.

Sorese betrat das Hotel durch den Haupteingang, nicht ohne sich vorher sorgsam umgesehen zu haben. Er kam unbemerkt am Empfang vorbei, die junge Frau an der Rezeption war gerade mit einem Gast in ein Gespräch vertieft. Zwei Stufen auf einmal nehmend erreichte er rasch die zweite Etage. Im Flur sah er einen Putzwagen stehen, und in diesem Moment öffnete ein Zimmermädchen die Tür zu seinem Zimmer, wahrscheinlich für die tägliche Reinigung. Ein greller Blitz schoss augenblicklich durch den Flur, und noch bevor Sorese die Hitze fühlte, die sich schlagartig ausbreitete, liess eine Explosion das Haus bis in seine Grundfeste erzittern. Sorese wurde durch die Wucht der Druckwelle zur Seite geschleudert. Er klatschte an eine Wand und verlor für einen Moment lang das Bewusstsein. Als er wieder zu sich kam, dröhnte der Knall noch in seinen Ohren. Trümmerteile fielen von der Decke und hüllten den Hotelflur in dichten Staub, und schon bald konnte er seine Hand kaum mehr vor Augen sehen. Sein Rücken und sein Kopf schmerzten, aber nachdem er sich kurz vergewissert hatte, dass er nicht ernsthaft verletzt war, raffte er sich auf und schwankte zur Treppe. Er stolperte mehrmals, so stark zitterten seine Knie, aber schliesslich kam er unten an und verliess das Hotel durch den Notausgang. In der Ferne hörte er bereits Sirenen heulen, und als er die Hauptstrasse erreicht hatte, bemerkte er Menschen, die sich aufgeregt miteinander unterhielten und gebannt zum Hotel starrten. Er bog rechts ab und rannte ein paar Dutzend Meter, bevor er an einer Strassenlampe stehen blieb und sich abstützte. Er registrierte, dass seine Shorts zwar schmutzig und staubig, jedoch intakt waren. Sein Hemd war ebenfalls verdreckt und an der linken Seite, von der Achsel bis zur Hüfte, zerrissen. An seinem Hinterkopf fühlte er eine immer grösser werdende Beule, und seine Arme und Beine würden in den nächsten Tagen durch eine Vielzahl blauer Flecken verunstaltet werden, doch das kümmerte ihn jetzt nicht im Geringsten. Er dachte kurz mit Grauen an das arme Zimmermädchen, das jetzt wohl zerfetzt unter den Trümmern lag, und hoffte inständig, dass alle anderen Gäste in den Nebenzimmern das Hotel verlassen hatten, um zu baden, zu shoppen oder ein Mittagessen einzunehmen. Dann fiel ihm Tessa ein. In diesem Moment sah er verschwommen eine Gestalt auf sich zustürmen, und schon schlangen sich Tessas Arme um ihn. »Gott sei Dank!«, schluchzte sie, »Du bist am Leben!« Überschwänglich drückte sie ihm ihre Lippen überall aufs Gesicht. Ihre Erleiterung darüber, dass er nicht umgekommen war, war offensichtlich. Dann endlich löste sie sich von ihm und musterte ihn besorgt. »Oje, bist du verletzt?«, fragte sie schliesslich, denn er sah wirklich mitgenommen aus. »Nichts Schlimmes, alles soweit in Ordnung. Jetzt lass uns aber subito verschwinden«, drängte er Tessa sofort. »So viele Zufälle kann es gar nicht geben, das war mit Garantie eine Bombe, und die war für uns gedacht. Und wenn der Täter das Hotel beobachtet, um sich zu versichern, dass er erfolgreich war, könnte er uns entdecken und versuchen, seinen Job zu Ende zu bringen!« Er stiess die noch immer völlig unter Schock stehende Tessa in ein Tuktuk, das gerade neben ihnen angehalten hatte und dessen Fahrer neugierig zum Ort des Geschehens gaffte. Als Ziel nannte er einen Busbahnhof. Der Fahrer überlegte einen Moment, dann schien ihm die Aussicht auf Geld interessanter als das Hotelgebäude, aus dem jetzt lediglich noch dichter Rauch quoll – nichts Spektakuläres also, und er knatterte los.

Kurz bevor sie am Ziel ankamen, überlegte es sich Sorese anders. Er hatte einen kleinen Markt erspäht, auf dem auch Kleider verramscht wurden, und wenn sie nicht weiter auffallen wollten, musste er sich definitiv neu einkleiden. Zudem hatten sie jetzt auch keine Kleider zum Wechseln. So erstanden sie auch gleich zwei kleine Rucksäcke, in die sie die wenigen eiligst zusammengekauften T-Shirts und ihre neue Unterwäsche hineinstopften. In einem kleinen Laden fanden sie Zahnbürste und Zahnpasta. Als sie sich wieder ein Tuktuk schnappten, sahen sie aus wie zwei – allerdings bereits etwas in die Jahre gekommene – Rucksacktouristen auf dem Weg zu ihrem nächsten Reiseziel.

Bangkok, 18. September, 16.30 Uhr

Gegen Abend erreichte ihr Kleinbus aus Pattaya nach über drei Stunden Fahrt den Bahnhof Hua Lamphong am Rand von Chinatown. Sie waren gerade noch um die üblichen Staus nach Ende der Bürozeiten herumgekommen, und Sorese war überglücklich, dass er sich endlich aus seinem viel zu engen Sitz schälen konnte. Er streckte sich ausgiebig, half Tessa aus dem Van und sie schulterten ihre neuen Rucksäcke. »Wohin?«, fragte Tessa leise. Sorese merkte, dass der Verlust ihres Vaters sie noch immer stark beschäftigte. Sie wirkte resigniert. »Am besten suchen wir ein nicht allzu kleines und schlichtes Hotel«, meinte Sorese in der Hoffnung, sie würden nicht gezwungen sein, ihre Pässe zu zeigen. Sorrese sehnte sich danach, sich etwas frisch machen zu können, und er hatte Hunger. Er schwatzte einem der anwesenden Schlepper, die sich um die wenigen ankommenden Touristen stritten, einen kleinen Stadtplan ab. Tessa, die früher schon einige Male in Bangkok gewesen war, meinte: »Lass uns die U-Bahn zur Sukhumvit nehmen. In der Nähe von Nana hat es viele einfache Hotels. Dort fallen wir als Touristen auch nicht gross auf.«

Auf der langweiligen Fahrt nach Bangkok wirkte Tessa völlig in sich gekehrt. Die ganze Zeit über sass sie praktisch regungslos da und starrte aus dem Fenster, doch Sorese war sicher, dass Tessa von der Umgebung kaum etwas mitbekam. Er konnte gut nachvollziehen, wie traurig und gleichzeitig verzweifelt sie sein musste, und liess sie in Ruhe. Es beruhigte ihn jedoch, dass sie langsam aus ihrer Lethargie zu erwachsen schien. »Wir müssen hier raus«, meinte sie, als der Zug stoppte. »Bene«, antwortete er. Tessa steuerte auf eine Fussgängerüberführung zu, die über eine mindestens sechsspurige Strasse führte, auf der sich die Fahrzeuge stauten. Als sie nebeneinander hergingen, fühlte Sorese eine feine Berührung an seinem rechten Arm. Überrascht schaute er kurz zu Tessa und sah, wie ihre Finger die seinen suchten. Er lächelte, und Hand in Hand spazierten sie zur U-Bahn, ohne miteinander zu sprechen. Dort kauften sie sich zwei Jetons, die sie an einer Schranke in einen blauen Automaten warfen. Wenige Minuten später standen sie, eingepfercht wie Sardinen in einer Dose, im Wagon. An der Station Sukhumvit zwängten sie sich aus dem Zug, und als sie die saubere, moderne Station verlassen hatten und auf der Strasse standen, drückte ihnen die feuchte und heisse Luft bereits wieder erste Schweissperlen aus den Poren. Schweigend – ihre zarten Finger lagen noch immer fest in seiner Hand – fuhren sie die Rolltreppe zur Station der Hochbahn hinauf und lösten abermals einen Jeton für die eine Station bis Nana. Dort angekommen liessen sich von der Menschenmenge die Treppe hinunter zur Strasse schieben. Rechts hinter sich konnten sie das luxuriöse Landmark-Hotel hoch in den Himmel hinaufragen sehen, auf ihrer Strassenseite belegten unzählige Verkaufsstände mit allerlei Krimskrams und Thaifood den halben Gehweg, so dass für die Passanten kaum Platz blieb. Eine Weile liessen sie sich so die Strasse entlang treiben, bis sie in einer schmalen Seitenstrasse ein kleines, unscheinbares Hotel entdeckten. Sie warteten einen Moment lang, um sicher zu sein, dass ihnen niemand gefolgt war. Dann betraten sie das Gebäude, folgten dem Schild zur Rezeption und wurden von einer älteren, sehr sympathischen Frau freundlich begrüsst. Sie trug keine Uniform und war auch nicht mit dem üblichen Namensschild angeschrieben, aber das hätte sie in diesem Hotel auch sehr überrascht. »Haben Sie noch zwei Zimmer frei?«, erkundigte sich Sorese in seinem etwas holprigem Englisch. Tessa stupfte ihn leicht mit dem Ellbogen und meinte leise: »Würde es dir etwas ausmachen, wenn wir ausnahmsweise mal ein Doppelzimmer nehmen?« »Entschuldigen Sie«, wandte er sich schnell an die Frau, »lieber gerne ein grosses Doppelzimmer, wenn sie noch eines frei haben.« Nachdem sie kurz auf der Tastatur ihres alten Computers herumgetippt hatte, nickte sie lächelnd und schob ein schlecht kopiertes Anmeldeformular mit einem Kugelschreiber über den Tresen. »Würden Sie das bitte ausfüllen?«, meinte sie. Sorese begann zu schreiben, zögerte kurz und trug sie schliesslich unter einem falschen Namen ein. Als er etwas krakelig unterschrieben hatte, nahm sie das Formular zufrieden nickend an sich und händigte ihnen den Zimmerschlüssel aus. »Ihr Zimmer liegt im 4. Stock«, meinte sie, »aber wir haben leider keinen Aufzug«, fügte sie entschuldigend an. »Die Treppe ist dort hinten links.« »*Esposito*, wirklich?« feixte Tessa, als sie vor ihrem Zimmer standen und Sorese den Schlüssel ins Schloss drückte. »Und was, wenn sie unsere Pässe gewollt hätte?« »Dann hätten wir einfach erklärt, dass sie uns geklaut worden und wir extra nach Bangkok gekommen seien, um uns Ersatz zu besorgen«, grinste Sorese, schob die Tür auf und trat ins Zimmer. Es wirkte geräumig und einigermassen sauber. Das Mobiliar war etwas zerschlissen und wäre in anderen Hotels wohl schon lange entsorgt worden, aber es erfüllte trotzdem noch seinen Zweck. Der offensichtlich steinalte Teppich wies einige Flecken auf, so dass Tessa sofort beschloss, hier auf gar keinen Fall barfuss herumzulaufen. In der Duschkabine entdeckten sie einen noch halbvollen Seifenspender, doch als Tessa an der rosa eingefärbten, zähflüssigen Masse roch, verzog sie angewidert ihr Gesicht. »Scheisse, das riecht ja übel«, stiess sie aus. Sorese wusste bereits, dass ihm noch eine weitere Einkaufstour blühte. Die zwei Handtücher hingegen waren, auch wenn sie das eine oder andere Loch hatten, frisch gewaschen. Über das relativ schmale Doppelbett, das sie beide schon beim Eintreten erspäht hatten, verloren sie kein Wort. »Du zuerst«, bot er Tessa an und liess sich erschöpft aufs Bett fallen. Tessa nahm ihren Rucksack und verschwand im Bad. Kurz danach hörte er bereits das Wasser in der Dusche laufen. Sorese streckte sich derweil im Bett aus, sorgsam darauf bedacht, mit seinen schmutzigen, fast schon schwarzen Füssen die Bettwäsche nicht zu berühren. Er schloss seine Augen, und einen kurzen Moment lang stellte er sich vor, wie Tessa nackt unter der Dusche stand und sich einseifte, was augenblicklich ein angenehmes Prickeln in seiner Lendengegend auslöste. Doch schnell wischte er dieses zugegeben aufreizende Bild wieder zur Seite. Waren sie jetzt in Sicherheit? Sorese zwang sich dazu, sich an den Moment zurück zu erinnern, als er nach der Explosion in Pattaya auf die Strasse gewankt war. Tessa kam Sekunden später auf ihn zugestürmt, und er wusste nicht, wie lange sie dort gestanden hatten. Was, wenn der Attentäter sein Werk tatsächlich beobachtet hatte, weil er sichergehen wollte, dass sein Anschlag erfolgreich war? Was, wenn er sie dabei entdeckt hatte, wie sie schliesslich in ein Tuktuk gestiegen und losgefahren waren? Was, wenn er sie verfolgt hatte? Wäre das überhaupt möglich gewesen? In ihrem Kleinbus nach Bangkok hatten sich nebst ihnen nur ein älteres Ehepaar und eine weitere Tramperin befunden. Während der Fahrt hatte er immer wieder versucht, auf etwaige

Verfolger zu achten, aber ihm war kein Fahrzeug besonders aufgefallen. In Bangkok hatten sie sich im letzten Moment in einen U-Bahn-Wagen gedrückt, und auch dort konnte er keinen Verfolger ausmachen. Selbst im Skytrain war ihm kein Gesicht bekannt vorgekommen. Nein, dachte er sich, es war praktisch unmöglich, dass ihnen jemand gefolgt war, und trotzdem nahm er sich vor, besonders wachsam zu bleiben. Als er endlich hörte, wie sich die Badezimmertür öffnete, und er Tessa erblickte, eingewickelt in ein viel zu kleines Badetuch und mit tropfendem Haar, vergass er für einen kleinen Moment seine Sorgen. Sie sah wirklich bezaubernd aus mit ihrer kleinen niedlichen Stupsnase. »Sorese«, drang ihre Stimme dann schliesslich doch noch zu ihm durch, »Sorese, haallooo«. Und als er endlich reagierte, meinte sie offensichtlich belustigt: »Kannst du mir bitte endlich meine Schuhe bringen?« Er beeilte sich, ihrem Wunsch nachzukommen, wobei er es tunlichst vermied, ihr in die Augen zu schauen, denn er hatte Angst, sie könnte dann seine Gedanken lesen. Das wäre ihm dann doch peinlich gewesen.

Es war bereits dunkel, doch das schien der Hitze keinen Abbruch zu tun. Sie waren nur gerade zwei Seitenstrassen von ihrem Hotel entfernt, und Sorese lief der Saft schon wieder den Rücken herunter. »Wieso um alles in der Welt dusche ich hier überhaupt noch?« ärgerte er sich, doch Tessa meinte lapidar: »Damit du nicht mehr stinkst wie ein Bock!« Sorese lächelte. Er war glücklich darüber, dass sich Tessa offensichtlich wieder gefangen hatte, auch wenn sie in ihrem Inneren mit Sicherheit noch traurig und voller Sorge war. Sie hatte sich bei ihm eingehängt, in ihrer Handtasche die Beute ihrer kurzen Einkaufstour: Ein wohlriechendes Duschmittel, ein kleines Schminkset, das sie an einem Stand für wenig Geld erstanden hatte, ein Paket Papiertaschentücher und eine Flasche Wasser. Sie reichte Sorese die Wasserflasche und Sorese nahm einen kräftigen Schluck. »Bäh, das Wasser ist ja lauwarm«, schimpfte er und spuckte es sofort auf die Strasse, was ihm den missmutigen Blick einer älteren Dame einbrachte, die gerade eben an ihnen vorbeistolzierte. »Lass uns irgendwo ein kaltes Bier nehmen und was Kleines essen«, schlug er vor. Tessa nickte. Etwas weiter die Strasse hinauf entdeckten sie ein Foodcenter, eine der typisch thailändischen Einrichtungen, in der 24 Stunden am Tag Hausmannskost verkauft und geschlemmt wurde. Thais waren ja bekannt dafür, zu jeder Tages- und Nachtzeit Hunger zu haben und einen kleinen Imbiss zu sich zu nehmen. Unter einem grossen, ausladenden Dach standen unzählige wacklige Klapptische und Klappstühle aus Plastik und Metall. An mehreren Ständen köchelten und brutzelten verführerisch duftende exotische Spezialitäten vor sich hin. Sofort versuchten mehrere, mit unterschiedlichen Schürzen ausgestattete Angestellte sie lautstark dazu zu bewegen, sich an einen bestimmten Tisch zu setzen. Dabei fuchtelten sie wild mit ihren Speisekarten herum und riefen unablässig: »Welcome, good food, sit down here!« Letztlich entschieden sich Tessa und Sorese für einen kleinen Tisch am äusseren Rand des Platzes und liessen sich vorsichtig auf den Klappstühlen nieder. Der Tisch war sauber, der Boden hingegen schmutzig: Essensreste wurden offensichtlich einfach vom Tisch gewischt, sehr zur Freude der daumengrossen Kakerlaken, die überall herumwuselten und ab und zu einer Touristin einen spitzen Schrei entlockten. Tessa selbst wäre, als sie den Platz betreten hatten, mit ihren Flipflops um ein Haar ausgerutscht und zu Boden gefallen, hätte Sorese sie nicht geistesgegenwärtig aufgefangen. In der Mitte des Tisches stand ein etwas staubiger Plastikbehälter mit allerlei Saucen und Gewürzen, die gefährlich scharf rochen. Die Kellnerin brachte in Windeseile zwei Plastikteller, zwei kleine Schüsseln und Besteck. Sorese versuchte sich währenddessen mit einer hauchdünnen Serviette den Schweiss von der Stirn zu tupfen, doch diese löste sich sofort auf und blieb in Fetzen an seiner Haut kleben. Schmunzelnd reichte ihm Tessa eines der Taschentücher, die sie zuvor gekauft hatte. Die Speisekarte, die ihnen in die Hände gedrückt wurde, war dick und in Thai und Englisch verfasst. Viele erhältliche Gerichte waren zusätzlich mit einem Foto versehen, wohl damit auch die weniger Sprachbegabten mit dem Finger auf das Bild tippen und so bestellen konnten. Sie wählten gebratenen Reis mit Gemüse, einen Fisch an Zitronensauce und ein grünes Curry, das Lieblingsgericht von Tessa. Das eisgekühlte Bier kam prompt, und Sorese beeilte sich mit dem Trinken, bevor es warm werden konnte. Den Wein, den sich Tessa bestellt hatte, trieben die Angestellten in einem Restaurant auf der gegenüberliegenden Strassenseite auf, denn sie selbst hatten keine Alkohollizenz. »Bier gilt hier also offensichtlich nicht als alkoholisches Getränk. Na dann!«, folgerte Sorese grinsend und bestellte sich sofort eine zweite Flasche. Der Fisch war frisch und wohlschmeckend und zerfiel auf der Zunge, der Reis hervorragend und mit viel Ei und Gemüse gebraten. Tessa genoss ihr Curry, die Schärfe schien ihr nichts anzuhaben. Also zeigte sich Sorese mutig und kostete einen Löffel davon, was er Sekunden später zutiefst bereute. »Ich kaufe dir später nochmals ein paar neue Papiertaschentücher«, versprach er Tessa hoch und heilig, während er sich wieder und wieder den Schweiss abwischte. Nach einer Weile wurde Tessa ernst: »Was meinst du, sind wir hier im Moment wirklich in Sicherheit? Und bitte sei ehrlich mit mir!« Sorese steckte sich eine Zigarette an, das Privileg eines Tisches am Strassenrand, denn im Innern des Foodcenters war das Rauchen strikt verboten. Er nahm Tessas Hand, sah ihr in die Augen und meinte so beruhigend wie möglich: »Sì, ich bin sicher, dass uns niemand gefolgt ist, und solange wir nicht auf uns aufmerksam machen, können die uns hier in Bangkok auch nicht aufspüren.« Tessas Stirn lag nach wie vor in Falten, und er merkte, dass sie ihm zwar gerne glauben wollte, es aber nicht wirklich tat. Wie auch? Also fuhr er schnell fort: »Bitte glaub mir, Tessa, ich habe mir das vorhin im Hotel in aller Ruhe durch den Kopf gehen lassen. Es ist wirklich sehr unwahrscheinlich. Wir waren die ganze Zeit unter vielen Menschen, haben verschiedene Verkehrsmittel benutzt, und ich habe mich die ganze Zeit über aufmerksam umgesehen. Da war niemand! Und selbst wenn diejenigen, die uns finden wollen, über hervorragende Beziehungen zur Polizei verfügen, werden sie ganz bestimmt nicht nach dem Namen Esposito suchen.« »Und wie lange halten wir das durch?«, hakte Tessa nach. »Wir haben zum Beispiel nicht mehr viel Bargeld bei uns, und wenn wir Geld am Bankomaten abheben, lässt sich das unter Umständen nachverfolgen und sie wissen sofort, dass wir uns in Bangkok befinden.« »Bangkok ist riesig!«, erwiderte Sorese schnell. »Auch wenn sie herausfinden sollten, wo wir sind, finden sie uns bestimmt nicht so schnell, und sonst ziehen wir halt einfach weiter.« »Klar«, antwortete Tessa schnippisch, »wir zwei über Jahre hinweg gemeinsam auf der Flucht – eine tolle Aussicht!« Sie schwiegen einen Moment lang. »Nein, Tessa, das ist ganz bestimmt keine Option. Ich habe keinerlei Lust dazu, ständig davonzulaufen, das kannst du mir glauben. Und dazu wird es auch sicher nicht kommen!« Tessa sah ihn fragend an: »Hast du denn eine Idee?« »Sie ist noch nicht ganz ausgereift, aber ja, ich habe mir was überlegt.« »Sag schon!« drängte sie ihn. »Also, ich denke, es ist uns tatsächlich gelungen, unsere Verfolger abzuhängen. Und ich habe nicht die Absicht, länger als nötig hier in Bangkok herumzuhängen. Italien fehlt mir, Mailand fehlt mir. Was hält uns davon ab, den nächsten Flug zurück nach Italien zu buchen?« »Tolle Idee«, giftete Tessa zurück, »und in Italien werden wir erwartet und zum Schweigen gebracht! Hast du noch alle Tassen im Schrank?« »Nicht, wenn unser Artikel erscheint, bevor wir zurück sind«, spann Sorese seine Gedanken weiter. »Wenn wir damit an die Öffentlichkeit gehen – und ich denke, wir haben mittlerweile mehr als genug Argumente, um selbst Tipo zu überzeugen – wird das mit Sicherheit hohe Wellen werfen. Monelli hat ja mit eigenen Augen gesehen, dass am Flughafen in Mailand ein Anschlag auf uns verübt wurde, ihn haben wir ganz sicher auf unserer Seite. Und wenn Tipo bei Monelli nachfragt, wird er sich bestimmt nicht mehr dagegen sträuben, den Artikel zu publizieren. Und noch was«, fuhr Sorese fort, bevor Tessa etwas erwidern konnte, »vergiss nicht, dass selbst dieser Peter O'Brien vom FBI nach wie vor sehr an unserer Story interessiert ist. Ich bin sicher, dass das FBI und Interpol alle Hebel in Bewegung setzen werden, um der ganzen Sache nachzugehen! Ich denke also, dass wir uns jetzt endlich mit Monelli in Verbindung setzen und ihm erzählen sollten, was wir bereits alles herausgefunden haben. Wenn er erfährt, dass hier in Thailand noch zwei weitere Anschläge auf uns verübt wurden, wird er uns mit Sicherheit Glauben schenken.« Sorese nahm einen letzten Zug von seiner Zigarette, die unterdessen zwischen seinen Finger heruntergebrannt war, und schnippte sie zu Boden. Tessa dachte ganz offensichtlich angestrengt nach, denn nach einer Weile meinte sie: »Und du vertraust Monelli wirklich?« »Ja«, gab Sorese bestimmt, aber auch ein wenig ärgerlich zurück, da sie ihn das schon mehrere Male gefragt hatte. »Er wird uns ganz bestimmt in Schutz nehmen und alles dafür tun, dass uns beiden nichts passiert, da bin ich mir verdammt sicher! Zudem hat er sich ja bereits mit Interpol in Verbindung gesetzt, und die forschen jetzt bestimmt auch nach.« Dann sprach Tessa das Thema an, das Sorese bereits erwartet hatte. »Und mein Vater?«, sagte sie leise, »es gibt doch keinen Beweis dafür, dass er mit der ganzen Sache zu tun hatte.« Sofort wurden ihre Augen wieder feucht, aber sie wandte den Blick nicht von Sorese ab. »Er war der einzige Mensch, der wusste, wo wir sind«, gab Sorese zu bedenken. »Und was, wenn wir bereits in Mailand beschattet wurden? Wenn die Typen, die uns fast über den Haufen gefahren haben, nicht alleine waren? Wir waren zwar vorsichtig, doch das sind ausgewachsene Profis.« Tessa war zornig, und Sorese konnte das gut verstehen. Also versuchte er zu beschwichtigen: »Du hast ja Recht, in Ordnung. Wir lassen deinen Vater aus dem Spiel, versprochen!« Tessa atmete hörbar aus und schnäuzte sich lautstark in das letzte Taschentuch, das ihr noch verblieben war. »Also lass uns Monelli vom Hotel aus anrufen«, schlug Sorese vor. »Je eher wir zurück in Italien sind und dann nicht mehr ganz alleine dastehen, desto besser fühle ich mich.«

Mailand, 18. September, 17.30 Uhr

Commissario Giuseppe Monelli sass einmal mehr in seinem bescheidenen Büro und versuchte, den ganzen zu erledigenden Papierkram mit seinen kleinen stechenden Augen vom Tisch weg zu starren. Doch so sehr er sich auch bemühte, es wurde nicht weniger. Missmutig griff er nach der nächsten Akte, die oben auf dem Stapel lag, als sein Telefon läutete. »Monelli«, hob er nach dem zweiten Klingelton ab, und der schlechten Verbindung wegen dauerte es einen Moment, bis er Soreses Stimme am anderen Ende der Leitung erkannte. »Sorese«, quietschte er augenblicklich in den Hörer, »Wo steckst du verdammt nochmal? Geht es dir gut? Und wo ist diese Teresa? Ist sie noch bei dir?« »Rhino, lässt sich mein Anruf zurückverfolgen?« wurde er von Sorese unterbrochen, »ich rufe dich über ein prepaid Handy an.« »Nein, lässt er sich nicht!«, schnaubte Monelli säuerlich zurück, »und jetzt erzähl schon!« »Wir sind in Thailand, genauer gesagt in Bangkok«, begann Sorese seine Ausführungen. Zusammenfassend schilderte er Monelli nochmals alle Anschläge, die in den letzten Wochen verübt worden waren, angefangen beim mysteriösen Absturz des Ferienfliegers nach Hurgada bis hin zu dem Bombenanschlag in Dubai. »Ist mir alles bereits bestens bekannt, mein Lieber, und Interpol sucht ja auch fieberhaft nach eurem Verdächtigen auf dem Phantombild«, wurde er von Rhino unwirsch unterbrochen, »hast du auch was Neues in petto?« »Ungeduld ist kein guter Berater, Rhino«, erwiderte Sorese subito, und dann fuhr er etwas bestimmter fort: »An den Anschlag auf uns am Flughafen in Mailand kannst du dich ja bestimmt auch noch erinnern«. Monelli war der vorwurfsvolle Unterton in Soreses Stimme nicht entgangen. »Jaja, wir von der Polizei sind natürlich Hellseher!« fauchte er verärgert zurück. »Lass gut sein«, beschwichtigte Sorese, »habt ihr diesbezüglich übrigens etwas Neues ausgegraben?« »Nein, leider nicht«, gab Monelli kleinlaut zurück. »Der Fahrer hat uns ja abgehängt und das Auto ist nach wie vor spurlos verschwunden,« und noch bevor Sorese seinen

Senf dazu geben konnte, fuhr er fort: »Schliesslich können wir ja keinen Unschuldigen über den Haufen fahren, wenn wir jemanden verfolgen!« Nun war es Sorese, der schnaubte. »Also, gleich danach haben wir uns nach Thailand abgesetzt, wo Teresas Vater ein Hotel besitzt. Aber nachdem mir in der ersten Nacht jemand ein Messer in die Brust rammen wollte, hielt ich es für angebracht, dort zu verschwinden und mir eine neue Unterkunft zu suchen.« »Und Teresa, deine Begleitung?« »Die habe ich vorsichtshalber mitgenommen«, antwortete Sorese, verschwieg jedoch, wie schwierig es gewesen war, sie davon zu überzeugen. »Doch letztlich überwogen ihre Zweifel und sie entschloss sich dazu, ihrem Vater mehr Vertrauen zu schenken als mir.« »Kann ich gut verstehen«, wurde er abermals von Monelli unterbrochen, doch dieses Mal hörte sich dieser weniger sarkastisch als vielmehr einfühlsam an. »Sie erzählte ihrem Vater, wo wir uns befanden, und dieser wollte sie persönlich abholen. Als er aber nicht am vereinbarten Treffpunkt auftauchte, kam Teresa zurück und beichtete mir alles. Daraufhin beschlossen wir, ihren Vater zur Rede zu stellen, und sind zu seinem Hotel gefahren. Leider kamen wir zu spät, wir fanden ihn tot in seinem Büro. Der oder die Täter wollten zwar einen Selbstmord vortäuschen, doch da passte einfach zu Vieles nicht richtig ins Bild.« Monelli, der wusste, dass Sorese einst ein hervorragender Polizist mit einer untrüglichen Spürnase für noch so kleine Ungereimtheiten war, nahm ihm das ohne Wenn und Aber ab. »Wir verschwanden so schnell wir konnten, aber als wir unsere restlichen Sachen im Hotel abholen wollten, bekam ich im Treppenhaus gerade noch mit, wie ein Zimmermädchen die Tür zu unserem Zimmer öffnete und von einer Bombe zerfetzt wurde.« Als von Monelli keine Reaktion kam, fuhr er fort. »Irgendwie habe ich es dann bis nach draussen auf die Strasse geschafft, und wir haben uns nach Bangkok abgesetzt.« »Und ihr seid sicher, dass man euch dabei nicht gefolgt ist?« hakte Monelli sofort nach. »So sicher, wie man eben sein kann«, meinte Sorese nach einem kurzen Zögern. Er fing einen sorgenvollen Blick von Tessa ein, die aufmerksam mithörte, doch glücklicherweise nur mitbekam, was Sorese sagte. »Also liegt es auf der Hand, dass Teresas Vater da mit drin hängt«, kombinierte Monelli nämlich schnell, und Sorese widersprach ihm nicht. »Und was habt ihr jetzt vor?«, fragte er nach einer kurzen Pause. Schliesslich weihte Sorese Monelli in ihren Plan ein. »Wir werden uns morgen Abend einen Flug nach Mailand buchen. Aber vorher werden wir noch unsere Story zu Papier bringen und sie an Tipo schicken. Der wird bestimmt nicht lange fackeln und die Story publizieren. Wenn wir mit unseren Vermutungen bezüglich der Hintergründe zu all diesen Anschlägen richtig liegen, wird uns das einwenig Zeit verschaffen. Die Hintermänner wissen dann nämlich, dass man ihnen auf der Spur ist und sie werden vorderhand vor allem damit beschäftigt sein, ihren Kopf aus der Schlinge zu ziehen.« »Wenn du dich da nur nicht täuschst«, zweifelte Monelli, »denn es könnte ja durchaus sein, dass sie noch vehementer versuchen werden, alle Spuren zu vernichten. Und zwar wirklich alle!«, fügte er eindringlich an. »Tja, dieses Risiko werden wir wohl oder übel auf uns nehmen müssen«, erwiderte Sorese, »und ich weiss ja, dass wir uns auf dich verlassen können.« »Dann vergiss nicht, mir euren Flug und eure Ankunftszeit mitzuteilen, sobald ihr Bescheid wisst. Dann kann ich euch nämlich hier in Empfang nehmen und dafür sorgen, dass ihr in Sicherheit gebracht werdet.« »In Ordnung, Rhino. Dein Wort in Gottes Ohr! Und bitte, mein lieber Rhino, vertrau im Moment niemandem, wirklich niemandem, und behalte das Ganze für dich, okay?«

Bangkok, 18. September, 23.30 Uhr

»Danke«, hörte er Tessa murmeln, als er die Verbindung unterbrochen hatte, »danke, dass du meinen Vater nicht mit hineingezogen hast!« Schnell drückte sie ihm einen flüchtigen Kuss auf die Wange. Sorese beschloss in diesem Moment, ihr zu verschweigen, dass das gar nicht nötig gewesen war, denn Monelli hatte auch ohne sein Zutun die richtigen Schlüsse gezogen. »Ich bin todmüde«, gähnte Tessa, »ist es für dich okay, wenn ich zuerst ins Bad gehe? Ich brauche nicht lange.« Ohne seine Antwort abzuwarten stand sie auf, griff nach Zahnpasta, Zahnbürste und ihrem neuen Duschmittel und verschwand im Badezimmer. Sorese nutzte den Moment, öffnete das Fenster, lehnte sich so weit wie möglich heraus und steckte sich eine Zigarette an. Der Abstand zum Nachbarhaus betrug maximal einen Meter, und doch hatte er schon einige Male gehört, wie sich ein Moped laut knatternd seinen Weg durch die schmale, schmutzige Gasse gebahnt hatte. Die Klimaanlage lief auf Hochtouren und ratterte jetzt, wo das Fenster offen war, ohrenbetäubend. Er hoffte, dass die noch immer stickige und schwere Luft den Rauch seiner Zigarette nicht ins Zimmer drückte und hing eine Weile seinen Gedanken nach. Gleich morgen früh würden sie den Zeitungsartikel verfassen, damit er in Mailand rechtzeitig auf Brunos Tisch lag und noch in der nächsten Ausgabe publiziert werden konnte. Er zweifelte keinen Moment daran, dass Bruno ihn sofort bringen würde. »Das wird ganz bestimmt der Aufmacher auf Seite 1 sein, und die Leser werden sich die Zeitung an den Ständen förmlich aus der Hand reissen«, sinnierte er, aber gleichzeitig hoffte er auch, dass sie damit den erhofften Zweck erreichen und etwas Zeit gewinnen könnten. Er drückte den Rest der Zigarette an der grauen Mauer neben dem Fenster aus, liess den Stummel in die Gasse fallen und schloss das Fenster. Der Lärm der Klimaanlage war jetzt nur noch als ein dumpfes Brummen zu vernehmen, und die kühle Luft in ihrem Raum war eine Wohltat. »Hast du etwa hier drin geraucht?« rümpfte Tessa die Nase, als sie aus dem Bad kam. Sie trug ein hellblaues, viel zu enges T-Shirt, das die Konturen ihres schlanken, wohlgeformten Oberkörpers überdeutlich abzeichnete, und lediglich eine schwarze, knappe Unterhose, die ihre festen Pobacken kaum umschloss. »Wow«, dachte Sorese, »sie sieht umwerfend aus!«, und er versuchte, sie nicht allzu auffällig anzustarren. Tessa schien erst jetzt bewusst zu werden, dass sie das erste Mal halbnackt vor Sorese stand. Etwas verlegen senkte sie ihren Blick, tapste schnell ums Bett herum auf ihre Seite, liess sich fallen und vergrub sich sofort tief im Laken. Ihre schmutzigen Kleidungsstücke hatte sie achtlos auf den Sessel geworfen, der neben dem Bett stand. Schon lugte nur noch ihr niedliches Stupsnäschen unter der Decke hervor, und mit ihren hellbraunen Augen blinzelte sie frech zu Sorese: »Was?« raunzte sie ihn an, da er seinen Blick noch immer nicht von ihr gelöst hatte, doch die kleinen Augenfältchen verrieten ihm, dass sie lächelte. »Äh, dann verschwinde ich auch nochmals kurz im Bad«, stammelte er. Dann war er auch schon verschwunden. Sie hörte, wie er den Duschhahn aufdrehte und das Wasser zu laufen begann. Nach einigen Minuten kapitulierte Sorese und fand sich damit ab, dass er die Temperatur des Wassers nicht beeinflussen konnte, so sehr er auch an den Armaturen herumschraubte. Es war bestensfalls lauwarm, die kalte Dusche konnte er sich also abschminken. Trotzdem duschte er ausgiebig, und es war einfach nur herrlich. Aufgeregt dachte er an den Moment, an welchem er zu Tessa ins Bett schlüpfen konnte. In seinen Gedanken formte sich ein Bild: Tessa, wie sie sich zuerst schüchtern und ganz zärtlich an ihn kuscheln und ihre Arme um seine Hüfte legen würde, wie ihr beider Atem dann kontinuierlich kräftiger und intensiver gehen und sie ihren Körper schliesslich fest an den seinen pressen würde. Augenblicklich stellte sich bei ihm ein wohliges Prickeln ein, und er bemühte sich krampfhaft, den Gedanken nicht weiter zu verfolgen, um die aufkommende Erektion zu verhindern. So blieb er noch einige Minuten lang unter dem Wasser stehen, und als er sich endlich wieder im Griff hatte, trocknete er sich ab und putzte ausgiebigst die Zähne. Dann endlich zog er sich das neu gekaufte T-Shirt über, rümpfte aber sogleich die Nase, denn es war steif und roch nach Strasse. Seine neue, blaue Unterhose war wenigstens in Plastik eingeschweisst. Er verliess das Bad, und auf seiner Seite des Bettes hatte Tessa die Nachttischlampe brennen lassen. »Tessa«, sagte er leise, als er neben dem Bett stand, »wann sollen wir morgen aufstehen?« Doch ausser der Klimaanlage, die leise vor sich hinsurrte, konnte er nur ihren tiefen, gleichmässigen Atem hören. Sie war bereits eingeschlafen.

Bangkok, 19. September, 08.00 Uhr

Das Rauschen des Wassers im Badezimmer hatte ihn geweckt, und erste Sonnenstrahlen zwängten sich bereits in die schmale Gasse vor ihrem Zimmer und erhellten es. Er hörte eine Tür schlagen und dann ein paar Stimmen im Flur, die sich aber schnell entfernten. Neben ihm war das zerwühlte Bett leer. Da kam Tessa auch bereits aus dem Bad heraus. »Aufstehen, Schlafmütze«, meinte sie, und er richtete sich behutsam auf. »Ist ja gut, ist ja gut«, grummelte er, »wie spät ist es denn?« »Es ist bereits nach acht Uhr, und wir haben noch viel zu erledigen heute.« Sie hatte natürlich recht, denn wenn sie ihren Artikel rechtzeitig an Bruno schicken wollten, mussten sie sich beeilen. Zwar hatten sie ihn schon einmal verfasst, doch als sein Computer beim Anschlag in Malpensa zu Brüche gegangen war, wieder verloren.

Etwa eine Viertelstunde später sassen sie auf der kleinen Terrasse einer Starbucks-Filiale, die sie in der Nähe ausgemacht hatten, denn etwas Ähnliches wie einen Frühstücksraum hatten sie im Hotel vergeblich gesucht. Sorese steckte sich bereits die zweite Zigarette an und nahm einen weiteren kleinen Schluck Kaffee, der im Gegensatz zu dem, was in Thailand üblicherweise als Kaffee verkauft wurde, tatsächlich einigermassen schmeckte. Trotzdem sehnte er sich unglaublich nach einem richtigen, italienischen Espresso. Über die letzte Nacht, die sie zusammen im gleichen Bett verbracht hatten, verloren sie kein Wort. Es gab ja schliesslich auch nichts zu bereden, dachte Sorese frustriert. »Wenn ich das richtig gesehen habe, dann sind wir gestern an mindestens zwei Internetshops vorbeigekommen«, bemerkte Tessa, und Sorese nickte zustimmend. Sie standen auf, verliessen das Kaffee und sassen schon wenig später in einem kleinen, muffigen Raum vor einem Bildschirm. Fast alle Computer waren besetzt, und beim Eintreten hatte Sorese registriert, dass praktisch alle User einen Kopfhörer trugen und entweder voller Inbrunst in ein Game vertieft waren, das ihm bekannt vorkam, oder via Facebook oder Skype am Chatten waren. Niemand hatte auch nur einen Augenblick aufgeschaut, als sie den Shop betreten und sich zu ihrem Computer durchgekämpft hatten. Sorese übernahm das Tippen. Nachdem sie ein erstes grobes Gerüst für ihren Artikel erstellt hatten, in dem sie all die Ereignisse, vom Flugzeugabsturz bis hin zum Anschlag in Dubai, chronologisch ordneten, meinte Sorese: »Also, die Verbindung zwischen all diesen Anschlägen ist unser grosser Unbekannter.« Praktisch überall dort, wo es zu einem Unglück gekommen war, war auch ihr »Phantom« aufgetaucht. Zwar hatten sie noch immer keinen hieb- und stichfesten Beweis dafür, denn diejenigen, die ihren Unbekannten auf der Zeichnung erkannt hatten, würden das mit Sicherheit nicht mehr unterschreiben können, denn sie waren bereits alle tot. So viele Zufälle konnte es gar nicht geben. Die Tatsache, dass sie in den letzten Tagen selbst dreimal nur knapp dem Tod entkommen waren, untermauerte ihre Hypothese zusätzlich: Wieso sollte es jemand auf sie abgesehen haben, wenn es sich tatsächlich um zusammenhangslose einzelne Aktionen oder einfach um tragische Unfälle handelte? Nein, da hatten die Gazzetta und bestimmt auch alle anderen Boulevardzeitungen schon Storys mit viel weniger Beweisen herausgebracht, denn am Ende lebten diese Medien praktisch ausschliesslich von der Sensationsgier der Menschen. Zugegeben, mit ihren Vermutungen über mögliche Hintergründe für diese Taten bewegten sie sich auf dünnem Eis, denn das waren wirklich nur Spekulationen, aber so sehr sie sich den Kopf zermarterten, kamen sie auf keine andere plausible Erklärung. Trotzdem hatte Sorese ihren Verdacht im Artikel geschickt so formuliert, dass man die Gazzetta nicht dafür haftbar machen konnte, sollte eines Tages eine andere Wahrheit herauskommen. Etwa zwei Stunden später – nachdem sie ihren Entwurf unzählige Male durchgelesen, Wörter nach längeren Diskussionen durch andere, treffendere ersetzt und ganze Passagen umgestellt hatten – nickte Sorese zufrieden. »So, und jetzt das Wichtigste«, meinte Sorese schliesslich. »Wir suchen nach einer Schlagzeile, die den Leuten sofort ins Auge sticht und sie gleichzeitig ängstigt und beunruhigt, sie also mitten ins Herz trifft. Sie sollen dann gar nicht mehr anders können als die Zeitung sofort zu kaufen und die Story zu verschlingen. Das wird jetzt der anspruchsvollste Teil unserer Arbeit«, fügte er hinzu. »Wie wär's mit >Mord im Ferienparadies?<«, schlug Tessa vor. »Ist mal ein Anfang«, murmelte Sorese, »trifft aber den Nagel noch nicht ganz auf den Kopf. Sofern wir mit unserer Vermutung richtig liegen – und davon gehe ich aus – handelt es sich um eine der brutalsten und skrupellosesten gezielten Aktionen unserer Zeit. Zahllose Erwachsene und Kinder wurden unschuldig in den Tod gerissen, und das alleine des Geldes wegen. Und vielleicht ist es ja auch noch gar nicht vorbei, geht das Morden weiter. Genau das macht Angst, und vor allem der ermordeten Kinder wegen auch unglaublich wütend.« »Also Emotion pur«, folgerte Tessa, und Sorese nickte bekräftigend. »Wie wär's dann mit >Urlauber in grosser Gefahr?<« »Gefällt mir schon viel besser«, grinste Sorese, »ich sehe, du begreifst schnell.« Verärgert vom schulmeisterlichen Unterton in seiner Stimme rammte sie ihm ihren Ellbogen in die Seite und gab gereizt zurück: »Hast du denn einen besseren Vorschlag?« »Ich überlege noch«, wehrte Sorese ab, und sie beschloss abzuwarten. »>Urlauber in Todesgefahr<, tippte er schliesslich in die Tastatur, und als Untertitel: >Unzählige Familien gezielt ermordet!<« »Aha, du ersetzt einfach >grosse Gefahr< durch >Todesgefahr<, was für eine journalistische Leistung«, frotzelte Tessa. Doch insgeheim vermutete sie, dass diese Schlagzeile den Nerv vieler Leute bestimmt treffen würde. Einige Minuten lang überlegten sie noch hin und her und bastelten an der Formulierung herum, doch letztlich setzte sich Sorese durch. Nach einem kurzen Blick auf seine Uhr meinte Sorese: »In Mailand ist es jetzt sechs Uhr früh. Bruno kommt zwar in der Regel erst so zwischen neun und zehn Uhr in die Redaktion, aber ich denke, es ist besser, den Artikel trotzdem sofort abzusenden«. »Lass uns vorher noch einen Stick kaufen, damit wir eine Sicherheitskopie haben«, schlug Tessa vor. Sorese nickte, sicherte den Entwurf auf dem Schreibtisch, und Tessa stand auf. An der Kasse erstand sie für wenig Geld einen Stick. Als sie wieder bei Sorese war, kopierte er den Entwurf und sicherte ihn anschliessend als pdf, damit er ihn problemlos an die Mail anhängen konnte. Danach drückte er auf Senden, entfernte den Stick vom Computer, liess ihn in seiner Hosentasche verschwinden und löschte den Artikel auf dem Schreibtisch. »So, das war's!«, meinte er schliesslich, und als sie kurz darauf bezahlt hatten und wieder auf der Strasse standen, verspürten beide eine gewisse Erleichterung.

»Und jetzt?«, fragte Tessa, nachdem sie beide automatisch in Richtung Hotel losgeschlendert waren. »Zuerst essen wir was, mein Magen knurrt seit mindestens einer Stunde«, antwortete Sorese, »einverstanden?« »Wir müssen aber noch unseren Flug nach Mailand buchen«, gab Tessa zu bedenken, »das hätten wir übrigens auch gleich vorhin am Computer erledigen können«. »Dazu werden wir aber eine unserer Kreditkarten benötigen, denn das wird eine ganze Stange Geld kosten. Eine solche Summe werden wir kaum am Automaten abheben können, und Kreditkarten lassen sich leider ausgezeichnet verfolgen. Also denke ich, wir sollten den Flug möglichst kurzfristig buchen, damit wir, würde das tatsächlich jemand versuchen, bereits in Mailand angekommen sind, wenn sie unsere Spur aufgenommen haben.« Das leuchtete Tessa sofort ein, und einen Moment lang bewunderte sie Sorese für dessen Weitsicht. »Wie wäre es mit einem Teller Pasta und einem Schluck Rotwein?«, schlug er vor und zeigte voller Vorfreude auf ein kleines italienisches Restaurant, das er in diesem Moment zwischen zwei indischen Schneidereien ausgemacht hatte. Tessa hatte nichts dagegen einzuwenden, denn auch wenn sie Thaifood über alles liebte, ab und zu war ein Teller Pasta nicht zu verachten.

Der Besitzer des kleinen Restaurants hatte sich offensichtlich alle Mühe gegeben, seinem Lokal typisch italienisches Flair einzuhauchen. Auf den rotweiss karierten Tischdecken standen kleine Flaschen mit Olivenöl, eine Salzdose und hölzerne Pfefferstreuer, und an den weiss getünchten Wänden hingen in Metall gerahmte Fotografien, die Italien von seiner schönsten Seite zeigten und die bei Sorese augenblicklich grosse Sehnsucht erweckten. Neben einer kleinen Bar stand ein riesiger Weinkühler mit Dutzenden Flaschen aus diversen Regionen Italiens, darunter sogar ein spezieller Barolo, den Sorese kannte und liebte. Die Angestellten trugen schwarze, lange Hosen und weisse Hemden, wie das in Italien in besseren Restaurants so üblich war. Der Patron selbst thronte hinter einem kleinen Tisch in der hintersten Ecke des Restaurants und konnte von dort aus den ganzen Raum bestens überblicken. Sein üppiges Körpergewicht liess auf eine gute Küche schliessen. Er hatte einen riesigen Teller Spaghetti vor sich und schaufelte genüsslich Gabel um Gabel in sein Maul. Dazwischen gönnte er sich immer wieder einen kräftigen Schluck Rotwein – die Flasche, die auf seinem Tisch stand, war schon fast leer. Das einzige, das etwas skurril, schräg, seltsam anmutete: Die Angestellten waren allesamt Thais, die sie beim Eintreffen sogar mit einem dem Italienischen nahekommenden »Buongiorno« begrüssten und ihnen einen Tisch zuwiesen.

»Waaas?« schimpfte Sorese erschrocken, als sie endlich die Speisekarte erhalten hatten, »1'800 Bath für eine Flasche Wein? Sind die nicht ganz dicht?« Er wusste, dass er in Italien dafür maximal zehn Euro zu bezahlen hätte, in seiner Stammkneipe bei Luigi höchstens acht. Während Tessa sich beeilte, das ihnen noch verbleibende Bargeld zu zählen, um sicher zu gehen, dass sie sich die Flasche Wein würden leisten können, grummelte Sorese noch immer vor sich hin und schüttelte ungläubig den Kopf. »Reicht leider nicht«, informierte sie Sorese dann möglichst behutsam, »aber sie haben ja auch noch einen Hauswein auf der Karte, den sie offen verkaufen«, versuchte sie zu beschwichtigen, was ihr aber lediglich einen mürrischen Blick eintrug. Nachdem sie ihre Insalata Caprese gegessen hatten, die selbstverständlich niemals so gut war wie sie in Italien gewesen wäre – was zumindest Soreses Meinung war – kam die Kellnerin mit der Pasta angerauscht. Sorese hatte Penne alle Vongole geordert, und die schienen ihm glücklicherweise hervorragend zu schmecken, denn sein Ärger war verflogen, und nach einigen Gabeln liess er sich sogar zu einem »lecker« hinreissen.

Nach dem Essen schlenderten sie dann noch eine Weile die betriebsame Sukhumvit entlang, und an einer kleinen Bar, die bereits geöffnet hatte und vor der man an wackeligen Stehtischen sogar rauchen konnte, genehmigte er sich ein Glas Whisky, der natürlich nicht wie ein richtiger Whisky schmeckte. Aber in Anbetracht dessen, dass er beim Italiener aus finanziellen Gründen auf einen Grappa verzichtet hatte, was ihm Tessa übrigens hoch anrechnete, war das zu verschmerzen. Schliesslich machten sie sich auf die Suche nach einem weiteren Internetshop, um ihren Flug zurück nach Mailand zu buchen. »Lass uns vorher aber bitte noch kurz Bruno anrufen«, schlug Sorese vor. »Ich möchte sicher sein, dass er unsere Mail mit unserem Artikel erhalten hat und ihn auch wirklich publizieren wird.« Tessa nickte, und an einer etwas ruhigeren Ecke klaubte Sorese sein Handy hervor und tippte Tipos Nummer ein. Glücklicherweise waren Telefonate ins Ausland mit einer thailändischen SIM-Karte günstig, so dass ihr Gesprächsguthaben wohl ausreichen würde. »Tipo«, meldete sich dieser gleich nach dem ersten Läuten. »Sorese hier«, antwortete dieser, und bevor Bruno zu Wort kam und ihn mit seinen Fragen überhäufen konnte, fügte er an: »Ich habe kaum noch Geld auf meinem Handy. Hast du unsere Mail mit dem Artikel erhalten?« »Ja, hab ich, verdammt nochmal! Wir sitzen schon seit einer guten Stunde zu viert daran, um ihn zu redigieren und haben sogar unseren Winkeladvokaten zugezogen. Starker Tobak! Wo verflucht nochmal seid ihr? Ist Teresa bei dir? Wir müssen unbedingt noch ein paar Details klären, bevor wir damit an die Öffentlichkeit können! Macht euch auf der Stelle auf die Socken zu mir ins Büro, ma subito!« »Das lässt sich leider nicht machen«, erwiderte Sorese schnell, »wir mussten uns in Sicherheit bringen«, fuhr er fort, »und du weisst ja, warum.« »Du bist dir bewusst, was für ein Risiko wir eingehen, wenn wir den Artikel publizieren?« knurrte Tipo ihn an. Er war aber so aufgekratzt, dass er offensichtlich bereits voll angebissen hatte. »Die werden uns in winzig kleine Stücke reissen, wenn sich das alles als Bockmist erweist!«, fluchte er. »Keine Sorge, das Ganze ist praktisch wasserdicht. Und wenn du mir nicht glaubst, ruf Monelli an, der wird dir das gerne bestätigen.« »Darauf kannst du deinen Arsch wetten!«, donnerte Tipo, und drohend fügte er an: »Aber wenn das ein Fiasko wird, dann mach dich auf was gefasst! »Certo«, wird es aber nicht!« Dann wurde das Gespräch plötzlich unterbrochen, und eine geschäftsmässige Stimme brabbelte zuerst auf Thai, dann in einigermassen verständlichem Englisch: »Ihr Gesprächsguthaben ist leider aufgebraucht.« »Und?«, hörte er Tessa erwartungsvoll fragen, »publiziert er die Story?« »Darauf kannst du dich verlassen«, grinste Sorese sie an.

Kurz danach sassen sie abermals in einem kleinen Internetkaffee vor einem Computer und buchten zwei völlig übeteuerte Flüge mit Thai 940 nach Malpensa. Der Flieger würde Bangkok um 00.40 Uhr verlassen und am selben Tag um 07.35 ankommen. Als Sorese endlich damit fertig war, sich über den hohen Preis für die zwei Tickets in der Holzklasse zu ärgern, erinnerte ihn Tessa daran, Monelli noch eine Mail mit ihrer Ankunftszeit zu schicken. Dann machten sie sich auf den Weg zurück zu ihrem Hotel, um ihre restlichen Sachen und ihre Rucksäcke zu holen und auszuchecken. Bestimmt würden sie auch noch für die heutige Nacht den vollen Preis berappen müssen, und Tessa hoffte inständig, dass ihr Geld dafür ausreichen würde. Kurz bevor sie bei ihrem Hotel angekommen waren, blieb Sorese abrupt stehen und zog Tessa am Arm zurück. »Warte«, raunte er ihr zu, »lass uns besser auf Nummer sicher gehen!« Tessa erstarrte, fasste sich aber schnell. Sie beobachteten ein paar Minuten lang den Eingang zu ihrem Hotel und die nähere Umgebung, ohne etwas Verdächtiges zu entdecken. »Du wartest hier«, meinte Sorese schliesslich, »und wenn ich aus irgendeinem Grund nicht zurückkomme, machst du, dass du sofort hier wegkommst. Nimm den Zug zum Flughafen, geh ohne zu Zögern durch die Passkontrolle und warte direkt am Gate auf deinen Abflug. Monelli wird dich in Mailand in Empfang nehmen und dafür sorgen, dass dir nichts passiert. Hey, hast du verstanden?« doppelte Sorese nach, als er keine Antwort von Tessa erhielt. »Ja, klar, alles angekommen«, fauchte sie, aber er konnte ihre Angst förmlich fühlen. »Mach dir keine Sorgen, ich pass auf mich auf«, versuchte er sie zu noch beruhigen, dann verliess er Tessa, bog um die Ecke und war Sekunden später im Eingang verschwunden.

Die Minuten dehnten sich, und Tessa wurde immer nervöser. Ihr Herz pochte bis zum Hals, und sie wagte kaum, sich zu bewegen, das Hotel immer in ihrem Blickfeld. Da plötzlich bemerkte sie eine Gestalt, die vom anderen Ende der Strasse in ihre Richtung gelaufen kam, und sofort schnürte ihr die aufkommende Panik die Kehle zu. Ein Weisser, ganz sicher kein Thai, registrierte sie. Trotz der unsäglichen Hitze trug er eine dunkle Anzughose, ein ebenso dunkles, bis zur Mitte aufgeknöpftes Hemd, und mit seiner rechten Hand umklammerte er den Griff einer Aktentasche. Sein Gesicht konnte sie nicht erkennen, da er eine dunkle Schirmmütze trug und den Kopf gesenkt hielt. Zielstrebig steuerte er das Hotel an. Kurz vor dem Eingang blieb er stehen und sah aufmerksam in alle Richtungen. Ganz kurz kreuzten sich ihre Blicke, dann stoppte ein Tuktuk neben ihm, das wie aus dem Nichts aufgetaucht war. Der Unbekannte warf seine Aktentasche auf den Rücksitz, liess sich ebenfalls hineinfallen, und schon bog das Tuktuk in die Sukhumvit ein und verschwand im Verkehrsgewühl. Tessa holte tief Luft und beruhigte sich wieder. Weitere Minuten vergingen, und endlich sah sie Sorese, wie er das Hotel mit ihren zwei Rucksäcken verliess, sich vergewisserte, dass die Strasse frei war, und auf sie zukam. Wieder atmete sie auf, und dann stand er auch schon neben ihr. »Alles glatt gelaufen«, meinte er beruhigend, denn er merkte, dass sie zitterte wie Espenlaub. »Lass uns verschwinden.« Er winkte eine dieser Taxen mit Taxameter heran, und bevor sie etwas erwidern konnte, fügte er an: »Keine Angst, wir haben noch genug Geld übrig, ist auch viel bequemer so.«

Mailand, 19. September, städtisches Polizeipräsidium, 12.30 Uhr

Polizeipräfekt Pozzo war endlich aus seinem Urlaub zurück und hatte sich hinter der massiven Tür zu seinem protzigen Büro verbarrikadiert. Er wünsche von nichts und niemandem gestört zu werden, wie er bei seinem Eintreffen in seiner herrischen Art unmissverständlich klar gemacht hatte. Selbst Monelli hatte es bis anhin nicht gewagt, sich Pozzos Anordnung zu widersetzen. Dieser würde ihn früher oder später sowieso zu sich zitieren, um sich über den Stand der Arbeit informieren zu lassen.

Monelli hatte nach dem Anruf von Sorese lange mit sich gehadert, dann aber beschlossen, Pozzo gegenüber im Moment Stillschweigen zu bewahren. Zu eindringlich hatte ihm Sorese eingebläut, dass er niemandem trauen dürfe, und das bezog sich mit Sicherheit auch auf seine Vorgesetzten. Er würde ihm berichten müssen, dass sie den Anschlag auf Teresa und Sorese in Malpensa nicht hatten verhindern können und diese danach verschwunden waren, ohne eine Spur zu hinterlassen. Das würde nicht eben angenehm werden.

Pozzo sass derweil hinter seinem auf Hochglanz polierten, pseudoantiken Schreibtisch aus dunklem Holz, der auch einem beliebigen Direktionsbüro auf der Welt keine Schande bereitet hätte, und brütete vor sich hin. Schon mehrere Male hatte er nun versucht, diesen verdammten Idioten telefonisch zu erreichen, doch der hatte ihn jedes Mal einfach weggedrückt. Er griff sich sein eigens zu diesem Zweck gekauftes Handy, und dieses Mal klappte es endlich und er hatte ihn persönlich in der Leitung. »Was fällt Ihnen eigentlich ein, meine Anrufe zu ignorieren, Sie verdammter Mistkerl?« blaffte er ihn an. »Ich war beschäftigt«, antwortete sein Gegenüber emotionslos, »und ich habe sie verloren.« »Waaas? Wie konnte das passieren, Sie Hornochse? Ich dachte, Sie sind ein Profi«, brüllte Pozzo in die Leitung. »Die zwei hatten einfach Glück«, tönte es kalt zurück, »aber ich bin sicher, Sie können ihre Beziehungen spielen lassen und es herausfinden.« »Sind Sie …«, holte Pozzo schnaubend aus, wurde jedoch sofort wieder unterbrochen. »Melden Sie sich wieder, wenn Sie mehr wissen«, hörte er, und dann war die Leitung auch schon wieder tot. »Verfluchte Scheisse!«, brüllte Pozzo, und sein Gesicht hatte sich vor Zorn dunkelrot verfärbt. Als er sich wieder einigermassen beruhigt hatte, drückte er heftig auf die Gegensprechanlage auf seinem Schreibtisch und wies seine Sekretärin barsch an, Monelli subito in sein Büro zu beordern.

Als Monelli endlich eintraf, wurde er von Pozzo wie üblich wenig überschwänglich begrüsst: »Commissario Monelli, danke, dass Sie so schnell kommen konnten, nehmen Sie bitte Platz.« Er wies ihm den Besuchersessel vor seinem Schreibtisch zu, der so eingestellt war, dass Monelli, sowieso nicht gross gewachsen, einen ganzen Kopf kleiner schien als sein Chef. Was für ein Ego, dachte sich Monelli. Pozzo lächelte ihn nichtssagend an und meinte: »Was gibt's Neues? Bringen Sie mich auf den aktuellen Stand«, forderte er ihn auf. »Aber fassen Sie sich kurz«, fügte er unnötigerweise noch an, denn es war allen bestens bekannt, dass Pozzo Langschwätzer verachtete. Monelli informierte ihn trocken über die wichtigsten laufenden Fälle, und erst ganz am Schluss berichtete er ihm vom Anschlag auf Sorese und Teresa und dass diese seither spurlos verschwunden seien. »Spurlos verschwunden?«, fragte Pozzo nach einer ganzen Weile, in der er mit gerunzelter Stirn nachgedacht hatte, schärfer als gewollt nach,

»soll ich Ihnen tatsächlich glauben, dass sich dieser Journalist, zu dem Sie ja offensichtlich eine gute Beziehung haben, bis heute noch nicht mit Ihnen in Verbindung gesetzt hat? Oder dass Sie nicht eine einzige noch so kleine Spur von den beiden gefunden haben? Wirklich, Commissario?« Monelli, der sich auf eine solche Reaktion vorbereitet hatte, zuckte lediglich mit den Schultern und schwieg. Wieder liess Pozzo einige Sekunden verstreichen, ohne etwas zu sagen, dann meinte er mit einem theatralischen Seufzer: »Na gut, Monelli, danke für Ihren Bericht. Lassen Sie es mich umgehend wissen, wenn es Neuigkeiten gibt. Guten Tag!« Monelli salutierte kurz, denn er wusste, wie viel Wert Pozzo auf solch kleine Gesten der Untergebenheit legte, machte auf dem Absatz kehrt, verliess das Büro und schnaufte auf.

Mailand, 20. September, Flughafen Malpensa, 07.20 Uhr

Flug 940 aus Bangkok hatte soeben aufgesetzt. Monelli verliess das kleine Büro der Flughafenpolizei, zusammen mit Gianni Polpo und Matteo Salvi, zwei seiner verlässlichsten und erfahrensten Polizisten, die er zuvor zu absolutem Stillschweigen ermahnt hatte. Zielstrebig marschierten sie zur Passkontrolle, an der alle Passagiere abgefertigt wurden, die aus Übersee eintrafen, und positionierten sich so, dass sie alle Eintreffenden im Blick hatten. Sie waren mit Funk über kleine Kopfhörer, die sie im Ohr trugen, miteinander verbunden. Alle trugen sie zudem ein winziges Mikrophon am Kragen ihrer schicken Dienstjacke und fühlten sich ein wenig wie James Bond. Gerade eben war offensichtlich ein weiterer Flieger aus Asien eingetroffen, denn ein ganzes Heer von Chinesen, Kambodschanern, Japanern oder was auch immer drängelte sich schnatternd und kichernd an ihnen vorbei. Rhino würde Asiaten nie voneinander unterscheiden können, denn für ihn sahen sie alle irgendwie gleich aus. Und doch mochte er sie, und zwar nicht bloss – wie seine Frau Anja behauptete – weil er ihnen seiner bescheidenen Grösse wegen auf Augenhöhe begegnete und nicht von ihnen überragt wurde. Nein, auf ihn wirkten sie immer so glücklich und unbekümmert. Polpo und Salvi hingegen, beide gross gewachsen und durchtrainiert, stachen wie Riesen aus dieser Menschenmasse hervor.

Einige Minuten später strömte die nächste Ladung an Passagieren auf die Passkontrolle zu, und Sorese und Tessa überragten die meisten ebenfalls um mindestens eine Kopflänge, weshalb Monelli sie sofort entdeckte. Tessa hatte ihre feuerroten schulterlangen Haare zu einem Pferdeschwanz zusammengebunden, und Sorese mit seinem Viertagebart und den zerzausten Haaren sah aus wie eh und je: abgekämpft. Auch Tessa und Sorese hatten Rhino sofort entdeckt. Er nickte ihm kurz zu, und Tessa schenkte ihm sogar ein flüchtiges Lächeln. Monelli beorderte Polpo und Salvi in seine Nähe, befahl ihnen aber, die Leute aufmerksam im Auge zu behalten. »Hi Rhino«, begrüsste Sorese ihn einen kurzen Moment später mit einem festen Händedruck, »ich hätte nie gedacht, dass ich mal so erleichtert sein würde, dich zu sehen.« »Geht mir auch so«, quäkte Monelli zurück und grinste breit. Ein kleiner Asiate, der ihn, wie er da zwischen seinen zwei kräftigen und mürrisch dreinblickenden Kollegen stand, wohl für einen Promi hielt, zückte seine Kamera, lächelte, schoss ein paar Fotos und verschwand so schnell wie er gekommen war. Kurz darauf kam Tessa auf sie zugelaufen. »Signora Bianchi«, wurde sie von Monelli freundlich und ebenfalls mit Handschlag begrüsst, »schön, Sie wohlbehalten in Italien zurück zu wissen.« »Danke«, entgegnete Tessa etwas reserviert. Sorese und Tessa war anzusehen, dass sie wohl so einiges durchgemacht hatten. Sie wirkten erschöpft und hatten tiefe, dunkle Ringe unter den Augen. »Wie geht es weiter?«, richtete sich Sorese schliesslich an Rhino, als das Gepäckband endlich ihr weniges Gepäck ausgespuckt hatte und sie in Richtung Ausgang trotteten. »Ich bringe euch erst mal an einem sicheren Ort unter«, entgegnete er, »und dann sehen wir weiter.« Tessas Blick fiel auf die Auslage eines Kiosks, und die dicken, fetten Lettern der Schlagzeile der Gazzetta stachen ihr sofort in die Augen: »Urlauber in Todesgefahr!« Monelli, der ihrem Blick gefolgt war, meinte sofort: »Da habt ihr ja mächtig für Aufruhr gesorgt mit eurer Story! Es kam bereits in den Fernsehnachrichten, und seit heute früh versuchen sich die Radiostationen gegenseitig zu überbieten mit aktuellen News zu dieser Geschichte. Bruno Tipo hat persönlich einen Kommentar zur Story verfasst und euch namentlich aufgeführt und für euren Mut und eure Entschlossenheit in den Himmel gelobt. Ihr seid ja jetzt so was von berühmt!« »Ist ja toll«, murmelte Tessa giftig, »dann können wir uns ja gleich eine Zielscheibe auf die Brust pinseln!« Insgeheim war sie aber auch stolz auf sich und Sorese. Die Story würde Wellen schlagen, und das war ja genau das, was sie vorgehabt hatten. Sorese hatte die Schlagzeile ebenfalls erspäht, und im Gegensatz zu Tessa schien er sich darüber zu freuen. »Wow«, meinte er sichtlich erregt, »Da hat sich unser Aufwand ja tatsächlich gelohnt.« Doch auch ihm waren die Sorgen anzusehen, wenn man genauer hinguckte. Kurz vor dem Ausgang schob Monelli sie durch eine unscheinbare Seitentüre, die Salvi mit einem mehrstelligen Zahlencode geöffnet hatte. Dann marschierten sie minutenlang durch ein Labyrinth von Gängen mit unzähligen weiteren Türen auf beiden Seiten, bis sie endlich durch einen Hinterausgang auf einen kleinen Parkplatz traten. Augenblicklich fühlte Tessa die angenehme Wärme der Herbstsonne, deren erste Strahlen ihre Haut streichelten, und Sorese atmete kräftig ein und aus. »Schön, wieder hier zu sein«, liess er verlauten, und ein Lächeln lag auf seinen Lippen. »Hier entlang«, meinte Rhino und steuerte auf ein neutrales schwarzes Auto zu. Polpo setzte sich hinters Steuer und startete sofort den Motor. Monelli quetschte sich auf den Beifahrersitz, und Salvi nahm mit Tessa und Sorese auf der Rückbank Platz. Dann fuhren sie auch schon los. Als sie die Autobahn erreichten und sicher waren, dass ihnen niemand folgte, entspannten sie sich. »Pozzo dreht im Roten«, wandte sich Rhino schliesslich an Sorese, »kaum war die Story draussen, hat er mich sofort angerufen und mir die Hölle heiss gemacht!« »Sein Boss«, erklärte Sorese Tessa. »Offensichtlich hat er bereits einen Anruf von einem hohen Tier in Rom erhalten, und der wollte wissen, warum er keine Informationen darüber erhalten und ob er, Pozzo, seine Leute überhaupt im Griff habe. Muss ziemlich übel für ihn gewesen sein, dieser Anruf, denn gleich danach hat er mich zusammengestaucht. Interpol habe ein Amtshilfegesuch gestellt, das FBI wolle volle Akteneinsicht und er müsse jetzt sofort eine Sonderkommission oder so bilden. Er hat getobt und geflucht wie ein Berserker! Egal«, fuhr Rhino fort, »ich musste mein Telefonino auf jeden Fall ein ganzes Stück weit vom Ohr weghalten, sonst wäre ich jetzt wahrscheinlich taub. Auf jeden Fall ist das nicht mein Problem, denn ich habe Pozzo regelmässig informiert, und wenn er diese Infos nicht weiterleitet, hat *er* Mist gebaut und soll das Ganze gefälligst alleine ausbaden!« Je mehr sich Rhino ärgerte, desto schriller wurde seine Quiekstimme. »Und dann wollte er doch tatsächlich, dass ich in dieser verfluchten Sonderkommission oder was auch immer mitarbeiten soll. Was denkt der sich eigentlich? Dass ich mir nichts dir nichts nach Rom abhaue und Anja und die Kinder für Wochen alleine lasse?« Sorese vermutete, dass Rhino wahrscheinlich mehr Angst vor Anjas Reaktion hatte als vor dem Job in Rom, aber das behielt er wohlweislich für sich.

Als sie die chronisch überlastete Umfahrungsautobahn verlassen konnten, wurde der Verkehr lockerer und die Luft besser. Sorese wollte schon das Fenster öffnen, doch Salvi stauchte ihn sofort zusammen: »Sichtschutz, getönte Scheiben!«. »Wohin fahren wir eigentlich?« wollte Tessa wissen. Polpo gab keine Antwort und schielte zu Monelli, bis dieser schliesslich meinte: »Nach Bergamo. Ich bringe euch vorerst in einer kleinen Pension unter und lasse euch Polpo und Salvi da, damit euch auch ganz sicher nichts passiert. Ihr habt mich ja überdeutlich wissen lassen, dass ich niemandem vertrauen darf, aber für diese beiden lege ich meine Hand ins Feuer! So, und jetzt erzählt mal, und zwar bitte ohne etwas auszulassen! Schliesslich möchte ich wissen, worauf ich mich einlasse«, forderte Rhino Tessa und Sorese auf. Und er liess keine Zweifel darüber aufkommen, dass er alles bis ins letzte Detail wissen wollte.

Bergamo, 20. September, 09.45 Uhr

Als sie schliesslich in Bergamo ankamen, fuhr Salvi sie auf einer kleinen, kurvenreichen Strasse in die Altstadt hinauf, die auf einem Hügel über dem Geschäftszentrum der Stadt thront. Bergamo Alta ist nicht eben gross und die Sehenswürdigkeiten nicht spektakulär, was jedoch den Vorteil hatte, dass sich nur wenige Touristen hierhin verirrten. Hier fielen Fremde noch auf, und das war hilfreich für Salvi und Polpo, die über Tessa und Sorese zu wachen hatten. Die alten, zum Teil sorgsam restaurierten Gebäude, die vielen kleinen, typisch italienischen Kapellen, die pompös anmutende Kathedrale und die mit Kopfsteinen gepflasterten, engen Gassen verströmten einen morbiden Charme. Das bescheidene Albergo, in dem Monelli auf einen geläufigen Namen Zimmer reserviert hatte, lag etwas zurückversetzt von der Hauptstrasse, auf der nur Lieferanten zwischen 06.00 und 09.00 Uhr verkehren durften. Allerdings verfügten, wie in Italien üblich, etliche Anwohner über eine Sondergenehmigung, die sie sich illegal und meist für teures Geld von der Stadtverwaltung ergaunert hatten. Man konnte also nicht von einer eigentlichen Fussgängerzone sprechen. Immer wieder kamen ihnen Autos entgegen, die von den wenigen anwesenden Carabinieri keines Blickes gewürdigt wurden. Es sei denn, ihr Kennzeichen wies sie als ortsfremd aus. Diese wurden natürlich sofort angehalten und gebüsst.

Salvi stoppte das Auto direkt vor dem Eingang zum Hotel, und bevor Tessa und Sorese aussteigen durften, verliessen Salvi, Polpo und Rhino das Fahrzeug und prüften die Umgebung des Hotels mit dem kritischen Blick von Profis. »Ich komme mir vor wie in einem schlechten Film«, murmelte Tessa, und Sorese nickte belustigt. Als sie endlich aussteigen durften, drückte ihnen Monelli zwei Zimmerschlüssel in die Hand, er hatte sie bereits eingecheckt. Schnell durchquerten sie zu dritt den Empfangsraum, der sich im Vergleich zur pompösen Lobby des Hotels von Tessas Vater wie eine Besenkammer ausnahm, und zwängten sich in den kleinen Fahrstuhl. Die Kabine ächzte und senkte sich um mindestens zehn Zentimeter, als Rhino sie betrat. »Was für ein Schicksal«, grinste Sorese, »da überleben wir mehrere Anschläge, um schliesslich in Bergamo mit einem Aufzug abzustürzen!« was ihm einen bösen Seitenblick von Tessa einbrachte. Als sich der Fahrstuhl nach oben gequält und die Türen sich quietschend geöffnet hatten, fanden sie sich in einem kleinen Flur wieder, von dem nur drei Zimmertüren ausgingen. »Im linken Zimmer habe ich Salvi und Polpo einquartiert«, erklärte Monelli, »einer der beiden wird jeweils im Erdgeschoss Wache halten und die Strasse im Auge behalten, der andere bleibt gleich neben euch im Zimmer. Ich selbst muss jetzt wieder zurück ins Präsidium, sonst läuft Pozzo Amok. Bin sowieso schon spät dran. Ich hole euch aber nach Feierabend gegen sieben Uhr wieder hier ab, und dann essen wir zusammen in der kleinen Trattoria gegenüber und überlegen uns, wie wir weiter vorgehen. Und jetzt schlaft ihr euch erst einmal richtig aus, okay? Und«, fügte er eindringlich hinzu, »verlasst auf keinen Fall das Hotel! Wenn ihr etwas braucht, sagt es Polpo oder Salvi, die werden es euch besorgen.« »Versprochen«, antworte Sorese, und Tessa nickte. Als sich der Fahrstuhl mit Rhino an Bord wieder nach unten arbeitete, meinte Sorese: »Uns wird kaum etwas anderes übrigbleiben, als uns an seine Anweisungen zu halten, denn unsere beiden Bodyguards werden uns bestimmt nicht aus den Augen lassen!« »Bene«, erwiderte Tessa, schloss ihre Zimmertür auf und verschwand in ihrem Zimmer, ohne ihn eines weiteren Blickes zu würdigen. Also beschloss Sorese, es ihr gleich zu tun. Das

Zimmer war klein, aber keinesfalls schäbig. Aus dem Fenster sah er über die Dächer der angrenzenden Häuser hinweg auf die Poebene, wo sich auch der kleine Provinzflughafen von Bergamo befand. Helle, langgezogene Kondensstreifen zierten den blauen Himmel. Er entledigte sich seiner Kleider, warf sie achtlos in eine Ecke und gönnte sich eine ausgiebige Dusche. Danach liess er sich aufs Bett fallen und schlief schon nach wenigen Minuten tief und fest. So tief, dass er nicht mal mehr das laute Rumpeln vernahm, mit dem sich der altersschwache Aufzug abermals hinauf in ihr Stockwerk quälte.

Mailand, 20. September, 11.15 Uhr

Monelli hatte kaum das Präsidium betreten, als ihm bereits Präfekt Pozzo entgegen stürmte. »Verflucht nochmal, da ist die Kacke am Dampfen, und Sie besitzen die Unverfrorenheit, erst jetzt«, er warf demonstrativ einen gehässigen Blick auf seine protzige Uhr, »gegen Mittag hier aufzutauchen?« Noch bevor Monelli dazu kam, die Erklärung loszuwerden, die er sich bereits auf der Fahrt ins Präsidium zurechtgelegt hatte, hörte er Pozzo donnern: »Sofort in mein Büro, ma subito!« Pozzo stampfte durch die Gänge, die Wut war ihm anzusehen. »Das wird ja wieder ein Tag«, brummte Monelli, und folgte ihm. Als er die Tür zu Pozzos Büro hinter sich schloss, sass dieser bereits mit hochrotem Kopf hinter seinem Schreibtisch und starrte ihn giftig an. »Was haben Sie mir zu sagen, verdammt nochmal?« fuhr er ihn sofort an. Monelli holte tief Luft, doch er kam gar nicht erst dazu, sich zu äussern. Im Gegenteil. »Was denken Sie sich eigentlich? Rom hat schon dreimal angerufen und will endlich wissen, was los ist. Sie sollten schon lange auf dem Weg dorthin sein! Wo waren Sie überhaupt heute Morgen?« Als sich Pozzo soweit beruhigt hatte, dass er bereit war zuzuhören, erzählte ihm Monelli, dass sein Jüngster plötzlich hohes Fieber bekommen habe und er ihn zum Arzt fahren musste. Die Lüge kam ihm erstaunlich leicht über die Lippen. »Das hätte ja auch ihre Frau erledigen können«, schnauzte Pozzo augenblicklich zurück, und Monelli vermutete, dass er ihm die Story nicht wirklich abnahm. Aber das war ihm im Moment völlig egal. »Also, ich kann gerne nach Rom fliegen und mich mit den Kollegen dort austauschen, aber dann komme ich sofort wieder zurück nach Mailand!«, liess er stattdessen verlauten, in Erwartung des nächsten Wutausbruchs. »Und was wollen Sie denen erzählen?«, fragte Pozzo sogleich nach und starrte Monelli erwartungsvoll an. »Das, was ich bis jetzt weiss, ist nicht viel mehr als das, was ich Ihnen jeweils am Telefon berichtet habe«, antwortete Monelli. Der leicht vorwurfsvolle und durchaus beabsichtigte Unterton war nicht zu überhören und Pozzo auch nicht entgangen. Als dieser nicht reagierte, fasste Monelli nochmals die wichtigsten Fakten zusammen. Er schloss damit, dass es in Thailand offenbar einen Anschlag auf Sorese und seine Begleiterin von der Gazzetta gegeben habe, er aber nicht wisse, wo sich die beiden jetzt befänden.« »Porco cane«, rutschte es Pozzo heraus, doch er hatte sich sofort wieder im Griff. »Also gut«, meinte er schliesslich erstaunlich ruhig, aber sehr bestimmt, »erstens: Sobald Sie etwas Neues erfahren, werden Sie mir das unverzüglich melden, capisce? Und zweitens: Morgen früh um 07.20 Uhr geht Ihr Flieger nach Rom, und Gnade Ihnen Gott, sollten Sie den verpassen! Und jetzt raus hier!« Monelli liess sich nicht zweimal bitten, stand auf, salutierte übertrieben zackig und verliess eiligst das Büro. Selbst durch die verschlossene Tür hindurch hörte er Pozzo fluchen!

Kaum hatte Monelli Pozzos Büro verlassen, griff dieser zu seinem privaten Handy und tippte eine ziemlich lange Nummer in die Tastatur. »Ja?«, vernahm er nach dem achten Läuten endlich die ihm mittlerweile vertraute Stimme. »Ich brauche Sie schnellstmöglich hier bei mir«, herrschte er sein Gegenüber an. »In Ordnung, ich melde mich.« Und schon war die Verbindung wieder unterbrochen.

Federico Pisani war ein hervorragender Ermittler bei der Drogenfahndung – und zudem schuldete er Pozzo einen Gefallen. »Federico«, wandte sich Pozzo für einmal überaus freundlich an ihn, als dieser keine zehn Minuten später in seinem Büro erschien, »schön, dass Sie so schnell kommen konnten.« »Kein Problem, Colonello Pozzo, worum geht es denn?« erwiderte dieser. »Es ist ein wenig delikat, Federico, und ich hoffe, ich kann auf Ihre Verschwiegenheit zählen. Sie kennen Commissario Monelli?« »Wenn Sie den kleinen, ziemlich übergewichtigen Kerl mit der Quietschstimme aus Ihrer Abteilung meinen, dann ja«, gab dieser zurück. »Also, Federico«, fuhr Pozzo fort, »ich bin mir zwar nicht ganz sicher, aber es könnte sein, dass eben dieser Monelli einen wichtigen Zeugen in einer aktuellen Geschichte versteckt hält.« »Warum sollte er das tun?«, wollte Pisani wissen. »Darum geht es ja gerade, ich habe keine Ahnung! Aber wenn ich den Zeugen gefunden habe, dann werde ich das bestimmt herausfinden!«, erklärte Pozzo. »Und was habe ich damit zu tun?« erkundigte sich Pisani. »Nun, mein lieber Freund, ich möchte, dass Sie Monelli für eine Zeit lang im Auge behalten. Folgen Sie ihm, wohin er auch immer geht und geben Sie mir sofort Bescheid, wenn Ihnen etwas Besonderes auffällt. Es soll nicht zu Ihrem Schaden sein«, fügte er noch hinzu, wohl wissend, dass Pisani insgeheim schon lange auf eine Beförderung hoffte. »Und behandeln Sie das Ganze bitte äussert vertraulich, kein Wort zu niemandem!« schloss Pozzo. Nachdem Pisani versichert hatte, dass er den Auftrag zuverlässig ausführen werde und Pozzos Büro umgehend verlassen hatte, war dieser zuversichtlich, dass sich alles in die richtige Richtung entwickelte.

Bergamo, 20. September, 19.20 Uhr

Monelli hatte sich etwas verspätet, der Verkehr um diese Zeit war wie immer schrecklich gewesen. Als er endlich beim Hotel eintraf, versicherte er sich zuerst mit einem kurzen Blick zu Polpo, der vor dem Eingang stand und eine Zigarette rauchte, dass alles in Ordnung war, und schritt dann zielstrebig durch die Tür. In der Lobby warteten Tessa und Sorese bereits ungeduldig auf ihn. »Du bist spät dran!«, wurde er von Sorese angeraunzt. »Tolle Begrüssung«, quiekte er zurück und lächelte Tessa aufmunternd zu. »Ausgeschlafen und hungrig?«, fragte er sie freundlich. »Ich könnte mich durch eine ganze Speisekarte fressen«, erwiderte sie und lächelte zurück.

Sie hatten den ganzen Tag getrennt in ihren Zimmern verbracht und sich erst vor wenigen Minuten getroffen. Sorese hatte nur einige wenige Stunden lang geschlafen und sich danach von Salvi sämtliche Zeitungen besorgen lassen und diese minutiös durchforstet, um alle Artikel zu finden, die irgendwie mit ihrer Story in Verbindung standen. Tessa war erst gegen 17 Uhr aufgewacht, hatte eine ausgiebige Dusche genossen und dann die Nachrichten auf Rai 1 geschaut. Dort stand ihre Geschichte im Zentrum der Berichterstattung. Es war erstaunlich, wie schnell der Sender alle Ereignisse zusammengefasst und sogar mit Bildmaterial unterlegt hatte. Noch erstaunlicher fand sie aber, dass Rai ihren Verdacht offensichtlich vollumfänglich teilte und wild über mögliche Hintermänner spekulierte, die von all diesen Anschlägen profitieren könnten. »Sogar BBC und CNN haben die Story aufgegriffen«, hatte Sorese der sichtlich überraschten Tessa kurz zuvor mitgeteilt und stolz angefügt: »Wir haben offensichtlich voll ins Schwarze getroffen!«

Es war noch nicht wirklich dunkel, als sie das Hotel verliessen und auf die schmale Strasse traten, Monelli vorne, Tessa und Sorese dahinter, gefolgt von Polpo. Sorese steckte sich noch schnell einen Glimmstengel an. Salvi war bereits in der kleinen Trattoria auf der gegenüberliegenden Strassenseite verschwunden. Sicher wollte er sich davon überzeugen, dass dort keine Gefahr drohte. Gerade als Tessa Sorese gut gelaunt sagen wollte, wie sehr sie sich auf einen Teller Pasta freute, hörten sie nicht weit entfernt einen Motor laut aufheulen. Mit quietschenden Reifen schoss ein schwarzer, offensichtlich getunter Sportwagen um die Ecke. Das Auto kam kurz ins Schlingern, dann wurde es geschickt aufgefangen und schoss direkt auf sie zu. Der Fahrer war hinter der getönten Frontscheibe nicht zu erkennen. Polpo reagierte ohne zu zögern. Er stiess Tessa und Sorese mit voller Wucht in den Rücken und presste sie mit seinem muskulösen Körper fest an die gegenüberliegende Hausmauer. Tessas hämmernder Puls war selbst durch seinen Anzug hindurch zu spüren. Monelli hielt seine Waffe bereits in der Hand. Das Seitenfenster auf der Fahrerseite öffnete sich, und sofort ertönte in voller Lautstärke ein Song, den selbst Sorese, der kaum Musik hörte, aus dem Radio kannte. Der Fahrer bremste brüsk ab, als er die vier auf der Strasse entdeckte und fuhr, einen Arm lässig aus dem offenen Fenster baumelnd und mit einem breiten, entschuldigenden Grinsen gemächlich an ihnen vorbei, bevor er wieder aufs Gas drückte, rechts abbog und verschwand. »Scheisse«, fluchte Monelli und steckte die Waffe wieder zurück ins Halfter. Sorese, der bei der ganzen Aktion seine Kippe verloren hatte, zündete sich mit zittrigen Händen eine neue an und versuchte sich dadurch zu beruhigen, während sich Tessa noch immer an Polpo klammerte und sich ihr Atem nur ganz allmählich normalisierte. »Stronzo«, regte sich Polpo auf, »dem sollte man mal so richtig den Arsch versohlen! Wenn ich den in die Finger bekomme …!« Schliesslich hatten sie sich wieder einigermassen im Griff, und kurz darauf sassen sie im Restaurant und orderten zunächst einmal einen kräftigen doppelten Grappa. »Zum Aperitif?«, fragte der Kellner kopfschüttelnd nach, aber als ihn Monellis grimmiger Blick traf, beeilte er sich, die Bestellung auszuführen. Der Grappa schien tatsächlich zur Entspannung beizutragen, und mit Sicherheit auch das erste Glas Rotwein, das sie, während sie aufs Essen warteten, zusätzlich noch auf nüchternen Magen getrunken hatten. »Menschen sind Verdrängungskünstler«, dachte Monelli, und er war gar nicht so unglücklich darüber.

Während des Essens tauschten sie ein paar Belanglosigkeiten aus. Polpo erzählte ausführlich von seiner neusten Eroberung, und Salvi gab ein paar witzige Episoden aus seiner Arbeit zum Besten, während er die leckeren Spaghetti in sich hineinschaufelte. Monelli ärgerte sich über seinen bevorstehenden Ausflug nach Rom und über Pozzo, der ihm diesen eingebrockt hatte. Tessa und Sorese hingegen schwiegen fast die ganze Zeit und stocherten lustlos im Teller herum. Der Vorfall war nicht ganz so spurlos an ihnen vorübergegangen, denn er hatte schlagartig böse Erinnerungen wachgerufen. Dann wurde Monelli wieder ernst. »Also, meine Lieben«, wandte er sich an Tessa und an Sorese, »hier ist mein Plan. Ich denke, es ist am besten, wenn ihr für ein Weilchen untertaucht, zumindest so lange, bis wir wissen, wer hinter der ganzen Sache steckt und wir was dagegen unternommen haben. Vorerst seid ihr«, er warf einen mitfühlenden Blick zu Tessa, »leider noch in grosser Gefahr.« Tessa schwieg, aber Sorese maulte: »Du meinst doch nicht im Ernst, dass wir uns für die nächsten Tage oder Wochen in dieser Absteige verstecken und unsere Zimmer nicht verlassen?« Rhino grinste. »Nein nein«, versuchte er zu beschwichtigen, »ich überlege mir was Besseres.« »Das will ich auch schwer hoffen«, grummelte Sorese, »denn hier bleibe ich ganz bestimmt nicht! Bis ihr wirklich dahintergekommen seid, wer verantwortlich ist, können Wochen oder sogar Monate vergehen. Und das meine ich überhaupt nicht vorwurfsvoll«, beeilte er sich anzufügen, als er sah, dass Rhino seine Stirn runzelte. Offensichtlich hatte ihn das in seinem Stolz getroffen. Rhino versprach schliesslich, dass er sich um ein geeignetes Versteck kümmern werde, und beglich die Rechnung für alle.

Gemeinsam verliessen sie das Lokal, nachdem sich Salvi versichert hatte, dass die Strasse ruhig war und keinerlei Gefahr drohte. Rasch überquerten sie die Strasse. Als Sorese rechts neben dem Hoteleingang in einer Nische eine Bewegung wahrnahm, zuckte er kurz zusammen und hielt den Atem an. Doch so angestrengt er die Nische auch fixierte, er konnte nichts erkennen. »Hab mich wohl getäuscht«, redete er sich selber ein, und sie betraten das Hotel. Dort liess Monelli Tessa und Sorese noch einen Moment lang warten, bis Salvi und Polpo die Zimmer kontrolliert und Entwarnung gegeben hatten, dann verabschiedete er sich und fuhr nach Hause.

Etwa eine halbe Stunde später lag Sorese auf seinem Bett und konnte nicht einschlafen. Immer wieder tauchte vor seinem geistigen Auge die Schrecksekunde auf, als dieser Wagen auf sie zugerast war. Und immer noch liess ihm die Bewegung, die er in dieser Nische wahrgenommen hatte, keine Ruhe und machte ihn immer nervöser. »Blödsinn«, versuchte er sich einzureden, »wir sind hier absolut sicher, niemand weiss, dass wir hier sind und wir haben sogar zwei wirklich erfahrene Polizisten, die uns beschützen«, aber es beruhigte ihn nicht. Im Gegenteil: Je länger er darüber nachdachte, desto unruhiger wurde er. Schliesslich hielt er es nicht mehr aus. Er stand auf, streifte sich in aller Eile die Hose über und verliess sein Zimmer, ohne auch nur das geringste Geräusch zu verursachen. Dann klopfte er so leise er konnte an Tessas Tür. Nach einer gefühlten Ewigkeit vernahm er ihre Stimme hinter der Tür. »Was ist?«, hörte er sie leise fragen. »Ich bin's«, erwiderte er, »mach auf, aber leise!« Er spürte, dass Tessa zögerte, aber endlich hörte er, wie sich der Schlüssel im Schloss drehte. Tessa öffnete ihre Tür nur einen kleinen Spalt breit und sah ihm fragend in die Augen. »Was ist los?« meinte sie nochmals. Durch den Türspalt hindurch konnte er sehen, dass sie lediglich ein T-Shirt und eine knappe Unterhose trug. »Pscht, leise! Lass mich kurz rein, es ist wichtig!« Tessa zögerte abermals, aber dann gab sie sich einen Ruck und liess ihn eintreten.

Sorese zog die Tür möglichst geräuschlos hinter sich zu und liess sich aufs Bett fallen, das bereits eine angenehme Wärme ausstrahlte. »Was ist los?«, bohrte Tessa ein weiteres Mal flüsternd nach. Sie war stehen geblieben und machte keinerlei Anstalten, sich neben Sorese aufs Bett zu setzen. »Ich habe ein sehr ungutes Gefühl«, begann er, und bevor Tessa etwas dazu sagen konnte, fuhr er fort: »Als wir aus dem Restaurant kamen, dachte ich, ich hätte in einer kleinen Nische eine Bewegung gesehen. Aber ich konnte nicht wirklich etwas erkennen.« »Und warum hast du das Monelli nicht erzählt?« hakte Tessa sofort nach. »Keine Ahnung, ich dachte, ich hätte mich wahrscheinlich getäuscht, und im Moment sehe ich sowieso überall Gespenster«, versuchte er zu erklären. »Blödsinn«, antwortete Tessa, »wir können im Moment nicht vorsichtig genug sein! Was, wenn da tatsächlich etwas war?« »Was soll denn da gewesen sein?«, fragte er zurück. »Es weiss ja schliesslich niemand, dass wir hier sind!« »Und wenn doch?«, meinte Tessa, sichtlich beunruhigt. »Nur drei Menschen wissen, wo wir stecken, und zumindest auf Monelli kann ich mich blind verlassen!« meinte Sorese. »Und wie ist es mit Salvi und Polpo? Kennst du die beiden?« stocherte Tessa nach, und das ungute Gefühl in Sorese wuchs. »Nein«, gab er schliesslich zu, »Rhino hat sie nie namentlich erwähnt. Ich vertraue aber darauf, dass er sich gut überlegt hat, wen er uns zur Seite stellt.« »Und was, wenn einer von den beiden bestochen wurde? Du weisst, dass alle Menschen käuflich sind, es ist nur eine Frage des Preises«, argumentierte sie. Einen Moment lang schwiegen beide und hingen ihren Gedanken nach. Schliesslich nahm Sorese den Faden wieder auf: »Wenn wir wirklich zu hundert Prozent sicher sein wollen, gibt's nur eine Möglichkeit.« »Und die wäre?«, wollte Tessa wissen. »Wir ziehen um!« »Und wie stellen wir das an?«, fragte Tessa nach, »Salvi und Polpo sehen nicht so aus, als würden wir so einfach an ihnen vorbei schleichen können. Und selbst wenn wir das schaffen, wo finden wir hier in Bergamo mitten in der Nacht ein anderes Hotel?« »Eine berechtigte Frage, aber ich habe da weniger an ein Hotel gedacht als an etwas anderes. Wie in jedem grösseren Ort in Italien gibt es auch hier bestimmt Zimmer von Privaten zu mieten, und es ist ja auch noch nicht ganz so spät.« Tessa spürte die Sorge von Sorese und dachte über seinen Vorschlag nach. Letztlich hatte er oft eine gute Intuition bewiesen, hatte eine feine Nase für drohende Gefahren, was ihnen mehrmals das Leben gerettet hatte. Also beschloss sie, sich auf seine Idee einzulassen. »Na gut«, rang sie sich endlich durch, »ich vertraue einmal mehr auf deinen Riecher. Schliesslich haben wir ja sowieso nichts zu verlieren.« »Sorese atmete hörbar erleichtert auf. »Wir können Monelli ja später anrufen und ihn aufklären. Ich bin sicher, er überlegt sich bereits, wo er uns unterbringen kann. Pack bitte möglichst schnell deine Sachen zusammen. Wir schleichen uns die Treppe runter bis zum ersten Stockwerk und suchen dort nach einer Möglichkeit, wie wir das Hotel unbemerkt verlassen können. Vielleicht gibt es ja eine Feuerleiter, oder aber wir können uns von dort aus nach unten hangeln, mal sehen.«

Nur wenige Minuten später tasteten sie sich behutsam im Treppenhaus nach unten, sorgsam darauf bedacht, möglichst keine Geräusche zu verursachen. Zum Glück war die Treppe aus Stein oder Beton, was ihr Vorhaben erheblich erleichterte. Als sie den ersten Stock erreicht hatten, blieben sie kurz stehen, um zu lauschen. Nichts! Auch von diesem Flur aus gingen drei Türen ab, aber als sie sich genauer umsahen, erspähten sie einen schmalen Gang, der gleich hinter dem Aufzugschacht nach links abzweigte. Sie folgten ihm und standen wenig später auf einer winzig kleinen Terrasse, von der aus sie in einen Hinterhof blicken konnten. Vom Hof führte ein hölzernes Tor, das lediglich mit einem Holzriegel verschlossen war, hinaus in eine Gasse, die auf der Rückseite des Hotels lag, also nicht im Blickfeld von Salvi oder Polpo. Sie liessen sich vom Geländer aus nach unten fallen, und schon standen sie in einer weiteren menschenleeren Gasse. »Also los«, mahnte Sorese Tessa zur Eile, »lass uns von hier verschwinden. Und achte bitte auf Schilder, die auf die Vermietung von Zimmern oder Appartements hinweisen.« Etwa zehn Minuten später hatten sie bereits zwei Häuser entdeckt, in denen Zimmer vermietet wurden. Die lagen jedoch schon völlig im Dunkeln. Beim dritten Haus hatten sie mehr Glück. Sie bemerkten im Wohnzimmer im Erdgeschoss Licht, sahen einen Fernseher flimmern und hörten Stimmen. Sie läuteten an der Tür und hofften, dass der Vermieter nicht allzu genervt sein würde über die späten Gäste und dass überhaupt noch ein Zimmer zu haben war. Der ältere Herr, der ihnen die Tür öffnete, wirkte zwar ziemlich überrascht, aber er hatte noch ein Zimmer frei und schien sich aufrichtig zu freuen, dass er dieses tatsächlich noch vermieten konnte. Ihr Zimmer hatte zwei Einzelbetten, und Sorese war für einmal froh darüber. Sie warfen ihr Gespäck, Schuhe und Jacken achtlos in eine Ecke und liessen sich erschöpft in ihre Betten fallen. Einen kurzen Moment später hörte Sorese, wie sich Tessa nochmals aufrappelte. »Sorese«, vernahm er schliesslich ihre Stimme, »Sorese?« »Hmmm?« »Wie geht's jetzt weiter?« »Wir werden sehen«, gab er zurück, »lass uns jetzt erst mal ein paar Stunden schlafen, und morgen überlegen wir uns dann in Ruhe, was wir unternehmen.« »In Ordnung«, seufzte Tessa, und schon wenige Minuten später verriet ihm ihr gleichmässiges Atmen, dass sie eingeschlafen war.

Bergamo, 20. September, zwei Stunden zuvor

»Das war verdammt knapp«, fluchte Pisani vor sich hin, während er sich noch etwas tiefer in die dunkle Ecke des Hauseingangs neben dem Albergo drückte, in dem einer der Polizisten, die Monelli begleiteten, gerade eben verschwunden war. Einen kurzen Moment lang dachte er, der gross gewachsene, schlaksige Typ mit dem Dreitagebart hätte ihn entdeckt, denn er hatte für einige Sekunden direkt zu ihm hinüber gestarrt, und sein Herz raste. Doch jetzt stand er, zusammen mit einer Rothaarigen und zwei weiteren stämmigen Typen vor dem Eingang des Hotels und steckte sich eine Zigarette an. Pisani war Monelli unauffällig von Mailand bis nach Bergamo gefolgt, hatte ihn dann aber kurz aus den Augen verloren, als dieser in die Altstadt eingebogen war. Ohne Fahrerlaubnis durfte er mit seinem eigenen Wagen hier nicht fahren. Also hatte er ihn auf dem grossen Parkplatz, der für die Besucher von Bergamo Alta gedacht war, abgestellt und die Parkuhr bedient. »Unglaublich, was die den Leuten hier abknöpfen«, hatte er sich genervt, als der Parkautomat stolze vier Euro für zwei Stunden verschlungen und ein mickriges Ticket ausgespuckt hatte. In einem kleinen Souvenirladen gleich beim Eingang zur Altstadt hatte er für teures Geld eine dieser hässlichen Schirmmützen erstanden und sie tief ins Gesicht gezogen. Man konnte ja nie wissen. Zwar hatte er bis heute kaum mit Monelli zu tun gehabt, und er glaubte auch nicht, dass ihn dieser erkennen würde, falls er ihn sah, aber sicher war sicher. Danach war er gemütlich die Via del Vagine hinunter spaziert und hatte aufmerksam in jede noch so schmale Gasse gespäht, die von ihr abzweigte. Zu seinem Glück war die Altstadt von Bergamo relativ klein, und so war er sehr zuversichtlich gewesen, Monellis Auto schnell wieder zu finden. Ein paar hundert Meter weiter hatte er dessen schwarzen Wagen schliesslich in einer kleinen Gasse entdeckt. Kurz danach war Monelli zusammen mit einem grossgewachsenen, etwas schludrig gekleideten Kerl und einer attraktiven Rothaarigen aus einem kleinen Hotel gekommen, begleitet von zwei weiteren Typen, denen das Wort »Polizei« buchstäblich auf die Stirn geschrieben stand. Pisani hatte mitbekommen, wie einer der Polizisten vorausgegangen und in der gegenüberliegenden Trattoria verschwunden war, und er hatte mit Schrecken den Vorfall mit diesem Vollidioten von Macho beobachtet, der Monelli und seine Begleiter mit seiner Sportkarre um ein Haar überfahren hätte. Ungefähr zwei Stunden und sechs Glimmstengel später hatte er gesehen, wie sie die Trattoria verlassen und wieder das kleine Hotel gegenüber angesteuert hatten. Jetzt stand er hier und wartete geduldig. Schon bald erschienen die Polizisten, die sich offensichtlich versichert hatten, dass alles in bester Ordnung war, wieder auf der Strasse, und das Pärchen verabschiedete sich kurz von Monelli und verschwand im Hotel. Monelli unterhielt sich noch einen Augenblick lang mit seinen zwei Begleitern und erteilte Instruktionen, und als danach einer der beiden auf der Strasse Position bezog und der andere im Gebäude verschwand, setzte sich Monelli in seinen Wagen, startete den Motor und bog um die nächste Ecke. Pisani fischte sein Handy aus der hinteren Hosentasche, tippte eine gespeicherte Nummer ein und wartete. Sekunden später vernahm er die ihm bestens bekannte, befehls-gewohnte Stimme Pozzos. »Ja?«, meldete sich dieser am anderen Ende der Leitung. »Ihr Freund und zwei seiner Kollegen haben eine Frau und einen Mann in einem kleinen Hotel in Bergamo Alta untergebracht. Die zwei Kollegen Ihres Freundes sind noch hier, Ihr Freund hat das Hotel aber vor ein paar Minuten ver-lassen und ist weggefahren.« »Adresse!« Pisani nannte ihm den Namen des Hotels, denn nach einer Tafel mit einem Strassenna-men hatte er zuvor vergeblich gesucht. »Dann machen Sie, dass Sie jetzt sofort von dort wegkommen, verstanden?« »Si«, beeilte sich Pisani zu antworten, denn die Aussicht darauf, doch noch ein paar Stunden Schlaf zu erwischen, bevor es morgen wieder losgehen würde, freute ihn überaus.

Mailand, 20. September, 22.50 Uhr

Koon hörte seinem Gegenüber aufmerksam zu und prägte sich den Namen des Hotels, das ihm genannt wurde, sorgfältig ein. »Dann ist da noch eine weitere Sache«, fuhr der andere fort, und Koon notierte sich eine Adresse, die zu einem kleinen Vorort von Mailand gehörte. Danach wischte er den Anruf von seinem Handy. Er liess noch etwa eine Stunde verstreichen, griff dann nach dem Autoschlüssel, der zu dem Wagen gehörte, den er gleich nach seiner Ankunft am Flughafen gemietet hatte, und verliess sein Hotelzimmer.

Einen Tag zuvor war Koon, nachdem sich Soreses und Teresas Spur in Thailand endgültig verloren hatte, via Dubai nach Madrid geflogen. Dort besass er eine kleine Wohnung, die mit dem Nötigsten eingerichtet war, und dort pflegte er bisweilen auch die rare Zeit zu verbringen, die zwischen seinen einzelnen Aufträgen lag. Koon bezeichnete diese Wohnung selbst als seinen Europastützpunkt. Nachdem sich sein Auftraggeber gemeldet hatte, hatte er den nächsten Flug von Madrid nach Mailand gebucht. Dieser war recht angenehm gewesen, auch wenn er in letzter Minute nur noch ein Ticket für die Economy-Klasse erhalten hatte. Aber bei Air Europa war diese im Vergleich zu anderen Airlines recht grosszügig bemessen, und er hatte ausreichend Platz für seine Beine. Pünktlich um 17.10 Uhr war seine Maschine in Malpensa gelandet, und schon kurze Zeit später hatte er ein Hotelzimmer am Stadtrand von Mailand bezogen und es sich, nachdem er seinem Auftraggeber eine kurze SMS geschickt hatte, einigermassen gemütlich gemacht und auf dessen Rückruf gewartet.

Als Koon das Navi mit der erhaltenen Adresse fütterte und in die nahe Ringautobahn einbog, war es bereits nach Mitternacht. Es herrschte kaum mehr Verkehr, so dass er schon zwanzig Minuten später sein Ziel erreichte, einen unscheinbaren Wohnblock mit wahrscheinlich nicht mehr als zwölf Wohneinheiten. Koon fuhr daran vorbei und parkierte seinen Wagen etwa 200 Meter von seinem Ziel entfernt am Strassenrand. Dann verliess er das Auto und spazierte gemütlich zurück, wobei er sich aufmerksam umsah. Rechts von ihm flankierten weitere Mietshäuser in Reih und Glied die Strasse, alle maximal sechs Stockwerke hoch. Dazwischen hatten lust- und offensichtlich auch fantasielose Gärtner einige Grünflächen angelegt. Der Rasen war an den meisten Stellen bereits gelb angetrocknet und gespickt mit kargen Gebüschen, die bereits jetzt im September kaum mehr

Blätter trugen. Zwischen den Häusern entdeckte Koon kleine Spielplätze, bestückt mit je einer angerosteten Rutschbahn, einer Schaukel, die schief an ihrem Metallgestell hing, und einem mickrigen Sandkasten. Der Sand war nicht zugedeckt und mit Sicherheit von den unzähligen herumstreunenden Katzen vollgekackt. In der Nacht, ohne spielende Kinder, wirkten die Plätze noch viel trostloser. Die alten Strassenlampen, von denen nur jede dritte funktionierte, tauchten die Umgebung in ein fahles Licht. Keine Menschenseele war zu sehen, was um diese Zeit auch kein Wunder war. Als er beim richtigen Gebäude ankam, verliess er den Gehsteig und betrat die Wiese. Er versicherte sich nochmals kurz, dass er nicht beobachtet wurde, dann umrundete er das Gebäude.

Pisani hatte sich, als er aus Bergamo zurückgekommen war, noch ein schnelles Bier und zwei Zigaretten gegönnt, sich dann bald seiner Kleider entledigt und ins Bett gelegt. Obwohl er das Fenster in seinem Schlafzimmer, das im Hochparterre lag, einen Spalt breit geöffnet hatte, drang kaum frische Luft ins Zimmer. Es war für eine Septembernacht ungewöhnlich stickig und sein Zimmer roch nach Single, was er nun bereits seit einigen Monaten tatsächlich war: Einmal mehr hatte ihn eine Freundin verlassen, weil sie seine verschissenen Arbeitszeiten als Drogenfahnder nicht ertrug. Neben seinem Bett stapelte sich die Schmutzwäsche, und auf dem Boden türmten sich leere Bierflaschen. Der übervolle Aschenbecher auf dem Fenstersims trug das Seine bei zum muffigen Geruch. Im Unterbewusstsein hatte er das leise knarrende Geräusch, das durch das Aufschieben des Fensters verursacht wurde, wahrscheinlich wahrgenommen, denn er hörte kurz auf zu schnarchen, allerdings ohne wirklich aufzuwachen, und wälzte sich im Bett auf die andere Seite. Das kaum hörbare Quietschen, das entstand, als Koon den Schalldämpfer auf den Lauf seiner Waffe schraubte, bekam Pisani schon nicht mehr mit. Und auch wenn er es wahrgenommen hätte: Seine Dienstwaffe, die er neben sich auf dem Nachttisch abgelegt hatte, hätte er ganz bestimmt nicht mehr erreicht. Als Koon seine Waffe aus nächster Nähe abfeuerte und Pisani eine Kugel durch das Gehirn jagte, war der Schuss höchstens innerhalb der Wohnung zu hören. Koon versicherte sich kurz, dass Pisani wirklich tot war, klaubte eine kleine Plastiktüte mit etwas Kokain aus seiner Tasche und warf sie unter das Bett. Das Ganze würde für die Polizei nach einem der üblichen Morde im Drogenmilieu aussehen, und die Bemühungen, diesen aufzuklären, würden entsprechend bescheiden ausfallen. Kurz darauf hangelte sich Koon wieder aus dem Fenster und landete mit beiden Füssen auf dem ausgedörrten Rasen, auf dem er mit Sicherheit keine Fussspuren hinterlassen hatte. Aufmerksam vergewisserte er sich noch einmal, dass ihn niemand bemerkt hatte. Dann schlenderte er gemächlich zurück zu seinem Wagen und startete den Motor. Er hatte noch einen weiteren Auftrag zu erledigen.

Bergamo, 21. September, 02.00 Uhr

Matteo Salvi lehnte einmal mehr an der Wand vor der Eingangstür des Hotels und kämpfte pflichtbewusst gegen die immer stärker aufkommende Müdigkeit an. Noch knapp eine Stunde, und dann würde er endlich Polpo aufwecken und sich für ein paar Stunden aufs Ohr legen. »Was für ein langweiliger Job«, grummelte er vor sich hin. Dann aber dachte er an das bevorstehende Wochenende und daran, dass er dann endlich mal wieder etwas Zeit für seine Frau und seine kleine Tochter haben würde. Sie würden am Samstag gleich nach dem Frühstück aufbrechen und den Tag in einem grossen Wasserpark in der Nähe von Mailand verbringen. Seine Tochter liebte es, im Wasser zu planschen, und obwohl seine Frau ständig in Panik war, dass ihr dabei etwas passieren oder sie sogar ertrinken könnte, hatte sie schliesslich zugestimmt. Giulia war vor drei Wochen fünf Jahre alt geworden, und beim Ausflug in den Wasserpark handelte es sich um ihr Geburtstagsgeschenk. Er dachte sich nichts weiter dabei, als er in einiger Entfernung den Motor eines Autos hörte, der kurz darauf erstarb. »Wahrscheinlich ein paar Nachtschwärmer auf dem Nachhauseweg«, vermutete er, »die haben bestimmt einen lustigen Abend in irgendeinem Club verbracht, während ich mir hier die Beine in den Bauch stehe.« Wenige Minuten später sah er, wie ein alter Mann leicht gebückt um die Ecke geschlurft kam. Er trug einen schwarzen Hut, den er tief ins Gesicht gezogen hatte, und mit seiner linken Hand umklammerte er eine grosse, prallvolle Einkaufstasche. Der Mann kam in seine Richtung getrottet, stolperte kurz, ohne wirklich zu stürzen, und fluchte leise vor sich hin. Salvi zog sich etwas weiter in den Eingang des Hotels zurück, denn wahrscheinlich war es besser, wenn ihn der Alte nicht bemerken und zu einem belanglosen Schwätzchen nötigen würde. Einen kurzen Moment lang hörte er nur noch die schlurfenden Schritte und das Stöhnen des Alten, aber als dieser wieder in seinem Blickfeld auftauchte, war es bereits zu spät, um reagieren zu können. Mit einem leisen Ploppen löste sich eine Kugel aus der Waffe, die direkt auf seinen Kopf gerichtet war, drang tief in seine Stirn ein und schleuderte ihn an die Wand. Als er auf dem Boden aufschlug, war er bereits tot. Blitzschnell trat Koon in den Eingang des Hotels, stiess mit seiner rechten Schulter, die Waffe immer noch in der Hand, die Tür auf und zog den toten Salvi am Kragen ins Innere des Hotels. Dann drückte er die Tür sachte ins Schloss und lauschte für einige Sekunden aufmerksam. Kein Geräusch war zu vernehmen, nur der kleine Kühlschrank hinter der improvisierten Bar rechts neben der Empfangstheke summte leise vor sich hin. Koon packte den toten Salvi abermals und zog ihn hinter die Theke, so dass er nicht gleich entdeckt werden konnte. Dann griff er in die grosse Einkaufstasche und holte die zwei bis zum Rand mit Brandbeschleuniger gefüllten Plastikflaschen hervor. Er nahm ein paar Sitzkissen, die er gleich neben der Rezeption erspäht hatte, und einige alte Zeitungen, die sich auf der Theke stapelten. In seiner Einkaufstasche hatte er noch ein paar weitere Zeitungen und zwei dünne Baumwolldecken. Er stieg vorsichtig die Treppe bis ins dritte Stockwerk hinauf, sorgfältig darauf bedacht, keinen Lärm zu verursachen. Mit Genugtuung stellte er fest, dass die Treppe zwar aus Beton war, die Böden auf den einzelnen Etagen jedoch aus Holz. Darüber hinaus hatte man sie mit verschieden-farbigen, wahrscheinlich synthetischen, billigen Teppichen be-legt. Im dritten Stock begann Koon damit, ein paar Zeitungen, Kissen und Decken auf dem Holzboden aufeinander zu werfen. Dann bespritzte er den Haufen und auch die Wände und Türen grosszügig mit dem Brandbeschleuniger. Das Selbe tat er auch im zweiten und im ersten Stockwerk und zu guter Letzt im Ein-gangsbereich des Hotels im Erdgeschoss. Dann schlich er wieder nach oben und verriegelte die Tür, die auf die kleine Terrasse im ersten Stock führte, mit einer Kette. Auf der dritten Etage klaubte er ein Zündholz aus seiner Tasche, entzündete es und warf es in den Gang. Sofort loderten grelle, heisse Flammen in die Höhe und frassen sich in Windeseile dem Boden und den Wänden entlang. Schnell lief Koon eine Etage nach unten und wiederholte das Prozedere. Als er das Hotel schliesslich durch den Haupteingang verlassen hatte, wartete er noch einen kurzen Moment, bis er die ersten schrillen Schreie hören konnte, die von oben zu ihm herunter drangen. Dann war er auch schon wieder im Gewirr der Gassen von Bergamo Alta verschwunden.

Bergamo, 21. September, 02.40 Uhr

Der Lärm einer einzelnen Sirene irgendwo in der Nähe drang in Soreses Unterbewusstsein und holte ihn unsanft aus seinem tie-fen Schlaf. Kurz darauf ertönte eine zweite, und schon bald ver-mischten sich unzählige Polizeisirenen mit den Martinshörnern der Feuerwehren und dem Heulen der Krankenwagen zu einem ohrenbetäubenden Lärm. Durch das kleine Fenster hindurch sah Sorese, wie in den gegenüberliegenden Wohnungen die Lichter angingen, und schon drang der beissende Geruch nach Rauch in ihr Zimmer. Auch Tessa war aufgeschreckt und sass jetzt aufrecht im Bett. Sorese sah die aufkeimende Panik in ihren Augen, und schnell versuchte er sie wieder zu beruhigen. »Keine Angst, hier bei uns brennt es nicht«, rief er ihr zu. Dann stand er schon neben dem Bett und schlüpfte in seine Schuhe. »Warte, lass mich hier nicht allein!«, flehte ihn Teresa an und sprang ebenfalls auf. »Wo verflucht nochmal sind meine Schuhe?«, schimpfte sie, während bereits auch in ihrer kleinen Pension überall Türen schlugen und Gäste aufgeregt und lautstark zu diskutieren begannen. »Hier«, rief Sorese. Er warf ihr die Schuhe zu, die er unter seiner Jacke entdeckt hatte, und Tessa schlüpfte schnell hinein. Dann stürmten sie aus ihrem Zimmer, rannten nach unten und prallten fast mit dem Vermieter zusammen, der sich einen alten Bademantel umgeworfen hatte und verstört mitten im Raum stand. »Was ist los?«, fragte ihn Sorese sofort. »Es brennt irgendwo«, stotterte dieser, »mehr weiss ich auch nicht!« Auf der Strasse vor ihrer Pension war der Lärm, der durch die Altstadt dröhnte, noch viel grösser. Von überall her strömten Menschen auf die Strassen und riefen wild durcheinander. Der Brandgeruch wurde immer intensiver. Ein paar hundert Meter von ihnen entfernt sahen sie schwere, dunkle Rauchwolken in den Nachthimmel emporsteigen, die von flackerndem Licht gespenstisch erleuchtet wurden. Mehr konnten sie von hier aus nicht erkennen. Also liefen sie zur Hauptstrasse und bogen rechts ab in Richtung des Geschehens, inmitten von unzähligen weiteren Schaulustigen, die in die selbe Richtung strömten. Kurz darauf gelangten sie an eine eiligst mit rotweissen Plastikbändern improvisierte Abschrankung, und der Weg wurde ihnen von einigen grimmig dreinblickenden Carabinieri versperrt. Aber was sie jetzt sahen, verschlug ihnen augenblicklich den Atem: Das kleine Hotel, in dem Monelli sie untergebracht hatte und in dem sie sich noch wenige Stunden zuvor aufgehalten hatten, stand im Vollbrand! Grelle Flammen schossen aus den Fenstern, und die Strasse war mit Scherben von zerborstenen Scheiben übersät. Aus drei dicken, grauen Feuerwehrschläuchen, die jeweils von mehreren

Feuerwehrleuten unter grösster Anstrengung auf das Hotel gerichtet wurden, schossen mächtige Wasserstrahlen ins Feuer. Etwas abseits davon standen mehrere Krankenwagen, und die blauen Lichtblitze ihrer rotierenden Warnlampen tauchten die Umgebung in gespenstisches Licht. Vor den Krankenautos standen Notärzte bereit und warteten nervös darauf, eingreifen und helfen zu können, aber weit und breit waren keine Verletzten auszumachen. Tessas Gesicht glich einer Maske. Reglos stand sie da, wie hypnotisiert starrte sie auf die Szene, und Tränen sammelten sich in ihren Augen. Sorese stupfte sie mehrmals an und redete auf sie ein, bis sie sich endlich zu ihm umdrehte, ihm in die Arme fiel und fassungslos zu weinen begann. Sie zitterte wie Espenlaub und war unfähig zu sprechen. Sorese redete beruhigend auf sie ein und zog sie schliesslich behutsam ein wenig auf die Seite. »Tessa«, drangen seine Worte endlich zu ihr hindurch, »wir müssen verschwinden! Es ist zu gefährlich hier!« Da ging plötzlich ein Ruck durch ihren grazilen Körper, und sie starrte an ihm vorbei auf ein schwarzes Auto, das soeben neben den Polizeiwagen zum Stillstand gekommen war. »Monelli«, schrie sie! Mit aller Kraft gelang es Sorese, Tessa zurückzuhalten, denn instinktiv hatte sie sich in Bewegung gesetzt und wollte auf Monelli zustürmen. »Tessa, nicht! Bleib um Himmels Willen hier!«, schrie er sie an, denn er war nicht sicher, ob sie ihn gehört hatte. »Monelli war einer der wenigen, die wussten, wo wir uns befinden, denk doch mal nach!« Tessa blieb augenblicklich stehen und starrte ihn an. »Aber du hast ihm doch vertraut?«, wisperte sie ungläubig. »Im Moment dürfen wir niemandem mehr vertrauen«, sagte er bestimmt, »komm, lass uns sofort verschwinden!« Wie in Trance liess sich Tessa von Sorese fortschleppen, der sich fest bei ihr eingehakt hatte, und einige Minuten später erreichten sie unversehrt ihre kleine Pension. Von ihrem Vermieter war nichts mehr zu sehen, und auch die anderen Gäste schienen entweder noch am Ort des Geschehens zu sein oder hatten sich wieder in ihre Zimmer zurückgezogen. Das war Sorese im Augenblick mehr als nur Recht!

In ihrem Zimmer warf sich Sorese sofort erschöpft auf sein Bett, und es dauerte eine Weile, bis er merkte, dass sich Tessa beim Eingang auf den Boden hatte gleiten lassen, keinen Mucks von sich gab und die gegenüberliegende Wand anstarrte. Er stand wieder auf, zog Tessa sanft in die Höhe und trug sie zu ihrem Bett, auf das sie sich widerstandslos legen liess. Dann füllte er ein Glas mit Wasser und reichte es ihr. »Trink erst mal etwas«, sagte er sanft, und schliesslich führte sie das Glas zu ihrem Mund und nahm ein paar wenige kleine Schlucke. Als Tessa sich soweit beruhigt hatte, dass sie wieder aufnahmefähig war, umfasste Sorese ihre Hände. »Ich habe mir etwas überlegt, Tessa«, meinte er, und als sie ihn ansah, nahm er das als Aufforderung, fortzufahren. »Wir rufen Tipo von einem Prepaid-Handy aus an und erzählen ihm vom Hotelbrand. Er wird sowieso schon lange darauf gewartet haben, dass wir uns bei ihm melden. Wir bitten ihn, Monelli anzurufen. Er soll ihm erzählen, dass uns die Flucht gelungen ist und wir uns in einem anderen Hotel versteckt haben. Er soll glaubhaft machen, dass er sich im Vertrauen, also ohne unser Wissen an ihn wendet, und um Polizeischutz für uns bitten, weil er davon überzeugt sei, dass wir weiterhin in grosser Gefahr schweben.« Sorese machte eine kurze Pause, um sicher zu gehen, dass Tessa ihn auch wirklich verstanden hatte. Tessa nickte kurz. »Also, danach beobachten wir das Hotel, das wir Tipo nennen und warten ab, was passiert.« »Und wenn dann unser Phantombild-Killer dort auftaucht, wissen wir, dass Monelli in der ganzen Sache mit drinsteckt«, spann Tessa seinen Gedanken weiter. Offensichtlich hatte sie sich gefasst und ihr Verstand arbeitete wieder wie gewohnt. »Exakt, und wenn stattdessen Monelli aufkreuzt, liegt auf jeden Fall nahe, dass er nichts mit der Sache zu tun hat.« »Davon müsste er mich dann aber erst noch überzeugen«, gab Tessa zurück. »Also«, schloss Sorese, »ich denke, wir versuchen jetzt erst einmal ein paar Stunden Schlaf zu finden, bevor wir Tipo anrufen. Er ist zwar ein Workaholic, aber vor neun Uhr wird er kaum in seinem Büro auftauchen.« »Klingt überzeugend, dein Plan«, murmelte Tessa, nachdem sie noch einen Moment darüber gebrütet hatte, und zum ersten Mal, seit sie sich von Monelli verabschiedet hatten, huschte wieder ein schüchternes Lächeln über ihre Lippen.

Bergamo, 21. September, 08.30 Uhr

Die Sonne hatte schon vor über zwei Stunden damit begonnen, sich durch die Ritzen der Fensterläden hindurch in ihr Zimmer zu schleichen. Sorese hatte kaum Schlaf gefunden, zu sehr war er damit beschäftigt, das Erlebte zu verarbeiten und ihren Plan in Gedanken immer und immer wieder durchzugehen. »Es könnte klappen«, meinte er zu sich selbst und warf einen Blick auf Tessa, die irgendwann tatsächlich eingeschlafen war, sich aber immer wieder unruhig in ihrem Bett hin und her gewälzt hatte. Als er sich schliesslich – entnervt darüber, dass er keinen Schlaf gefunden hatte – aus seinem Bett schälte und am offenen Fenster eine Zigarette anzündete, schlug Tessa ihre Augen auf, und ihre Erinnerung kam langsam zurück. »Wie spät ist es?«, fragte sie. »Schon bald neun Uhr«, antwortete er, »ich hoffe, du konntest dich einwenig ausruhen?« Tessa ignorierte seine Frage, denn sie fühlte sich wie gerädert. Sorese schaltete den kleinen, fast schon antik anmutenden Fernseher ein, der auf einer üppig geschweiften Kommode stand, und wunderte sich, dass er überhaupt noch funktionierte. Nachdem er sich durch die üblichen Hauptsender gezappt hatte, fand er endlich einen Regionalsender, auf dem um Punkt neun Uhr die Nachrichten ausgestrahlt würden. Tessa kämpfte sich derweil aus dem Bett, tapste noch etwas benommen ins Bad, wobei sie sich ihren Zeh an der Türkante anstiess und einen deftigen Fluch ausstiess. Gleich darauf hörte Sorese die Duschbrause rauschen. Während noch einige dümmliche Werbespots über den Bildschirm flimmerten, verliess Sorese auf der Suche nach einem Kaffee kurz das Zimmer. Im Erdgeschoss wurde er freundlich begrüsst von einer älteren Dame, die ihn sogleich zu einer kleinen Espressomaschine führte. Neben der Maschine befand sich ein grosses Glas, das mit verschiedenfarbigen Kaffeekapseln gefüllt war. Intuitiv entschied er sich für die schwarzen, in der Hoffnung, dass sie am meisten Koffein enthielten. Schon bald eilte er mit zwei herrlich duftenden Kaffees in der Hand zurück in ihr Zimmer. Das Wasser in der Dusche lief noch immer, und Sorese beschloss, kurz nachzufragen, ob alles in Ordnung war. »Alles bestens«, hallte aus dem Bad zurück, »bin gleich fertig!«

Die Nachrichten wurden von einer etwas in die Jahre gekommenen Sprecherin anmoderiert. Mit ernster Miene wandte sie sich an die bestimmt nicht allzu zahlreichen Fernsehzuschauer: »Heute Nacht hat sich in Bergamo ein schreckliches Unglück ereignet,« begann sie, während im Hintergrund gleichzeitig Bilder des im Vollbrand stehenden Hotels gezeigt wurden. Dann und wann schwenkte die Kamera und fing zuerst die engagiert kämpfenden Feuerwehrleute ein, dann die Polizeiautos mit ihren rotierenden Blaulichtern, die der ganzen Szenerie etwas Gespenstisches verliehen. Einen Kommentator vor Ort konnte sich der Sender offensichtlich nicht leisten, denn im Hintergrund sprach die Moderatorin weiter: »Ein kleines Hotel in Bergamo Alta brannte heute Nacht bis auf die Grundmauern nieder. Nur wenige Gäste konnten sich in Sicherheit bringen und wurden mit starker Rauchvergiftung ins Krankenhaus gebracht, ebenso zwei Feuerwehrleute. Aussagen der Polizei zu Folge hat es über acht Tote gegeben. Wie die Polizei weiter mitteilte, weiss man im Moment noch wenig über die Brandursache, Brandstiftung kann aber nicht ausgeschlossen werden.« Tote Polizisten wurden nicht erwähnt, und Sorese dachte augenblicklich an Salvi und Polpo und hoffte inständig, dass sie davongekommen waren. Aber er bezweifelte es, und das stimmte ihn traurig und wütend zugleich. Als er aufblickte, sah er Tessa neben sich stehen, tropfend und in ein viel zu kleines Handtuch gewickelt. Er fühlte, dass sie ähnlich dachte wie er selbst, denn jetzt klang sie trocken und bestimmt:

»Es wird Zeit, unseren Plan umzusetzen. Rufen wir Tipo an!«
»Aber lass uns zuerst noch einen weiteren Kaffee nehmen, damit
wir das Ganze nochmals in Ruhe durchgehen können, okay?«,
gab Sorese zurück.

Mailand, 21. September, 10.30 Uhr

Gerade eben hatte sich Bruno Tipo in seinem Büro der Gazzetta
in seinen Stuhl fallen lassen, während er ungeduldig auf seinen
nächsten Espresso wartete. Er sonnte sich in seinem Erfolg: Die
Gazzetta war innert Stunden bis zum allerletzten Exemplar verkauft worden, und das nun schon zum zweiten Mal hintereinan-
der! Doch dann wanderten seine Gedanken zu Sorese und Tessa,
und das Lächeln auf seinen Lippen erstarb. Seit bald zwei Tagen
hatte er nichts mehr von ihnen gehört, und obwohl ihm Sorese
zu verstehen gegeben hatte, dass sie für eine Weile untertauchen
würden, hatte er ein mulmiges Gefühl dabei. »Ihr Espresso, Signore Tipo«, wurde er von seiner Sekretärin aus seinen Gedanken
gerissen. Unbemerkt hatte sie das Büro betreten und die kleine
dampfende Tasse vor ihm auf den Schreibtisch gestellt. Noch bevor sie die Tür wieder hinter sich geschlossen hatte, war die Tasse
bereits leer.

Die Nummer, die auf dem Display seines Telefons gelb aufleuch-
tete, war Tipo unbekannt. »Tipo«, meldete er sich. Als er die
Stimme am anderen Ende der Leitung erkannte, atmete er erleichtert aus, und lauter als beabsichtigt rief er: »Teresa! Ich bin
wirklich froh, von dir zu hören! Geht es euch gut? Wo in aller
Welt seid ihr?« »Wir sind in Sicherheit«, antwortete Tessa vage.
»Aber...« »Hör einfach nur gut zu«, wurde er sofort wieder von
ihr unterbrochen. Er lauschte aufmerksam, während er einige
Notizen auf ein Blatt Papier kritzelte. »Ein Anschlag auf euch?«
fiel er ihr sichtlich empört ins Wort, aber Tessa stoppte ihn gleich

wieder. Minuten später schloss Tessa ihre Ausführungen: »Also, Bruno, mach dir bitte keine Sorgen, wir sind im Moment wirklich in Sicherheit und melden uns wieder, wenn sich die ganze Situation etwas beruhigt hat.« »Teresa, bitte sag mir doch, wo ihr seid, nur für den Notfall«, flehte Bruno sie an. Er glaubte zu fühlen, wie Tessa zögerte, aber schliesslich meinte sie, fast flüsternd: »In Bergamo, im Hotel Cardinale. Das liegt ganz in der Nähe des Bahnhofs, damit wir im Notfall schnell verschwinden können. Aber tauch auf keinen Fall selber hier auf!« »Hey, da wartet aber ein dicker Gehaltscheck auf euch«, versuchte Bruno Tessa mit seinem etwas eigenen Humor aufzuheitern, denn sie klang müde und angespannt. »Habt ihr denn überhaupt genug Geld bei euch?« »Um die Rechnung kümmern wir uns später«, hörte er sie sagen, »im Moment haben wir ganz andere Sorgen.« »Also, ich rufe sofort Monelli an und bitte ihn persönlich um Polizeischutz für euch«, versicherte Bruno. »Und sobald die ganze Sache ausgestanden ist, kommt ihr sofort in mein Büro, damit wir uns über den nächsten Artikel unterhalten können, va bene?« Tipo sah die nächste, mindestens ebenso verkaufsträchtige Schlagzeile bereits vor seinem geistigen Auge: »Feiger Anschlag auf Journalisten der Gazzetta!« Und für einen sehr kurzen Moment traten seine Sorgen um Teresa und Sorese in den Hintergrund. »In Ordnung, Bruno«, beendete Tessa das Gespräch, und dann war die Leitung auch schon tot. Bruno zögerte keine Sekunde. Während er nervös dem Freizeichen lauschte und darauf wartete, dass Monelli sich endlich meldete, nestelte er eine Zigarette aus seiner zerknautschten Packung, steckte sie in seinen Mund und knabberte nervös auf ihr herum. Anzünden durfte er sie ja hier im Büro leider nicht.

Mailand, 21. September, 14.50 Uhr

In einem für ihn ungewöhnlich hohen Tempo watschelte Rhino, nachdem sein Flieger aus Rom endlich aufgesetzt und sie das Gate erreicht hatten, zum Ausgang, wo bereits ein Dienstwagen auf ihn wartete. Der Anruf Tipos hatte ihn mitten in seiner Sitzung mit einigen hohen Tieren der Staatspolizei erreicht, die sich allesamt so aufführten, als seien sie der Nabel der Welt. Ihre Arroganz und Besserwisserei waren ihm gehörig auf den Geist gegangen. Sie hatten ihn mit all seinen vermeintlichen Unzulänglichkeiten konfrontiert, anstatt ihn sachlich zur ganzen Geschichte zu befragen und Informationen zu sammeln, während er hilflos in sich hineinfluchte. Er konnte sein Telefon nicht abnehmen, als dieses in seiner Tasche nervös vibrierte, denn das hätte man ihm bestimmt äusserst übelgenommen. Schliesslich erwarteten die hohen Herren volle Aufmerksamkeit und angemessene Demut. Also liess er ihren sinnlosen Wortschwall verärgert, aber regungslos über sich ergehen. Als sie dann, müde vom eigenen Geschwätz, endlich eine kurze Pause einlegten, verzog sich Monelli in eine dunkle Ecke und klaubte sein Telefon hervor. Drei Anrufe in Abwesenheit!

Die Spurensicherung in Bergamo hatte ihre Arbeit bereits vor ein paar Stunden aufgenommen, nachdem das letzte Feuerwehrauto den Tatort verlassen hatte. Die Leichen seien fast bis zur Unkenntlichkeit verbrannt, hatte ihn der Leiter der Spurensicherung noch in aller Herrgottsfrühe auf dem Weg zum Flughafen in Mailand informiert, nur Salvi sei anhand seiner angesengten Polizeimarke identifiziert worden. Die Identifizierung der restlichen Toten würde noch einige Zeit in Anspruch nehmen. Anschliessend hatte Monelli seinen Flieger nach Rom bestiegen, aufgewühlt vom Tod Salvis und wahrscheinlich auch Polpos und voller Sorge um Teresa und Sorese. Monelli wusste, dass es sich beim Hotelbrand mit Sicherheit nicht um ein Unglück, sondern um einen Anschlag handelte, und er machte sich selbst grosse Vorwürfe, dass er ihn nicht hatte verhindern können. Da er neue Erkenntnisse der Spurensicherung erwartete, tippte er auf seinen Anrufbeantworter, aber zu seiner Überraschung dröhnte ihm Bruno Tipos sonore, aufgeregte Stimme entgegen. Noch bevor er die Nachrichten, die Tipo auf seinem Beantworter hinterlassen hatte, fertig abgehört hatte, befand er sich bereits auf dem Weg zum Ausgang. Diese aufgeblasenen Wichser der Staatspolizei konnten ihm im Moment kreuzweise, obwohl sich Monelli der Konsequenzen, die sein plötzlicher Abgang nach sich ziehen würde, bewusst war. Er winkte das nächste Taxi zu sich und liess sich zum Flughafen fahren. Während der Fahrt liess er sich von Dalia, seiner persönlichen Sekretärin in Mailand, den nächstmöglichen Flug zurück nach Mailand buchen und orderte gleichzeitig einen Dienstwagen, der ihn nach seiner Ankunft abholen sollte. Dann versuchte er mehrmals vergeblich, Sorese auf seinem Handy zu erreichen. Jedes Mal, wenn die Verbindung endlich stand, ertönte lediglich das Freizeichen.

Am Flughafen Malpensa wartete schon der Dienstwagen auf Monelli. »Fahren Sie auf dem schnellsten Weg nach Bergamo, zum Hotel Cardinale, ma subito!« schnauzte er den Kollegen am Steuer an, als er sich neben ihn in den Wagen gezwängt hatte, und dieser startete augenblicklich den Motor des schweren Wagens und brauste los. Während der Fahrt ertappte sich Monelli dabei, wie er nervös an seinen Fingernägeln kaute, eine alte Unart, die er sich vor einigen Jahren mit Anjas Hilfe abgewöhnt hatte – sie hatte ihm regelmässig schmerzhaft auf die Finger geklopft, wenn sie ihn dabei ertappte. Anja würde schäumen vor Wut, doch das war ihm im Moment egal.

Etwa vierzig Minuten später sah Monelli auf der rechten Strassenseite die rote Ziegelstein-Fassade des mehrstöckigen Hotels aufragen, das an einer der breiten, verkehrsreichen Einfallstrassen lag, die von der Autostrada her ins Stadtzentrum führten. »Langsamer«, wies er den Fahrer an, »parkieren Sie nicht direkt vor dem Hotel, sondern fahren Sie erst mal daran vorbei.« Der Fahrer tat, wie ihm geheissen, und ein kleines Stück weiter vorne erspähten sie einen weiteren Parkplatz, der zu einer Tanzschule und einigen kleinen Geschäften gehörten, die sich in einem flachen Gebäude angesiedelt hatten. »Parkieren Sie hier«, befahl Monelli, »und warten Sie hier auf mich!« Er verliess den Wagen und schlüpfte in die dünne Jacke, die er dabeihatte, denn ein überraschend kühler und wohltuender Wind kündigte den bevorstehenden Wetterwechsel an. Die Wetterstationen hatten endlich wieder etwas Regen vorausgesagt, und für dieses eine Mal schienen sie mit ihrer Prognose tatsächlich richtig zu liegen. Den Reissverschluss der Jacke liess Monelli offen, denn er wollte im Notfall schnell zu seiner Dienstwaffe gelangen, die er noch im Wagen überprüft hatte. Dann marschierte er die etwa 100 Meter zurück zum Hotel und betrat die Lobby. So, wie er gekleidet war, würde ihn niemand sofort als Polizist erkennen, er wirkte vielmehr wie ein Geschäftsmann auf Durchreise, allerdings ohne den üblichen Aktenkoffer in der Hand.

Bergamo, 21. September, 15.00 Uhr

Direkt gegenüber dem Hotel, das sie Tipo genannt hatten, lag eine Tankstelle mit zugehörigem Shop, in dem sogar ein überraschend guter Kaffee erhältlich war. Tessa und Sorese waren bereits kurz vor Mittag dort eingetroffen und hatten den einzigen kleinen Plastikstehtisch in Beschlag genommen. Sie würden hier auf ihre Mitfahrgelegenheit warten, hatten sie dem einzigen Angestellten gegenüber erklärt, und wüssten leider nicht, wann genau diese hier eintreffen würde. Der Angestellte hatte bloss genickt, und da die beiden in regelmässigen Abständen ein neues Getränk orderten, war ihm das nur recht. Er wunderte sich auch nicht gross darüber, dass sie sich um 15 Uhr noch immer die Beine in den Bauch standen. Sorese und Tessa hatten den grossen Parkplatz und den Eingang des Hotels von ihrer Position aus bestens im Blickfeld, und bis jetzt hatten sie noch nichts Auffälliges bemerkt. Ab und zu verliess Sorese für eine Zigarettenlänge das Gebäude. Er hoffte inständig, dass sie den Typen erkennen würden, wenn er denn auch wirklich auftauchte, und dass sich dieser nicht etwa verkleidet hatte. Noch immer verfügten sie lediglich über das nichtssagende Phantombild und die vagen Beschreibungen, die sie im Laufe ihrer Erkundigungen zusammengetragen hatten. Autos hielten vor dem Hotel, Menschen kamen und gingen, aber entweder handelte es sich um Paare oder ihrer Meinung nach um harmlose Geschäftsleute. Dann endlich, um etwa 15.30 Uhr, fiel ihnen ein schwarzer Wagen mit getönten Scheiben und Mailänder Kennzeichen auf, der seltsam langsam am Hotel vorbeifuhr und anschliessend auf dem grossen Parkplatz neben dem Hotel parkte. Tessa hatte zwei Männer ausgemacht, die sie aber auf die Schnelle nicht erkennen konnte. »Sorese, schau«, rief sie kurz danach aufgeregt, und als dieser Rhino erkannte, wie er sich gerade äusserst umständlich aus dem Wagen schälte, verschluckte er sich fast an seinem x-ten Espresso. Er sah, wie Monelli seine Jacke überstreifte, sie aber nicht verschloss und mit einem geübten Handgriff das Halfter der Dienstwaffe öffnete. Dann checkte Monelli kurz, aber etwas zu offensichtlich den Eingangsbereich ab und betrat das Hotel. »Siehst du noch weitere Polizisten?«, fragte Sorese. »Nein, nur Monelli«, hauchte sie, suchte aber mit ihren Augen weiterhin angestrengt die Umgebung ab. Wenig später sahen sie Monelli das Hotel wieder verlassen. Vor dem Eingang blieb er stehen und tippte eine Nummer in sein Handy, und Sekunden danach begann Soreses Telefon zu surren. »Monelli«, informierte er Tessa nach einem Blick auf sein Display, »soll ich drangehen?« Sie zögerte kurz, dann nickte sie etwas unsicher. Sorese nahm den Anruf entgegen: »Rhino?«, meldete er sich. Überraschung und Erleichterung schwappten ihm entgegen. »Sorese, Gott sei Dank!« stammelte Monelli, »Wo verdammt nochmal habt ihr euch verkrochen? Und seid ihr beide wohlauf?« »Sind wir«, antwortete Sorese schnell, und dann wurde er auch sofort von Rhino zusammengestaucht. »Hast du überhaupt eine Vorstellung davon, was für Sorgen ich mir gemacht habe, verflucht? Warum hast du dich nicht sofort bei mir gemeldet? Salvi ist tot, und Polpo hat es wahrscheinlich auch nicht überlebt!« Rhinos Wut war deutlich zu erkennen. »Wo bist du jetzt?« unterbrach er Rhino. »Ich bin da, wo ihr euch gemäss Tipo im Moment versteckt haltet«, schimpfte Monelli weiter, »verdammt, Sorese, ist dir eigentlich bewusst, in was für einer grossen Gefahr ihr euch befindet? Willst du da wirklich ganz alleine durch? Denkst du vielleicht auch einmal einen kurzen Moment darüber nach, dass du durch dein Verhalten auch Teresas Leben aufs Spiel setzt? Das Ganze ist eine Nummer zu gross für dich …« »Monelli«, fuhr Sorese wieder dazwischen, »beruhige dich und denk mal nach: Wer alles wusste, dass wir uns in Bergamo aufhalten?« Monelli schien zu überlegen, denn erst nach einer kurzen Pause meinte er, schon etwas nachdenklicher: »Nur Salvi und Polpo. Und ich selbst natürlich«, und nach einem kurzen Zögern fuhr Monelli fort: »Das kann doch nicht wahr sein, Sorese, du glaubst tatsächlich, dass ich …« Er hörte sich aufrichtig empört an. »Wenn du nach all den Jahren, in denen du mich kennst, denkst, dass ich selbst meine Hände mit im Spiel haben könnte, dann ist dir wirklich nicht mehr zu helfen!« »Rhino, hör zu, wenn du ganz ehrlich bist, musst du zugeben, dass dieser Verdacht aus unserer Sicht nicht ganz von der Hand zu weisen war«, versuchte Sorese ihn zu beschwichtigen, denn Monellis Enttäuschung darüber, dass Sorese ihm nicht mehr vertraut hatte, schien nicht gespielt zu sein. Zudem war Rhino tatsächlich alleine hier aufgetaucht. »Siehst du die Tankstelle genau gegenüber von dir?« fragte Sorese, und Tessa starrte ihn sofort erschrocken an. »Denkst du, ich sei blind? Natürlich sehe ich sie«, gab dieser zurück. »Dann lauf jetzt los, aber alleine«, meinte Sorese nachdrücklich, »überquer die Strasse und komm in den kleinen Shop.« »Und was …?«

holte Monelli abermals Luft. »Lauf einfach los!« wies Sorese ihn an und unterbrach die Verbindung.

Mailand, 21. September, einige Stunden zuvor

Koon war, nachdem er seinen Auftrag in Bergamo ausgeführt hatte, sofort in seinen Mietwagen gestiegen und auf schnellstem Weg in sein kleines Appartement gefahren, das er in Mailand schon vor einigen Wochen unter falschem Namen angemietet hatte. »Von wegen der Täter kehrt später immer wieder an den Tatort zurück«, lächelte er überheblich vor sich hin, »jetzt werde ich mich zuerst einmal gemütlich in die Badewanne legen und mir danach ein paar Stunden Schlaf gönnen.« Seine Kleider wollte er dann später in einer Mülltonne entsorgen, mindestens zehn Kilometer Luftlinie von seinem aktuellen Unterschlupf entfernt, und so allfällige Spuren vernichten, die seine Aktion trotz aller Vorsicht bestimmt hinterlassen hatte. Nach dem langen Bad, das er so richtig genossen hatte, warf er sich aufs Bett und zappte sich noch ein wenig durchs Fernsehprogramm. Auf den ersten Sendern stöhnten halbnackte junge und zu seinem Entsetzen auch immer wieder ältere Damen mit unnatürlich grossen Silikontitten um die Wette und hauchten ihm diverse Bezahlnummern entgegen. Andere Stationen strahlten die x-te Wiederholung von irgendwelchen populären Soaps aus, und er staunte einmal mehr darüber, wie plump und grottenschlecht sie produziert waren. Ein Weilchen blieb er bei einem Billiardturnier hängen, bis ihm einmal mehr bewusst wurde, wie langweilig er das Spiel fand, und dann war er auch schon eingeschlafen.

Als er aufwachte, stand die Sonne bereits hoch am Himmel, flankiert von einigen sich noch harmlos ausnehmenden Schleierwolken. Sein Fernseher flimmerte immer noch geduldig vor sich hin und eine Nachrichtensprecherin plapperte belangloses politisches

Zeugs. Dann endlich wurde von dem Brand eines Hotels in Bergamo mit mehreren Toten berichtet. Die Brandursache werde noch untersucht, liess die Sprecherin schliesslich verlauten. Koon wusste, dass sie früher oder später herausfinden würden, dass der Brand vorsätzlich gelegt worden war. Doch das war ihm gleichgültig, die Ermittlungen würden sich nicht in seine Richtung bewegen. Er beschloss, zuerst seinem knurrenden Magen Sorge zu tragen, danach würde er seinen Auftraggeber anrufen und ihn über den erledigten Job informieren, aber das hatte noch Zeit.

Bergamo, 21. September, 15.50 Uhr

Monelli war völlig ausser Atem, als er den kleinen Laden betrat. Um die breite, verkehrsreiche Zufahrtstrasse zu überqueren, hatte er einen kurzen Spurt hinlegen müssen, denn sonst wäre er bestimmt überfahren worden. Sein Gesicht war tiefrot angelaufen, und dicke Schweissperlen glänzten auf seiner Glatze. Trotzdem blieb ihm noch genug Luft, um seinem Unmut nochmals lauthals freien Lauf zu geben. »Was hast du dir dabei gedacht, du Idiot?«, fuhr er Sorese an. Er kam direkt auf ihn zugewalzt und Sorese hatte plötzlich Angst, dass Rhino ihm umgehend seine Faust in den Magen oder sonst wohin rammen würde. Dieser beherrschte sich aber glücklicherweise und richtete sich an Tessa: »Ich bin wirklich unglaublich erleichtert, Sie unversehrt anzutreffen, Teresa!« »Na toll!«, ärgerte sich Sorese, »mich staucht er zusammen und Tessa gegenüber zeigt er sich einfühlsam«, behielt das aber wohlweislich für sich. Rhino senkte seine Stimme und wandte sich wieder Sorese zu: »Und du hast tatsächlich geglaubt, dass ich meine Hände mit im Spiel habe?« Mit einer um eine Spur zu theatralischen Empörung schüttelte er den Kopf. »Ich bin masslos enttäuscht von dir!« »Da kommen mir ja fast die Tränen«, erwiderte Sorese sarkastisch. »Hast du dir mal überlegt, wie sich das alles für uns dargestellt hat? Niemand ausser dir,

Salvi und Polpo wusste, dass wir uns in Bergamo aufhielten, verflucht nochmal. Was hättest du dir in dieser Situation wohl zusammengereimt?« »Und dieser Bruno Tipo von der Gazzetta, von dem ich heute früh einen Anruf mit dem Hinweis auf das Hotel erhalten habe«, quiekte Rhino betupft, »der verfügt wohl über hellseherische Fähigkeiten?« »Nein, Comissario«, übernahm Tessa das Wort, »wir haben auch Tipo nicht blind vertraut«. Bevor sie weitersprechen konnte, lächelte Monelli plötzlich. »Für wie blöd haltet ihr mich eigentlich? Euer kleines Täuschungsmanöver hat mich übrigens auf eine Idee gebracht.« »Und was ist das für ein Einfall?«, wollte Sorese sofort wissen. Monelli zögerte kurz, dann meinte er: »Da gibt es noch eine andere Person, die über eure Unternehmung informiert war und die in letzter Zeit ein auffällig grosses Interesse euch gegenüber an den Tag gelegt hat.« »Wer?«, hakte Sorese augenblicklich nach. »Das darf und möchte ich euch im Moment lieber noch nicht verraten«, erwiderte Rhino, »aber wir wiederholen jetzt euren kleinen Plan auf meine Weise, und wenn ich mit meinem Verdacht richtig liege, wirst du das schon sehr bald wissen!« »Hey! Das kannst du doch nicht machen!«, protestierte Sorese, aber er wusste, dass Monelli nicht die Sorte Mensch war, die einen Verdacht äusserte, ohne ihn stichhaltig beweisen zu können. »Also«, nahm Monelli den Faden wieder auf, »wir machen jetzt Folgendes …«

Nachdem Sorese und Tessa seinem Plan nach einigem Hin und Her zugestimmt hatten, rief Monelli sogleich im Präsidium an und liess sich mit seinem persönlichen Stellvertreter verbinden. »Hör mir gut zu«, befahl er diesem, »das Ganze ist absolut vertraulich, keine Menschenseele darf davon erfahren! Nein, selbst der nicht«, liess er nachdrücklich verlauten, nachdem er offensichtlich kurz unterbrochen worden war. »Ich brauche vier Personen im Präsidium, und zwar…« Er nannte einige Namen, die Sorese nicht kannte, und fing sich deshalb sofort einen skeptischen Blick ein. »Ja, exakt«, bestätigte Rhino und ignorierte Sorese. »Die vier sollen dort auf mich warten, ich bin

unterwegs und sollte in etwa einer Stunde im Präsidium sein.«
Dann wandte sich Monelli an Sorese und Tessa. Er nannte ihnen
eine Adresse, etwa drei Strassenkreuzungen von ihrem jetzigen
Standort entfernt. Dort gab es ein kleines Restaurant, und genau
dort sollten sie jetzt sofort hingehen und auf ihn warten. »Und du
vertraust diesen Leuten wirklich uneingeschränkt?« versicherte
sich Sorese nochmals. »Sie arbeiten schon eine ganze Zeit lang
für mich«, beteuerte Monelli glaubhaft, »und genau so wie für
Salvi und Polpo lege ich auch für sie meine Hand ins Feuer! Und
jetzt macht, dass ihr in das Restaurant kommt und einen Happen
essen könnt«, unterbrach er die Fragerei. »Ich warte mit meinem
Anruf, bis wir im Präsidium alles vorbereitet haben. Stellt euch
also darauf ein, dass wir erst zwischen 20 oder 21 Uhr hier eintreffen.« Wenige Minuten später wurden sie von Monellis Fahrer
aufgeladen und ins Restaurant chauffiert, und danach machte
sich dieser sofort auf den Weg zurück nach Mailand.

Mailand, 21. September, 19.20 Uhr

Die Sonne war vor einigen Minuten im Mailänder Smog verschwunden. Im Polizeipräsidium in Mailand war nur noch hinter wenigen Fenstern Licht zu erkennen, und hinter einem dieser
Fenster hätte man Polizeipräfekt Dino Pozzo beobachten können, wie dieser unruhig in seinem Büro hin und her tigerte. Vor
wenigen Minuten hatte er einen Anruf von Monelli erhalten, und
es hatte ihn unglaublich viel Mühe gekostet, sich seine blitzartig
aufkommende Wut über Monellis Informationen am Telefon
nicht anmerken zu lassen. Einigermassen beherrscht hatte er
sich bei ihm für den Anruf bedankt, und seither dachte er unablässig darüber nach, wie er am besten vorgehen könnte. Er hatte
Monelli ausdrücklich befohlen, heute nichts mehr zu unternehmen. Gleich morgen früh würde er einige Beamte zu Tessas und
Soreses Schutz abkommandieren, hatte er ihm versprochen, und

selbstverständlich würde er Stillschweigen wahren, da er ja selber wusste, in welcher Gefahr sich die beiden befänden und dass man niemandem trauen könne. »Was bildet sich dieser Monelli eigentlich ein?«, ärgerte sich Pozzo, nachdem er aufgelegt hatte, »wenn jemand einer anderen Person Anweisungen erteilen kann, dann bin ich das! Was für ein aufgeblasener Wichtigtuer!« Dann grübelte er weiter …

Mailand, 21. September, 19.30 Uhr

»Ja?«, meldete er sich barsch am Telefon. »Der Auftrag ist wunschgemäss ausgeführt«, sagte der Anrufer völlig emotionslos, »bestimmt konnten Sie sich in den Medien bereits davon überzeugen.« »Was Sie nicht sagen«, zischte er nach einer kurzen Pause gepresst zurück. »Und Sie sind ganz sicher, dass Ihnen kein Fehler unterlaufen ist?« Sein Hohn war kaum zu überhören. »Ja, ganz sicher!«, kam es etwas zögerlich zurück. »Sie verfluchter Dilettant!« brüllte er ins Telefon. »Wie erklären Sie sich dann, dass die beiden fliehen konnten und sich jetzt irgendwo versteckt halten?« »Das kann nicht sein!«, stammelte sein Gegenüber, sichtlich verwirrt. »Das kann sehr wohl sein, Sie …!« Der andere schien sich jetzt wieder im Griff zu haben, denn eiskalt meinte er: »Ich werde das in Ordnung bringen!« »Gar nichts werden Sie!«, schrie er zornig zurück, »ich nehme das jetzt höchstpersönlich in die Hand! Sie machen, dass Sie auf der Stelle verschwinden, und Ihre Bezahlung können sie sich übrigens sonst wohin stecken!« Er spuckte das fast ins Telefon, und bevor er noch weitere Nettigkeiten ins Telefon bellen konnte, hatte der andere die Verbindung unterbrochen.

Bergamo, 21. September 22.00 Uhr

Mittlerweile fuhren nur noch vereinzelt Autos auf der breiten Strasse vor dem Hotel vorbei. Ab und zu vollzogen einige Lenker plötzliche Schwenker, und Monelli wünschte sich insgeheim, er könnte diese anhalten und den Alkoholgehalt ihres Blutes testen. Das würde der Staatskasse mit Sicherheit einen fetten Batzen an Strafgeldern einbringen. »Wie schade«, dachte er, doch dann schenkte er seine ganze Aufmerksamkeit wieder dem Hotelgebäude auf der anderen Strassenseite. Erst gegen 21 Uhr war er mit seinen Begleitern schliesslich im Restaurant eingetroffen. Ihre Ausrüstung hatten sie im Auto gelassen, um nicht zu sehr aufzufallen. Sorese hatte vorsorglich einen Tisch etwas Abseits gewählt. Es befanden sich nur wenige Gäste im Restaurant, was ihnen sehr entgegen kam. So konnten sie in Ruhe ihren Plan im Detail besprechen. Massimo, ein älterer, erfahrener Scharfschütze, würde den Eingang des Hotels vom Dach des Tankstellengebäudes aus im Visier behalten. Francesca, ebenfalls eine äusserst routinierte und darüber hinaus auch bestens durchtrainierte Kollegin würde die Nachtschicht an der Rezeption übernehmen, Pietro im kleinen Büro hinter der Theke wachen und der Vierte im Bunde, ein gewisser Davide, würde sich gemeinsam mit Monelli im dritten Stockwerk vis-à-vis vom vermeintlichen Zimmer Soreses verschanzen. Die einzigen Gäste, die ein Zimmer auf demselben Stockwerk gemietet hatten, waren vorsichtshalber umquartiert worden. Da sie dafür ein Upgrade in eine sogenannte Suite erhalten hatten, war das problemlos über die Bühne gegangen. Francesca würde, sollte sich jemand nach Sorese und Tessa erkundigen, die entsprechende Zimmernummer nennen. Danach würde sie sich in das kleine Büro hinter dem Empfang verziehen und dort auf weitere Anweisungen warten. Oder aber sie würde zusammen mit Pietro eingreifen können, sollte die Situation das erfordern. Alle waren bereit und harrten nun gespannt der Dinge, die da kommen sollten. Sorese hatte Rhino vergeblich angefleht, das Ganze von irgendwoher mitverfolgen zu können, doch dieser war hart geblieben. »Der oder die Typen, denen wir hier auflauern, sind Profis«, hatte er nüchtern und ohne sich von Soreses Bitten und Jammern beeindrucken zu lassen erklärt, »und die werden bestimmt nicht einfach ins Hotel hineinlatschen und sich nach euch erkundigen, ohne vorher die Umgebung abzuchecken.« Sorese, der im Grunde genommen genau wusste, dass Rhino Recht hatte, gab schliesslich nach, und deshalb waren sie auch im Restaurant geblieben, dessen Besitzer ihnen freundlicherweise den Schlüssel überlassen hatte. Nun harrte er mit Tessa dort aus, hinter verschlossener Tür und im Dunkeln. Monelli hatte versprochen, sich sofort zu melden, sobald sich etwas tat, aber Sorese hatte da seine Zweifel: Monelli würde in diesem Moment viel zu beschäftigt sein und keine Zeit für einen Anruf haben. Also stellten sie sich auf eine lange, aufreibende Nacht ein, denn Schlaf würden sie beide bestimmt keinen finden, dafür waren sie viel zu aufgeregt.

Bergamo, 22. September, 01.15 Uhr

Das kleine Restaurant, in dem sich Sorese und Tessa verschanzt hatten, lag völlig im Dunkeln, denn selbst die wenigen noch funktionstüchtigen Strassenlampen hatten sich um 01.00 Uhr automatisch ausgeschaltet; eine der vielen unsäglichen Sparmassnahmen der Stadt mit dem Ziel, den Schuldenberg wenigstens nicht noch weiter anwachsen zu lassen. Vor einigen Minuten waren zwei offensichtlich stark betrunkene Typen am Gebäude vorbei gewankt. Durch die zugezogenen Gardinen hatten sie sehen können, wie einer der beiden an die Hauswand pinkelte und sich dabei lautstark über den Wirt beschwerte, der sie zu solch einer unchristlichen Zeit auf die Strasse gesetzt hatte. Der andere hatte etwas gegrölt, das wohl so etwas wie eine Zustimmung sein sollte, und dann waren sie auch schon wieder verschwunden, verschlungen von der Dunkelheit der Nacht. Die Stille, nur hie und da von einem vorbeirauschenden Auto unterbrochen, war bedrückend, und Tessa und Sorese hatten schon vor mehr als einer Stunde damit aufgehört, sich zu unterhalten. Der Gesprächsstoff war ihnen ausgegangen, und sie hingen ihren eigenen Gedanken nach. Als Francesca hörte, wie sich die Eingangstür öffnete, blickte sie von ihrer Zeitung auf und lächelte dem Gast entgegen, der soeben eingetroffen war. In seiner rechten Hand hielt er einen kleinen, schwarzen Koffer, der nicht allzu schwer zu sein schien. Er trug ein beiges, sorgsam gebügeltes Hemd und eine braune Krawatte. Am Zeigefinger der anderen Hand baumelte ein dunkler Mantel, den er lässig über die Schulter geworfen hatte. Francesca war auf den späten Gast vorbereitet, denn Massimo hatte ihn per Funk angekündigt. Etwa eine halbe Stunde zuvor hatte Massimo das erste Mal Alarm geschlagen, doch es hatte sich nur um einen harmlosen Spätheimkehrer gehandelt, der bei seiner Suche nach einer weiblichen Begleitung ganz offensichtlich nicht erfolgreich gewesen war und nun sein Glück bei Francesca versucht hatte. Aber seine Versuche, sie anzuflirten, waren mehrmals ins Leere verlaufen, und danach war er murrend im Aufzug verschwunden. Als der neue Gast die Theke schon fast erreicht hatte, erschrak Francesca fürchterlich und zuckte merklich zusammen. »Scheisse«, dachte sie, denn dem Anderen war das natürlich sofort aufgefallen. Er blieb stehen und sah sich nervös um. Dann liess er blitzschnell Koffer und Mantel fallen und stürmte auf sie zu. Mit ihrem Griff zur Waffe war Francesca einen Tick zu spät, denn der Angreifer hatte sie bereits erreicht und ihr die Faust ins Gesicht gerammt. Der Schmerz explodierte in ihrem Kopf, und sie verlor den Halt und stürzte zu Boden. Der Angreifer warf sich sofort auf sie und begann sie zu würgen. »Wo sind sie?«, fuhr er sie an, und sein warmer Speichel spritzte ihr ins Gesicht. »Wer?«, röchelte sie. Noch bevor der Angreifer antworten konnte, hörte sie einen dumpfen Schlag, der so tönte, als habe man einen Nagel in eine Wand gehämmert. Sofort lockerte sich der Griff um ihren Hals und sie konnte wieder frei atmen. Das erste, was sie sah, war Pietro, der sie mit dem Lauf der Pistole in seiner rechten

Hand breit angrinste. »Alles in Ordnung, Bella?« hörte sie ihn fragen. »Ja, ich bin okay«, antwortete sie und wand sich mühsam unter dem Körper des bewusstlosen Angreifers hervor. Der Beule auf seinem Hinterkopf konnten sie beim Wachsen förmlich zusehen, und ein dünner Blutfaden zog sich hinunter bis auf den Hemdkragen. »Was ist passiert?«, fragte Pietro neugierig, als sich Francesca beruhigt hatte und wieder einigermassen aufrecht stand. Allerdings musste sie sich mit den Armen an der Theke abstützen, denn ihre Beine fühlten sich an wie Gummi. »Dreh ihn mal um, dann weisst du, was los ist! Aber verpass ihm zuerst noch ein paar Handschellen und nimm ihm die Waffe ab, denn er hat mit Sicherheit eine dabei!« Pietro packte den Angreifer am Kragen und wuchtete ihn auf den Rücken. Überrascht schnappte er kurz nach Luft, als er erkannte, wer da vor ihm lag, dann drehte er sich zu Francesca um: »Na, das hätte mich mit Sicherheit auch umgehauen!« Über Funk informierte Pietro Monelli, und schon zwei Minuten später standen er und Davide neben ihnen. Davide wirkte völlig verdattert, aber Monelli schaute dem Angreifer nur kurz ins Gesicht, wandte sich ab und meinte: »Hab ich's doch geahnt!«

Einen Augenblick später kam Polizeipräfekt Pozzo auch schon wieder langsam zu sich. Zunächst wurde sein Atem etwas schneller, dann öffnete er blinzelnd die Augen. Als er sich aufsetzen wollte, realisierte er, dass er Handschellen trug. »Verdammt, Monelli, was soll das?« blaffte er, doch bevor er noch etwas anfügen konnte, wurde er von Pietro und Davide unsanft in die Höhe gehoben. »Präfekt Pozzo, Sie sind hiermit verhaftet«, zischte Monelli ihm direkt ins Gesicht, und seine spitzige Nase bohrte sich ihm dabei fast in den Hals. »Alles, was Sie jetzt sagen, kann und wird gegen Sie verwendet werden!« Dann packte er Pozzo auch schon unzimperlich am Arm, und gemeinsam schleiften sie den fluchenden und jammernden Pozzo in Richtung Ausgang.

Mailand,
21. September, am Vorabend, 19.45 Uhr

Koon schäumte vor Wut über Pozzos Arroganz, aber gleichzeitig war er sauer auf sich selbst. Normalerweise kontrollierte er selber, ob seine Zielperson auch wirklich an dem Ort war, den man ihm angegeben hatte. Und jetzt hatte er sich ein einziges Mal auf Pozzos Informationen verlassen, und prompt war es schiefgelaufen. »Verflucht!« Darüber hinaus wollte Pozzo das Ganze jetzt selbst in die Hand nehmen, und ihm schwante Fürchterliches: »Ein Bürofuzzi auf Killertour, was für eine absurde Vorstellung!« Also musste er etwas unternehmen, nicht zuletzt auch, weil es um einen ganzen Haufen Geld ging, den er bestimmt nicht erhalten würde, sollte er den Auftrag nicht wie vereinbart zu Ende bringen. Er goss sich ein Glas Wasser ein, setzte sich auf die Couch und überlegte. An wen würde er sich in Soreses Situation wenden? Wen würde er, sollte er Schwierigkeiten bekommen, um Hilfe bitten? Wem würde er vertrauen? Und in Schwierigkeiten waren Sorese und seine Begleiterin, da war er sich sicher. Bestimmt hatten sie vom Brand in Bergamo erfahren, und mit Sicherheit hatten sie die Zusammenhänge bereits erkannt. Sie würden grosse Angst haben, denn nun waren sie dem Tod einmal mehr von der Schippe gesprungen, und ob ihnen das ein weiteres Mal gelingen würde, stand in den Sternen. Sie brauchten bestimmt Unterstützung! Im aktuellen Fall waren sie für die Gazzetta, dieses Mailänder Revolverblatt, unterwegs. Würden sie sich ihrem Vorgesetzten dort anvertrauen? Viel zu gefährlich, spekulierte er. Schliesslich war Sorese früher ein ausgezeichneter Polizist gewesen, und dazu wäre er viel zu vorsichtig. Also würde er eher frühere Kontakte zur Polizei nutzen, und bestimmt gab es dort Menschen, denen Sorese vertraute. Von Pozzo hatte er einmal von einem Commissario der Mailänder Polizei gehört, einem gewissen Monelli, der damit begonnen hatte, in diesem Fall herumzustochern, also war es durchaus möglich, dass dieser seine Informationen direkt von

Sorese bezog. Was noch? So sehr sich Koon auch anstrengte, er kam auf keine andere Idee. Also beschloss er, alles auf eine Karte zu setzen. Vielleicht wusste ja dieser Monelli, wo sich Sorese und sein Anhängsel verkrochen hatten. Immerhin witterte er hier eine kleine Chance, seinen Auftrag doch noch pflichtgemäss erledigen zu können. Gerade als er das Polizeipräsidium im Zentrum der Stadt erreicht und direkt gegenüber tatsächlich einen der raren Parkplätze ergattert hatte, sah er Monelli, dessen Gesicht er sich dank einem Bild in der Gazzetta eingeprägt hatte. Gerade verliess er zusammen mit vier weiteren Personen das Gebäude. Sie steuerten direkt auf einen kleinen Lieferwagen zu, der mit laufendem Motor vor dem Eingang offensichtlich auf sie gewartet hatte. Als sie eingestiegen waren, fuhr dieser auch sofort los. Koon wartete einen Augenblick, startete dann den Wagen und nahm die Verfolgung auf.

Bergamo, 22. September, 01.45 Uhr

Den schimpfenden und um sich schlagenden Pozzo fest im Griff erreichten Monelli, Davide und Pietro den Ausgang des Hotels. Francesca war schon auf dem Weg zu ihrem Lieferwagen, und wenige Minuten später würden sie auf dem Weg zurück ins Präsidium sein. Auf der Fahrt nach Mailand würde Monelli sich kurz bei Sorese und Teresa melden und vorerst Entwarnung geben. Er würde sie von einem Fahrer im Restaurant abholen und sie dann zu Sorese nach Hause bringen lassen, wo sie sich endlich wieder einmal so richtig ausschlafen könnten. Monelli wusste aber auch, dass Pozzo den Brand in Bergamo auf gar keinen Fall selber gelegt hatte, folglich war die Gefahr für Sorese und Teresa noch nicht definitiv gebannt. Er würde auf jeden Fall zwei Polizisten zu deren Schutz abstellen, und am nächsten Tag würden sie sich das weitere Vorgehen in aller Ruhe gemeinsam durch den Kopf gehen lassen. Soweit Monellis Plan, und er hätte ihn auch genau so ausgeführt, doch kaum hatten sie das Hotel verlassen, blitzte es kurz auf in einem Auto, das nicht weit von ihnen entfernt am Strassenrand stand. Noch bevor Monelli auch den dumpfen Knall richtig wahrgenommen hatte, wurde Pozzo nach hinten geschleudert, zuckte kurz zusammen und hing danach reglos und schwer in den Armen der Polizisten, die ihn hinausgeführt hatten. In seiner Stirn klaffte ein hässliches Loch, und Pozzos blutige Hirnmasse war auf der Rückseite des Schädels herausspritzt und klebte nun auf Pietros Gesicht, der direkt hinter ihm stand. Monelli und seine zwei Kollegen liessen sich instinktiv zu Boden fallen und zogen noch im Fallen ihre eigenen Waffen. Bevor sie sich orientieren konnten, heulte der Motor des Wagens auf und seine Reifen kreischten laut auf dem Asphalt. Wieder ertönte ein Schuss, dieses Mal von der anderen Strassenseite her, und der Wagen geriet sofort ins Schlingern, als würde der Fahrer die Kontrolle verlieren. Der Wagen drehte sich einmal um die eigene Achse und prallte dann krachend seitlich in ein anderes Fahrzeug, das dort geparkt war, bevor er sich mehrmals überschlug und schliesslich auf dem Dach liegend und völlig zerknautscht auf der Strasse zum Stillstand kam. Einige Sekunden lang tat sich gar nichts mehr, und auch als sich Monelli und seine beiden Kollegen erhoben und mit gezogener Waffe auf den Wagen zueilten, fiel kein weiterer Schuss mehr. Schliesslich erreichten sie das, was vom Auto übriggeblieben war, wobei sie sich auf den letzten Metern äusserst vorsichtig und langsam bewegten. Der Fahrer hing in den Gurten hinter dem Steuer. Sein Gesicht war hinter dem Airbag, der sich nur zur Hälfte aufgeblasen hatte, kaum zu erkennen, und er wirkte seltsam verrenkt. »Mausetot«, konstatierte Monelli, nachdem er den Puls des Fahrers gefühlt hatte. Als sie ihn schliesslich aus dem Auto gezogen hatten und er ihn genauer betrachten konnte, war er sicher, die Person vor sich zu haben, nach der Sorese und Teresa die ganze Zeit über so verzweifelt gesucht hatten.

Mailand, 22. September, 07.00 Uhr früh

Für einmal reagierte die Polizei ungewöhnlich schnell. Noch während der Tote für die Fahrt in die Pathologie vorbereitet wurde, setzte Monelli Pozzos Vorgesetzten telefonisch über die Situation ins Bild. Das trug ihm zwar eine deftige Schimpftirade ein, da er ihn mitten in der Nacht aus dem Bett geläutet hatte. Doch damit konnte er gut leben. Nachdem er ihm die Ereignisse kurz geschildert hatte, unterbrach dieser das Gespräch sofort und leitete offensichtlich in aller Eile die nächsten Schritte in die Wege. Bevor der Morgen dämmerte und Mailand wieder erwachte, war Pozzos Büro im Präsidium bereits leergeräumt und ganze Berge an Akten und Ordner befanden sich auf dem Weg nach Rom, wo man sie fein säuberlich sortieren und akribisch genau unter die Lupe nehmen würde. Gleichzeitig und ebenfalls in aller Herrgottsfrühe drangen eine Spezialeinheit der Guardia di Finanza sowie einige schwer bewaffnete Polizisten in Pozzos Appartement in Mailand und in sein Anwesen in Sovicille ein und begannen damit, sämtliche Unterlagen, die sie dort finden konnten, einschliesslich aller Computer und Laptops, einzupacken und abzutransportieren. Schon wenige Tage später wurde klar, dass Pozzo in diverse krumme Geschäfte verwickelt war, denn sie hatten einige Konten entdeckt, die nie in seiner Steuererklärung aufgetaucht waren. Bald fanden sie heraus, dass der Grossteil von Pozzos Vermögenswerten vor Jahren über eine damals noch existente kleine Turiner Privatbank geschickt in Fonds angelegt und auf diversen Konti im Ausland versteckt worden war. Und bei der Suche nach den Verantwortlichen stiessen sie schliesslich auf einen ihnen wohlbekannten, ehemaligen Direktor dieser Bank: Giorgio Bianchi. Nun wurde auch nachvollziehbar, wie sich Bianchi damals den Fängen der Justiz hatte entziehen und sich nach Asien absetzen konnte. Für einen Polizeipräfekten war es ein Leichtes, wichtige Dokumente zu besorgen und andere verschwinden zu lassen. »Eine Hand wäscht die andere«, sinnierte Monelli. Die Staatspolizei informierte in der Folge Interpol in der Hoffnung, die Behörde würde sie bei den Untersuchungen unterstützen. Schliesslich hatte man auch das FBI in Kenntnis gesetzt, da der Zusammenhang zwischen all diesen furchtbaren Ereignissen der letzten Wochen nun definitiv nicht mehr von der Hand gewiesen werden konnte. Das FBI wollte seinerseits die Ermittlungen intensivieren. Trotzdem wussten alle Beteiligten schon zum jetzigen Zeitpunkt, dass noch Monate, wenn nicht Jahre verstreichen würden, bis die Hintergründe restlos aufgeklärt wären, wenn überhaupt.

Macau, Hongkong, 24. September, 09.00

Sie waren in aller Eile und aus allen Himmelsrichtungen zusammengekommen. Der Konferenzsaal im 6. Stock des prunkvollen »The Jewel« Macau mit seinen verspiegelten, protzig in Gold gehaltenen, schimmernden Hoteltürmen strahlte Geld und Macht aus. Die Herren, die an den weiss gedeckten und kitschig dekorierten Tischen Platz genommen hatten, tauschten Belanglosigkeiten aus und nippten bisweilen an ihren lediglich mit Wasser gefüllten Kristallgläsern. Die Klimaanlage surrte bedächtig und blies kalte Luft in den Raum. Die Angestellten hatten den Raum bereits verlassen, als sich die Tür erneut öffnete und ein äusserst elegant gekleideter Asiate den Raum betrat und ihn sofort dominierte. Als er sich gesetzt hatte, räusperte er sich kurz, und das Gemurmel erstarb. »Meine Herren«, wandte er sich in perfektem, geschliffenem Englisch an die Anwesenden, »danke, dass Sie so schnell kommen konnten. Ich weiss das zu schätzen, zumal Sie ja alle sehr beschäftigt sind.« Die Schweissperlen auf der Glatze eines übergewichtigen Geschäftsmannes glitzerten trotz der vorherrschenden Kälte im dezent gehaltenen Licht der Kronleuchter. »Ich bin tatsächlich nicht angetan«, unterbrach er den Asiaten, und sein opulenter Schnurrbart unter der vernarbten Knollennase bebte. Stille. »Nun, Mister

Nochowski«, fuhr der Asiate schneidend fort, »ich bin sicher, auch Sie werden nachvollziehen können, dass sich unser Treffen nicht vermeiden liess. Und jetzt lassen Sie mich bitte ausreden!« Ohne den Dicken eines weiteren Blickes zu würdigen, nahm er den Faden emotionslos wieder auf: »Wie Sie bestimmt bemerkt haben, ist unser ehrwürdiger ehemaliger Vorsitzender nicht anwesend und wird es auch in Zukunft nicht mehr sein. Gewisse Umstände haben leider dazu geführt, dass wir uns dauerhaft von ihm trennen mussten. Bedauerlicherweise hat unser Auftragnehmer ohne Rücksprache mit uns gehandelt, die Situation aber durchaus korrekt eingeschätzt. Tragischerweise ist er im weiteren Verlauf der Aktion ums Leben gekommen, konnte aber zuvor glücklicherweise gleich auch unsere ehemalige Kontaktperson erfolgreich neutralisieren.« Überraschtes Gemurmel kam auf, und der Asiate hielt einen Moment inne. Ein wahrer Hüne meldete sich zuerst zu Wort: »Müssen wir mit Unannehmlichkeiten rechnen?« dröhnte seine tiefe Stimme durch den Raum. »Mister Yong?«, richtete der neue Vorsitzende sich an einen weiteren Asiaten. »Ich denke nicht,« versuchte der die Anwesenden zu beschwichtigen, allerdings wenig überzeugend. »Ich habe Sie ja gewarnt«, polterte der Dicke, wurde aber von Yong mit einem scharfen Blick augenblicklich zur Ruhe gebracht. Der Hüne mit dem deutschen Akzent schaltete sich ein: »Was ist mit unseren zwei anderen Problemen?«, wollte er wissen. »Wir haben bereits alles Nötige in die Wege geleitet«, beantwortete Yong die Frage, die drohend im Raum stand, »sie können sich darauf verlassen, dass unser neuer Auftragnehmer alles zu unserer vollsten Zufriedenheit erledigen wird!« Der Dicke versuchte erfolglos, sich den Schweiss mit einer Serviette von der Stirn zu tupfen, und brummte: »Aber ich gehe richtig in der Annahme, dass wir es vorerst dabei belassen und keine weiteren Aktionen geplant sind?« »Selbstverständlich nicht«, zischte der neue Vorsitzende, »wir müssen jedoch zu Ende bringen, was wir begonnen haben.« Er läutete mit einer kleinen Glocke, und augenblicklich betraten einige junge und überaus attraktive junge Damen mit Sektgläsern, Champagner und Häppchen den Raum. »Jetzt, wo alles soweit geklärt ist, meine Herren, lassen Sie uns auf unsere überaus ansprechenden Bilanzen anstossen.«

Mailand, fünf Monate später, 09.15 Uhr

Der Nebel klebte zäh und undurchdringlich vor dem Fenster zu ihrem Schlafzimmer, die Sonne hatte sich noch nicht durchzukämpfen vermocht. Durch das offene Fenster strömte kühle Morgenluft. Das erste, was Sorese registrierte, als er langsam aus seinem Schlaf erwachte, war dieser warme, weiche und wohlgeformte Körper, der sich eng an ihn herangekuschelt hatte und der darüber hinaus so gut roch, dass er am liebsten zubeissen wollte. Wie hatte er das doch vermisst! Ihre langen, hellbraunen Haare kitzelten in seiner Nase, und ihr harter, knackiger Hintern war fest an seine Lenden gepresst. Sofort schnellte sein Puls in die Höhe, und er zog sie so gierig an sich heran, dass sie ebenfalls aufwachte, sich kurz in seinen Armen räkelte und ihn dann mit ihren ungewöhnlich grossen, braunen Augen verliebt anlächelte. »Guten Morgen, mein Lieber«, gurrte Petra, und Sorese wurde sofort warm ums Herz. »Gut geschlafen?«, fragte sie ihn und lächelte ihm dabei schelmisch in die Augen. »Wie könnte ich nicht gut geschlafen haben?«, antwortete Sorese, »mit so einer wunderhübschen Frau neben mir?« Petra lachte laut auf und kniff ihn kräftig in die Seite, was Sorese mit einem übertriebenen Schmerzensschrei quittierte. »Oje, du Weichei«, meinte Petra ausgelassen. »Raus aus den Federn«, forderte sie ihn sogleich auf, bevor er ihr nochmals an die Wäsche konnte, »die Arbeit ruft!« Sein Posten als stellvertretender Chefredaktor der Gazzetta verschaffte ihm das Privileg, im Büro zu erscheinen, wann immer er das für richtig hielt. Und im Moment hielt er es in keiner Hinsicht für richtig. Er erwischte Petra gerade noch am

Arm, als diese das Bett schon fast verlassen hatte, zog sie zu sich zurück und deckte sie mit unzähligen Küssen ein.

Epilog

Polizeipräfekt Monelli hatte sich zuerst einmal an seinen neuen Job gewöhnen müssen, der ein Vielfaches mehr an Büroarbeit erforderte, als er es sich als Commissario gewohnt war. Doch die Vorteile waren nicht von der Hand zu weisen: Seine Arbeitszeit konnte er weitestgehend selbst bestimmen, und die Koordination und Organisation der aktuellen Fälle nahmen ihn in Beschlag und forderten ihn heraus. Die Arbeit bereitete ihm mehr Freude als er ursprünglich gedacht hatte. Und nicht zuletzt dankte es ihm Anja, da sie jetzt mehr von ihm hatte als zuvor und er sich nicht mehr ständig den Gefahren aussetzen musste, welche die Ausseneinsätze stets mit sich brachten. Zudem trug er, sozusagen ein weiteres Zückerchen, auch erheblich mehr Geld mit nach Hause. Sein erster Auftrag war es gewesen, die Ermittlungen im Fall Pozzo und Bianchi zu koordinieren, was ihn über alle Massen in Anspruch genommen hatte. Das FBI, das er via Peter O'Brien über die Vorfälle hier in Italien ins Bild gesetzt hatte, hielt sich seither vornehm zurück und schien sich auf die Ermittlungen im eigenen Land zu beschränken. »Die haben den ganzen Fall doch bestimmt der CIA übergeben«, mutmasste man hinter vorgehaltener Hand, aber dazu würden sie wohl kaum Näheres erfahren. Die Thailändische Polizei hatte sich zwar zunächst sehr kooperativ gezeigt, als sich jedoch Interpol aktiv einschaltete und eigene Nachforschungen aufnahm, igelte sie sich zunehmend ein. Lieber würden sie den Fall als unaufgeklärt ad acta legen, als das Gesicht zu verlieren, vermutete Monelli richtig. So verwunderte es ihn auch kaum, als er nur wenige Wochen später einen vorläufigen Abschlussbericht aus Thailand erhielt mit dem Resultat, dass es sich bei Bianchis Ermordung um einen banalen Raubüberfall gehandelt habe. Der Täter sei geflohen und entkommen, noch bevor es ihm gelungen sei, den Safe im Büro des Hoteldirektors zu öffnen. Selbstverständlich würde man ihn auf dem Laufenden halten. »Klar!«, war Monellis einziger Kommentar dazu. Und so war es auch nicht verwunderlich, dass die Ermittlungen nach und nach eingeschlafen waren und er sich anderen Dingen in Mailand zuzuwenden hatte.

Teresa war, nachdem man sie ausführlich über ihren Vater und dessen Geschäfte befragt und schliesslich eingesehen hatte, dass sie bei den Ermittlungen nicht weiterhelfen konnte, noch für einige Tage in Mailand geblieben. Sie half Sorese und Tipo dabei, die Story nach allen Regeln der Kunst auszuschlachten. Als dann unweigerlich neue Schlagzeilen in den Fokus der Öffentlichkeit traten, entschloss sie sich dazu, zurück nach Thailand zu reisen, um das Hotel ihres Vaters zu übernehmen. »Ein Neustart«, hatte sie vor allem Sorese wissen lassen, wobei sie selbst nicht sicher war, ob sie diese Aufgabe würde bewältigen können. Sorese und Tipo hatten trotz aller vernünftigen und weniger vernünftigen Argumente nicht vermocht, sie zurückzuhalten. Sie blieben noch eine kurze Zeit in Kontakt, verloren sich dann aber je länger je mehr aus den Augen. Bestimmt trug auch die Beziehung zwischen Petra und Sorese das Ihrige dazu bei. Einzig Monelli erkundigte sich ab und zu telefonisch nach ihrem Wohlbefinden und wusste deshalb auch, dass sie in Pattaya Fuss gefasst hatte. Bis der Fall jedoch nicht restlos geklärt und die Verantwortlichen hinter Gitter sassen, so lange würde er sich weiterhin Sorgen machen um sie.

DANK

Vielen herzlichen Dank an Helene Blass, meine Lektorin, die sich akribisch und mit grossem Engagement und viel Liebe zum Detail mit meinem Manuskript auseinander gesetzt hat; an Mary, meine tolle Ehefrau, die selbst in ihrer letzten Korrekturlesung noch Ungereimtheiten gefunden hat und bereinigen konnte und die mich die ganzen Jahre über geduldig und ermutigend begleitet und meine Schreibblockaden ausgehalten hat; an meinem Grafiker Danny Rafaniello, dem es hervorragend gelungen ist, all meine Coverwünsche so gelungen aufs Papier zu bringen und der mich, zusammen mit seiner Frau Flavia, auch sonst massgeblich bei der Vermarktung meines Werkes unterstützt hat und mir weiterhin unter die Arme greifen wird und an all diejenigen Personen, die sich die Zeit nahmen, mein erstes Manuskript zu lesen und mir wertvolle Rückmeldungen zu geben. Ohne euch alle wäre es kaum möglich gewesen, das vorliegende Buch zu publizieren.